www.tredition.de

Marta Monti
Auf ein Ewiges

Marta Monti ist eine Bergfrau. Im Inntal aufgewachsen, zog es sie mit Zwanzig nach Brig im Rhonetal, wo man, um den Himmel zu sehen, den Kopf in den Nacken legen muss. Später sehnte sie sich nach gipfelloser Landschaft, und machte sich auf nach Berlin. In den Sommermonaten weilt sie in Katalonien, und tummelt sich dort zwischen Granat- und Liebesäpfeln.Auch beruflich lotete sie verschiedene Bereiche aus. Ob als Journalistin oder Kneipenwirtin, ob als Mitarbeiterin beim WWF Zürich oder im Haus der Kulturen der Welt in Berlin – sie liest Leben auf. Beim Sammeln von dem, was ist, helfen ihr drei erwachsene Kinder und fünf Enkelkinder.

Der vorliegende Band 'Auf ein Ewiges' ist der erste einer Trilogie mit dem Berner Kripoteam B&B. Band zwei und drei erscheinen demnächst.

Marta Monti

Auf
ein
Ewiges

Kriminalroman

www.tredition.de

© 2016 Marta Monti

Verlag: tredition GmbH, Hamburg

ISBN
Paperback: 978-3-7345-1072-4
Hardcover: 978-3-7345-1073-1
e-Book: 978-3-7345-1074-8

Printed in Germany

Für

Romed
Nadia
Lukas

und

Lars
Noah
Ayla
Milena
Elin

Der Roman 'Auf ein Ewiges' ist als Fiktion angelegt.

Aus erzählerischen Gründen wurde ein Fluß umgeleitet. Dörfer wurden versetzt, und Städte erhielten eine andere Note.

Der Krimi erhebt keinen Anspruch auf Realität.

Montagmorgen

Die Maschinen schweigen morgenmuffelig. Da und dort ist das Klirren von Schrauben zu hören. In einer Schublade wird nach Werkzeug gewühlt. Manchmal raschelt eine Zeitung. Der Kaffeeautomat röchelt.

„Bring mir auch einen, mit zwei Würfeln Zucker", ruft Sven dem Kumpel zu, während er die Lederjacke in den Spind hängt. Alex fischt den Flachmann aus der Jacke. „Mit Pfiff?", fragt er, und öffnet den Schraubdeckel.

Sven dreht sich um. „Aprikose", bemerkt er zufrieden, stolz auf seine unbestechliche Nase. Er lässt den Schnapskaffee im Mund kreisen, bevor er ihn schluckt.

Dann gesellt er sich zu Hans, der in die Zeitung vertieft ist. Während Sven mitliest, schnippt er mit der Schere in der Luft.

„Ja", knurrt Hans gereizt, „du kannst sie schon haben." Er blättert zurück und händigt Sven die Seite mit der Frau des Tages aus. Sorgfältig schneidet Sven das Bild aus, und klebt es auf die Innenseite seiner Schranktür. Es ist das dritte in der Reihe. Alex betrachtet die Fotos mit Kennerblick. Die vom Donnerstag findet er die Schönste.

„Immer mit der Ruhe", bremst Sven den Eifer des Kollegen. „Den Star der Woche wählen wir übermorgen."

Er kippt den Rest des Kaffees hinunter, bevor er die Auftragszettel durchgeht. Dazwischen macht er sich Notizen über das Material, das er aus dem Lager benötigt. Dann nimmt er den Hörer ab, wählt und wartet.

Verdammt", bellt er, „warum geht die Zicke nicht ans Telefon." Daraufhin meckert Alex so ziegengerecht, dass Sven in seinem Ärger innehält.

„Die macht doch heute auf krank", mischt sich Hans ein, „so wie du die am Freitag zusammengestaucht hast. Da kannst du Gift drauf nehmen."

Sven knurrt. „Höchste Zeit, dass ich ihr die Meinung gesagt hab, der verdammten Besserwisserin. Die ist doch zu nichts zu gebrauchen. Wenn sie was leisten soll, dann kommt nichts. Oder armseliger Schund. Sie kann das Blech nicht richtig biegen, sie schleift die Kanten nicht glatt, und wenn sie ausnahmsweise gute Arbeit liefert, braucht sie dreimal länger als jeder andere. Und was die Zahlen auf dem Zollstock bedeuten, hat sie bis heute nicht kapiert. Was die sich eins vermisst! Und wir stecken dann wieder wegen ihr im Schlamassel. Sie glaubt, sie sei weiß Gott wie schlau, dabei hat sie bloß eine Riesenklappe, die verdammte Kröte, die..."

Alex imitiert einen Kröterich, um den Lacherfolg von vorhin zu wiederholen, doch Sven beachtet die krächzenden Laute nicht. Er versetzt dem Papierkorb einen Fußtritt. Der schwankt, kriegt einen weiteren Stoß verpasst, und fällt um.

„Verfluchter Mist", kommentiert Hans mit einem Blick aufs Chaos am Boden.

„Ich hab die Schnauze voll von dieser Frau. Ich will, dass sie rausfliegt", bellt Sven. Er setzt einen linken Lufthaken. Dann wird er ruhiger.

„Trotzdem. Jetzt brauche ich sie dringend."

Er wählt eine andere Nummer im Lager, und fragt nach Tanja. „Das darf nicht wahr sein. Was seid ihr für ein Sauhaufen", brüllt er in den Apparat. Weiter kommt er nicht. Da scheint ihn jemand nieder zu reden. Ab und zu öffnet er den Mund wie ein Fisch im Trockenen, doch das gedachte Wort bleibt tonlos an seinen Lippen haften. Schließlich sagt er: „Ist ja gut. Dann klären wir das jetzt." Er schmeißt den Hörer auf die Gabel.

„Das war Maria vom Stamm der Quasseltanten", mutmaßt Alex, während er ein Messer wetzt. „Hat sie dich zugemüllt?"

Sven verzieht den Mund, und stellt die Tonne wieder auf. „Da kommt gleich noch mehr Schrott", meint er.

Alex stülpt sich den Lärmschutz über die Ohren. „Diese Dezibelfrau. Die verkrafte ich nicht auf nüchternen Magen", brummt er, und fügt hinzu: „Sie hat halt einen soliden Verstärker." Alles weitere verkneift er sich, weil in diesem Moment die Tür aufgeht. Maria blickt in die Runde, hievt mit den Handgelenken ihren Busen hoch, der auf dieser Höhe jedoch nicht bleiben will, steuert auf Sven zu und keift:

„Ich muss jetzt einfach meinen Frust loswerden. So geht das nicht, Werkstattleiter hin oder her." Ihre Stimme bebt vor Empörung. „Den Auftrag mit den Eisenkisten hast du verbockt, und niemand sonst. Es stimmt nicht, dass Tanja die Bleche falsch zugeschnitten hat. Die Maße waren richtig. Du weißt doch, dass sie alles kontrolliert, bevor sie auch nur ein Werkzeug in die Hand nimmt. Die Kisten waren nur deshalb nicht rechtwinklig, weil du sie schlampig verschweißt hast. Tanja war dann so nett und hat deinen Pfusch korrigiert. Das hat natürlich seine Zeit gebraucht. Und du, du regst dich darüber auf, wie lang sie wegen deinen Fehlern zugange ist, und machst sie obendrein zur Schnecke. Ein normaler Mensch wäre dankbar, wenn man ihm aus der Patsche hilft. Du nicht. Du verdrehst die Tatsachen so lang, bis du als Unschuldiger dastehst, und die andern die Blöden sind. Dieses Puff am Freitag geht einzig und allein auf dein Konto."

Maria holt tief Luft. „Wenn man Mist baut, steht man dafür gerade. Aber dafür bist du zu feig. Du schiebst deine Fehler lieber andern in die Schuhe. Das ist echt gemein. Wir Frauen lassen uns das nicht länger gefallen. Tanja, Sol und ich werden ein Gespräch beim Chef verlangen, und dann wird endlich einmal Klartext geredet. Wir wollen doch sehen, wer hier wie gut ist. Und..."

„Hör auf", herrscht Sven sie an, „und misch dich nicht in Dinge ein, die dich nichts angehen. Das ist ein Problem zwischen Tanja und mir, und das werden auch sie und ich lösen. Ohne dich. Und jetzt will ich wissen, wo Tanja steckt."

Maria zieht die Stirn kraus. „Keine Ahnung. Ich hab bei ihr zuhause angerufen, aber es meldet sich niemand. Und ihr Handy ist ausgeschaltet." Maria zögert, bevor sie sagt: „Das finde ich seltsam. Sie bleibt nicht weg, ohne sich abzumelden. Das ist nicht ihre Art."

„Weißt Du, was sie am Wochenende gemacht hat?"

„Was schon, geärgert hat sie sich über dich", giftet Maria.

Sven richtet sich auf, als wolle er über sie herfallen.

Alex gesellt sich zu den beiden und versucht, die Situation zu entspannen. „Wo könnte Tanja denn sein?"

Maria, sonst so wortgewandt, verschränkt die Arme unter der Brust und schweigt. Alex wartet einen Augenblick, bevor er weiter bohrt: „Gibt es Freunde, an die man sich wenden kann? Eltern? Hausbewohner?"

„Die Frau im Erdgeschoss. Die kriegt alles mit."

„Es wäre sicher nicht schlecht, die Frau zu kontaktieren", schlägt Hans vor.

Einen Augenblick lang zögert Sven. Soll er aktiv werden? Vielleicht ist das im Moment angesagt, nachdem ihm Maria dermaßen den Kopf gewaschen hat. „Gut. Maria, schau mal dort vorbei. Vielleicht sind wir nachher schlauer."

„Jetzt sofort? Kann Sol mitkommen?"

Sven blickt zu Boden, scharrt mit dem rechten Fuß, und trifft eine weitere Entscheidung. „In Ordnung. Geht sie suchen. So oder so seid ihr aber bis spätestens um vier zurück."

Montagnachmittag

Am Nachmittag tauchen die zwei Frauen in der Werkstatt auf. Mit einem Schlag ist es still. Ihre Mienen verheißen nichts Gutes.

„Kein Erfolg", murmelt Alex.

„Ihr habt sie nicht gefunden, stimmt's", stellt Sven fest. „Nun redet doch endlich", sagt er unwirsch. „Los, Maria, mach den Mund auf."

Maria dreht sich verächtlich weg, und Sol ergreift das Wort, wendet sich aber an Alex.

„Wir haben diese Frau Wertheim im Parterre angetroffen. Sie hat uns sofort in ihre Wohnung geschleust. Mir ist vom Mief in der Bude fast schlecht geworden. Etwas zwischen Schweiß und abgestandenem Bratöl. Wir mussten uns in die

Stube setzen, weil sie uns unbedingt Kaffee servieren wollte. Es dauerte ganz schön lang, bis wir unsere Fragen loswurden. Viel hat uns Frau Wertheim nicht erzählen können, nur, dass Tanja gestern Abend gegen elf das Haus verließ, und in Richtung Zentrum ging. Sie war allein unterwegs, und kehrte nicht zurück. Das ist alles."

„Das ist alles, was die letzte Nacht betrifft", wirft Maria ein. „Aber wir haben auch erfahren, was Tanja sonst so treibt." Sie kichert. „Immer zwischen zwei und vier Uhr früh zieht sie die Klospülung, und dann rauscht es einen Stock tiefer bei Frau Wertheim. Rücksichtslos sei das, hat sie uns erklärt."

„Mehr habt ihr nicht herausgefunden?", unterbricht Sven gereizt die Ausführungen. Er greift zum Handy, sucht Tanjas Nummer im Speicher, und drückt die Wahltaste. Alle warten auf das Klingelzeichen. Nichts.

Maria wendet sich Sven zu: „Wir schauten noch bei Tanjas Eltern vorbei. Die wohnen in Hüniswil. Das Haus der Zumsteins liegt ein Stück hinterm Dorf, am Waldrand. Ihr könnt euch nicht vorstellen, wie einsam es da draußen ist. Trostlos."

„Mensch, bring's auf den Punkt, wir haben nicht Märchenstunde", fährt Sven dazwischen.

Maria blickt ihn genervt an. „Tanja ist nicht dort. Wir haben so getan, als wären wir zufällig in der Gegend. Dass wir Tanja suchen, haben wir nicht verraten, schließlich wollten wir die alten Leute nicht beunruhigen. Die haben ohnehin nichts mehr zu lachen. Die Mutter sitzt im Rollstuhl, und ist auf die Hilfe ihres Mannes angewiesen, und Vater Zumstein ist selbst schwer krank."

„Hm." Sven schiebt missmutig den Engländer auf der Werkbank hin und her. „Soll man sich jetzt Sorgen machen oder nicht? Ist Tanja hier, hat man bloß Scherereien mit ihr. Ist sie nicht hier, dann hat man noch mehr." Sven klatscht sich entschlossen auf den Schenkel. „Ich denke, wir müssen nicht gleich panisch werden. Am besten schlafen wir erst mal darüber."

Maria fährt hoch. „Also wirklich, was bist du für ein Kollege. Na ja, von dir ist auch nichts anderes zu erwarten. Es würde mich nicht wundern, wenn du..." Erschrocken hält sie inne. Ein unangenehmes Schweigen entsteht. Hastig redet es Maria nieder. „Vielleicht ist Tanja was passiert. Mir wird ganz mulmig, wenn ich mir vorstelle, dass sie vielleicht in ihrer Wohnung liegt, und Hilfe braucht. Wir müssen die Tür öffnen."

„Und wie? Hast du einen Schlüssel?"

„Nein. Aber Frau Wertheim."

„Wir unternehmen nichts, rein gar nichts auf eigene Faust. Verstanden! Maria und Sol, ihr schneidet noch vier Bleche, mit den gleichen Massen wie am Freitag. Ich geh zum Chef, und sag ihm Bescheid."

Als Sven zurückkommt, haben die Kumpel bereits Feierabend. Maria und Sol sitzen mit ihnen zusammen. Ein seltenes Bild der Eintracht, denkt Sven. Sie haben ausgeharrt, bis er zurückkommt. Sonst geht nach Arbeitsschluss jeder gleich seiner Wege.

„Eine Runde Bier?" Sven wendet sich an Sol. „Die Flaschen stehen im Kühlschrank." Sol zieht gereizt die Augenbrauen hoch. Betont langsam erhebt sie sich. „Das Rauchverbot ist für zehn Minuten aufgehoben", verkündet Sven, und steckt sich eine Zigarette an.

„Das würde Tanja gefallen", murmelt Maria.

Sven lässt das Bier die Kehle hinunter rinnen. Schließlich setzt er die Flasche ab und sagt: „Der Chef hat die Polizei angerufen. Sie schicken jemanden her, um uns zu befragen. Sauft also bloß nicht bis zum Anschlag." Dann verstummt er. Niemandem fällt ein passendes Thema ein, bis Hans die Stille zerredet. „Dieses Hüniswil ist ein eigenartiges Dorf. Es gibt zwar einen ansehnlichen Bauernhof, aber nur einen, und der wird von hässlichen Einfamilienhäusern umzingelt. So was wie ein Ortskern existiert nicht. Selbst die Kirche, die aussieht wie eine Seilbahnstation, ist planlos in die Landschaft gestellt. Es fehlt ein Dorfplatz, und vor allem ein Wirtshaus." Hans legt eine Kunstpause ein, bevor er weiterspricht: „Kein Wunder, dass der Pfarrer die Kundschaft verliert."

Alex stimmt seinem Kumpel zu. „Wo kein Wirt, da keine Gläubigen."

Hans quittiert den Einwurf mit einem Grinsen und erzählt weiter: „Hüniswil ist ein typisches Schattendorf, es liegt an der Nordseite des Tals. Im Winter verirrt sich kein Sonnenstrahl in dieses Nest. An schönen Tagen stieren dann die schattengeplagten Hüniswiler neidisch auf die andere Talseite hinüber, nach Brunnegg, wo sich die Häuser in der Sonne räkeln. Wisst ihr, dass man den Hüniswilern ihre Sonnenarmut anmerkt? Schattenmenschen haben einen besonderen Charakter. Sie sind verschlossen, misstrauisch, kleinlich und humorlos. Sie fühlen sich stets benachteiligt, und sind auffallend aggressiv."

„Woher willst denn du das wissen", erkundigt sich Sol argwöhnisch.

Hans antwortet trocken: „Ich zitiere nur unsern Heinz Blatter mit seinem Standartwerk übers Berner Oberland. Aber ich weiß es auch aus persönlicher Erfahrung." Hans reibt sich den linken Nasenflügel und fährt fort: „Meine Frau stammt aus Hüniswil."

Alle lachen, nur Sol schüttelt den Kopf. „Du verscheißerst mich. Du hast doch gar keine Frau."

Noch mehr Gelächter. Sol schaut verständnislos in die Runde.

Es ist Alex, der Sol nicht länger hängen lässt. „Mensch, Mädel, Hans ist Hüniswiler bis in die 35. Generation zurück. Und er ist nicht nur aus dem Schattendorf, er ist auch noch vom andern Ufer." Er hebt die Flasche und prostet Hans zu. „Zwei aus dem gleichen Dorf! Die Firma hat was übrig für Schattendörfler."

„Hast Du Tanja schon gekannt, bevor sie hier angefangen hat", erkundigt sich Maria.

„Nur vom Sehen. Ich bin 16 Jahre älter als sie. Da verlieren sich die Berührungspunkte. Außerdem hat Tanja das Dorf verlassen, als sie zehn war, und es sieht so aus, als wolle sie mit Hüniswil nichts zu tun haben. Seit sie hier arbeitet, hat sie bloß einmal von ihrem Heimatort gesprochen. Da ging es um die düsteren Wintermonate. Tanja giert ja bis heute nach Sonne."

Marias Augen lächeln. „Ja, das stimmt. Aber ich glaube nicht, dass sie was gegen Hüniswil hat. Sie hat was gegen das Haus, in dem sie aufgewachsen ist. Das mag sie nicht, und das kann ich verstehen." Sie wirft Sol einen Blick zu. „Wir waren ja vorher bei Tanjas Eltern. Dieses Haus in der Pampa ist der pure Schock. So was von öde und langweilig! Weit und breit keine anderen Kinder zum Spielen. Noch dazu war Tanja ein Einzelkind. Kein Wunder, dass sich Tanja nicht gern an ihre Kindheit erinnert."

Sol nimmt den Faden auf und sagt: „Es ist wirklich sonderbar da draußen. Irgendwie war mir unheimlich. Als wir aus dem Auto stiegen, hatte ich das Gefühl, dass uns Herr Zumstein hinterm Fenster beobachtet. Und doch dauerte es dann eine ganze Weile, bis er die Tür öffnete. Er führte uns zu seiner Frau in die Stube, und ging in die Küche, um Kaffee aufzubrühen. Wir plauderten inzwischen mit Frau Zumstein und erfuhren, dass sich Tanja selten bei ihnen blicken lässt. Dabei strich die Frau ununterbrochen mit der Hand über die Decke auf ihrem Schoss. Das alles war so bedrückend, dass ich nah dran war zu heulen. Es ist voll die Härte! Da sitzt die Mutter im Rollstuhl, und Tanja kümmert sich nicht um sie."

„Wir wissen nicht, warum das so ist", wendet Hans ein. „Die meisten Probleme haben eine Vorgeschichte. Vielleicht ist die Situation bloß momentan verzwickt, und es renkt sich alles wieder ein. Unsere Tanja hat doch ein großes Herz. Übrigens, was fehlt denn Vater Zumstein?"

Sol antwortet: „Der hat Knochenkrebs. Aber im Moment scheint es ihm gut zu gehen. Heute Nachmittag jedenfalls steckte er voller Energie, und strahlte etwas Jugendliches aus. Dabei ist er sicher schon sechzig. Es hat mir auch gefallen, wie er uns den Kaffee einschenkte. Er war so aufmerksam."

„Ich habe ihn schmierig gefunden", unterbricht Maria sie. „Der wollte sich bei uns einschleimen. Hast du bemerkt, wie er mit seiner Frau umging? Gar nicht ging er mit ihr um. Zwar reichte er ihr die Tasse, und stellte ihr Kekse hin, aber sonst behandelte er sie wie Luft. Der Mann hat kein Mitgefühl, und Frau Zumstein ist ihm total ausgeliefert."

„Lass gut sein, Maria. Du hast schon einen krassen Hang zum Dramatisieren", sagt Sol. „Wir reden von Tanjas Eltern und nicht von einer Soap im Fernsehen."

„Ich weiß nicht, wo du die Augen hast", verteidigt sich Maria. „Herr Zumstein ist ein Zombie."

„Du hörst die Mäuse husten. Herr Zumstein ist in Ordnung. Tanja redet jedenfalls nie schlecht von ihm."

Das Telefon läutet. Sven greift zu Hörer. Das Gespräch dauert nicht zehn Sekunden. „Der Chef kommt, und ein Bulle. Flaschen weg, Fenster auf", befiehlt er, bevor er die Frauen fixiert. „Ihr zwei Mädel fasst euch bei der Befragung kurz. Alles klar?"

Unbeweglich sitzt die Frau am Fenster, das Gesicht dem nahen Wald zugewandt, als würde sie dort draußen nach dem Leben suchen. Doch der Schein trügt, sie hält die Augen geschlossen. Es macht keinen Sinn, sie zu öffnen. Hier gibt es nur Trostlosigkeit. Eine Straße, viele Bäume, das ist alles. Keine Blumenwiese, kein Haus, aus dem ein Mensch tritt, selten ein Auto. Nicht einmal Rehe verirren sich in die Einöde. Die Natur in ihrer Vielfalt hat sich anderswo ausgebreitet. Katrin verspürt kein Bedürfnis, ins Nichts zu blicken.

Er blättert in der Zeitung, überfliegt die fettgedruckten Titel, verweilt bei einem Bild, und liest die Legende. Katrin kennt ihren Mann. Wenn er rastlos die Seiten wendet, beschäftigt ihn etwas. Es ist ihr einerlei, was er denkt und fühlt. Hauptsache, er lässt sie in Ruhe, damit sie ungestört ihren Gedanken nachhängen kann. Die kreisen seit zwei Tagen um ihre Tochter. Als Tanja vorgestern zu Besuch kam, war nämlich alles anders als sonst. Nicht, dass Tanja ihr liebevoll begegnet wäre, aber sie warf ihr keine scheelen Blicke zu. Sie verzog nicht abschätzig die Lippen, und sie verzichtete auf Vorwürfe. Als der Vater im Keller verschwand, pflanzte sich Tanja vor ihr auf, und sah sie durchdringend an, als würde sie ihre Mutter zum ersten Mal wahrnehmen. Schließlich stellte sie die von ihr so gefürchtete Frage: „Wie kannst du so leben", drehte sich um, weil sie ohnedies keine Antwort erwartete, und verließ das Zimmer. Deshalb bemerkte sie nicht, wie Katrin zustimmend nickte. Ihre Tochter hatte sie mit genau der Frage konfrontiert, die sie seit jeher beschäftigt.

Nervös raschelt Zumstein mit der Zeitung. Gleich wird er den Mund aufmachen. Katrin ist froh um jede Minute, in der er sie nicht belästigt.

„Die sind nicht zufällig vorbeigekommen", redet Zumstein vor sich hin. „Die wollten was ausspionieren. Vielleicht wollten sie wissen, ob ich dich gut versorge. Du bist doch zufrieden mit mir, oder etwa nicht?"

Zumstein lässt sein hämisches Lachen los. „Du weißt doch, für dich tu ich alles."

Da Katrin nicht reagiert, wird sein Ton scharf. „Es nützt dir nichts, wenn du dich schlafend stellst. Du hörst ja doch, was ich sage. Also mach die Augen auf, damit du kapierst, was um dich herum abläuft. Nur wer hinschaut, kennt sich aus."

Leise, aber deutlich, schwirren Katrins Worte durch den Raum: „Ich hätte dich umbringen sollen."

„Die Gelegenheit hast du verpasst. Jetzt schaffst du das nicht mehr", höhnt Zumstein. „Abgesehen davon, wie kämst du ohne mich im Rollstuhl zurecht. Du glaubst doch nicht, dass Tanja dich pflegen würde."

Zumstein lehnt sich im Sessel zurück, streckt die Beine aus, und verschränkt die Arme. Mit dem Instinkt einer Ratte hat er Katrins wunden Punkt berührt. Sie hält die Luft an, um die Pein besser auszuhalten. Natürlich kann sie nicht mit ihrer Tochter rechnen. Tanja würde sich nicht um sie kümmern. Einmal mehr überfällt Katrin dieses heftige Gefühl von Reue. Warum nur hat sie diesen Mann gewähren lassen? Wenn sie sich damals nicht geduckt hätte, wäre Tanja heute vielleicht auf ihrer Seite. Vielleicht. Aber das sind müßige Gedanken. Tanja hat sich von ihr abgekehrt. Da ist nichts mehr zu retten. Mit einem Anflug von Trotz tröstet sich Katrin. Sie ist auf niemanden angewiesen. Nicht auf ihn. Nicht auf sie. Die Jahre bis zum Tod kann sie sich notfalls im Pflegeheim Spiez versorgen lassen.

Ihr Mann hängt anderen Gedanken nach, ihn beschäftigen Tanjas Kolleginnen. „Diese Maria passt mir gar nicht. Die hat sich vor Freundlichkeit fast überschlagen, das falsche Weib. Hast du gemerkt, wie misstrauisch sie mich taxiert hat? Ach was, warum rede ich überhaupt mit dir. Du hast sowieso nichts mitgekriegt."

Zumstein kehrt zu seinem Thema zurück. „Ich frage mich, was Maria über uns weiß. So, wie ich unsere Tochter kenne, wird sie ein wenig geplaudert haben. Obwohl ich ihr stets eingebläut habe, dass das, was bei uns zuhause läuft, niemanden etwas angeht. Aber wenn man säuft und kifft und das Maul so weit aufreißt wie Tanja, nützen Ermahnungen nichts. Es ist ein Kreuz mit ihr."

Die Finger seiner rechten Hand klimpern nervös auf der Sessellehne. „Was wollten die zwei Frauen bei uns? Da steckt doch was dahinter, wenn sie an einem Werktag herumstrolchen, anstatt zu arbeiten. Und warum war Tanja nicht dabei?"

Katrin antwortet nicht.

Schließlich beugt sich Zumstein über den Tisch und fuchtelt mit dem Zeigefinger in Richtung Rollstuhl. „Was hast du mit Tanja gemacht? Hast du sie gegen mich aufgehetzt? Denkst du, wenn sie dich nicht mag, soll sie auch mich nicht mögen? Ich habe längst kapiert, wie du tickst. Du gönnst Tanja nicht einmal ihre Liebe zu mir, du nutzloses Stück, du."

Nach einer Weile erkaltet Zumsteins Zorn. „Du hast sie vergrault", wirft er seiner Frau vor. „Die sehen wir so schnell nicht wieder."

Eine Weile ist es still, aber in Zumstein gärt es. Hinter den halb geschlossenen Lidern sieht Katrin ihn den Kopf schütteln. Er hebt den Arm, nur um ihn wieder sinken zu lassen. Dann bricht es aus ihm heraus. „Das Mädel hat sich schlecht entwickelt. Sie hat keine Ausbildung, hängt in den Bars rum und nimmt Drogen. Und an uns erinnert sie sich nur, wenn sie Geld braucht. So weit ist es mit ihr gekommen."

Verbittert fügt Zumstein hinzu: „Und wer trägt die Schuld daran? Wer wohl? Deine feine Schwester. Jetzt siehst du, wohin es führt, wenn man sein Kind nicht selbst aufziehen will."

Katrin reagiert nicht. Soll er doch seinen Hass versprühen. Ihre Gedanken weilen bei der Tochter. Vorgestern ist Tanja anders gewesen als sonst. Nicht so verschlossen. Eine Spur weicher. Katrins Herz flattert. Sie stellt sich vor, wie Tanja auf sie zugeht, wie sie sich neben sie setzt und zu reden beginnt. Die Worte sprudeln nur so aus ihrem Mund. Sie erzählt von ihrem Freund, und wie sie sich das Leben mit ihm vorstellt. Und Katrin erklärt ihr, wie man Hüniswiler Fondue zubereitet, das Tanja so gern isst. Manchmal streicht Tanja ihr die Haare aus der Stirn, und Katrin schildert ihr, wie sie als Kind verzweifelt angelaufen kam, weil der Willi keine Beine mehr hatte, und wie sie, nach einem Blick aus dem Fenster, gelacht hatte, weil man von der Katze im Schnee nur noch den Kopf und den pechschwarzen Körper sah.

Im Innern lächelt Katrin. Ja, so hätte es vorgestern sein können. Mit ihren Träumereien macht sich Katrin ein wenig Freude. In Wirklichkeit gibt es keinen Austausch zwischen ihr und ihrer Tochter. Sie sind beide gefangen. Tanja in der Rolle der Richterin, und sie in der einer Schuldigen.

Jetzt erst realisiert Katrin, dass der Mann gar nicht mehr redet. Aus den Augenwinkeln wirft sie ihm einen Blick zu. Zumsteins Hände ahmen den Waschritus nach. Er kann nicht verwinden, dass Tanja ihn am Samstag wie Luft behandelt hat. Sie hat ihn zum ersten Mal in ihrem Leben nicht beachtet.

Ein unangenehmes Ziehen in der Leistengegend lässt Zumstein aufstöhnen. „Verdammter Hurenkrebs", zischt er, und greift sich an die Hüfte, als wolle er den Schmerz abfangen. Und wirklich, der Schmerz hält inne, bloß um gleich darauf im Knie aufzuzucken. Er rast zurück zur Hüfte und nistet sich im Oberschenkel ein, ehe Zumstein auch nur einmal durchgeatmet hat. Entgeistert betrachtet Zumstein das Bein, als gehöre es nicht zu ihm. Er schnauft schwer, und streicht sich beruhigend über die Hüfte. Schließlich beißt er die Zähne zusammen, und erhebt sich. Vornüber gebeugt hält er sich am Tisch fest.

Zwischen den Eheleuten fällt kein Wort.

Nach einer Weile richtet er sich auf. In vorsichtigen Schritten nähert er sich dem Buffet. Dort legt er, sich anlehnend, eine Pause ein. Er flucht sich die Pein von der Seele, erreicht die Wohnzimmertür, und verschwindet.

Katrin hört, wie er die Kellertreppe hinuntersteigt. Er verwünscht seinen Körper, er wütet gegen die Welt. Der große Zampano hat die Kontrolle über sich verloren, denkt Katrin. Jetzt ist er ein Wrack. Irgendwann schlägt jedem die Stunde der Ehrlichkeit.

Später kommt Zumstein leichtfüßig die Treppe hoch. Seine Gesichtszüge wirken entspannt. Katrin braucht ihm nicht in die Augen zu schauen. Sie weiß auch so, dass seine Pupillen im Keller gewachsen sind. Knopfgroß sind sie jetzt.

Kommentarlos setzt sich Zumstein in den Sessel und vertieft sich in den Artikel über ein Beinhaus im Oberwallis, dessen rückwärtige Wand aus übereinander gestapelten Totenschädeln besteht.

Mittwochabend

Das Fußballspiel ist aus. Gut haben sie gespielt, die Franzosen. Dieser Mittelstürmer Henri, einsame Spitze! Der hat ein Tempo vorgelegt, das die Italiener nur mit Mühe halten konnten. Vier zu zwei. Sven ist mit dem Ergebnis zufrieden. Er hält es ohnedies mehr mit den Franzosen. Die Makaronifresser sind ihm zu theatralisch. Ständig liegt einer am Boden, und versucht mediengerecht zu sterben, nur weil ihn ein Gegenspieler angepustet hat.

Sven guckt auf die Uhr. Noch nicht zehn. Er zieht sich den Rest Bier rein, greift zu Lederjacke und Schlüssel, und verlässt die Wohnung. Unten auf der Straße atmet er die Seeluft durch die Nase ein. Er blickt nach beiden Seiten. Kein Auto, kein Fußgänger. Sven fühlt sich leicht. Das hat er sich immer gewünscht, kommen und gehen zu können, ohne beobachtet zu werden. Ohne neugierige Fragen beantworten zu müssen. Der Kontrollblick der Kientaler löst in ihm bis heute ein Gefühl der Lähmung aus. Wenn er damals mit Sechzehn nicht die Stelle in Spiez gefunden hätte, wäre er auf dem Hof verkommen. Das Sturmgewehr hätte er eines Tages ergriffen, und die mit dem Kontrollblick hätte er alle niedergemäht.

Der fahle Schein der Straßenlampen begleitet Sven auf dem Weg in die Innenstadt. Lückenlos dösen die Autos in blau umrandeten Rechtecken. Wer abends zu spät heimfindet, kurvt vergebens durchs Quartier. Alles zugeparkt. Erst hinten beim Friedhof kriegt man das Auto los, denn die, die dort wohnen, brauchen keinen Parkplatz mehr.

Svens Gedanken schweifen ab. Er grinst vor sich hin. Eine Frau. Wieder einmal eine Frau abschleppen. Vögeln ist gesund. Das jedenfalls hat sein Onkel in Kiental verkündet, und zwar in Gegenwart der Schwägerin, einer Braut Christi. Die ließ sich prompt provozieren. Sie erfreue sich bester Gesundheit, auch ohne das Zeug, meinte sie spitz. Da erwiderte der Onkel bloß: „Wer weiß, was ihr im Kloster so treibt." Svens Mutter war entsetzt über ihren Bruder, und jagte ihn aus der Küche. Ein gottverdammtes Lästermaul sei er, rief ihm die Nonne hinterher. Erst als ihr ein unbändiges Lachen vom Gang entgegenschallte, merkte sie, dass sie mit ihrem Fluch dem Kerl in die Hand gespielt hatte. An jenem Abend folgte Sven dem Onkel auf den Dreschplatz, und setzte sich neben ihn auf die Mauer. „Was für eine bigotte Brut", schimpfte der Onkel. „Schlagen die Augen nieder, sobald von Sex die Rede ist. Dabei lauschen sie nie andächtiger als gerade dann. Hast du gesehen, wie ihre roten Ohren wackeln vor Gier nach schlüpfrigen Geschichten?" Er klopfte Sven auf die Schulter. „Die Weiber sind blöd. Machen die Schoten dicht, anstatt sich ihren Spaß zu holen."

Seltsam, denkt Sven, dass er sich an den Spruch erinnert, obwohl er ihn damals nicht so richtig verstanden hat. Er kickt einen Stein vor sich her. Ohne den Onkel hätte er seine Familie nicht ertragen. Nicht den nörgelnden Vater. Nicht die scheinheilige Mutter. Vor allem aber hätte er ohne den Onkel den Absprung von zuhause nicht geschafft. Dank dessen Vermittlung fand Sven eine Stelle in Spiez.

Im Stadtzentrum vereinigt sich das Licht der Straßenlampen mit dem der Schaufenster. An den dunklen Häuserfassaden kleben gelbe Rechtecke. Noch. In einer halben Stunde werden sie schwarz sein. Dann gehen die Spiezer zu Bett. Jedenfalls an einem Mittwoch. Ruhig ist es ohnedies schon eine ganze Weile. Durch die schalldichten Fenster dringt kein Lachen, kein Fernsehton. Stumme Stadt.

Sven biegt in die Kirchgasse ein. Über der Tür zum 'Stollen' schaukelt die Bierreklame fürs Egger. Ein schmaler Flur führt durch das Haus bis zu einer Stiege. Sven steigt die Treppen hinunter. In der Bar hängt dichter Tabaknebel. Stimmen betten sich in die Rauchschwaden ein, und Musik streift sein Ohr. Auf dem Weg zur Theke grüßt Sven ein paar Bekannte. Er nickt dem Barkeeper Tim zu und wartet, bis sein Bier gezapft ist. Weder er noch Tim erwähnen, dass sie zu einem Gespräch verabredet sind.

Während sich Sven an den Kommentaren übers Fußballspiel beteiligt, lauscht er mit einem Ohr der Band „Element of Crime". Er schaut zu Tim hinüber. Ihre Blicke kreuzen sich. Kein Grinsen, kein Zeichen. Eine Weile beobachtet Sven zwei Frauen. Sie erinnern ihn an seine Lust auf Sex. Die mit der blonden Mähne, die würde er sofort flachlegen. Zuerst einen guten Joint. Und dann. Er hat sie hier im 'Stollen' schon einmal gesehen. Die andere kennt er nicht. Er holt sich ein zweites Bier und stellt sich zu den beiden. Bevor Sven sich jedoch in die Diskussion einklinken kann, löchert ihn die Blonde bereits mit Fragen nach Tanja. Er merkt auf Anhieb, dass er bei ihr nicht landen wird. Und über Tanja reden, darauf hat er null Bock. Wut kocht in ihm hoch, besetzt den Magen, nistet sich ein im Herz, und hinterlässt eine Aggression, die sich in den Händen sammelt. Der Blonden den Hals umdrehen. Sie abmurksen. Vermiest ihm die Gier auf den Fick, die verdammte Schlampe.

Nach außen ist Sven kalt beherrscht. Er erklärt, dass man bis jetzt nicht wisse, wo Tanja sei. Mehr könne er dazu nicht sagen. Über Köpfe hinweg grüßt er mit der Hand einen Kollegen, entschuldigt sich bei den Frauen, und geht. An seinem Rücken zerschellt lautes Weiberlachen.

Mit dem Bierglas in der Hand schlängelt sich Sven durch die voll besetzte Bar. Der Kumpel, dem er gewinkt hat, lässt sich von Sven übers Fußballspiel informieren. Dann gibt er ihm ein Zeichen mit dem Kopf.

Ein kleines Geschäft, warum nicht. Sven trägt immer eine Portion Gras auf sich, das heißt, eigentlich zwei. Eine für sich, und eine zum Verkaufen. Er fährt nicht schlecht damit. Der Gewinn finanziert ihm den Feierabend, was will man mehr. Große Deals interessieren ihn nicht, die sind ihm zu riskant. Er will nicht mit dem Gesetz in Konflikt kommen.

Sven wirft dem Barkeeper einen Blick zu und nickt. Tim lässt die beiden durch die halboffene Tür hinter der Theke passieren. Der düstere Gang, beleuchtet von einer 15Watt-Birne, führt zu einer Eisentür. Sven öffnet sie. Lautes Tosen schlägt ihm entgegen. Der ungestüme Bach, auf seinem Weg zum Thunersee, verschluckt jeden Lärm. Vom kleinen Vorplatz zweigt ein schmaler Pfad ab, der zur 300 Meter entfernten Straße führt. Bis auf die Notleuchte über der Tür ist es stockdunkel.

Sven wickelt das Geschäft mit seinem Kunden ab. Der ist nun aufgekratzt und baut sich eine Tüte. Sven zieht zweimal daran, bevor er in die Bar zurückkehrt, und bei Tim ein nächstes Bier tankt. Die beiden Zicken sind verschwunden. Über die Wurlitzer beugt sich eine Frau und studiert die

Songtitel. Sie scheint allein zu sein. Sven kennt sie vom Sehen. Sie taucht manchmal im 'Stollen' auf, und jedes Mal weckt sie in ihm zwiespältige Gefühle. Ihr sicheres Auftreten zieht ihn irgendwie an. Sie strahlt genau das Selbstbewusstsein aus, das ihm fehlt. Aber ihre Souveränität frustriert ihn auch. Instinktiv weiß er, dass er ihr nicht genügen kann. Auch jetzt kommt er sich klein vor, und sofort flammt heiße Wut in ihm auf. In Gedanken beschimpft er sie als lahme Braut, sauertöpfisch und langweilig, und entsetzlich kompliziert. Doch je länger er sie beobachtet, umso mehr wächst seine Lust, sie anzusprechen.

Sven sieht, welche Taste sie drückt. E5. Bevor sich die Scheibe dreht, errät er, was sie gewählt hat. Ist doch klar, den Emanzensong hat sie gedrückt. Zusammen mit Joan Armatrading singt sie 'I may look over my shoulder, but I'll never leave your side'. Eine Frau an der Bar pfeift dazu. Sven wippt mit dem rechten Fuß, und summt mit. Von Zeit zu Zeit kreuzen seine Blicke die der Frau an der Wurlitzer. Er wird sie anbaggern. Die Gewinnchancen stehen gut. Nur noch auf den richtigen Moment warten.

Die Frau beginnt zu tanzen. Sie lächelt leise, sie genießt die Aufmerksamkeit, die man ihr entgegen bringt. Beim letzten Gitarrenakkord geht sie auf einen Mann zu. Sie umarmt ihn. Umschlungen bleiben die beiden stehen. Die Außenwelt existiert nicht mehr für sie. Sven nickt vor sich hin. Arschgeige. Wieder so eine, die Männer antörnt, sie dann stehenlässt.

Sven stellt das leere Glas auf die Theke. Nach dem üblichen Blickkontakt mit Tim verschwindet er durch den Keller nach draußen. Auf dem halbrunden Platz vor der Hintertür blödelt eine Gruppe, während ein Joint die Runde macht. Sven stellt sich dazu und raucht mit. Man kennt sich. Niemand fragt ihn nach Tanja, was ihn erleichtert. Ein Pärchen stößt dazu. Man redet unbeschwert miteinander, dem lauten Bach ist es egal, was sich an seinem Ufer tut.

Ein neuer Joint wird herumgereicht. Sven nimmt einen tiefen Zug und gibt den Kiff weiter. Im 'Stollen' ist Kiffen verboten. Wer von Tim erwischt wird, kriegt Hausverbot, und das mag sich niemand einhandeln. Es wäre der Anfang einer absoluten Vereinsamung. Denn für die Jungen gibt es nur einen Treffpunkt in Spiez, den 'Stollen', auch wenn die Musik aus dem vorigen Jahrtausend stammt. Oder vielleicht gerade deshalb. Jeder hält sich an Tims Hausordnung, und die lautet, drinnen nie, auch kein Gespräch darüber. Den Eingeweihten genügt ein kaum wahrnehmbares Zeichen mit dem Kopf. Wer eine Gefüllte will, muss an Tim vorbei. Und der lässt nur diejenigen durch, die er kennt. In seiner Bar werde nicht gekifft, behauptet Tim gegenüber jedem, der es hören will, und das ist nicht einmal gelogen. Tim wirkt so überzeugend, dass ihn sogar die Polizei in Ruhe lässt, was Sven immer wieder zur Frage verleitet, ob Tim den Quartierbullen schmiert.

Von drinnen hört Sven 'depuis toujours'. Jeden Abend um halb Zwölf lässt Tim den Franzosensong laufen. Damit signalisiert er seinen Gästen, dass sie ein letztes Bier bestellen können. Sven atmet tief durch. Er fühlt sich federleicht. Das Blut in seinen Adern rauscht, es rauscht wie das Wasser des Bachs.

Die Outdoor-Kiffer beeilen sich, in die Bar zurückzukehren. An der Theke staut sich die Menge der Bierseligen, und Sven wird gestoßen und geschoben, während er dem Text hinterher sinnt. Francis Cabrel, der in seinem Lied gesteht, seit immer zu lieben. Heilloser Romantiker, urteilt Sven. Ihm selbst würde eine Stunde reichen. Abgesehen davon bedeutet der Song für ihn ohnedies Bier, und nicht hehres Gefühl. Als er das Lied einmal im Kaufhaus hörte, bekam er Durst.

Tim, der auf Vorrat gezapft hat, verteilt volle Gläser, schenkt hier nach und dort. Schließlich ist es genug. Der Zapfhahn hat Feierabend. Tim geht von Tisch zu Tisch, und kassiert bei den Gästen ein. In die lauten Gespräche drängt sich die raue Stimme von Tom Waits. Einer an der Bar krächzt mit. Die Darbietung wird mit beifälligem Gejohle quittiert. Jeder versucht noch einmal, originell zu sein, bevor die Stimmung kippt. Denn mit Tom Waits geht der Abend zu Ende. Der Song „drunk on the moon" beginnt auf die Sekunde genau um Mitternacht. Er ist mit der Zeituhr gekoppelt, und auf unendliche Wiederholung programmiert. Das treibt selbst Schwerhörige irgendwann aus dem Lokal. Manchmal bleiben ein paar Gäste zurück. Das sind die, die Tim ausdrücklich eingeladen hat.

An diesem Abend lehnt nur Sven an der Theke. Tim löscht das Reklamelicht am Eingang und schließt die Tür. Eiswürfel klirren leise gegen Glas, als jeder mit seinem Whisky Platz nimmt. Noch fällt kein Wort zwischen ihnen.

Plötzlich schlägt Tim mit der flachen Hand auf den Tisch. „Schieße ist das. Absolute Schieße. Du wirst sehen. Jetzt fangen die Scherereien an. Ich hab es geahnt. Mit den Frauen hat man nur Ärger."

Sven zuckt vielsagend die Achseln.

„Mensch, Sven, wenn die Sache mit Tanja und dem Dope auffliegt, bin ich geliefert. Dann schließen sie mir die Bar. Gestern quetschte mich ein Bulle aus. Er fragte mich rauf und runter wegen Tanja. Aber ich weiß auch nichts. Nur dass sie am Sonntag um halb zwölf nach hinten abgehauen ist. Sie wollte unbedingt, dass ich nach ihr abschließe. Also hat sie drüben bei der Brücke noch jemanden getroffen. Ihren Lieferant, nehme ich an."

Tim gönnt sich einen Schluck, bevor er sich eine Zigarette anzündet. „Natürlich hat der Bulle gefragt, ob Tanja kifft, und ob sie handelt. Keine Ahnung, hab ich gesagt. Bei mir in der Bar gibt es so was nicht. Und was die Leute sonst treiben, da hab ich keinen Überblick."

Sven grinst: „Hat er dir das abgenommen?"

„Weiß ich doch nicht", brummt Tim. „Er hat nur jedes Wort in sein Notizbuch geschrieben. Doof sind die bei der Polizei auch nicht. Die haben doch längst mitgekriegt, dass hier manchmal gepafft wird. Man hat mir bis jetzt bloß nie etwas nachweisen können."

Sven zieht die Stirn in Falten: „Meinst du, jetzt kommt ein Stein ins Rollen?"

„Das ist so sicher wie das Amen im Gebet."

Die beiden füllen den Raum mit Schweigen. Schließlich bemerkt Sven mitleidlos: „Schaut schlecht für sie aus."

Tim nickt. „Echte Hühnerkacke. Da stecken garantiert die Albaner dahinter, und die lassen nicht mit sich spaßen. Wenn Tanja ein krummes Ding gedreht hat, dann ist sie dran. Wäre schade um sie. Ist eine patente Frau." Tim beginnt zu feixen. „Bloß viel zu emotional", sagt er und rempelt Sven in die Seite. „Das weißt du besser als ich."

Sven hat gerade keinen Nerv für anzügliche Sprüche. Ihm steht der Schweiß auf der Stirn. „Hast du dem Bullen etwas von mir verraten", fragt er.

Tim schaut ihn entgeistert an. „Bist du blöd? Ich bin ein Kumpel von dir, ist das klar? Und ich erwarte, dass auch du nichts von mir erzählst. Du weißt nichts. Kapiert?"

„In Ordnung." Sven seufzt erleichtert. „Wenn es für mich eng wird, muss ich Tanja in die Pfanne hauen. Und dann? Dann wird man mich fragen, woher Tanja den Stoff hat." Sven wirft Tim einen lauernden Blick zu.

Tim zuckt mit den Schultern. „Na und? Das weißt du sowieso nicht. Wir können nur vermuten, dass das Zeug von denen kommt, die hier das Sagen haben. Und das sind die Albaner. Aber mach dir keine unnötigen Sorgen. Das ist Tanjas Problem."

Die Gläser sind leer. Tim lässt sich nicht lumpen, er spendiert einen zweiten Whisky mit Eis. Er prostet Sven zu, während seine linke Hand in den braunen Locken wühlt. Schließlich sagt er in bestimmtem Ton: „Ich habe nichts, aber auch gar nichts mit Drogen zu tun. Hast du das gespeichert? Umgekehrt weiß ich nicht, was du privat treibst."

Tim prostet Sven zu. Der entspannt sich. Wenigstens von Tim geht keine Gefahr aus. Wenn bloß Maria mit ihrem Flatrate-Gefasel nicht wäre.

„Du kennst doch Tanjas Freundin", erkundigt er sich. Tim verdreht die Augen. „Klar. Die taucht manchmal mit Tanja auf. Eine von denen, die ohne Punkt und Komma quatscht. Gestern war sie da, und wollte mir wegen Tanja die Würmer aus der Nase ziehen. Aber ich hab sie auflaufen lassen. Was ist mit ihr?"

„Sie mag mich nicht, und sie wird mir die Hölle heiß machen."

Freitagnachmittag

Beta Bianca lässt ihren Blick übers Wasser schweifen. Das leise Plätschern am Ufer klingt in ihren Ohren wie Musik. Sie läuft den Steg entlang, der in den See hinausführt, und zeigt den Fischen und Vögeln ihr neues Kleid. Dazu dreht sie sich hin und her, wiegt sich in den Hüften, und ixt ein Bein vors andere wie ein Mannequin. Als sie über eines der Bretter stolpert, beendet sie die Show, und kehrt zum Haus zurück. An der Südwand blühen noch ein paar rote Rosen, die letzten vorm Winter. Die Kletterpflanze ist mehr als vierzig Jahre alt, doch im Monat Mai vergisst sie ihr Alter. Dann sprießen die Rosen um die Wette, und dieses Sonderangebot lässt die Bienen ganz rappelköpfig werden. Selbst die stolzen Schwäne bleiben stehen, und zollen der duftenden Pracht Bewunderung.

Beta streicht mit der Hand über den Rosmarin und schnuppert daran. Die verdorrten Zweige des Thymian machen sich nicht gut, und eigentlich sollte sie die von den Bäumen fallenden Herbstblätter zusammenrechen. Wie gut, dass sich niemand daran stört. Wie lebt allein in diesem Haus am Thunersee, und direkte Nachbarn gibt es nicht.

Im Flur streift ihr Blick das Foto von Fabrizio. Wenn sie nur endlich ein paar Tage mit ihm verbringen könnte, ohne dass einer von ihnen arbeitet. Aber da wird sich in absehbarer Zeit nichts ändern. Seine Reben und ihre Leichen stehen sich im Weg.

Sie setzt sich an den Schreibtisch. Vor ihr liegt die Akte mit dem Raubüberfall. Lustlos kritzelt sie Notizen auf ein Blatt, bis sie den Ordner resolut zur Seite schiebt, und sich ins Netz einklinkt. Sie macht ein paar Fingerübungen bei Google, entdeckt ein Fortbildungsangebot zum Thema Gesprächstraining, und öffnet die Seite. Die Kunst zu fragen.

Aha. Als Kriminalbeamtin befindet sie sich in der Zielgruppe, so wie Lehrer, Soziologen und Journalisten. Soll sie diesen Kurs belegen? Ein Hauch Weiterbildung würde ihr nicht schaden. Was aber, wenn der Psychologe, der das Seminar leitet, einer von diesen öden Schwaflern ist, ohne Biss und ohne Witz? Sie würde dem Kerl nach der ersten Stunde eine Kiefersperre wünschen, und wäre zwei Tage lang stinksauer. Sie kennt sich und ihre Ungeduld. Mit Nieten kommt sie nicht zurecht. Ob sie das Wochenende nicht besser in Alba verbringt, auch wenn sich Fabrizio mehr im Keller tummelt als im Wohnzimmer?

Beta greift zur Parisienne, und lehnt sich zurück. Als das Telefon läutet, zuckt sie zusammen.

„Mir liegt eine eigenartige Meldung vor", erklärt Kripochef Kost. „Ich denke, das ist was für Sie."

Eine gute halbe Stunde später sitzt Beta Bianca im Büro ihres Chefs. Er hat schlechte Laune, und flucht über die Spiezer Kollegen.

„Höchst professionell, so lang zu warten, nur um den Fall dann endlich abzugeben. Seit Montag pfuschen sie an der Geschichte herum, und legen mir nach vier Tagen einen Ordner voller Nichtigkeiten auf den Tisch", schimpft er. Nicht den Ansatz einer Spur hat die Polizei gefunden. Es kann doch nicht sein, dass niemand im Ort etwas über die Frau weiß."

„Worum genau handelt es sich", unterbricht Beta Bianca den Chef knapp. Der hält inne und funkelt sie an. Beta beißt sich auf die Zunge. Die Bemerkung hätte sie sich sparen sollen. Sie weiß doch, dass Kost ihr loses Mundwerk fürchtet. Jetzt bloß still sein, und die Situation nicht durch Wiedergutmachungsversuche verschlimmern.

Bevor das Schweigen frostig wird, schiebt Kost ihr die Akte über den Tisch und sagt: „Eine junge Frau aus Spiez wird seit Sonntagnacht vermisst. Ich erwarte von Ihnen" …

„dass sich die junge Frau bis morgen in alter Frische bei Ihnen meldet", beendet Beta lächelnd den Satz.

Kosts Sinn für Humor erwacht. Er nickt und feixt. „Gemeinsam mit Bertschi werden Sie das doch schaffen", sagt er. Ohne mit einer Antwort zu rechnen, wendet er sich seinem widerspruchslosen Gesprächspartner zu, dem Computer. Beta ist entlassen.

Ein schwieriger Mensch, dieser Kost. Manchmal kann Beta ihn nicht ausstehen. Ab und zu mag sie ihn. Es gibt auch Momente, in denen sie ihn bewundert. Er besitzt nämlich ein Gedächtnis, das Bilder, Worte und Gerüche speichert, und sie jederzeit abrufen kann. Wegen dieser herausragenden Fähigkeit wird er bei der Kripo ehrfürchtig Meister K. genannt.

In der Hoffnung, Bertschi zu treffen, schaut Beta im Büro vorbei. Doch ihr Kollege ist schon weg, ab ins Wochenende. Auf den Schreibtischen liegt feiner Staub, er stammt von den Arbeiten an der Fassade des Kommissariats.

Der Lärm der Sandstrahlgeräte macht Beta fertig, vor allem der fiepende Ton, der sie an den Zahnarzt erinnert. Was für ein Glück, dass die Maschinen am Freitagnachmittag ruhen. Keine Trommelfellfolter mehr. Keine Arbeiter, die mit laut brüllenden Kommentaren die Sprache beleidigen. Auf den Gerüsten kein Verkehr, und kein Voyeur.

Mit einem Papiertaschentuch wischt Beta über den Tisch. Entgeistert starrt sie auf die entstandenen Schlieren. In einem solchen Dreck kann man doch nicht arbeiten, empört sie sich. Sie lässt sich in der Sitzecke nieder, und schlägt den Ordner auf. Gesucht wird Tanja Zumstein aus Spiez. Beta betrachtet das Foto. Die Frau kennt sie doch von früher, vom 'Stollen', aus der Zeit, als sie selbst in der Bar verkehrte.

Was für eine schwierige Zeit, damals. Sie stand kurz vor Abschluss des Studiums, aber es wollte ihr kein Beruf einfallen, der sie gereizt hätte. Sie hatte aus purer Neugier Psychologie studiert, ohne daran zu denken, was sie später damit anfangen würde. Und nun, plötzlich, sollte sie ihre Kenntnisse in Geld ummünzen? Wusste sie nicht viel zu wenig, um einen Beruf auszuüben? Eine Welle der Angst brach über sie herein, und lähmte sie. Obendrein schürte die Mutter dieses Gefühl von Unsicherheit. Sie solle jetzt endlich die Ärmel aufkrempeln und eine Stelle zu suchen. Die gemütlichen Jahre auf der Universität seien zu Ende.

Betas Herz beginnt zu hämmern, genauso wie damals. Hitze wallt in ihr auf, und treibt ihr den Schweiß auf die Stirn. Sie erhebt sich, und geht im Büro auf und ab, um sich zu beruhigen. Doch der Erinnerungsspeicher will sich nicht schließen. Im Gegenteil, er öffnet einen weiteren Ordner.

Sie hatte zu jener Zeit Probleme mit ihrem Freund. Es fehlte ihr an Aufmerksamkeit, an einem netten Wort, an Zärtlichkeit, an Leidenschaft. Also wollte sie sich mit ihm aussprechen. Mit ihm über alles reden, so wie sie es auf der Uni gelernt hatte. Aber der Freund erklärte, er liebe sie, sie bräuchten weder eine Aussprache, noch eine Paartherapie. Beta hatte das Gefühl, gegen eine Mauer anzukämpfen. Was er von einer gemeinsamen Reise halte, zum Beispiel auf die Malediven. Er lehnte ab. Zu teuer, meinte er. Und die Masuren? Die entlockten ihm ein müdes Lächeln. Die Beziehung zwischen ihnen schleppte sich hin, bis er sie verließ. Er hatte mit einer glutäugigen Spanierin angebandelt, und träumte von einer Reise nach Sevilla. Ohne sie.

Daraufhin hatte sie den Boden unter den Füssen verloren. Da hatte sie sich jahrelang ins Wissen um die Seele vertieft, nur um am Ende festzustellen, dass kein Lehrsatz den Liebesschmerz lindert. Offensichtlich hatte sie angenommen, man könne die Psychologie verwenden wie die Packungsbeilage eines Medikaments. Man trinke ein Glas Wein. Man kaufe sich ein neues Kleid. Aber dem war nicht so. Verbittert stellte sie fest, dass sie Worte, nichts als Worte studiert hatte. Buchstabenreihen ohne Sinn. Zu einem Wortmonster hatte sie sich entwickelt. Sie konnte über alles reden, über Liebe, Hoffnungslosigkeit und Trauer. Über die Gefühle anderer. Sie hatte gelernt, Thesen und Antithesen aufzustellen. Aber es hatte ihr an dem gefehlt, was jenseits der Worte steht.

Sie gab sich auf, und verbarrikadierte sich in der Wohnung, bis sie sich eines Tages erhob, und einen Kurs in Bauchtanz belegte. Freund hin, Mutter her.

Das war vor zwölf Jahren. Beta hält inne. Sie sieht an sich herunter. Das enge T-Shirt betont ihre Brust, ihre Hüften, und die Wellen dazwischen. Sie streicht über den Po, und befühlt die überflüssigen Kilo. Fett, Zuviel Fett. Sie sollte mehr Sport treiben, und die Essensmenge reduzieren. Gut, dass der Fettspeicher ihren Liebsten nicht stört. Im Gegenteil. Ihre Knochen seien aufs Gefälligste verpackt, sagte Fabrizio kürzlich in seinem wienerisch gefärbten Deutsch. Bei ihr würde man sich keine blauen Flecken holen. Im Sommer beschwor er sie sogar, ein nabelfreies Top zu tragen. Als sie das ablehnte, warf Fabrizio ihr vor, sie sei prüde.

Nachdenklich betrachtet Beta, wie sich die Rauchringe auflösen. Der Bauchtanz hat ihr gut getan. Instinktiv hatte sie die richtige Therapie gewählt.

Erneut betrachtet Beta das vor ihr liegende Foto. Eine attraktive Frau! Ach ja, der 'Stollen'. Beta erinnert sich an eine Szene vor über zehn Jahren. Es herrschte übermütige Stimmung, die Musikbox lief, und plötzlich stand Tanja auf einem Barhocker, und tanzte. Die Gäste feuerten sie an. Sie klatschten, und stampften im Rhythmus zur Musik. Natürlich hatte Tanja bereits ein paar Bier in der Krone, was den Barkeeper beunruhigte, weil er befürchtete, Tanja könne abstürzen, und sich verletzen. Deshalb befahl er ihr, die Show zu beenden. Tanja lachte bloß, und twistete weiter. Um seinem Befehl Nachdruck zu verleihen, griff der Barkeeper zur Siphonflasche und spritzte Tanja an, bis sie zu Boden sprang. Sie riss die Hände hoch wie ein Sieger auf dem Podest, und trocknete ihr Gesicht am Hemd des Stollenwirts ab. Die Leute johlten.

Beta senkt den Kopf. Nach einer Weile gibt sie sich einen Ruck, und kehrt zur Akte zurück. Sie blättert die mageren Unterlagen durch. Das riecht nach Arbeit, murmelt sie, und denkt ans Jazzkonzert, das sie sich abschminken kann. Ihre Freundin wird ein langes Gesicht ziehen.

Freitagabend

Bertschi befindet sich auf der Autobahn Richtung Zürich, als ihn Betas Anruf erreicht.

„Ich soll umkehren, nicht wahr", nimmt er ihr das Wort aus dem Mund, und stellt sich vor, wie Beta nickt. Also nickt auch er schweigend. Sie informiert ihn kurz, und schlägt vor, zu ihr nach Thun zu kommen. Das sei zwar ein bisschen weiter für ihn, aber ihr Büro sei grausam verstaubt.

Kein Feierabend, denkt Bertschi lakonisch. Um sich mit den veränderten Umständen auszusöhnen, braucht er Töne, die ihn streicheln. Die sakrale Musik von 'Accentus'. Der göttliche Gesang entführt ihn in eine Oase des Glücks.

Das blaugelbe Möbelhaus als Teil der Industrielandschaft fliegt an ihm vorbei. Diesmal links. Der Magen knurrt ihn an. Bertschi läuft das Wasser im Mund zusammen. Beta wird ihn mit einem italienischen Menü verwöhnen, sozusagen zum Trost. Ob sie bei Fabrizio in den Kochtopf geguckt hat?

In Thun hält er trotz des Halteverbots vor dem Weinladen an. Er schaltet die Warnblinkanlage ein und hechtet ins Geschäft. Der Angestellte reicht ihm, ohne zu fragen, einen Gewürztraminer. Bertschi dankt, zahlt, winkt, und steigt ins Auto.

Der Zaun müsste ausgebessert werden, nimmt Bertschi mit einem Seitenblick wahr, als er die Gartentür öffnet. Die morschen Holzlatten halten keinen Fuchs ab, und schon gar keinen Stier. Immerhin liefern sie ein klares Bild der Besitzverhältnisse. Das Grundstück ist quadratisch wie die Schweizer Fahne, und in seiner Mitte steht das verträumte Haus, eine Mischung zwischen Bauernhaus und Chalet. Bertschi staunt wieder einmal über die ländliche Idylle. Er selbst würde hier nicht wohnen wollen. Es wäre ihm zu ruhig und zu überschaubar. Er braucht die Zürcher Hektik, die Anonymität, die Partys, und den a-capella-Chor, in dem er singt. Er ist ein Stadtmensch.

Bertschis Augen schweifen übers spiegelnde Wasser. Das

einzige, was er seiner Kollegin neidet, ist ihr privates Seeufer. Den See rauf und runter surfen würde er, mit und ohne Begleitung.

In der offenen Tür steht Beta und streckt die Hand nach der Flasche aus. „Der kriegt Sonderurlaub im Tiefkühler", meint sie und verschwindet mit dem Wein in der Küche.

Bertschi folgt ihr. „Du hast noch nichts auf dem Herd?"

Beta foppt ihn: „Heute gibt's Fastfood." Worauf er in strengem Ton den Gewürztraminer zurück verlangt.

Beta dreht ihm den rechten Arm auf den Rücken. „Erstens hasse ich es, wenn du den Tonfall meiner Mutter nachahmst. Also lass das. Zweitens hast du mir den Wein geschenkt. Also behalte ich ihn. Drittens gibt es zum Abendessen Lammfilet. Viertens arbeiten wir zuerst."

Bertschi schlägt die schlanke Akte auf, während Beta Grüntee für ihren Kollegen überbrüht. Er seufzt ein ums andre Mal und sagt schließlich: „Mit Dörflern werden wir es zu tun haben, und die sind extrem verschlossen."

„Ja", meint Beta trocken, „mit solchen wie mir", und rückt mit den moralischen Aufhellern an. Sie stellt das Tablett ab, lässt sich auf ihrem roten Sofa nieder und lächelt einer halbvollen Flasche Barolo zu.

„Bertschi, das Leben ist beschissen. Aber jetzt und hier ist's grandios." Sie tätschelt die Flasche und ist heilfroh, bei sich zu Hause zu sein. Kein Heimweg nach der Arbeit. Sie wird einfach alkoholschwer ins Bett sinken. Bertschi dagegen muss sich noch hinters Steuer klemmen, weil er nicht bei ihr übernachten will. Gut, dass er ein leidenschaftlicher Grünteetrinker ist.

Bertschi, der um seinen Lehnsessel Akte, Laptop und Teetasse geschart hat, blickt auf. „Du bist hoffnungslos optimistisch." Er klopft auf die Akte und fährt fort: „Eine Schande ist das, die kärgliche Notiz. Der dämliche Polizist hat bloß festgehalten, dass niemand in der Firma weiß, wo die Zumstein steckt, und dass auch die Eltern nichts von ihrer Tochter gehört haben. Ende. Und dann unternimmt er vier Tage nichts, bevor er den Fall an uns abtritt. Ein Verfahren sollte man ihm anhängen."

„Nur damit sich die Zusammenarbeit mit der Spiezer Polizei verschlechtert?" Beta schüttelt den Kopf. „Mich beschäftigt etwas anderes. Da verschwindet eine Frau, und niemand macht sich Sorgen."

„Außer die von der Firma."

„Der Chef von Acero hat die Sache nur pflichtgemäß gemeldet", sagt Beta. „Aber sonst? Die Eltern werden nicht nervös. Freunde und Bekannte auch nicht. Stell dir vor, kein Schwein interessiert sich, ob du da bist oder nicht. Weißt du, was das heißt?"

„Dass mich kein Schwein vermisst."

„Genau", bestätigt Beta. „Das bedeutet, dass dein soziales Netz verdammt großmaschig ist. Ein einziges Loch ist es."

„Vielleicht ist die Zumstein schon öfter abgehauen, und jetzt halt wieder. Man hat sich in ihrem Umfeld damit abgefunden, dass sie kommt und geht, wie es ihr passt."

Bertschi macht eine Pause. „Sie kann aber auch einen Unfall gehabt haben. Oder sie hat Schluss gemacht. Was weiß ich, vielleicht hat sie sich im Wald erhängt."

„So einfach werden wir nicht davonkommen, Bertschi. Ich rieche das. Die Zumstein, die Bar, Alkohol, und sicher Drogen, das wird eine verzwickte Geschichte."

„Wird nicht schon in den ersten fünf Minuten dramatisch", brummt Bertschi. „Wir haben eine unklare Ausgangslage. Von einer Leiche keine Spur. Also deutet nichts auf einen Mord."

„Ja, ja", unterbricht ihn Beta grantig. „Heute können wir ohnehin nichts mehr unternehmen."

„Wir werden mit einer Unmenge von Leuten reden müssen", seufzt Bertschi. „Tolle Aussicht in einer Gegend mit verstockten Bergbauern. Spielen die Ahnungslosen, in Wirklichkeit aber kriegen sie alles mit. Bei denen wird doch jeder Furz thematisiert. Trotzdem werden sie uns nichts verraten."

„Würdest du denn über jeden Furz Bescheid wissen wollen", erkundigt sich Beta.

Bertschi überhört den Einwurf. Die zu erwartenden Probleme beschäftigen ihn. „Und wer von ihnen das Schweigen bricht, der steht am nächsten Tag selbst am Pranger. Ich sage dir, hier herrscht das Gesetz der Omerta. Man weiß nichts. Man hat nichts gesehen. Man hat nichts gehört. Sizilien lässt grüßen. Mach dich gefasst darauf, Beta, von deinen Geröllhaldefreunden wird keiner den Mund aufmachen."

Bertschi verbrennt sich die Zunge am Grüntee, und hechelt ein paarmal. In der Stille wird ihm klar, dass er sich auch die Finger verbrannt hat. Dies hier ist Betas Heimat. Sein Blick fällt auf die Berge. Viel zu nah erscheinen sie ihm, geradezu distanzlos. Noch im Dämmerlicht stören sie ihn. Abtragen müsste man sie, an die Holländer verkaufen, als Schutzwall gegen das ansteigende Meer. Mit dem Kinn weist Bertschi auf die schwarzen Felsriesen.

„Dass du in solcher Enge leben kannst! Drücken sie dir nicht aufs Gemüt?"

„Damit bin ich aufgewachsen. Sie sind mir vertraut, und man hängt an dem, was man kennt. Doch das ist für einen einsamen Stadtwolf wie dich zu hoch, vermute ich."

Beta thront im Meditationssitz zwischen den Kissen und sieht den Rauchringen zu, die vor ihrem Mund schweben. „Ich mag die Menschen hier, weil sie zu großen Gefühlen fähig sind. Sie sind gradlinig und stolz. Und wenn sie sich zugeknöpft geben, dann hundert pro."

Nachdenklich zieht Beta an der Zigarette. „Ich hab die Oberländer nie ganz verstanden. Deshalb hab ich Psychologie studiert. Ich wollte wissen, wie die Leute hier ticken."

„Nicht wegen der Mutter", hänselt Bertschi sie. Beta zeigt ihm den Stinkefinger. „Wegen ihr und wegen den andern, aber wahrscheinlich wegen mir selbst."

Bertschi will die Sache mit der Mutter nicht vertiefen. „Lass mich zusammenfassen." Augenblicklich trifft ihn eine Papierkugel auf der Stirn. Er stutzt. Dann versteht er. Er hat die Floskel verwendet, die Beta auf den Geist geht.

„Kurz" wiederholt er unbeirrt, „wir werden es mit monolithischen Charakteren zu tun haben."

Beta zuckt die Achsel. „Lass einfach deine Zürcher Arroganz zuhause und hör den Leuten zu."

Eine Weile schweigen beide. „Warum nimmst du nicht von meinem Tee?" Beta zeigt auf den Wein. „Der würde dich entspannen."

Statt einer Antwort nippt Bertschi am Grüntee. „Vielleicht bin ich mit dieser Gattung Mensch überfordert", räumt er ein.

„Bist du nicht", sagt Beta. „Nimm sie so wie sind, anstatt dich besser zu dünken als sie."

Beta kämpft sich aus den Kissen hoch, erfasst Bertschis Hand und zieht ihn in die Küche. „Wir haben Hunger", erklärt sie.

Konzentriert hacken vier Hände Zwiebeln, Kräuter, Kastanien und Äpfel. Als Beta eine Knoblauchzehe entkleidet, schüttelt Bertschi entgeistert den Kopf: „Nein. Knoblauch verstopft die Kanäle im Denkapparat. Und vergiss nicht, wir werden eng zusammenarbeiten." Die gusseiserne Pfanne kriegt Betas aufwallenden Ärger ab, was Bertschi mit einem liebevollen Anrempeln quittiert. Der nackte Knoblauch wird zur Seite gelegt, und verliert im Nu seine Bedeutung.

Fünfundzwanzig Minuten später führen sie ehrfurchtsvoll den ersten Bissen zum Mund. Sie schauen sich an, schieben nach, strahlen sich an. Ja, so muss es schmecken, das würfelig geschnittene Lammfilet mit den grünen Tagliatelli und dem Ruccola-Salat, verfeinert mit Traubenkernöl aus Alba.

Später wechseln sie ins Wohnzimmer zurück. Beta öffnet den kühlen Weißen, und schenkt sich ein. Sie gönnen sich noch eine Zigarettenlänge Pause, bevor sie weiterarbeiten. Sogar der Grüntee-Bertschi kehrt seine lasterhafte Seite hervor. Ausnahmsweise pafft er schon am Freitag eine Sozi, eine Sonntagszigarillo.

Wie meine meschuggene Tante Elsa aus Salzburg, denkt Beta. Die raucht auch Zigarillos. So jemanden wie Tante Elsa hat sich Beta immer als Mutter gewünscht. Dann hätte sie garantiert nicht Psychologie studiert, sie hätte heute mit Musik, und nicht mit Mord zu tun. In ihrer Fantasie beamt sie sich als Jazzpianistin nach Montreux. Da schiebt sich plötzlich das Bild ihrer Mutter dazwischen, und Beta hört sie verächtlich lachen. Überhaupt schaffte es die Mutter oft, ihr jegliche Freude zu vergällen, und als schärfste Waffe setzte sie die Religion ein. Beta hört im Kopf immer noch ihre Stimme.

Böse Mädchen muss man strafen, Elisabeth. So will das der liebe Gott. Beta kapierte ziemlich schnell, dass Gott mit der Mutter zusammenspannte. Er schickte Beta in die lichtlose Rumpelkammer, und die Mutter sperrte zu. Aber auch wenn Beta brav war, zeigte sich Gott nicht zufrieden. Er half der Mutter, Verbote auszuhecken. Außerdem erfand er für die Mutter den Imperativ. Lass das, Elisabeth. Geh weg, Elisabeth. Hör sofort auf, Elisabeth. Frag nicht so viel. Beta entwickelte sich zu einem furchtsamen Kind, und die Mutter verspottete sie, weil sie immerzu Angst hatte.

Ach ja, Tante Elsa mit ihrem Humor. Die hätte ihr Platz zum Leben gelassen. Von der hätte sie Freude an alltäglichen Dingen gelernt. Betas Lippen zucken. Sie ballt ihre rechte Hand zur Faust. Blöd, dass sie die falsche Mutter gewählt hat. Ihre Kindheit ist ein Hindernislauf gewesen.

„Was versteckst du in der Hand", holt Bertschi sie mit sanfter Stimme zurück.

„Ein Stück Vergangenheit", murmelt Beta.

Sie greift zur Akte und versenkt sich in den knappen Polizeibericht. Nach einer Weile hebt sie den Kopf. „Bereit?" Sie schaltet das Aufnahmegerät ein, und spricht ein paar einleitende Sätze: „Tanja Zumstein verließ am Sonntag gegen 23.30 Uhr die Spiezer Bar 'Stollen' durch den Hinterausgang. Dies bestätigt der Barkeeper Tim Federer. Von da an verliert sich die Spur der Zumstein. Die Akte wurde uns heute, Freitag, fünf Tage nach Verschwinden der Tanja Zumstein, von der Polizei Spiez übermittelt. Die Gesuchte arbeitet in der Firma Acero, die am vergangenen Montag Tanja als vermisst gemeldet hat."

Beta senkt den Kopf. Sie sammelt sich. Bertschi beginnt zu reden. Sie unterbricht ihn. Er redet. Sie redet. Sie rätseln beide laut, stellen Fragen, und verlieren den Faden. Sie bleiben in Überlegungen stecken und schaffen verrückte Zusammenhänge. Es gibt keine Schere im Kopf.

Der Pegelstand des Gewürztraminers befindet sich am unteren Rand der Etikette, als sie verstummen. Bertschi trinkt vom Tee, der inzwischen kühl geworden ist.

Das rote Licht am Gerät erinnert Beta an die übliche Frage am Schluss. „Unsere ersten drei Schritte?" Wie immer findet Bertschi prompte Antworten, er mit seinem ausgezeichneten Gedächtnis, und seiner Fähigkeit, Chaos zu strukturieren. Er wird sich mit der Spurensuche entlang der Kander befassen, wenn es überhaupt noch eine Spur gibt. Beta wird mit dem Spiezer Polizeikollegen Kontakt aufnehmen. Und dann wird sie sich mit dem Barkeeper unterhalten. Ob der sich an sie erinnert?

Während Beta Astor Piazzola auflegt, steht Bertschi am Fenster und schaut in die Nacht. Der eitle bauchige Mond betrachtet sich im Wasserspiegel des Sees. Laut Vorhersage ist das morgige Wetter schön. Wenn Bertschi jetzt sofort aufbricht, wenn er bei seinem Freund in Bern übernachtet, wenn er morgen um sieben aufsteht, dann kann er eine Stunde joggen. Ab neun wird er sich in die Arbeit knien.

Beta versucht, Bertschi zum Bleiben zu überreden. Er könne zwischen zwei Gästezimmern wählen. Bertschi lehnt wie immer ab. Er schläft lieber in der Wohnung seines Freundes, der bei seiner Freundin übernachtet, und ihm eine sturmfreie Bude überlässt. In Betas Haus würde er sich nicht frei fühlen. Er würde sich verlieren im höflichen Bemühen, ein angepasster Gast zu sein. Am Ende des Tages fehlt Bertschi schlichtweg die Energie, Rücksicht zu nehmen. Er will nach der Dusche nackt den Kühlschrank durchforsten, sich ungeniert am Sack kratzen, oder das Radio anstellen können, und niemand schert sich darum. Der, mit dem er seine Macken eine Weile lustvoll teilte, hat leider das Weite gesucht.

Beflügelt von Piazzola, nähert sich Bertschi mit Tangoschritten dem Aufnahmegerät, und überträgt das Gespräch auf seinen Laptop. Er wird es mit Stichworten versehen, damit man die Denkbrocken auf dem Band findet.

Beta ist gerührt. „Bertschi, wenn ich dich nicht hätte."

„Danke, ebenso", erwidert der steif.

„Wir telefonieren morgen, und treffen uns am Abend hier", schlägt Beta vor. Bertschi ist einverstanden.

Beta begleitet ihren Kollegen zum Auto. „In 29 Minuten schlafe ich", sagt Bertschi. Beta reißt die Augen auf. „Da bist du zwar schon ganz in der Nähe von deinem Klappsofa. Aber in der Stadt wirst du nicht vorwärtskommen. Dort herrscht Ausnahmezustand. Mensch Bertschi, wir wissen nicht einmal, wie das Spiel ausgegangen ist. Bern gegen Bologna. Im Wankdorf-Stadion war sicher die Hölle los."

Der japanische Motor schnurrt leise vor sich hin. „Ich werde in 29 Minuten schlafen", wiederholt Bertschi.

„Wenn du zu schnell fährst, wird man dich schnappen. Dann verlierst du Geld und mindestens eine halbe Stunde Zeit, weil du einen Alkoholtest machen musst. Die Kollegen vom Verkehr finden es sicher lustig, einen von der Kripo zu kontrollieren."

Beta prustet los. „Sie würden deinem Hinweis auf Grüntee nicht glauben, und den Test endlos wiederholen."

Wieder im Wohnzimmer, greift Beta zum Handy und simst an Fabrizio: „Ich habe einen neuen Fall. Bist du noch im Keller? Liebesgrüße von einer würzigen Traminerin."

Danach schaltet sie sämtliche Geräte aus. Kein Standby, im ganzen Haus nicht, seitdem ihr ein Freund diese Geschichte erzählt hat. Er hatte ab und zu ein unangenehmes Kribbeln im rechten Oberschenkel gespürt, ohne ihm Beachtung zu schenken. Doch irgendwann überfiel ihn eine böse Ahnung. Das musste das Raucherbein sein. Er sah sich schon beinamputiert im Rollstuhl, abgeschoben in ein Heim für Behinderte. Ein letztes Mal griff er zur Zigarette, rauchte andächtig und voller Wehmut, warf das Päckchen weg, und wurde unausstehlich. Nach zwei Wochen verlor er das Handy. Schlagartig hörte das Kribbeln auf. Den Zusammenhang begriff er erst ein paar Tage später. Er hatte sein Nokia stets in der rechten Hosentasche getragen. Bloß Elektrosmog, nicht Nikotin, erklärte er vergnügt jedem, der es hören wollte, und rauchte von da an mit doppelter Leidenschaft.

Zusammen mit dem Gewürztraminer geht Beta in den oberen Stock, stellt den Wein auf den Nachttisch, und streift die Kleider ab. Jetzt müsste Bertschi, der waschechte Individualist, bereits in Bern sein. Es gefällt ihr, dass er sich ihren praktischen Argumenten nicht beugt.

Sie schlüpft unter die Daunendecke, und kuschelt sich ins Kissen. Gut, dass Fabrizio nicht da ist. Manchmal ist es schön, allein zu schlafen. Man kann das Pflegeritual im Badezimmer ohne schlechtes Gewissen streichen. Da ist niemand, den der Zwiebelgeruch im Haar stört, geschweige denn die Kombination aus Schweiß und Rauch. Und der Zahnbürste kann man spontan einen freien Abend gewähren, denn Colgate und Gewürztraminer vertragen sich schlecht. Beta trinkt den letzten Schluck, und nimmt den Geschmack des Weins in ihre Träume mit.

Freitagnacht

Kurz nach vier erwacht Beta, und fühlt sich hellwach. Wie nach einem doppelten Espresso. Das Herz klopft im Akkord gegen die Rippen, und kurbelt diese unkontrollierbare Angst an, die sie in der Hütte zum ersten Mal überfallen hat, und die seither in den unpassendsten Situationen wiederkehrt. Augenblicklich weiß sie, woher das ungute Gefühl stammt. Es hat mit dem neuen Fall zu tun, genau gesagt, mit dem Betreiber des 'Stollen'.

Die Geschichte spielte sich vor einer Ewigkeit ab, vor 5000 Tagen oder so, mit einer Depotwirkung bis heute. Eine Freundin hatte sie zu einem Wochenende in den Bergen überredet. Sie beide und zwei gute Bekannte, das würde Beta auf andere Gedanken bringen. Schließlich stimmte Beta zu. Es machte keinen Sinn, dem Exfreund hinterher zu trauern. Der hatte sich längst in den Süden aufgemacht, der andalusischen Seele auf der Spur.

An einem Samstag im September stieg Beta mit ihrer Freundin vom Parkplatz aus den steilen Waldpfad hoch. Die

Hütte stand auf einer Lichtung, umgeben von riesigen düsteren Tannen. Asfaltgraue Felsgipfel säumten die Baumspitzen.

Die beiden Männer saßen vorm Haus. Sie drückten den Frauen zum Empfang kühles Flaschenbier in die Hand. Zigaretten wurden angezündet. Am Anfang harzte es mit dem Gespräch, die Worte tröpfelten bloß. Doch mit der Zeit begannen sie zu fließen, und irgendwann sprudelten sie sogar. Man lachte in den Sonnenuntergang hinein. Blicke trafen sich, die Möglichkeiten andeuteten. Jetzt fehle nur noch der Abendsegen, meinte einer, und stand auf. Die andern Drei folgten seinem Beispiel, und sie schmetterten dem kalten Gestein aus Jux und Tollerei das Lied entgegen. Dem schwülstigen Text über Heimat und Gott konnte niemand etwas abgewinnen. Doch während sie sangen, veränderte sich die Stimmung. Eine geradezu magische Ergriffenheit erfasste die Vier, und sie vergaßen ihre Scheu vor packenden Gefühlen. Ihre Herzen weiteten sich, und der Gesang begann zu vibrieren vor Innigkeit. Mit dem letzten Ton erlosch auch der göttliche Funken. Er hatte sich im Augenblick des Erkennens verflüchtigt.

Die Erinnerung ans Lied weckt in Beta das Empfinden von damals, als habe sich das Rad der Zeit zurückgedreht, und beschere ihr den intensiven Glücksmoment ein zweites Mal. Und wieder, wie damals, zerrinnt er im Nu, hinterlässt in ihr nur die Ahnung von Vollkommenheit.

Auch der Rest der Hüttengeschichte bleibt Beta für immer unvergesslich, jedoch aus anderen Gründen. Nach dem Abendsegen zogen sich die Männer verlegen in die Küche zurück. Der Umgang mit Töpfen schien ihnen vertrauter zu sein als hehre Gefühle. Beta und ihre Freundin plauderten eine Weile. Die Dämmerung bot ein kurzes Gastspiel, und wurde bald von der Dunkelheit verdrängt.

Die beiden Frauen suchten sich einen Baum, um zu pinkeln. In der Hocke lauschten sie der schwarzen Nacht. Ob sie auf einen der beiden Typen spitz sei, fragte Beta ihre Freundin. Die wiegte den Kopf hin und her. Im Prinzip würde sie schon jemand neben sich wollen, aber von den Modellen in der Hütte keinen. Die zwei Kerle seien so erotisch wie Holzscheiter. Und auf Alpensex stehe sie sowieso nicht. Wie denn der sei, erkundigte sich Beta neugierig. Karg und knapp, erwiderte die Freundin, immer in Hemd und Socken. Ohne Halt bis zum Gipfel.

Und was, überlegte Beta, wenn die Männer auf horizontale Gedanken kämen? Dann, vereinbarten die Frauen, würden sie sich gegenseitig in der Abwehr unterstützen.

Als die beiden ins Haus zurückkehrten, standen die Männer am Herd und diskutierten über Megabites. Beta machte es sich auf der Eckbank gemütlich und blätterte in einer alten Illustrierten. Sie spürte die verstohlenen Blicke vom Typ mit den braunen Locken. Manchmal sah sie auf. Dann drehte er sich weg, und fuhr sich mit den Fingern durchs Haar. Als das Essen serviert wurde, stierte Beta lustvoll auf die Schüsseln. Die Kerle hatten sich mächtig ins Zeug gelegt. Das Menü war reinste Poesie, vom Aussehen her, und vom Geschmack. Kaninchenragout, Polenta und gedämpfte Tomaten. Das goldene Salbeiblatt für die Macher, lobte Beta die Köche, und man prostete sich mit einem Pinot aus dem Wallis zu.

Die Spiezer im Tal unten schliefen bereits, als der Selbstgebrannte hervorgeholt wurde. Der braunlockige Mann hatte Gras dabei. Er drehte einen Joint, genoss den ersten Zug und reichte den Kiff weiter. Betas Freundin lehnte ab. Doch Beta, in aufgekratzter Laune, griff zu. Vorsichtig ließ sie den Rauch in die Lunge hinab und blies ihn schnell wieder aus. Ein halbes Glas Rotwein später bemerkte sie spöttisch, sie habe wohl eher Heu gekriegt als Gras. Sie spüre nichts.

Nach dem zweiten Joint begannen für Beta die Küchenmöbel zu tanzen. Die Decke kippte um neunzig Grad und schob sich als Mauer in den Raum. Eine Holzmaske an der Wand näherte sich Beta mit grausigem Gelächter, verschwand und tauchte an einem andern Ort auf. Die Stimmen der Männer hallten im Raum. Sie schienen hundertfach verstärkt, und verursachten in ihrem Kopf einen rasenden Schmerz. Die Freundin zog Beta zur Couch hinüber und überredete sie, sich hinzulegen. Beta krallte sich an ihrem Arm fest und flehte sie an: Geh nicht weg. Bleib bei mir. Sie zitterte am ganzen Körper, warf sich hin und her, und hielt sich die Ohren zu, denn das Tropfen des Wasserhahns machte sie schier wahnsinnig. Verlass mich nicht, flüsterte sie voller Angst, als die Freundin aufstand, um das Tröpfeln abzustellen.

Schließlich verblassten die quälenden Bilder. Auch der Schmerz. Beta atmete auf. Doch nach einer kurzen Pause wiederholte sich der Spuk mit unverminderter Stärke. Nach dem dritten Schub begriff Beta das Muster. Die ruhige Phase machte sie fit für den nächsten Horrortrip.

Als sich die Freundin einen Moment lang ausruhte, setzte sich der Mann mit den braunen Locken zu Beta. Er begann sie zu streicheln, berührte ihre Brüste und fasste zwischen ihre Beine. Dazu flüsterte er ihr ins Ohr, er sei scharf auf sie. So wie sie auf ihn. Er redete von ihren samtenen Schamlippen, die anschwollen, und vom Sex, den sie beide haben würden. Ganz feucht sei sie schon, und sie bebe vor Lust.

Beta war zu geschlaucht, um sich wehren zu können. Zudem legte sie ein weiterer Anfall lahm. Die Freundin schob den Mann zur Seite. Widerwillig machte er Platz, blieb aber am Diwan stehen, begaffte Beta lüstern, und griff sich in den Schritt.

Der andere Typ war ähnlich drauf. Gespannt wie eine Feder. Auch er wollte vögeln, ohne Aufschub. Unruhig strich er ums Sofa herum, um den richtigen Moment abzupassen. Beide Männer hatten längst kapiert, dass nicht Beta das Problem war. Mit der würden sie locker fertig. Aber die andere. Die stand im Weg und schottete Beta ab. Als die Kerle merkten, dass sie ihr Ziel nicht erreichten, kippte das Klima in der Hütte. Die lockeren Sprüche wichen einem aggressiven Ton.

Der Freundin wurde mulmig zumute. Da hatte sie sich mit ihrem Trumpf im Ärmel sicher gewähnt. Keine Drogen, wenig Alkohol. Sie war klar im Kopf, und hatte keinen Moment daran gezweifelt, die Männer in Schach halten zu können. Doch nun drohte ihr die Kontrolle über die Situation zu entgleiten. Die Kerle hatten sich mit Blicken verbündet, und rückten von beiden Enden des Sofas auf sie zu. Die Luft knisterte vor Feindseligkeit. Fieberhaft überlegte sie, stand auf, ohne Plan für einen Ausweg, zwinkerte Beta aufmunternd zu, und lockte die Beiden an den Tisch. Dort schenkte sie drei Gläser Williams ein, und begann von einem Drama auf dem Ortler zu erzählen. Ob er wisse, wo der Ortler sei, fragte sie den Braunlockigen. Der gehöre doch zu Österreich, sagte der. Nein, zur Schweiz, meinte der andere. Eine heftige Diskussion entbrannte, bis einer im Netz nach der Antwort suchte. Dass der Ortler ein 3900 Meter hoher Italiener ist, hätten die Beiden nie gedacht. Die Erkenntnis wurde mit Schnaps verfestigt, und dann lauschten sie der Geschichte von zwei Polen, die auf den Ortler wollten. Der Hüttenwart hatte ihnen wegen des Wetters abgeraten. Außerdem waren sie mangelhaft ausgerüstet. Die Kerle lauschten mit großen Ohren, aber nach kurzem sanken ihnen die Köpfe auf den Tisch.

Die würden so schnell nicht mehr aufwachen, flüsterte die Freundin Beta zu. Sie rückte sich einen Stuhl ans Sofa, und wartete, bis Betas nächster Anfall abgeklungen war. Dann schlichen sie gemeinsam aus der Hütte, beleuchteten mit ihren Taschenlampen den Weg ins Tal, und erreichten mit schlotternden Knien den Parkplatz.

Obwohl Beta todmüde ist, findet sie keinen Schlaf. Unruhig wälzt sie sich von einer Seite auf die andere. Schließlich hält sie es nicht mehr aus im Bett. Sie geht in die Küche hinunter, wärmt sich Milch auf, süßt sie mit einem Löffel Honig, und trinkt die Tasse in kleinen Schlucken leer. Langsam nimmt die Beklemmung ab, jedoch das Gefühl des Ausgeliefertseins bleibt wach in ihr. Und die Scham über ihre Unbedarftheit auch. Was, wenn ihre Freundin so verladen gewesen wäre wie sie?

In ein paar Stunden wird sie den Mann mit den braunen

Locken treffen, den Barkeeper Tim Federer. Wird er sie nach so langer Zeit erkennen? Sie, die seit jenem Vorfall in der Berghütte den 'Stollen' mied wie die Pest?

Wieder unter der warmen Decke, greift Beta zur Medizin gegen nervöses Herzflattern. Sie wählt die Klaviersonate Nr. 9024, dankt Mozart für die wundervollen Klänge, dimmt die Nachttischlampe auf sanftes Licht, und schläft sofort ein.

Samstagvormittag

Die Aare eilt durch den Wald. Manchmal wird ihr Lauf von unsichtbaren Hindernissen gebremst. Dann bäumt sie sich auf, schlägt Wellen und grollt, bis sie sich beruhigt und wieder unbeirrt weiter fließt. Bertschi versucht, sein Tempo dem des Flusses anzugleichen. Ein Ast schaukelt auf der Wasseroberfläche und überholt ihn. Dich krieg ich, denkt er, und steigert den Laufschritt. Und wirklich, es kommt gleichsam zu einem Kopf an Kopf Rennen. Schließlich fällt Bertschi in sein Tempo zurück. Der Prügel ist ihm zu schnell. Einen Moment lang ärgert er sich. Dann beginnt er zu grinsen. Ja, so ist es, manchmal gelangt man schneller ans Ziel, wenn man sich treiben lässt. Abgesehen davon hat selbst der beste Sprinter keine Chance, wenn die Konkurrenz mit einer Geschwindigkeit von 17 km/h antritt.

Ein Jogger kommt ihm entgegen. Graues Seitenhaar weht und wippt. Weiter oben auf dem Kopf flattert nichts. Der Mann trägt einen ausgewaschenen Pullover und zerschlissene Hosen. Kurz bevor er Bertschi kreuzt, schnäuzt er sich taschentuchlos ins Gebüsch. Mit einem Satz weicht Bertschi auf den Wegrand aus. Er fühlt sich in seinem Rhythmus gestört. Was macht der komische Kauz hier? Normalerweise ist es um diese Zeit menschen- und hundeleer.

Lass den Mann in Ruhe, mahnt Bertschis Überich, auch Rotzer mit seniler Bettflucht haben eine Daseinsberechtigung. Als er den Erinnerungsstein passiert, erfasst ihn ein mulmiges Gefühl. Hier wurde vor zwei Jahren um sechs Uhr früh ein Jogger ermordet. Bertschi blickt auf die Uhr. Halbacht. Keine gefährliche Zeit, beruhigt er sich selbst. Trotzdem rennt er ein wenig schneller.

Geduscht und in den neuen Jeans, die seine Hinterbacken vorteilhaft zur Geltung bringen, betritt er den Schweizer Hof. Er bestellt Milchkaffee und zwei Croissants, und denkt daran, wie er als Kind die Gipfel eintunkte. Schnell musste man sein, und im Notfall danach schnappen. Denn das kaffeegetränkte Gebäck war schwer, und hatte die Tendenz, abzustürzen. Den warmen Brei behielt er lang im Mund. Das erregte ihn. Seine Mutter ließ ihn gewähren. Sie gab vor, nichts zu sehen, und die schmatzenden Geräusche nicht zu hören. Noch heute hat Bertschi eine Schwäche für diese Gewohnheit aus Kindertagen. Zuhause, ohne Zuschauer, gönnt er sich das Vergnügen auch. Später, im Alter, wird er seiner Lust auch in der Öffentlichkeit frönen, vielleicht sogar im Schweizer Hof.

Bertschi greift zum „Tagesanzeiger". Er blättert sich durch die Schlagzeilen, überfliegt einen Vorspann und liest ein paar Zwischentitel. Bei einem Artikel über das Obertonsingen bleibt er hängen. Seine Gedanken schweifen ab. Vor Jahren hätte er gern bei Christian Zehnder jodeln gelernt. Aber seine große Liebe, jedenfalls die von damals, sprach sich dagegen aus. Einen jodelnden Partner empfinde er als Zumutung. Die abschätzige Bemerkung verletzte Bertschi. Er rächte sich mit einer langen Diskussion über Vorurteile, bevor er klein beigab. Schließlich entdeckte er eine andere Möglichkeit für sich. Er brachte seine Stimme in einem a-capella-Chor unter.

Bertschi kehrt zum Text über Zehnder zurück. Der Schweizer Vorzeigejodler jenseits der Tradition tritt zusammen mit vier Obertonsängern auf. Kalmücken? Wo sind die zuhause? Ob Beta das weiß?

Bertschi erinnert sich plötzlich, warum er in Bern ist. Er telefoniert mit der Spurensicherung. Einen Beamten brauche er, keine Streife, niemanden in Uniform. Kurze Zeit darauf fährt Bertschi mit einem Spezialisten nach Spiez. Nachdem Beta ihm die Örtlichkeit beschrieben hat, parkt er in der

Nähe der Brücke, von wo aus ein schmaler Pfad Richtung 'Stollen' führt. Die Augen auf den Boden geheftet, gehen die beiden Männer langsam die Kander entlang, bis zum Hinterausgang der Bar.

Bertschi wirft dem Kollegen einen fragenden Blick zu. Der schüttelt den Kopf. „Keine Spuren. Es hat zwei Tage lang geregnet. Da ist selbst der tiefste Abdruck weggespült."

Der Spurendienstler fixiert den kleinen Platz vor der Tür. Er pfeift anerkennend. „Keine einzige Kippe. Da hat jemand gründlich gefegt."

Während der Beamte die Böschung absucht, macht sich Bertschi Notizen über die Häuser auf der anderen Seite des Baches. Beobachtungen können nur in einem Einfamilienhaus schräg gegenüber gemacht worden sein, und in einem Mehrfamilienhaus weiter Bach abwärts.

Unweit der Brücke wird der Spurendienstbeamte fündig. Bloß einen halben Meter vom Wasser entfernt, zwischen Steinen, entdeckt er einen Pass. Er streift sich Handschuhe über, hebt ihn auf und öffnet ihn.

Bertschi blickt ihm über die Schulter und nickt. „Unsre Gesuchte."

„Wer immer das Dokument weggeworfen hat, er hat zu wenig weit geworfen."

„Sie meinen, der Pass sollte in den Bach?"

„Natürlich", bestätigt der Spezialist, und konzentriert sich wieder auf den Abhang.

Er und Bertschi klappern gemeinsam die Umgebung ab. Sie finden nichts. Den Mann vom Spurendienst entmutigt das in keiner Weise. Er durchkämmt die Gegend weiter.

Inzwischen begibt sich Bertschi zum Einfamilienhaus auf der anderen Seite der Kander. Dort wohnt ein älteres Ehepaar. Das Schlafzimmer liegt dem Bach abgewandt auf der Rückseite des Hauses, mit Blick in den Wald. In der Nacht von Sonntag auf Montag ist den beiden nichts Besonderes aufgefallen. Die Jungen stehen oft vorm 'Stollen', erzählen sie. Das wissen sie, weil manchmal der eine oder andere von ihnen nicht schlafen kann.

„Wenn sie da unten im Dunkeln rauchen", sagt die Frau, „denke ich immer an Glühwürmchen, weil die Zigaretten von Hand zu Hand wandern. Schön, dass die Jungen noch teilen können. Nein, sie stören nicht, die Jungen. Der Bach verschluckt den Lärm sowieso."

Die Oktobersonne wärmt Bertschis Rücken, als er den Bach entlang zurück zur Brücke geht. Im Mehrfamilienhaus kann nur eine Person Angaben zur fraglichen Nacht machen, ein Mann um die Sechzig.

„In der Nacht von Sonntag auf Montag hat sich da unten eine filmreife Szene abgespielt. Eine junge Frau geht im Finstern den Wiesenweg entlang. Vor der Brücke wartet ein Mann im Auto. Die Frau steigt ein. Die zwei umarmen sich. Klassischer Fall von Liebespaar, denk ich bis zu dem Moment, wo der Fahrer aussteigt und hintereinander zwei Dinge in den Bach wirft. Da habe ich plötzlich zu zweifeln begonnen. Vielleicht geht es bei den Zweien alles eher als friedlich zu. Manchmal ist eine Umarmung fast nicht von einer Kampfhandlung zu unterscheiden. Nach drei, vier Minuten startete der Wagen, ein dunkler Audi 80 mit Zürcher Kennzeichen."

Der Mann führt Bertschi ans Fenster. Er arbeite oft bis spät abends. Die blonde Frau, die in den Audi gestiegen sei, habe er schon ein paar Mal beobachtet. Er habe sich überlegt, ob sie vom horizontalen Gewerbe sei, weil sie jedes Mal in ein Auto steige, immer in ein anderes, aber immer in eines aus Zürich.

Erleichtert über die konkreten Beobachtungen gesellt sich Bertschi wieder zum Beamten vom Spurendienst. Der ist nicht unzufrieden. Zwar habe er keine weiteren Gegenstände gefunden, aber vielleicht liefere die Untersuchung des Passes einen weiteren Hinweis.

„Kein Handy gefunden?"

Der vom Spurendienst verneint.

Während der Fahrt zurück nach Bern schweigen die Männer, jeder plant seine Arbeit für sich.

Bevor sich Bertschi im Büro an den PC setzt, teilt er Beta

die Ergebnisse mit. Dann zieht er die Kassette vom Vorabend aus der Tasche, schiebt sie ins Gerät und drückt auf Wiedergabe. Eine Weile lauscht er mit geschlossenen Augen halbfertigen Sätzen, deren Ende bestenfalls zu erraten sind. Schlimmer noch dünken ihn die gleichzeitig gesprochenen Sätze, die trotz doppelter Lautstärke kaum zu verstehen sind. Dann ein klarer Satz. Und noch einer. Bertschis Finger rasen über die Tastatur, um sie festzuhalten.

Samstagnachmittag

Beta überfliegt nochmals ihre Notizen mit den Fragen, die sie Federer stellen will. Immer wieder liest sie das Geschriebene durch, nur um sich am Ende einzugestehen, dass sie mit den Gedanken nicht bei der Sache ist. Was, wenn sich das Bild von der Berghütte während des Gesprächs dazwischen schiebt, und sie blockiert? Ein Albtraum wäre das.

Beta streckt den Rücken durch. Sie ist nicht mehr das unbedarfte Ding von damals. Damals ist vorbei. Der Fiesling wird nicht punkten, die Machtverhältnisse haben sich geändert. Sie ist kompetent und sachlich. Jetzt ist sie obenauf. Langsam sackt die Nervosität in sich zusammen, und Beta beginnt sich auf die Unterhaltung mit dem Kerl zu freuen.

Um Drei steht sie wie abgemacht vor dem 'Stollen'. Die Tür ist zu. Zehn Minuten später fährt ein Auto vor. Der Barkeeper steigt aus. Mit dem ihm eigenen tänzelnden Schritt geht er auf Beta zu. Er lässt nicht durchblicken, ob er sie erkennt. Beta begrüßt ihn förmlich als Herrn Federer und schaut ostentativ auf die Uhr, worauf Federer erklärt, am Samstagnachmittag käme man einfach nicht vorwärts. Stau im gesamten Gebiet um Bern. Alle Familien, selbst die vom hinterletzten Nest, seien unterwegs. Wenigstens finde hier noch soziales Leben statt, meint er zufrieden.

Beta unterbricht ihn nicht. Sie ist fasziniert von der Sprache seiner Hände. Wie Mauersegler gleiten sie durch die Luft, halten in der Bewegung inne, als wären sie vom Wind getragen, um dann im Sturzflug hinunter zu stechen, so weit

49

die Arme reichen. Diese Hände haben damals in der Hütte ihre Brüste berührt. Beta schüttelt sich.

Federer stoppt seinen Redefluss und lächelt Sympathie heischend.

„Können wir hineingehen", regt Beta an.

Wortlos öffnet Federer die Tür und verschließt sie hinter sich. Im 'Stollen' hängen die Rauchschwaden der vergangenen Nacht. Nachdem Beta die Personalien notiert hat, bittet sie Federer, während des Gesprächs die Belüftung abzustellen.

Seine Einladung zu einem Drink lehnt sie ab. Sie schaltet das Aufnahmegerät ein, und fordert Federer auf, vom letzten Sonntagabend zu berichten. In erster Linie wolle sie Informationen über Tanja Zumstein sammeln.

Federer vergisst zu lächeln. Seine Augen taxieren die Kommissarin. Kalt, berechnend, notiert Beta in verschlüsselter Schrift. Und auf der Hut. Als sie wieder aufschaut, gibt sich Federer wie zuvor als unbeschwerter Kumpel, der gern behilflich ist. Er wirkt entspannt, während er erzählt.

„Am Sonntag war bis um zehn wenig los. Das haben die Sonntage so an sich. Die Montage übrigens auch. Das weiß ich, weil ich seit vier Jahren computergestützt arbeite. Das Programm zählt Abend für Abend die Gäste. Es errechnet die Durchschnittszahl der Besucher für jeden Wochentag, spuckt Sommer- und Winterdaten aus und eine Menge mehr. Und indirekt sagt es mir, dass der Mensch ein Gewohnheitstier ist. Doch zurück zum Sonntag. Am späteren Abend tauchten sieben, acht Leute auf. Sie brachten Schwung in die Bude, und ich hatte plötzlich zu tun. Als Tanja kam, war es ungefähr halb elf. Sie schaute sich wie immer um, grüßte und winkte, und bestellte bei mir an der Theke ein Großes. Sie müssen wissen, Tanja trinkt seit Jahren nichts anderes als Egger, immer ein Großes. Und dalli dalli gezapft, bloß nicht so feierlich langsam wie in Deutschland, sonst beginnt sie zu schimpfen wie ein Rohrspatz. Mit dem Bierglas in der Hand zog Tanja durch die Bar. Bei jedem, den sie kannte, hielt sie an und knallte ihr Glas gegen das seine, landete ihren frommen Spruch und quatschte ein wenig. Sie war in bester Laune."

„Was für ein frommer Spruch", will Beta wissen.

Federer zuckt mit den Schultern. „'Auf ein Ewiges'. Das sagt sie immer beim Anstoßen. So wie andere 'prost' sagen, oder 'auf uns', oder 'mit dir trink ich am liebsten'. Tanjas Worte zielen halt aufs ewige Leben ab. Damit meint Tanja nicht das, was die Pfaffen darunter verstehen."

„Sondern", hakt Beta nach.

„Stört es Sie, wenn ich rauche", fragt Federer höflich. Beta verneint, worauf der Barkeeper eine verknautschte Schachtel Parisienne aus der Hosentasche fingert, und ihr eine Zigarette anbietet. Beta wird beinahe schwach. Eine Zigarette, noch dazu ihre Marke. Sie lehnt ab. Lieber leidet sie am Verzicht, als sich mit diesem Mann zu verbrüdern.

Beta beobachtet die Handgriffe, bis die Zigarette brennt. Sie schweigt und wartet. Schließlich nimmt Federer wieder den Faden auf. „Tanja ist ein trinkfestes Mädel. Sie ist nie betrunken, sie wird nur urkomisch, wenn ihr Alkoholpegel steigt, und irgendwie mystisch. Was hat sie schon den Leuten erklärt, dass sie unsterblich sei. Es ist schon so, wenn man einen in der Krone hat, glaubt man das."

„Das klingt eher gedopt als betrunken", wirft Beta ein.

„Wieso", fragt Federer verdattert.

Beta fixiert ihn. „Drogen können größenwahnsinnige Fantasien auslösen, Alkohol nicht. Kann es sein, dass Tanja verladen in Ihre Bar kommt?"

„Sicher nicht." Energisch weist Federer diese Vermutung zurück.

„Warum?"

Dem Barkeeper fällt keine Antwort ein. Beta zählt stumm den Gegner an. Doch der rappelt sich rechtzeitig auf.

„Ich hab das im Gefühl. Tanja ist seit 14 Jahren Stammkundin in meiner Bar. Sie verbringt hier mindestens zwei Abende pro Woche. Keine schlechte Trinkerin, muss ich sagen. Sie packt locker sechs Halbe in zwei Stunden, und erklärt dann noch einem Gast die Bedeutung der Tarotkarten, ohne zu lallen."

Federer hält inne und schüttelt dann den Kopf. „Jemand, der verladen ist, verhält sich anders, nicht so aktiv. Zudem würden ihn die Augen verraten, nicht wahr? Nein, nein, Tanja gehört zur Fraktion der Schluckspechte. Und die, die bechern, nehmen keine Drogen. Die saufen, wenn's sein muss, bis zum Anschlag, aber die bleiben ihrem Stoff treu."

„Weiter", sagt Beta. „Erzählen Sie weiter."

Federer hat mit seinen Händen zu tun. Sie schaffen Unordnung in seinen Haaren, scheinen aber Ordnung in seine Gedanken zu bringen, denn plötzlich setzt er sein Grinsen auf und fährt fort:

„Tanja warf ein paar Münzen in die Musikbox und dann ging's los. Sie animierte die Leute zum Tanzen, selbst die ärgsten Bewegungsmuffel wiegten sich irgendwann im Takt. Ich kann Ihnen sagen, in meiner Bar dampfte es richtig. Jedermann hatte einen Affendurst und wollte Bier. Ich hatte alle Hände voll zu tun. Irgendwann kam Tanja zu mir an die Theke, und sagte, sie wolle durch den Hinterausgang weg. An der Brücke würde ein Freund warten. Ich ließ sie hinaus, und sperrte hinter ihr zu. Das war's. Seither hab ich sie nicht mehr gesehen."

Über den Freund, den Tanja erwähnte, kann Federer keine Auskunft geben.

Ob Tanja öfters den Hinterausgang benutze.

Ab und zu. Immer dann, wenn jemand sie mit dem Auto abhole. Normalerweise komme Tanja allein in den 'Stollen'. Manchmal kreuze sie auch zusammen mit ihrer Freundin auf. Was Tanja privat treibe, wisse er nicht. Er halte nichts vom Aushorchen, und seine Gäste würden dieselbe Schiene fahren. In seiner Bar frage niemand den anderen, wie er sein Geld verdiene, ob er gerade todunglücklich sei, oder frisch verliebt. Der Alltagskram werde an der Garderobe abgegeben.

Beta unterbricht den Barkeeper. „Hier wird doch hinter vorgehaltener Hand getratscht, was das Zeug hält. Der 'Stollen' ist berüchtigt als Klatschbörse."

„Nicht dass ich wüsste", wehrt sich Federer gegen die Unterstellung. „Bei mir darf man sein, wie man ist. Hier müssen sich die Leute nicht verbiegen, um akzeptiert zu werden. Sie können Sprüche klopfen und lachen. Sie dürfen laut sein und ihre Meinung äußern. Und wenn sie der Hafer sticht, dürfen sie auch provozieren."

„Und wie ist das mit dem Anbaggern", erkundigt sich Beta, „und mit dem Kiffen"?

Federer lehnt sich im Stuhl zurück und faltet die Hände hinterm Kopf. Er enthält sich eines Kommentars.

Wie Tanja bei den Männern ankomme.

Sofort zeigt sich der Barkeeper wieder entgegenkommend. „Gut. Tanja ist beliebt. Die Männer reißen sich um ihre Gesellschaft, weil man mit ihr nicht nur lachen kann, sondern sich auch gut unterhält. Bloß ins Bett gehen die Männer nicht mit ihr. Als wär sie die heilige Jungfrau! Ich weiß nicht, woran das liegt. Jedenfalls nicht am Aussehen, denn hübsch genug ist sie."

Sein Blick bohrt sich in Betas Augen. Der Tölpel will sie irritieren. Beta hält dem Blick stand, nicht ohne die linke Augenbraue leicht anzuheben. Doch Federer lässt sich so wenig verunsichern wie sie. Er redet weiter. „Vielleicht ist Tanja den Männern zu emanzipiert. Oder sie hat Angst, sich auf jemanden einzulassen. Es kann auch alles ganz anders sein, als wir meinen. Irgendwer hat mir einmal gesagt, dass Tanja einen Freund in Bern hat. Ich hab keinen blassen Schimmer, ob das stimmt. Tanja hat nie jemanden mitgebracht."

Beta steht auf. Sie blickt auf den Barkeeper hinunter und fragt eindringlich: „Wo ist Tanja? Ist sie abgehauen? Hat man sie entführt? Wurde sie ermordet?"

Federer wird laut. „Wie soll ich das wissen. Da bin ich die falsche Adresse. Kann ja sein, dass sie mit dem Berner Freund einfach auf und davon ist."

„Wie heißt der Freund?"

Federer zuckt die Schulter.

„Wie heißt ihre Freundin?"

„Maria. Eine Arbeitskollegin von Tanja. Wie gesagt, mit der kommt sie manchmal hierher."

Federer wendet sich ab, und schweigt. Beta lässt ihn eine ganze Weile in die Ferne starren. Sie geht ein paarmal auf und ab, bevor sie sich wieder hinsetzt.

Wie der Abend geendet habe, erkundigt sie sich. Federer wiederholt, dass Tanja die Bar vor Mitternacht verlassen habe. Wegen der Polizeistunde habe er kurz darauf den Vordereingang geschlossen, und die Leuchtreklame vom 'Stollen' gelöscht. Ein paar ausgewählte Gäste seien bis gegen drei Uhr früh in der Bar geblieben. Alle haben den Hinterausgang benutzt, als sie nach Hause gingen.

Beta schreibt die Namen der Personen auf, die mit Federer gebechert haben. Sie hat fürs erste genug. Dieser Mann schauspielert ihr zu schlecht. Belangloses Zeug redet er daher, und bei den wesentlichen Fragen gibt er vor, nichts zu wissen. Beta befasst sich seelenruhig mit ihren Notizen, ohne Federer zu beachten. Soll der Kerl doch vor sich hin schmoren.

Ob er noch immer kiffe, unterbricht Beta die Stille. Federer kriegt das Zucken seiner Augen sekundenlang nicht unter Kontrolle. Seine Hände beginnen zu mauersegeln. Er kiffe schon lang nicht mehr. Und nach einer Pause fügt er hinzu, das sei doch eine Jugendsünde gewesen. Wie im vorigen Leben komme ihm das vor. Er holt Atem, als wolle er weiterreden, behält aber die sauerstoffreichen Gedanken für sich. Beta versteht das Signal. Er erinnert sich an die Berghütte.

Sonntagvormittag

Da ist es wieder, dieses Röcheln. Signora Alessi keucht, als liege sie in den letzten Zügen. Beta wirft ihr einen besorgten Blick zu. Leidet die Kaffeemaschine unter Verkalkung? Lass mich bloß nicht im Stich, fleht Beta. Du weißt doch, ohne dich bin ich aufgeschmissen.

Beta streicht über die warme Wölbung der Italienerin.

Vielleicht weiß Fabrizio, was ihr fehlt. Sie wird ihm die Krankheitssymptome schildern. Schließlich hat er die Signora schon zweimal kuriert, er kennt ihre Schwachstellen. Fabrizio kann alles flicken. Er schraubt und schüttelt, schnippelt und spült, und erweckt die Dinge zu neuem Leben. Er hat geschickte Hände. Einen Moment lang meint Beta seine Liebkosungen zu spüren. Die Härchen auf ihren Unterarmen richten sich auf. Sie fühlt Fabrizios Nähe, und ist überzeugt, dass auch er gerade an sie denkt.

Mit dem Latte in der Hand wandert Beta ins Wohnzimmer. Auf dem runden Tisch liegen lose Blätter zwischen einem Weißweinglas und einer Teetasse. Sie setzt sich aufs Sofa, und stiert auf die Spuren des gestrigen Abends. Kein Hauch von Feierabend. Verdammt konzentrierte Arbeit. Es war fast Mitternacht, als Bertschi aufbrach.

Der gestrige Abend mit Bertschi!

Beta spürt, wie sie errötet. Zuerst ging alles glatt. Sie informierten sich über die Ergebnisse ihrer Recherchen. Danach verstrickte sich Beta in eine abenteuerliche These. Die gesuchte Tanja sei eine Intensivkifferin. Sie mische mit im Drogenbusiness, und der 'Stollen' diene als Umschlagplatz.

„Das sind doch bloß Spekulationen", wies Bertschi unmutig die Behauptung zurück. „Besser, wir beginnen mit einer sorgfältigen Überprüfung. Vielleicht kommen dann ganz andere Geschichten ans Licht. Was, wenn sich das Drogenmilieu als Nebenschauplatz entpuppt, und es um Prostitution geht? Der Zeuge, der Tanja in den Audi einsteigen sah, findet den Gedanken nicht abwegig. Er hat ein paarmal beobachtet, wie Tanja an der Brücke abgeholt wurde. Auch einen Verkehrsunfall dürfen wir nicht ausschließen. Außerdem haben wir noch nicht abgeklärt, ob Tanja mit ihrem geheimnisvollen Freund auf und davon ist. Wir müssen logisch vorgehen."

Wenn Beta etwas nicht ausstehen kann, dann den Appell an die Logik. Warum sie so allergisch darauf reagiert, weiß sie bis heute nicht. Auch gestern fuhr sie gereizt in die Höhe. „Du mit deiner Logik. Wir suchen eine Frau, die verschwunden ist, nicht einen Schlüsselbund, verstehst du? Und die Idee mit dem Unfall kannst du begraben. Der Pass am Bachufer sagt uns klipp und klar, dass Tanja ermordet oder entführt wurde. Unser Auftrag lautet, Tanja so schnell und lebendig wie möglich zu finden. Wenn die vom albanischen Drogenring..."

Bertschis Augenbrauen rückten zusammen, und es entstand eine Unmutsfalte, tief wie ein Felsspalt. „Vergiss die Albaner", knurrte er. „Wenn Tanja von denen einkassiert wurde, haben wir nicht die geringste Chance. An dem Verbrecherclub haben sich selbst wasch- echte Drogenfahnder die Zähne ausgebissen. Ich schlage vor, dass wir uns zuerst auf Tanjas Freund konzentrieren. Es würde mich nicht erstaunen, wenn wir es mit einem Aussteigerpärchen zu tun hätten."

„Was für eine romantische Sicht der Dinge. Und wie will man sich absetzen ohne Pass?", höhnte Beta.

„Vielleicht hat man ihr einen neuen ausgestellt, weil eine andere Identität für sie lebenswichtig ist."

"Und so was nennst du nicht Spekulation, du sturer Bock."

„Entschuldige, aber ich nenne das sinnvolle Überlegung. Stur werde ich nur, wenn du die gefühlvolle Tussi hervor kehrst", schlug Bertschi erbost zurück.

Grimmiges Schweigen kam auf, und lastete wie dichter Nebel im Raum. Jeder wütete vor sich hin, und hätte den andern am liebsten in der Luft zerfetzt. Gleichzeitig aber merkten beide, dass sie sich verrannt hatten.

Schließlich raffte sich Beta auf, und griff zum iPod. Als die ersten Takte erklangen, spitzte Bertschi die Ohren wie ein Hund. Nach einer Weile begann er leise zu summen. Langsam entspannte sich Beta. Sie zog sich, um sich zu schützen, in ihr Inneres zurück. Textstummel drangen in ihr Bewusstsein, etwas vom deutschen Himmel. Sie lauschte den engelsgleichen Stimmen der Sänger, die mit der Musik als Waffe gegen den Unfrieden antraten. Der Schutzwall in ihr bröckelte, und langsam erfasste sie die Schönheit der Töne.

Als Beta die Umgebung wieder wahrnahm, stand Bertschi am offenen Fenster, und sang in die Nacht hinaus. Das Wasser des Sees hatte in seiner Bewegung innegehalten. Der Mond hatte aufgehört zu grinsen, und Beta staunte einmal mehr über Bertschi. Seine Gangart zwischen Vernunft und Leidenschaft faszinierte sie, und riss sie mit. Ach ja, sie wusste schon, warum sie Bertschi mochte. Sie beide waren einfach gut. Im Kommissariat wurden sie gern als beispielhaftes Team zitiert. Als sie, das B&B-Team, ihre Arbeit aufnahmen, glaubte ein Mitarbeiter, scherzen zu müssen. Das habe nichts mit Bed&Breakfast zu tun, meinte er. Beta und Bertschi kommentierten die Hänselei nicht. Soll man sich doch bei der Kripo den Kopf darüber zerbrechen, wie es ums Privatleben der beiden Kommissare bestellt ist. Man muss nicht alles an die große Glocke hängen. Niemand außer Bertschi weiß, dass Beta einen Freund in Italien hat. Und nur Beta weiß, dass Bertschi schwul ist.

Seit vier Jahren arbeiten sie jetzt zusammen. Manchmal wird Beta im Kommissariat als Psychologin um Rat gebeten. Ob sie ein Rezept für gutes Teamwork habe. Dann antwortet sie stets das Gleiche. Ohne Respekt vorm Andern gehe nichts, das sei Grundvoraussetzung. Außerdem aber müsse man sich in seinen Fähigkeiten ergänzen. Und man müsse Frust konstruktiv abbauen können.

Beta lächelt vor sich hin. Die Methode hat sich gestern Abend einmal mehr als erfolgreich bewiesen.

Ohne Bertschis Gedächtnis wäre sie im Dauerstress. Und ohne sein Talent, strukturiert zu denken, auch. Und er? Er würde sich verrennen, weil ihm das Gespür für Menschen fehlt, und die Fähigkeit, gewagt zu kombinieren. Ab und zu witzeln sie Beide darüber. Doch die Wortgefechte zwischen Spaß und Stichelei sind nicht ungefährlich. Das haben sie mehrfach erfahren. Manchmal kippt eine Situation, ohne dass es einer von ihnen darauf angelegt hat. Dann herrscht dicke Luft, und jeder schmollt in seiner Ecke. Doch in ihrem Job kann man sich den Luxus, beleidigt zu sein, nicht leisten. Man muss sich zwangsläufig innert nützlicher Frist wieder vertragen. Beta und Bertschi kriegen das hin. Vielleicht, weil sie mehr verbindet als Wertschätzung. Vielleicht, weil sie sich mögen.

Beta vertieft sich erneut in die zwei Fotos, auf denen Tanja abgebildet ist. Obwohl ihre Augenringe nicht zu übersehen sind, ist die Frau hübsch. Auf beiden Bildern lacht sie. Trotzdem steckt sie Beta mit ihrem Lachen nicht an. Die Augen verraten sie. Die strahlen keine Fröhlichkeit aus. Bertschi nannte gestern Tanjas Blick verzweifelt. Beta fiel kein anderes Adjektiv ein. Aber jetzt, beim Latte schlürfen, fliegt ihr der richtige Begriff zu. Gehetzt. Tanjas Blick ist der von einem Wild auf der Flucht. Wird sie von der albanischen Drogenmafia gejagt? Hat Bertschi recht mit seiner Behauptung, dass man in diesem Fall die Akte gleich schließen könne?

Mit einem Blick auf die Uhr erhebt sich Beta. Das CD-Regal zieht sie magisch an. Obenauf, nicht eingeordnet, liegt die Scheibe „Hijo de la luna". Den Song hat sie zum ersten Mal im Hafen von Barcelona gehört, auf der Ferienreise mit Fabrizio. Hijo. Seit damals nennt sie ihn in Momenten der Zärtlichkeit so. Fabrizio, Sohn des Mondes.

Beta stellt die Musik konzertlaut ein. Die Operndiva Montserrat Caballé soll schmettern, was das Zeug hält. Beta nimmt den Klang in die Dusche mit, und unterstützt die katalanische Sängerin mit ihrer Altstimme. Das Duschgel macht ihre Haut babyweich. Sie denkt wieder an Fabrizio. Ob sich ihre Gedanken wirklich um zehn vor neun umarmt haben? Jetzt zweifelt sie. Doch die Vorstellung daran erwärmt sie.

Noch ein Kaffee, und dann an die Arbeit, befiehlt sie sich. Sie lässt die Alessi gurren, während sie in der Handtasche nach dem Handy kramt.

„Stell dich ans Fenster. Ich möchte dein Lächeln sehn", simst sie ihrem Liebsten über die Berge.

Dann setzt sie sich an den Schreibtisch. Der Besuch beim Spiezer Polizeikollegen hat sich gelohnt. Er erwähnte, es habe zwischen der Zumstein und dem Werkstattleiter Sven

Egli beruflich Unstimmigkeiten gegeben. Das hätten zwei Kolleginnen unisono ausgesagt. Beta verkniff sich die Frage, warum er dies im Bericht nicht erwähnt habe. Sie wird mit Egli reden.

Beim Überprüfen von Federers Alibi hat sie mehr Glück als erwartet. Obwohl Sonntag ist, erreicht sie vier Gäste, die die Aussagen des Barkeepers bestätigen. In einem Fall verläuft das Gespräch allerdings holprig. Die junge Frau hat die Nacht offiziell bei der Freundin verbracht, und will nicht, dass der Schwindel auffliegt. Aber auch sie ist bereit, Federer zu entlasten.

Noch acht Minuten. Bertschi krault gleichmäßig weiter. Am Sonntagvormittag ist im Hallenbad nicht viel los, und die, die sich im Wasser tummeln, schwimmen wie Sportler, ernsthaft und konzentriert. Erleichtert stellt Bertschi fest, dass keine lahmen Enten die Bahn verstopfen, und seinen Rhythmus stören. Bertschi genießt die nasse Ruhe, das Becken ist ihm Meditationsraum, Arme und Beine arbeiten anstrengungslos. Er schielt zur großen Wanduhr. Noch vier Minuten. Fünfzigmeterstrecken sind für ihn, im Vergleich zu den üblichen fünfundzwanzig Metern, reine Poesie, und manchmal, so wie jetzt, unerwartetes Vergnügen, was aber nichts mit der Länge der Bahn zu tun hat. Der Typ mit der blauen Glupschaugenbrille nähert sich wieder. Dieser geöffnete Mund! Diese fleischigen Lippen! Der edel geschnittene Kopf, der sich eine Sekunde zeigt, bevor er erneut unter der Wasseroberfläche verschwindet. Bertschi passt sich dem Rhythmus des aufregenden Mannes an, taucht zur gleichen Zeit mit ihm auf, um Luft zu holen, gleitet neben ihm in die Tiefe, kommt wieder hoch, und hofft auf einen Blick. Auch der Schönling atmet ein. Seine Zunge schlängelt sich entlang der Oberlippe. Das ist für Bertschi zuviel. Er gerät aus dem Takt, kriegt Chlorwasser in die Lunge, und beginnt nach Luft zu japsen. Wütend über sich selbst peilt er den Beckenrand an, schiebt die Schutzbrille hoch und hustet sich aus. Als er wieder klar sieht, ist der Mann weg, für den er beinah das Leben riskiert hat. Was soll's, denkt er lakonisch, so geht es mir immer. Zwei Minuten vor der Zeit hievt er sich den Beckenrand hoch. Dem geplanten Zweikilometercrawl fehlen 100 Meter.

Auf dem Rückweg holt Bertschi in der Bäckerei zwei Croissants und ein Vollkornbrot mit Nüssen. Gleich wird er die Croissants in den Milchkaffee tunken. Gleich. Speichel sammelt sich in seinem Mund. Er fühlt sich fit. Zwar war die Nacht kurz, aber er schlief gestern sofort ein. Vielleicht, weil er zu müde war. Vielleicht aber auch, weil er endlich wieder in seinem eigenen Bett lag, und sich nicht mit fremden Gerüchen und Geräuschen konfrontiert sah.

Gestern, nach dem Arbeitstreffen in Thun, hatte er sich noch hinter die Aussagen Federers geklemmt. Bis um drei Uhr früh ordnete er die Notizen nach Wichtigkeit, übertrug Stichworte in den Laptop, und konnte am Schluss die Stimme des Barkeepers nicht mehr ertragen. Beim Zähneputzen fragte er sich, wo der Mann eigentlich seine Gefühle parke? In Federers Stimme schwang kein Ärger mit, und keine Angst, und Tanjas Schicksal berührte ihn offenbar nicht.

Während er den Mund ausspülte, überfiel ihn plötzlich die Erinnerung ans Versprechen. Was hatte er sich nur dabei gedacht, als er Beta anbot, Nachforschungen über die Zumstein anzustellen. Es war doch glasklar, dass ihm das Vorhaben misslingen würde. Nicht aus fachlichen Gründen, sondern aus soziologischen. Er als Zürcher würde kein Brot haben bei denen aus dem Berner Oberland. Dort hatte man die Leute aus der Stadt noch nie leiden können. Bertschi beschimpfte sich, nannte sich Vollidiot. Ein Depp war. Sein Versagen schien ihm vorprogrammiert. Es wurde ihm ganz flau im Magen. Zwar würden sich die Einheimischen vor Freundlichkeit überbieten, und sich sogar hilfsbereit zeigen, aber nur, um ihn ins Leere laufen zu lassen. Mit Floskeln würden sie ihn abspeisen, und hinter seinem Rücken würden sie hämisch lachen. Er steigerte sich in die nicht zu bewältigende Situation hinein, und fluchte schließlich wutentbrannt über die heimlich feisten Bauern. Auf sture Böcke hatte er null Bock.

Das Horrorszenario raubte Bertschi gestern Nacht den letzten Funken Energie. Grummelnd verkroch er sich unterm Federbett, und fragte sich, wie man engstirnige Menschen dazu kriegt, sich vernünftig zu äußern. Zusammen mit der nicht beantworteten Frage schlief er ein.

Am Morgen, als er die Augen aufschlug, flog ihm die Antwort zu. Nach Rücksprache mit Beta rief er im Kommissariat an, und bat um die Freistellung eines Polizisten. Der Vizechef bewilligte das Ansuchen ohne bürokratischen Aufwand.

Bertschi setzte sich mit dem Kollegen Urs Hunziker in Verbindung. Ihm als gebürtigen Spiezer würde es gewiss leicht fallen, in Tanjas Umfeld zu recherchieren. Er habe doch einen Draht zu den Oberländern, und wisse, wie sie ticken.

Nach dem Telefonat atmete Bertschi tief durch. Die Sache läuft, dachte er beruhigt. So kommen wir weiter. In seinem Hinterkopf quälte ihn ein letzter Rest von Frust. Manchmal raubte ihm Betas Art, Behauptungen mit Tatsachen zu verwechseln, den letzten Nerv.

Plötzlich vermischte sich dieses Gefühl mit der Erkenntnis, dass er soeben Mist gebaut hatte. Er brauchte einen weiteren Mitarbeiter, einen, der sich hinter die Biografie von Federer klemmte. Sofort fiel ihm Emmer ein. Doch dann fiel ihm noch etwas ein. Er sprang auf und schlug sich mit der flachen Hand auf die Stirn. Jetzt saß er definitiv in der Tinte. Der zweite Polizist musste nämlich ebenso bewilligt werden wie der erste, bloß entschied bei einem zweiten Antrag auf Verstärkung nicht mehr der Vize, sondern der Chef persönlich, und der, das wusste jeder im Kommissariat, schmetterte alle Anträge ab. Bertschi hätte das Übel umgehen können, wenn er vorhin zwei Polizisten auf einmal angefordert hätte. Warum nur war ihm das nicht eingefallen?

Bertschi schielte zum Telefon. Am Sonntagmorgen den Chef privat anrufen? Wie sollte er Kost verklickern, dass er Emmer brauchte? Er notierte sich die Argumente, las sie durch, strich weg, fügte hinzu. Er schloss die Augen, um sich zu konzentrieren, und überprüfte wieder und wieder die Aufzeichnungen.

Jetzt bloß nichts vermasseln. Die Taste drei. Bertschi starrte sie an. Er drückte sie. Nach einer Weile meldete sich Kost. In ein paar Sätzen skizzierte Bertschi den Sachverhalt. Kost gab keinen Kommentar ab. Kost fragte nichts. Kost sagte einfach Nein, und hängte auf.

Den Hörer in der Hand, ging Bertschi im Zimmer hin und her. Aus der Muschel tönte das Besetztzeichen, als wolle es ihn verhöhnen. Schließlich hockte sich Bertschi an den Schreibtisch, und hämmerte in dunklem Zorn auf die Tastatur des Laptop ein. Kriminaloberinspektor Hermann Kost betreibe eine lausige Personalpolitik. Er fälle launenhafte Entscheide, und sei unfähig, die Kripo Bern zu führen. In der Sache Tanja Zumstein schiebe er ihm und seiner Kollegin Beta Bianca einen ausgefransten Fall zu und verweigere dann die nötige personelle Unterstützung. Er, Bertschi, halte aus sicherheitspolitischen Gründen die Inkompetenz seines Vorgesetzten für gefährlich, und wolle dessen unfachgemäßes Verhalten nicht länger unterstützen. Er kündige.

Erschöpft lehnte sich Bertschi im Stuhl zurück. Geduldig mahnte das Programm, den Text zu senden. Als dem Bildschirm das Warten zu lang wurde, löschte er das Licht. Bertschi zog an seinen Fingern, und sie knacksten extra laut, als teilten sie die Empörung ihres Besitzers. In seinen Ohren jedoch klang das Geräusch wie eine Warnung. Er hielt in seiner Empörung inne, und begann zu überlegen. Kost hatte ihn abblitzen lassen, warum auch immer. Vielleicht, weil er gerade mit dem Schicksal haderte. Oder aber es plagten ihn Verdauungsprobleme. Nachdem sich Bertschis Entrüstung gelegt hatte, versenkte er die unangemessene Mail im Papierkorb, und schickte dem Chef ein höfliches Schreiben. Er benötige dringend Unterstützung bei den Nachforschungen über den Barkeeper. Ob er den Kollegen Emmer damit betrauen dürfe. Kurz darauf wurde ihm der gewünschte Kripobeamte zugeteilt.

Bertschi greift zum Schwingbesen, um Milch aufzuschäumen. Es läutet. Jetzt nicht, schnaubt Bertschi, und schiebt die weißen Luftblasen mit einem Löffel in die Kaffeetasse. Er blickt auf die Uhr. Kurz vor eins. Wer will an einem Sonntag etwas von ihm? Die Zeugen Jehovas? Er hat keine Lust zu öffnen. Und wenn jemand Hilfe braucht? Ist ja gut, beruhigt er sein Gewissen, und geht zur Tür.

Seine Nachbarin, die spanische Graciella, strahlt ihn mit ihrem bezaubernden Lächeln an, und streckt ihm eine Schale entgegen. Der Zucker sei ihr ausgegangen. Sie wisse, dass er nur den braunen habe, und der sei nicht so süß, aber das sei egal. Während Bertschi das Gefäß auffüllt, deutet er mit dem Kinn auf Graciellas gewölbten Bauch. Wie es denn gehe. Sie streicht über das eng anliegende Shirt. Blendend, sagt sie. Als sie unschwanger gewesen sei, habe sie nicht so viel Energie gehabt wie jetzt. Ob's ein Torero werde, will Bertschi wissen. Abwehrend hebt Graciella die Hände. Nein, nein, und den Stierkampf lehne sie sowieso ab. Sie bekomme eine Carmen. Dazu rollt sie das R wie jemand, der mit Salbeitee gurgelt.

„Ich bin froh, dass wir im gleichen Haus wohnen", sagt sie. „Ich werde mir deine Stimme leihen, wenn mein Kindchen weint. Wirst du an seiner Wiege singen?"

Bertschi nickt ganz gerührt. Doch dann stutzt er: „Was mache ich, wenn es von früh bis spät schreit?"

„Keine Sorge", beschwichtigt Graciella. „Im Notfall nehmen wir ein paar von deinen Liedern auf."

Wieder allein, feiert Bertschi endlich seinen ganz persönlichen Sonntag. Genüsslich tunkt er die Croissants in den Kaffee, und denkt Graciella zärtlich hinterher. Vor drei Jahren zog sie in die Wohnung unter ihm ein. Als sie sich bei ihm vorstellte, nannte sie ihren Vornamen. Auch er nannte seinen Namen. Bertschi. Mit dieser Antwort kam sie nicht zurecht. Sie dachte, er wolle seinen Vornamen nicht nennen, und erkundigte sich, ob er als Herr Bertschi angesprochen werden wolle. Das Herr könne sie weglassen, erklärte Bertschi ihr. Er habe seinen Vornamen Benno in der ersten Klasse eingebüßt, wegen einem andern Benno mit dem

Nachnamen Steinwachs. Der Lehrer habe entschieden, dass man einen Jungen Bertschi rufen könne, aber nicht Steinwachs. Das fand Graciella so komisch, dass sie nicht aufhören konnte zu glucksen.

Bertschi mochte die Frau auf Anhieb, und hatte das Gefühl, sie seit immer zu kennen. Manchmal tranken sie zusammen Tee. Einmal erklärte sie ihm, dass die Männer da, wo sie herkomme, sehr eifersüchtig seien.

„Ein Andaluse", erklärte sie, „würde meine Freundschaft mit dir nicht dulden."

„Aber ich bin doch schwul", wandte Bertschi ein.

Da sah Graciella ihn mit großen Augen an, und sagte etwas, das noch nie jemand zu ihm gesagt hatte. „Ja. Aber du und ich, wir sind verwandte Seelen, und darauf kann ein Partner neidisch sein."

Die Musik regt Bertschi auf. Er zieht den iPod zu sich, stoppt Frisell, und durchforstet das Inhaltsverzeichnis. Ja, Madrededeus, ihre unter die Haut gehende Stimme, die will er hören. Ob die Sängerin Kinder hat? Graciella wird eine gute Mutter sein, davon ist Bertschi überzeugt. Er erinnert sich an den Abend, als sie mit einem Krug Tee an der Tür stand. Sie wolle mit ihm feiern. Sie sei so froh, dass sie sich beim Sturz mit der Vespa nur leicht verletzt habe. Bertschi erkundigte sich, wie es um die Schmerzen im Knie stehe. Da begann Graciella zu weinen. Da wiegte er sie in seinen Armen, und strich ihr übers Haar, bis sie sich beruhigte. „Du weißt ja nicht, was passiert ist", sagte sie, schon wieder halb lachend. „Im Spital wollte man mich röntgen und fragte, ob ich schwanger sei. Nein, habe ich geantwortet, und mich dann verbessert, ich weiß es nicht. Also machten sie einen Test. Hombre, ich war positiv."

Bertschi verstand die Welt nicht mehr. „Aber hast du dir nicht seit langem ein Kind gewünscht?"

Graciella begann wieder zu schniefen. „Ja. Aber ich hätte die Schwangerschaft lieber anders erfahren. Ich hätte erleben wollen, wie die Mens ausbleibt. Wie sich dieser Funke Hoffnung entzündet. Wie die Nervosität steigt. Welche Gespräche mit meinem Freund entstehen. Wie wir mit der Ungewissheit umgehen. Das alles hat man mir mit einem einzigen Satz gestohlen. Sie sind positiv. Die Nachricht im Spital war so klinisch."

„Wie auch nicht", antwortete Bertschi, stellte zwei kristallene Gläser auf den Beistelltisch, und Graciella goss den nach Ingwer duftenden Tee ein. Dann tranken sie aufs Wohl des unsichtbaren Wesens.

Bertschi setzt sich wieder an den Schreibtisch, um eine Liste mit wichtigen Aussagen, Bemerkungen und Überlegungen aufzustellen. Er ruft das dafür vorgesehene Formblatt auf, das er selbst entworfen hat. Auch für die aufkommenden Fragen hat er ein Dokument entwickelt. Während er die Sparten ausfüllt, läutet das Telefon. Beta will wissen, ob es Neuigkeiten gibt. Noch nicht, aber bald, antwortet Bertschi. Er komme nicht vor Acht zu ihr.

„Und dann willst du zuerst essen, stimmt's? Du kannst wählen zwischen Büchsenravioli und Bratwurst."

Bertschi stößt einen Lacher aus. Beta und ihre Scherze! Die Frau kennt eine Unmenge grausiger Menüs.

Kurz darauf fährt Bertschi los. In einer Stunde wird er einiges über Tim Federer erfahren. Mit mehr Spannung jedoch erwartet er den Bericht Hunzikers. Der hat ihm bereits per SMS verraten, dass er interessantes Material über Tanja habe.

Die Fahrt auf der Autobahn langweilt Bertschi. Er kämpft gegen die Müdigkeit, und schiebt sich einen Kaugummi zwischen die Zähne. Das Hörbuch fällt ihm ein. Er sucht die CD, und lässt sich ins Tessin entführen, zu Gesprächen zwischen zwei Männern. Die klare Sprache von Markus Werner begeistert Bertschi.

Am Stadtrand von Bern, beim Abzweig Ostring, schaltet er das Gerät aus. Er konzentriert sich ganz auf die Aussagen Federers und die wenigen Angaben, die er über Tanja Zumstein besitzt.

Sonntagnachmittag

Um zwei Uhr fährt Beta an den Ort, wo Tanja vor einer Woche in den Audi 80 mit Zürcher Kennzeichen einstieg. An der Brücke steigt Tanjas Freundin Maria zu. Beta schlägt vor, nach Thun auszuweichen, um ungestört reden zu können, was Maria begrüßt. Sie ist nämlich nicht erpicht darauf, in Spiez Bekannte zu treffen. Das Café am Stadtrand von Thun, erklärt Beta, sei ab vier Uhr der beliebteste Kuchentreff der Region, vor allem für ältere Frauen. Maria lacht. „Da passen wir gut hin." Beta lächelt.

Während der Fahrt beginnt Maria von Wanderungen im Berner Oberland zu erzählen. Beta gefallen die Worte, die sie verwendet, auch wenn es viele sind, und sie laut daher kommen. Maria sieht beneidenswert gesund aus. Ihr kräftiger Körperbau entspricht dem einer Bäuerin, die harte körperliche Arbeit zu verrichten hat. Ihre ländlichen Wurzeln sind unverkennbar. Sie manifestieren sich auch in den roten Backen, für die man sie in der Großstadt hänseln würde. Im geheimen aber würde sie so mancher Städter beneiden, denn sie scheint auf wundersame Art geerdet zu sein.

Das Café, das die beiden Frauen betreten, ist leer. Ob es ihr etwas ausmache, in der Raucherecke zu sitzen, fragt Beta. Maria verneint, und sie wählen den hintersten Tisch. Während sie in ihren Kaffeetassen rühren, erkundigt sich Beta, seit wann Maria Tanjas Freundin sei. Im Nu füllen sich deren Augen mit Tränen. „Seit zwanzig Jahren", sagt sie. Sie atmet tief durch, und plötzlich erhellt sich ihre Miene.

„Ich habe sie kennen gelernt, als sie Zehn war. Sie können sich nicht vorstellen, wie sie damals aussah. Wie die Mädchen aus den Bilderbüchern meiner Mutter, mit Zöpfen und einem Rock. Lang und dünn war sie, und extrem schüchtern. Ich sehe sie noch vor mir, die Neue in der Klasse, wie sie allein in der letzten Bank saß. In der Pause stand sie immer verloren in einer Ecke. Sie mischte nirgends mit. Es wollte aber auch niemand mit ihr zu tun haben. Man fand sie komisch. Mir tat sie leid, aber ich war zu scheu, um auf sie zuzugehen. Doch eines Tages änderte sich alles. Ein Mitschüler hatte ihr den Schulranzen versteckt. Tanja suchte ihn überall, fand ihn jedoch nicht. Es blieb ihr nichts anderes übrig, als ohne ihn heim zu gehen. Am nächsten Morgen lag der Ranzen auf ihrem Platz, als sei nichts geschehen. Tanja wagte nicht, der Lehrerin zu sagen, warum sie keine Aufgaben gemacht hatte. Zur Strafe sollte sie nachsitzen, sie, die doch gar keine Schuld traf. Das fand ich ungerecht. Ich erklärte der Lehrerin den Fall, ohne den Dummkopf zu verpetzen, der dahinter steckte. Daraufhin durften Tanja und ich eine halbe Stunde vor Schulschluss gehen, während alle anderen Schüler nachsitzen und rechnen mussten."

In Erinnerung daran lacht Maria auf.

„Wir beide gingen also hinaus vors Schulhaus. Außer uns befand sich niemand auf dem Platz. Wir waren allein, ohne die anderen Kinder. Die Situation war fremd für uns, und wir wussten nicht, was miteinander anfangen. Wie zwei hölzerne Krippenfiguren standen wir da. Auf einmal mussten wir kichern, weil alles so anders war als sonst. Das Lachen tat uns gut, denn plötzlich war unsere Unsicherheit wie weggefegt. Wir redeten und redeten, und am Schluss fragte mich Tanja, ob ich für immer und ewig ihre Freundin sein wolle."

Beta zuckt zusammen. Tanjas Trinkspruch fällt ihr ein. Ein bisschen viel Ewigkeit innerhalb von vierundzwanzig Stunden, vor allem wenn man wie sie Mühe hat mit dem, was endlos lang dauert. Kleine Ewigkeiten würden ihr schon reichen, ein intensiver Kuss von Fabrizio zum Beispiel.

Beta sammelt sich. „Und, gilt das Versprechen noch?"

„Bis heute", bestätigt Maria. „Seit zwei Jahren arbeiten wir sogar in der gleichen Firma."

Maria zeichnet mit dem Finger unsichtbare Ornamente auf das Tischtuch. Schließlich blickt sie die Kommissarin an und sagt leise: „Ich habe Angst. Ich habe ganz große Angst. Wenn ich bloß wüsste, wo sie ist. Sie steckt bestimmt in der Klemme. Ich würde ihr so gern helfen. Aber wie?"

„Es muss schön sein, Sie zur Freundin zu haben." Die warmen Worte fließen Beta aus dem Herzen. Nach einer

Pause fügt sie eindringlich hinzu: „Ich sage Ihnen, wie Sie Tanja helfen können. Erzählen Sie mir alles über sie."

„Das ist nicht so einfach", wehrt Maria ab.

Sie richtet sich auf und beugt sich zu Beta. „Mein Gott, und wenn ich was falsch mache", flüstert sie. Ihre roten Wangen werden dunkelrot.

Beta versichert ihr, dass die Informationen vertraulich behandelt werden.

In diesem Augenblick treten drei ältere Damen ein, steuern ohne Umweg auf die Kuchentheke zu, und vertiefen sich ins Dolce Vita. Alle drei tragen ähnliche Hosen aus Polyester, entweder mäusegrau oder uniformblau, mit messerscharfen Bügelfalten. Halsketten und Ohrclips stammen offensichtlich aus dem gleichen Versandhaus, und die identische Haarfarbe der Frauen, dieses warmes Haselnussbraun, vom bewährten Kleinstadtfriseur. Der verpasst jeder Frau ab Sechzig erbarmungslos dieselbe Tönung.

Maria verfolgt die Seniorinnen mit den Augen. „Sie trudeln ein", kommentiert sie, und Beta weist darauf hin, das sei erst die Vorhut. Sie ist den Golden Girls dankbar, dass sie im richtigen Moment aufgetaucht sind, und zu Marias Entspannung beitragen. Nach der kurzen Ablenkung erkundigt sich Beta, ob Tanja einen Freund habe.

Maria bejaht. Sie lobt seine Fürsorglichkeit und sein Verantwortungsgefühl, und sie bewundert seinen Witz. Als sie dann noch von seinem Aussehen zu schwärmen beginnt, unterbricht Beta sie ironisch: „Mit einem Wort, ein Prinz."

Schlagartig erlischt Marias Begeisterung, und Beta hält erschrocken den Atem an. Wie kann sie nur Maria dermaßen verspotten. Peinlich berührt schweigt sie. Es ist Maria, die sich souverän über die Situation hinwegsetzt. In sachlichem Ton fährt sie fort, sie habe Tanjas Freund nur einmal getroffen, an einem Konzert in Bern. Er heiße Greg, und komme aus Polen. Seine Adresse kenne sie nicht.

Beta ist enttäuscht über die magere Auskunft. Wie soll sie einen Polen namens Greg in Bern aufspüren? Ihr Seufzer bleibt als Gedanke in der Brust hängen.

Ob Maria mit Tanja abends um die Häuser ziehe?

Maria überlegt eine Weile, bevor sie antwortet. Sie ist nun auf der Hut. Als erstes stellt sie klar, dass Alkohol in ihrem Leben keine Rolle spiele. Gegen ein Glas Rotwein wehre sie sich nicht. Ein Glas, nur so, zum Genießen, betont sie. Bier könne sie nicht leiden, da sei sie anders gestrickt als Tanja. Die könne am Abend sieben, acht Halbe trinken. Wenn sie beide sich im 'Stollen' treffen, reden sie von der Arbeit, oder von Sven, dem Werkstattleiter, der Tanja piesackt. Oder sie reden von der Liebe, und wie sie sich die Zukunft vorstellen. Tanja bleibe immer bis zur Polizeistunde in der Bar. Sie selbst verlasse das Lokal meistens gegen elf Uhr.

Maria nimmt einen Schluck Wasser. Sie hält den Blick gesenkt. Dann richtet sie sich auf. „Frau Bianca", sagt sie, worauf die Kommissarin dem Klang der Anrede nachhört. Sie liebt ihren Familiennamen. Die italienische Putzfrau bei ihrer Mutter fällt ihr ein, und deren singendes Bon giorno, Signora Bianca. Genau so wird Beta in Alba begrüßt, wenn sie bei Fabrizio weilt.

„Ja?"

Maria starrt vor sich hin und erklärt: „Es ist unmoralisch, die Geheimnisse einer Freundin auszuplaudern. Schäbig ist das und charakterlos, denn Tanja vertraut mir. Wenn ich auspacke, verrate ich sie, und setze unsere Freundschaft aufs Spiel."

Beta wittert sofort interessante Informationen. Sie richtet sich auf, und schüttelt langsam den Kopf. „Sie setzen nicht die Freundschaft aufs Spiel, sondern Tanjas Leben, wenn Sie mir nicht alles sagen, was Sie wissen."

Das Gespräch stockt. Beta bietet Maria eine Parisienne an. Die lehnt ab, und sieht dem Rauch nach, dessen Schwaden sich langsam in der Luft auflösen.

„Tanja raucht eine Schachtel pro Tag", sagt sie. „Und jeden Abend dreht sie sich einen Joint. Mit dem Kiffen hat sie in der Lehre angefangen. Ich selbst mache mir nichts aus Gras, und ich mag es nicht, wenn Tanja verladen ist, weil sie dann nicht zuhört."

Plötzlich lächelt Maria. „Wissen Sie, wir haben einen Kiff-Stopp vereinbart, wenn wir uns im 'Stollen' treffen. Tanja dreht sich erst eine, wenn ich weg bin."

„Was sagt denn der Barkeeper dazu", staunt Beta.

„Der toleriert das Kiffen natürlich nicht. Wer in der Bar erwischt wird, kriegt Hausverbot. Da ist er knallhart. Die Fans von Maria treffen sich anderswo."

„Sie meinen Marihuana?"

Maria versucht sich in Ironie. „Ja, nicht meine Fans. Kennen Sie den Hinterausgang der Bar? Vor der Tür kann man gefahrlos kiffen und dealen. Nachbarn gibt es keine, und unerwünschte Besucher sieht man von weitem. Bei einer Razzia im Lokal schaltet Tim das Außenlicht ab. Dann fliegen die Joints in die Kander und die Leute zünden sich Zigaretten an. Das alles klingt ziemlich locker, ist es aber nicht. Tim kontrolliert jede Bewegung. Wer nach hinten will, muss an ihm vorbei durch den Keller gehen. Neulinge, die kiffen wollen, brauchen einen Paten, das heißt, jemanden, den Tim kennt."

Betas Kugelschreiber gleitet in Kurzschrift übers Blatt. Jetzt ist Platz für Betas wichtigste Frage.

„Wir wissen, dass Tanja dealt. Woher bezieht sie den Stoff?"

„Das weiß ich nicht. Ich liege Tanja seit Jahren in den Ohren, sie soll aufhören damit. Vor zwei Monaten hat sie mir endlich geschworen, dass sie alles sausen lässt." „Wollen Sie andeuten, sie dealt in großem Rahmen?"

„Nein. Sie verdient sich nur ein wenig dazu."

Maria bleibt die Luft weg. „Trotzdem kommt sie in den Knast, wenn ich auspacke."

Beta wartet. Diesmal schlägt sie Maria keine Brücke. Im Gegenteil, nach einer Weile fixiert sie ihr Gegenüber und sagt: „Als Mitwisserin stehen auch Sie mit einem Fuß im Gefängnis."

Marias Stimme ist dünn, als sie weiterredet. „Sie erhält einmal pro Monat eine Lieferung, die sie in einem Keller lagert. Ich weiß allerdings nicht, ob in ihrem, oder in einem andern. Der Stoff, den sie anbietet, ist offenbar gut. Sie ist verlässlich, und haut niemanden übers Ohr. Man schätzt sie in der Szene. Zu ihren Kunden gehören einfach alle, auch Sven, unser Werkstattleiter."

„Wie heißt der Mann, der Tanja den Stoff verkauft?"

Maria antwortet nicht sofort. Schließlich sagt sie: „Das weiß ich nicht. Ich will es auch nicht wissen."

„Und eine Vermutung? Können Sie sich nicht denken, wer es ist?"

Maria schüttelt den Kopf. „Der Stoff wird jedes Mal von einem anderen Verbindungsmann gebracht."

Und dann, unvermutet, bricht es aus ihr heraus. „Sven ist der lausigste Schuft, den man sich vorstellen kann. Der Teufel soll ihn holen."

Beta bestellt einen Latte, und für Maria ein Mineralwasser. Ob sie auch von dort etwas wolle, fragt Beta, und weist mit dem Kinn in Richtung Tortentheke. Später, winkt Maria ab, in zwanzig Jahren. Sie ist mit ihren Gedanken beim Werkstattleiter.

„Ein fieser Kerl ist er. Es vergeht kein Tag, an dem es nicht Ärger mit ihm gibt. Er hackt ständig auf uns herum und behandelt uns wie den letzten Dreck. Das geht ja noch, aber manchmal spinnt er richtig. Ich bin nicht die einzige, der er schon den Schraubenzieher hinterher geworfen hat."

Maria hört auf zu schimpfen. Und redet dann halblaut vor sich hin: „Ein Schwein. Er ist ein Schwein."

Beta fragt sich, warum Sven ins Tierreich verstoßen wird, doch Maria spart sich die zusätzliche Erklärung. Sie ist weit weg.

Beta vervollständigt in Ruhe ihre Notizen, und zündet sich eine zweite Zigarette an. Inzwischen ist der Tearoom bis auf den letzten Platz besetzt. Lauter Frauen, und mitten drin, als hätte er sich verirrt, ein Mann. Trotzig sitzt er mit der Mama am Tisch, beide grauhaarig. Sie schlabbern Schokoladenpudding. Einmal runzelt die Mama die Stirn, und richtet das Wort an ihren Sohn, worauf der alte Junge sofort eine kerzengerade Haltung einnimmt.

71

In die Gesprächspause hinein erkundigt sich Beta, was Maria am letzten Sonntagabend gemacht hat. Die Frage verwirrt Maria. Sie wirft Beta einen scheelen Blick zu, bevor sie antwortet. „Am Sonntagabend geht mein Freund immer ins Fitnesscenter. Wir fahren zusammen los, er steigt bei der Post aus, und ich besuche meine Eltern in Brunnegg. Zwischen zehn und halb elf hole ich ihn dann im 'Krug' ab. So war das auch vor einer Woche."

Maria entschuldigt sich für einen Moment, und steht auf. Mit den Augen verfolgt Beta, wie sie sich zwischen den Tischen hindurch schlängelt. Wie kommt diese junge Frau mit ihrem überschaubaren Leben klar, wo jeder Tag seinen Ablauf kennt, und die Menschen ihre Rollen? Man weiß, was man sagen darf, und worüber man besser schweigt. Und was einer im Verborgenen treibt, geht andere nichts an.

Beta erinnert sich an den Fall eines Mannes, der in einem Stall vor sich hin vegetierte. Als das Feuer ausbrach, stießen die Männer von der Feuerwehr zufällig auf ihn, und retteten ihn. Dreißig Jahre hatte er im Koben zugebracht. Der Fall kam vors Gericht, wo der Vater erklärte, seine Frau sei bald nach der Geburt des Kindes gestorben. Da habe er den Moritz eingesperrt, wenn er auf Arbeit gegangen sei, damit ihm nichts passiere. Und weil der Moritz nicht reden konnte, sei er auch nicht zur Schule gegangen. Der Bub habe später, als er grösser war, von sich aus nicht im Haus wohnen wollen, sondern nur im Stall. Die Geschichte ging damals durch die Presse und war Thema in diversen TV-Sendungen. Wie hatte so etwas geschehen können, rätselten die Journalisten. Ein ganzes Dorf hatte davon gewusst, und mit ihm der Gemeindepräsident. Der wies im Interview darauf hin, dass Hans halt ein Schwachsinniger sei. Es sei doch gut, dass er beim Vater habe bleiben können. Man hätte ihn sonst ins Heim stecken müssen.

Beta atmet tief durch. Welch ein Glück, dass sie inzwischen außerhalb solcher Strukturen lebt. Sie empfängt die zurückgekehrte Maria mit einem Lächeln. „Weiß Ihr Partner, dass Tanja kifft und dealt?"

Maria schüttelt heftig den Kopf. „Nein. Wenn er das wüsste, würde er meine Freundschaft mit Tanja nicht akzeptieren. Er lehnt Drogen strikt ab." Beta sieht Maria durch den Rauch ihrer Parisienne an, worauf diese den Blick senkt. Auch sie hat Geheimnisse, stellt Beta fest. Jetzt darf sie die Frau bloß nicht bedrängen, sonst lässt sie den Laden runter. Genug also für heute. Warum Sven Egli ein Schwein ist, wird sie das nächste Mal klären.

Im Auto, auf dem Rückweg nach Spiez, schiebt Beta eine CD ein. Die furiose Musik von 'Patent Ochsner' füllt den Innenraum des Autos aus. Maria schaut die Kommissarin misstrauisch an. Schließlich fragt sie: „Warum gerade die?"

„Weil sie obenauf lag", antwortet Beta. „Mögen Sie die Band nicht?"

Maria entspannt sich. „Doch, gern sogar. Ich höre sie oft mit Tanja. „D'Sunna geit im Weschte uf" ist unser Lieblingslied", sagt sie, während sie die lautlosen Tränen wegwischt. Vorm Eingang des Supermarkts steigt Maria aus.

Beta biegt in die Kantonsstraße ein. Sie lässt per Knopfdruck beidseitig die Fensterscheiben hinunter. Dann gibt sie Gas und stellt sich vor, sie wäre auf Verbrecherjagd. Neunzig. Schneller geht es wegen den Dörfern und den Kurven nicht. Sie nähert sich einem Traktor, der vor sich hin tuckert. Beta erkennt, dass das nichts wird mit dem Geschwindigkeitsrausch, und schaltet zurück auf vernünftige Schweizerin. Am Stadtrand von Thun bietet ein Russe köstliche Bratwürste an, noch dazu gesunde mit glücklichem Fett. Sie wird sich ein Pärchen gönnen, als Kuchenaustreiber nach dem Café in Thun. Und zwei Paar nimmt sie fürs Abendessen mit. Bertschi wird zwar von einem soliden Menü träumen, und nicht von einer windigen Bratwurst, aber da wird er Pech haben. Wenn er so heikel ist, muss er sich eben mit dem Senf allein begnügen. Zusammen mit Grüntee eine leckere Sache, wiehert Beta boshaft.

Im Kommissariat wartet bereits der Kripobeamte Kaspar Emmer auf Bertschi. Er wedelt mit einigen Blättern und sagt: „Ein paar Informationen sind schon zusammenge-kommen."

Die beiden Männer begeben sich in Bertschis Büro. Auf allen Möbeln liegt eine Staubschicht, stellt Bertschi unwillig fest. „Seit einem Monat arbeiten sie nun an der Fassade", mault er.

„Leise rieselt der Sand", pflichtet Emmer unbeeindruckt bei, während er die Unterlagen sortiert.

„Soll ich loslegen", fragt er, worauf Bertschi nickt. „Tim Federer ist 42 und betreibt den 'Stollen' seit 19 Jahren. Seit der Eröffnung der Bar munkelt man, dass dort mit Marihua-na gehandelt wird. Trotzdem hat die Polizei nie nennenswer-te Mengen gefunden. Weder im Lokal noch bei den Gästen. Diejenigen, die kiffen, halten ihr bisschen Stoff den Bullen sogar ungeniert unter die Nase. Sie wissen, dass bei Cannabis seit Oktober 2013 zehn Gramm als geringfügige Menge eingestuft werden. Trotzdem erlaubt das Gesetz, dass eine Ordnungsbusse von 100 Franken verhängt werden kann. Von dieser Möglichkeit hat die Polizei jedoch noch nie Ge-brauch gemacht, vielleicht auch deshalb nicht, weil in den Räumlichkeiten vom 'Stollen' weder gekifft noch gedealt wird. Der Umschlagplatz befindet sich auf der Rückseite der Bar. Auch die Drogenfahnder kennen den Hinterausgang, es interessiert sie jedoch nicht, was da abgeht, weil sie sich nicht mit Kleinkriminellen befassen. Sie wollen an den Drahtzieher, und es sprechen einige Indizien dafür, dass Federer die Fäden in der Hand hält. Seine Wohnung wurde schon dreimal durchsucht. Zweimal wurden die Beamten nicht fündig, und das dritte Mal veräppelte Federer die vom Drogendezernat, indem er das Gras, das er besaß, auf dem Tisch ausbreitete. Es entsprach der Menge gehackter Petersi-lie, die man in die Minestrone streut." Prompt beginnt Bert-schis Magen zu knurren. Ob Beta schon das Kochbuch wälzt?

Emmer sucht nach einer bestimmten Information. Be-dächtig blättert er in seinem Stapel, und erklärt Bertschi in der Zwischenzeit, dass Federer bei der Polizei aufgrund von

Indizien als Dealer gespeichert sei. Der Mann schließe jeden Sommer für zwei Monate seine Bar und reise nach Indien, um sich ganz offensichtlich dem Drogengeschäft zu widmen. Er werde seit Jahren überwacht, aber den Fahndern sei es bisher nicht gelungen, Federer auf frischer Tat zu ertappen. Es gäbe keinen Anhaltspunkt, wie er die Ware aus Indien heraus schleuse.

Endlich hat Emmer die gesuchte Notiz gefunden. Er schiebt Bertschi ein Blatt über den Tisch. Ein Drogenspezialist weist in seinem Bericht darauf hin, dass Federer die Geschäfte in Kerala einfädle. Er stehe mit indischen Lieferanten in Kontakt, die offiziell Kleider und Tee exportieren, in Wirklichkeit jedoch Marihuana verschieben. Der Stoff gelange über bislang unbekannte Wege vermutlich in die Schweiz. Der Bericht endet mit dem Hinweis, dass Federers Kontakte in der Schweiz dringend überprüft werden müssten.

Bertschi blickt auf das Papier. „Ziemlich alt. Gibt es seit drei Jahren keine neuen Erkenntnisse?"

Emmer schüttelt bedauernd den Kopf und meint lakonisch: „Gottes Mühlen mahlen langsam." Worauf Bertschi brummt: „Die Berner Mühlen auch."

Kommentarlos lehnt sich Emmer zurück, und verschränkt die Arme. Instinktiv spürt Bertschi, dass er wieder einmal den Zürcher herausgekehrt hat. Er versucht, den Fehltritt zu vertuschen, indem er schnell weiterredet: „Federer hat mit Drogen zu tun. Tanja auch, und sie ist Stammgast im 'Stollen'. Unter Umständen bunkert Federer den Stoff im heimischen Umfeld."

Bertschi hält in seinen Überlegungen inne, bevor er fortfährt. „Ich frage mich, warum ein Mensch wie Federer im Drogengeschäft mitmischt. Krumme Dinge dreht man doch nicht eben so, und schon gar nicht, wenn man etwas zu verlieren hat. Die Sache wird irgendwann auffliegen, und dann kann Federer seine Bar vergessen. Warum pokert er so hoch?"

Auch Emmer kann den Grund, warum Federer alles riskiert, nicht nachvollziehen. „Ich habe seine Steuererklärungen überprüft."

„Wie denn das? Arbeitet das Finanzamt auch am Sonntag?"

Emmer grinst. „Eher nicht. Ich habe einen Kumpel angezapft." Er richtet seinen Blick wieder auf das vor ihm liegende Blatt. „Federer lebt in idealen Verhältnissen. Keine Schulden. Ein dickes Konto. Eine gutgehende Bar. Eigenartig ist bloß, dass er unter diesen Umständen keine Immobilie besitzt. Ein normaler Mensch investiert. Man lässt das Geld nicht in der Bank liegen."

„Vielleicht bereitet er seinen Ausstieg vor", wirft Bertschi ein. „Schluss mit der Bar. Ein stattliches Haus in Kerala, inklusive Meeresrauschen und indischer Schönheit."

„Möglich." Emmer reicht ein weiteres Papier über den Tisch. „Die Psychologin vom Drogendezernat weist darauf hin, dass Federer für Geld alles tut. Denn Reichtum ist für ihn das sichtbare Zeichen von Erfolg, und bedeutet Anerkennung.

Federer leidet unter einem starken Minderwertigkeitsgefühl. Als Auslöser dafür werden der familiäre Hintergrund und die mangelhafte Schulbildung genannt. Federer sehnt sich nach Bewunderung. Er ist ein notorischer Angeber, und will über die Menschen seiner Umgebung triumphieren. Aus diesem Grund sind seine Aussagen kritisch zu bewerten."

Erneut kramt Emmer in den Unterlagen. „Die Barbesucher erfahren ihn anders. Er ist bei den Jungen sehr beliebt. Einerseits wegen der Musik, die er auflegt, und wegen den Tipps für gute CDs. Andrerseits mag man ihn wegen seiner esoterischen Ader. Der Weg ist das Ziel, und solches Zeug. Er weiß über die verschiedenen Yogalehren so gut Bescheid wie andere über Fußball. Die Rolle des Gurus liegt ihm, und er scheint sie glaubhaft zu spielen. Er ist kommunikativ, und man findet ihn cool. Trotzdem ist er ein Einzelgänger. Keine Frauengeschichten, nichts mit Männern. Er lebt allein in einer Mietwohnung in Spiez. Man wird nicht klug aus ihm."

Bertschi zieht die Augenbrauen hoch. Was soll denn daran ungewöhnlich sein, denkt er. Auch er lebt allein und hat keine Beziehung. Er kann sich eine ironische Reaktion nicht verkneifen: „Und dann entzieht sich der Kerl noch jeden Sommer der Kontrolle. Das muss die Spiezer ganz schön wurmen."

Emmer widerspricht gelassen: „Das mit der Kontrolle ist nicht so wild. Auch ich bin Spiezer, und ich habe nie darunter gelitten. Klar weiß man viel voneinander, und dichtet die abenteuerlichsten Geschichten hinzu. Aber wen stört das schon? Die das nicht mögen, die ziehen weg, in die Stadt, oder in ein anderes Land."

Emmer räuspert sich. „Kennst du die Krone? Das Wirtshaus für die Älteren? Dort erzählt man, dass Federer von seiner Mutter in die Freuden der Liebe eingeweiht wurde. Vielleicht interessiert sich Federer deshalb nicht für Sex."

Bertschis Augen weiten sich. Ja genau, so stellt er sich das Leben im Dorf vor. Um sich nicht wieder die Finger zu verbrennen, sagt er vorsichtig: „Eine eigene Welt. Weil wir gerade beim Thema sind: was für ein Verhältnis hat Federer zu Tanja?"

„Auf jeden Fall kein intimes. Aber er schätzt Tanja aus zwei Gründen. Erstens als Konsumentin in seiner Bar. Sie bechert nämlich nicht schlecht. Man sagt von ihr, sie habe eine Männerleber. Zweitens profitiert er von ihr sozusagen als Stimmungskanone. Wenn sie da ist, geht es hoch her, und der Alkohol fließt in Strömen. Federer macht dank Tanja beträchtliche Umsätze."

„Interessant", murmelt Bertschi. „Beteiligt er sie daran?"

„Nicht direkt. Dafür ist Federer zu geizig. Aber er ist schlau. Und deshalb verrechnet er ihr nie mehr als drei Große. Obwohl sie doppelt so viel trinkt."

Emmer schiebt Bertschi die Unterlagen über den Tisch. Ob noch weitere Arbeit anstehe, erkundigt er sich. Bertschi schüttelt den Kopf, für heute sei es genug. Gut, meint Emmer mit Blick auf die Uhr, dann gönne er sich einen Weißen in der 'Krone'. Vielleicht höre er dort etwas über Tanja. Spätestens um acht erwarte man ihn zuhause. Den Tatort verpasse er nie, der gehöre zu den Ritualen in der Familie.

Der Kripobeamte Hunziker zieht sich die Schuhe an. „Dieser vermaledeite Bertschi", schimpft seine Frau. „Versaut uns wieder einmal den Sonntag. Und das nur, weil er sich nicht unter die Menschen traut. Wir haben längst alle kapiert, dass er mit uns Oberländern nichts anfangen kann. Warum bloß habt ihr einen Zürcher ins Team geholt? Der hat bei der Berner Kripo wirklich nichts verloren. Ist ja auch zu nichts zu gebrauchen. Die Arbeit bleibt immer an euch hängen. Dein Chef ist echt bescheuert, solche Nieten einzustellen."

„Kann es sein, dass du etwas gegen Zürcher hast? Es ist nun einmal so, wir sind multikantonal", antwortet Hunziker. „In unserer Abteilung haben wir auch einen Tessiner. Und eine hübsche Bündnerin." Er kitzelt seine Frau in der Taille, bis sie lachen muss.

„Um Acht bin ich zurück, pünktlich zum Essen."

„Heiliger Strohsack", spottet seine Frau. „Du bist ja stolz wie Kunibert, wenn Bertschi dir seinen Job andreht. Fehlt nur noch, dass du dich bei ihm bedankst. Aber eins muss ich schon sagen. Mir scheint, der Kerl hält große Stücke auf dich. Wenn das mit dir so weitergeht..." sie legt eine Kunstpause ein, „...beginnt der Stuhl von Kost zu wackeln."

Hunziker zeigt seiner Frau den Vogel. Während er zum Auto geht, grinst er zufrieden. Auch ihm ist schon aufgefallen, dass er bei Bertschi gut ankommt. Selbst der Chef ist inzwischen auf ihn aufmerksam geworden. Nach einem Einsatz bei einem Raubüberfall, den Hunziker geleitet hatte, ließ sich Kost zu einem Vermerk in der Akte herab. Hunziker könne rasch die richtigen Entscheidungen treffen. Er formuliere seine Anweisungen knapp und verständlich, bleibe selbst in größter Hektik ruhig, und schaffe dadurch eine Atmosphäre des Vertrauens.

Hoffentlich gelingt mir das kommende Gespräch, denkt Hunziker beim Einparken. Er läutet bei Frau Meyer, seiner ehemaligen Grundschullehrerin. Sie hat ihn in der Dritten und Vierten unterrichtet. Zwei Jahre nach ihm war Tanja bei ihr. Immer noch die Gleiche, zuckt es ihm durch den Kopf, als sie ihm öffnet. In seiner Kindheit fand er sie alt, doch jetzt, als Vater eines sechsjährigen Buben, erscheint sie ihm jung, keine zehn Jahre älter als er. Sie bittet ihn in die geräumige Küche.

„Urs heißt du, nicht wahr? Ich kann mich gut an dich erinnern. Du wolltest immer in der letzten Bank sitzen, um alles beobachten zu können."

Sie schaltet die Kaffeemaschine ein. „Du bist also bei der Kripo. Der Beruf passt zu dir. Darf ich dich überhaupt noch duzen?"

„Selbstverständlich." Hunziker erläutert Frau Meyer den Grund seines Besuchs. Sie tauschen Erinnerungen über das Mädchen mit den Zöpfen und den seltsamen Kleidern aus.

„Tanja hat sogar einen eigenen Geruch verströmt", bemerkt die Lehrerin.

Daran erinnert sich auch Hunziker. „Deshalb haben wir sie Geißenheidi gerufen", gesteht er mit schlechtem Gewissen. „Dann hat sie meistens angefangen zu flennen."

„Ihr habt sogar gewettet, ob sie weinen wird. Kinder sind unbarmherzig." Frau Meyer zieht die Augenbrauen hoch. „Ich habe allerhand versucht, um Tanja zu integrieren. Aber sie ließ niemand an sich heran. Sie verweigerte sich und gab ihre Abwehrposition nicht auf. Selbst in der Pause nicht. Da stand sie dann an der Mauer und schaute teilnahmslos zu, was rundum passierte."

In Frau Meyer steigt etwas von dieser Verzweiflung hoch, mit der sie vor zwanzig Jahren zu kämpfen hatte, weil ihr das Mädchen keine Annäherung erlaubte. Auch in Hunziker taucht das Bild vom Schulhof auf, und erweckt ein ungutes Gefühl in ihm. Wie hat dieses Kind bloß in solcher Einsamkeit überleben können?

„Manchmal war ich ganz verzagt", gesteht die Lehrerin. „Warum blieb sie so abwehrend? Warum gab sie ihre Opferrolle nicht auf? Einmal hätte ich sie beinahe geschüttelt, damit sie irgendwie reagiert."

Ratlos zuckt Hunziker die Schulter. „Sie kannte nichts anderes als die Opferrolle."

Einen Moment lang schweigen beide, bis Frau Meyer den Faden wieder aufnimmt. „Es war alles so schrecklich. Ihr habt sie schamlos getriezt, und ich habe sie nur schützen können, wenn ich in der Nähe war. Was hinter meinem Rücken passierte..." Der Satz schwebt unbeendet im Raum.

„Können Sie sich erklären, warum Tanja so seltsam war?"

Die Lehrerin verstummt. Dann wiegt sie langsam den Kopf hin und her, und formuliert vorsichtig: „Das ist eine heikle Geschichte. Ich weiß nichts Genaues, heute nicht, und damals noch weniger. Doch ich vermute, dass Tanjas Problem mit ihrem Vater zusammen hing. Er hat sie auf eine ungesunde Art geliebt, als wäre sie sein Besitz, oder sein Spielzeug. Tanja erschien mir wie eine Marionette, an deren Strippen der Vater zog. Ich entsinne mich einer befremdlichen Situation. Herr Zumstein holte seine Tochter von der Schule ab. Als sie ihn sah, blieb sie wie angewurzelt stehen. Er aber zwang sie mit seinem Blick zu sich, ergriff ihre Hand, und machte sich mit ihr auf den Weg."

„Kam Tanja je mit blauen Flecken zur Schule?"

„Nein. Ich hatte zunächst einen ähnlichen Verdacht, aber Tanja wurde nicht geschlagen. Etwas anderes wagte ich vorerst nicht zu denken. In den Sprech- stunden versuchte ich, den Zumsteins klarzumachen, dass Tanja psychologische Hilfe benötige. Der Vater zog meinen Hinweis ins Lächerliche. Man solle aus einer Mücke keinen Elefanten machen. Und die Mutter, die hüllte sich in Schweigen. Aber dann, als Tanja in der vierten Klasse war, bat mich die Mutter um eine Unterredung. Sie gab endlich zu, dass Tanja in Schwierigkeiten stecke, das Mädchen sei Bettnässerin. Aus diesem Grund habe sie sich entschlossen, Tanja zu ihrer Schwester zu geben. Ab Herbst werde ihre Tochter in Spiez wohnen und dort zur Schule gehen."

„Was war es also, was Tanja Schwierigkeiten bereitete?"

„Der Vater hat sie vermutlich jahrelang missbraucht. Frau

Zumstein und ich, wir wussten beide, woran Tanja krankte, ohne dass wir Worte brauchten. Wir regelten dann die Angelegenheit unter uns. Sie versprach, Tanja bis zum Umzug nach Spiez zu bewachen, und den Vater in Schach zu halten. Im Gegenzug sicherte ich ihr zu, mich nicht an die Öffentlichkeit zu wenden. Außerdem verpflichtete ich Frau Zumstein, mich einmal pro Woche anzurufen. Sie lernte, ihr Kind zu beobachten, und sich mit mir auszutauschen. Mir selbst ging es schlecht in diesen Monaten, in denen Tanja noch in Hüniswil wohnte. Ich war mir nicht sicher, ob ich mich angemessen verhalte. Reichte der Schutz für das wehrlose Mädchen aus? Wurde es vom Vater wirklich nicht mehr belästigt? Konnte ich den Erzählungen der Mutter glauben? Es gab Tage, da meinte ich, die Zweifel nicht länger aushalten zu können. Ich war mehr als einmal so weit, das Dorf zu verlassen. Weißt du, was es bedeutet, ein solches Geheimnis mit sich herum schleppen zu müssen?"

„Gab es denn niemand, dem Sie sich anvertrauen konnten?"

Frau Meyer schüttelt den Kopf. Wie zur Entschuldigung fügt sie hinzu: „Ich war damals Dreiundzwanzig, und hoffnungslos überfordert. Heute würde ich es anders machen. Ich würde mich sofort an den schulpsycho- logischen Dienst wenden."

Frau Meyer holt tief Luft, und wischt sich mit der Hand über die Stirn. „Aber zurück zu Tanja. Sie freute sich darauf, nach Spiez zu ziehen, und erklärte auch, warum. Weil sie bei der Tante machen könne, was sie wolle. Als Tanja dann in Spiez wohnte, telefonierte ich zweimal mit Frau Künzli. Ich habe sie persönlich nie kennengelernt, aber sie muss ein liebevoller Mensch sein. Sie hat sich rührend um das Kind gekümmert, und hat versucht, das wettzumachen, was die Eltern versäumt hatten. Als ich hörte, dass Tanja nicht mehr einnässte, weinte ich vor Erleichterung. Und keine drei Monate später erhielt ich eine andere positive Nachricht. Tanja hatte eine Freundin gefunden. Mir fiel ein Stein vom Herzen. Nicht ein Stein! Die ganzen Schweizer Alpen!"

Frau Meyer und Hunziker lachen gemeinsam die belastenden Erinnerungen weg.

Auf die Frage nach Tanjas Eltern erklärt die Lehrerin, sie habe beide länger nicht mehr gesehen. Die Mutter ohnedies nicht. Die leide an Muskelschwund, und dämmere im Rollstuhl vor sich hin. Sie werde von Herrn Zumstein gepflegt, von ihm allein. Niemand im Dorf wisse, wie gut er sich um sie kümmert. Verwahrlost sei sie jedenfalls nicht. Das wisse man, weil zweimal ein neugieriger Hüniswiler unter einem Vorwand bei Zumsteins läutete und ein paar Worte mit der Frau wechseln wollte. Beide Male sei Frau Zumstein aus ihrer Lethargie erwacht, und habe nach ihrer Tochter gefragt.

„Wenn ich mir vorstelle, ich wäre Herrn Zumstein ausgeliefert, bekomme ich Gänsehaut." Frau Meyer schüttelt sich.

„Sie würden nie in eine solche Situation geraten", beruhigt Hunziker sie. „Das alles hängt mit dem persönlichen Drama von Frau Zumstein zusammen. Besucht Tanja ihre Mutter manchmal?"

„Sie kommt selten nach Hüniswil, was ich verstehen kann. Außerdem hat sie zur Mutter kein gutes Verhältnis. Aber zwischen ihr und dem Vater besteht eine Verbindung, welche auch immer. Herr Zumstein strahlt wie ein Honigkuchenpferd, wenn Tanja auftaucht.

Frau Meyer haftet ihren Blick auf Hunziker. „Muss man fürchten, dass Tanja etwas passiert ist?"

„Wir wissen es nicht. Tanja wird seit einer Woche vermisst, und es gibt bis jetzt keinen Hinweis auf eine Spur."

„In dieser Familie läuft alles schief. Hast du schon gehört, dass Herr Zumstein Knochenkrebs hat?"

Die Beiden tauschen noch Dorfneuigkeiten aus, bevor sich Hunziker von seiner ehemaligen Lehrerin verabschiedet.

„Schade, dass ich nicht mehr in Hüniswil wohne. Sonst käme mein Sohn irgendwann in Ihre Klasse."

Eine halbe Stunde später sitzt Hunziker wieder in einer Küche. Diesmal lehnt er den Kaffee ab, denn die Magennerven knurren ihn schon eine Weile an. Er bittet um einen Kräutertee. Der Wunsch gefällt Frau Künzli. Sie sammle die Kräuter selbst, und sie werde ihm eine Spezialmischung aufbrühen.

„Kann es sein, dass Sie einen Marktstand in Bern haben", fragt Hunziker, dem die Frau bekannt vorkommt.

Frau Künzli strahlt. „Ja. Ich bringe die Natur in die Stadt. Bei mir gibt es Beeren und Früchte, Blumen, Kräuter und Pilze. An drei Tagen gehe ich pflücken, am vierten verkaufe ich, und was übrigbleibt, wird am fünften Tag eingeweckt. Und dann habe ich zwei Tage frei."

Als sie beide vorm dampfenden Tee sitzen, erkundigt sich Hunziker, wann sie Tanja das letzte Mal gesehen habe.

Da flammt Zorn in den Augen von Frau Künzli auf. „Vor einem halben Jahr. Seither hat sie sich nicht mehr blicken lassen. Wissen Sie, was das bedeutet?" Frau Künzli schlägt mit der flachen Hand auf den Tisch, dass die Tassen hüpfen. „Sie nimmt noch immer Drogen."

Hunziker versteht nichts. „Was für Drogen", erkundigt er sich, um das Gespräch in Gang zu halten. „Marihuana und so", erwidert Frau Künzli aufgebracht. Sie greift zur Teekanne und schenkt nach. Schließlich gibt sie sich einen Ruck. Sie blickt Hunziker ernst an. „Tanja hat seit 14 Jahren mit Drogen zu tun. Ganz schön lang für so ein junges Ding, nicht wahr? Ich habe alles versucht, damit sie die Finger davon lässt. Alles habe ich ihr angeboten, von der Weltreise bis zur Therapie. Als sie mich das letzte Mal besuchte, platzte mir der Kragen. So kann es nicht weitergehen, erklärte ich ihr. Ich will nicht, dass du Drogen nimmst. Das muss nun ein Ende haben. Ab jetzt, mein Mädchen, läuft das anders. Du kannst wählen. Entweder ich oder das Zeug. Da begann Tanja zu weinen. Große Tränen kullerten über ihre Wangen, ohne einen Laut. Diese tonlose Verzweiflung war schrecklich anzusehen. Ich las in Tanjas Augen das ganze Elend des verletzten Kindes, und da brach der Ärger in mir zusammen. Ich konnte nicht mehr anders, ich zog sie an mich."

Frau Künzli kämpft mit den Gefühlen. Von ihren Augen

führt eine nasse Spur hinunter zum Kinn. Sie wischt sich mit dem Handrücken übers Gesicht.

„Tanja wird erst wieder vorbeikommen, wenn sie clean ist. So lautet unsere Abmachung."

Ein paar trockene Schluchzer beben in der Frau nach, während ihre Hand ununterbrochen übers glatte Tischtuch streicht. „Seither warte ich. Ich denke von früh bis spät an sie."

Das Gespräch stockt. Jeder hat mit seinen Gedanken zu tun. Hunziker überlegt, warum Frau Künzli Marihuana so kategorisch ablehnt. Ist es eine Frage des Prinzips? Oder geht es vielleicht um andere Drogen? Wie gut weiß Frau Künzli Bescheid? Er muss der Sache auf den Grund gehen.

„Was ist mit Tanja", erkundigt sich Frau Künzli.

Sie werde seit einer Woche vermisst, erklärt Hunziker. Die Frau nimmt den Hinweis ruhig entgegen. Sie sagt nichts. Sie fragt nichts. Sie steht auf, und wandert in der Stube hin und her. Dann bleibt sie vor dem Fenster stehen und starrt hinaus.

„Das klingt nicht gut, was Sie mir da erzählen. Ich habe mich ein halbes Leben lang davor gefürchtet, dass es mit Tanja ein schlechtes Ende nehmen wird", murmelt Frau Künzli. „Nun ist es also so weit." Sie dreht sich um. „Werden Sie sie finden? Sie ist mein Ein und Alles. Mein Mädchen. Sie hätten sie sehen sollen, als sie bei mir einzog. Da war sie Zehn. Sie können sich nicht vorstellen, wie verschlossen sie war. Sie bewegte sich ganz seltsam, fast mechanisch, wie eine aufgezogene Puppe. Ich musste ihr die einfachsten Dinge beibringen. Sie konnte sich nicht einmal zwischen einem Apfel und einer Banane entscheiden. Was sie denn lieber habe, fragte ich sie. Da zuckte sie bloß mit den Achseln. Sie wusste nichts über sich. Man hatte ihr alle Wünsche ausgetrieben. Ich zeigte ihr, wie man Kleider aussucht. Welche Frisuren man machen kann, was es an Spielsachen und Büchern gibt. Sie lernte schnell, und genoss es sichtlich, wählen zu dürfen. In den ersten sechs Monaten, die sie bei mir wohnte, veränderte sie sich rapid. Es war schlichtweg ergreifend, zuzusehen, wie sich ihre Persönlichkeit entfaltete. Damals glaubte ich daran, dass alles gut wird. Zum elften Geburtstag schenkte ich Tanja eine Kette, an der ein Schutzengel hängt. Seither trägt sie die Kette Tag und Nacht."

Wie um sich selbst zu trösten, fügt Frau Künzli leise hinzu: „Der Engel wird Tanja nicht im Stich lassen."

Sie hält inne, blickt zu Boden, und sieht dann Hunziker eindringlich an. „Tanja ist bei mir glücklich gewesen. Aber was sie in den ersten zehn Jahren erlebt hat, brannte sich in ihrer Seele ein. Das kriegt man nicht mehr weg."

Was denn das sei, will Hunziker wissen.

Der Frau entfährt ein klagender Ton. „Den Vater sollte man aufknüpfen. Er hat Tanja auf dem Gewissen. Als Totengräber hatte er viel Freizeit, und die verbrachte er mit Tanja. Er ließ sie nicht spielen, und schon gar nicht mit anderen Kindern. Sie hatte für ihn da zu sein, nur für ihn. Denn sie war seine Prinzessin. So hat er sie auch genannt. Wenn das keinen Knacks fürs Leben gibt! Doch da sind noch andere Geschichten gelaufen, denn das kleine Ding war mir zu blass und still. Ich hatte seit langem einen bestimmten Verdacht. Leider war es fast unmöglich, mit meiner Schwester zu reden, weil ihr Mann sie nie aus den Augen ließ. Wenn es mir trotzdem gelang, mit ihr zu sprechen, wich sie den schwierigen Fragen aus. Es gäbe keine Probleme. Tanja gehe es gut. Wie sich später herausstellte, war dies eine reine Schutzbehauptung. Aus Angst vor der Wahrheit schaute sie weg. Hätte sie sich eingestanden, was da unter ihrem Dach abläuft, wäre ihr Leben zerstört gewesen. Sie brachte nicht den Mut auf, offen mit mir zu reden. Nicht einmal mit mir, mit ihrer Schwester. Ich musste akzeptieren, dass es zwischen uns Dinge gibt, über die man nicht spricht. Mir tat das Mädchen unendlich leid. Ich hätte ihm so gern geholfen. Aber das wäre nur gemeinsam mit meiner Schwester möglich gewesen. Wie dem auch sei, plötzlich änderte sich die Situation. Es war Tanja, die nicht mehr mitspielte. Denn sie begann mit neun Jahren, ins Bett zu machen. Was für ein

Glück, sage ich heute. Dadurch war meine Schwester gezwungen, etwas zu unternehmen. Endlich, endlich, bat sie mich um Hilfe."

Frau Künzli schiebt die Ärmel des Pullovers hoch. „Meine Schwester fragte mich, ob ich Tanja aufnehmen könne. Noch so gern, versicherte ich ihr. Sie können sich nicht vorstellen, wie sehr ich mich auf meine Nichte freute. Tanja kam, und blieb sieben Jahre hier. Sieben Jahre", wiederholt Frau Künzli. „Als Tanja mit der Schneiderlehre begann, entdeckte sie den 'Stollen' und dieses verflixte Marihuana. Von da an war unser gemeinsames Leben schwierig. Im dritten Jahr brach Tanja die Lehre ab, und zog in eine WG. Sie jobbte als Kellnerin, Altenpflegerin und als Fahrradkurier. Dazwischen tauchte sie bei Freunden in Polen unter. Mit Siebenundzwanzig wurde sie ruhiger. Sie suchte sich eine eigene Wohnung und nahm eine Stelle bei Acero an. Sie müssen wissen, Tanja ist eine begabte Handwerkerin. Das bekomme ich immer wieder zu hören. Und die Arbeit in der Metallwerkstatt gefällt ihr. Bloß den Werkstattleiter kann sie nicht leiden."

Nach einer Pause fährt Frau Künzli fort: „Tanja hat mir übrigens nie etwas von zuhause erzählt, nicht als Kind, und nicht als Erwachsene, weder vom Vater noch von der Mutter. Das Thema Eltern ist tabu, ihre Kindheit in Hüniswil auch. Sie hasst das Dorf bis auf den heutigen Tag. Als Tanja bei mir lebte, sollte sie am Wochenende stets nach Hüniswil. Aber sie hatte keine Lust, ihre Eltern zu besuchen. Also wurde sie Meisterin im Erfinden von Ausreden. Eine blühende Fantasie hat sie ja stets gehabt. Einmal kam sie freitags stockheiser von der Schule heim. Mit krächzender Stimme rief sie ihre Mutter an, und meldete sich krank. Keine Stunde später vergaß sie, ihre Stimme zu verstellen, und redete normal mit mir. Da lachten wir beide unbändig."

Was für eine hingebungsvolle Mutter diese Tante ist, stellt Hunziker bei sich fest. Er sieht, wie Frau Künzli ihre Hände knetet. Sie kämpft mit einer Entscheidung.

„Es macht Sinn, wenn wir beide zusammenarbeiten, nicht

wahr", meint sie. „Tanja kifft nicht nur. Sie mischt auch im Drogengeschäft mit, das hat sie mir bei ihrem letzten Besuch gebeichtet. Sie versprach, mit der Sache so bald wie möglich aufzuhören. Aber sie müsse das Ende gut planen, denn ein Ausstieg sei nicht ungefährlich."

Erleichtert stellt Hunziker fest, dass die Frau besonnen ist, und Bescheid weiß.

„Tanja bezieht regelmäßig Stoff. Dazu trifft sie sich alle vier Wochen mit einem Dealer. Der ruft vorher an, und kommt dann per Auto. Das Zeug lagert Tanja in einem Keller, aber nicht in ihrem, sondern in einem andern. Da hat sie irgendwie am Schloss gefummelt, um Zugang zu erhalten. Fragen Sie mich nicht, um welchen Keller es sich handelt, aber es muss einer in ihrem Wohnblock sein."

„Trifft Tanja immer den gleichen Dealer?"

„Das weiß ich nicht. Ich weiß nicht einmal, ob es ein Einheimischer ist, oder einer von dieser Ostmafia. Ich weiß wenig über Tanjas Drogengeschäfte."

„Hat Tanja je den Barkeeper vom 'Stollen' erwähnt?"

„Nein, jedenfalls nie im Zusammenhang mit Drogen. Ziemlich wenig, was ich zu bieten habe, nicht wahr", bedauert Frau Künzli, bevor sie laut weiterdenkt.

„Tanja müsste eigentlich eine Menge Geld haben. Sie arbeitet ganztags, und dealt seit Jahren. Aber wenn man das Mädel auf den Kopf stellt, fällt kein Rappen heraus. Sie hat weniger als nichts. Bei unserm letzten Wiedersehen pumpte sie mich um Geld an. Kommt nicht in Frage, sagte ich ihr. Ich wolle ihr nichts leihen, so lang sie mit Drogen zu tun hat. Inzwischen frage ich mich sogar, ob Tanja nicht Schulden hat. Das wäre eine schöne Bescherung."

„Tja, wo bleibt das ganze Geld?" Auch Hunziker schüttelt verwundert den Kopf.

„Wenn ich das bloß wüsste! Irgendwie dünkt mich die Geschichte nicht nachvollziehbar. Verstehen Sie, Tanja führt ein bescheidenes Leben. Sie hat kein Auto, und die Luft für die Veloreifen ist gratis. Ihre Kleider kauft sie meistens in Secondhandläden, und die Ferienreisen in den Osten kosten auch nicht die Welt. Ich schätze, am meisten Geld gibt sie für ihre Wohnungsmiete aus. Und fürs Bier."

Frau Künzli schweigt, sie ist am Grübeln. Hunziker wartet ruhig. Wenn die Leute ins Reden kommen, fallen ihnen kuriose Dinge ein, und mit einer Portion Glück ist ein brauchbarer Hinweis dabei.

„Angenommen, es handelt sich um die große Liebe. Die frisst manchmal eine Menge Geld", überlegt Frau Künzli. „Tanja ist zum ersten Mal richtig verliebt. Sie hat seit einem Jahr einen Freund, einen aus Polen. Er heißt Greg und wohnt in Bern. Sie sollten sehen, wie ihre Augen leuchten, wenn sie von diesem Mann spricht. Sie will mit ihm ins Ausland ziehen, sobald sie hier alles geregelt hat. Das jedenfalls hat sie mir vor einem halben Jahr erklärt."

Frau Künzli unterbricht sich. „Ob Greg auch verschwunden ist? Wenn ich nur ein bisschen mehr wüsste. Nicht einmal seine Adresse kenne ich. Vielleicht..." Frau Künzli zögert. „Vielleicht haben die beiden den Absprung geschafft. Denn sonst. .."

Die Frau schaut zum Fenster hinaus. Alles ist unscharf, alles grau, denn sie sieht wenig durch den Vorhang der Tränen.

Sonntagabend

Kaum hat sich Bertschi von Hunziker verabschiedet, verspürt er den unbändigen Hunger, den er zuvor verdrängt hat. Er drückt auf die Taste von Betas Privatnummer.

„Wann kommst du", fragt sie.

„Ich fahr jetzt los. Gibt es heute ein Steak", fragt Bertschi neugierig.

„Denkste", sagt Beta und legt auf.

Die Straßen sind leer. Bertschi drückt aufs Gas. Ob der Tisch schon gedeckt ist? Unsinn, denkt er sich. Als hätte Beta nichts anderes zu tun. Außerdem handelt es sich um ein Arbeitsessen, nicht um einen geselligen Abend. Er kann heilfroh sein, dass Beta nicht nur gern und gut kocht, sondern auch schnell. Ohne ihr Talent würde er kulinarisch verwahrlosen. Aufs Niveau der Tiefkühlpizza würde er sinken.

Das Festessen im Sommer wird er nie vergessen. Aus einer Laune heraus hatte Beta ihn eingeladen. Ob es denn etwas zu feiern gäbe, hatte Bertschi gefragt. Natürlich, hatte sie ihm ernst geantwortet. Er sei der häufigste Gast in ihrem Restaurant, und gute Kundschaft müsse man pflegen. Da war er bis ins Mark erschrocken, und hatte ihr langatmig erklärt, er habe sie nie ausnutzen wollen.

Erst als er Beta lachen sah, begriff er, dass sie ihn wieder einmal veräppelt hatte. Er habe doch längst feststellen können, wie gern sie koche, beschwichtigte sie ihn. Das Schälen und Hacken erde sie, es setze ihre Fantasie frei, und obendrein befriedige sie der sichtbare Erfolg.

„Klar, dich reizt ein fulminantes Ergebnis innert kurzer Zeit. Du bist ein ehrgeiziger Mensch", hatte Bertschi entgegnet.

Als sich er dann zur grundlosen Gala in Betas Haus einfand, nahm sie ihn bei der Hand und führte ihn ins Esszimmer.

Es verschlug ihm die Sprache. Ein Tischläufer, der zu beiden Seiten des Tisches bis auf den Boden floss, teilte die runde Tischplatte aus Nussbaumholz in zwei Halbkreise. Der weinrote Stoff verschwand unter der Fülle des Angebots, das einem indischen Marktstand glich. Obst und Gemüse in den Farben rot, orange und gelb drängten sich auf der schmalen Bahn, und wetteiferten mit farbigen Saucen in weißen Schalen. Es waren ungewöhnliche Saucen in pink, cognac und türkis. Auf jeder der beiden Tischhälften befand sich als Grundgedeck ein riesiger Teller in weiß, begrenzt von einem altmodischen Silberbesteck mit wuchtigen Gabeln und Messern. Oberhalb der Messerspitze bildeten ein schmales Wasserglas und zwei verschieden große kristallene Weinkelche eine durchsichtige Gruppe.

Die grellen Farben der Kerzen und Servietten irritierten ihn. Und die Blumen auch. Irgendetwas in ihm wehrte sich gegen die barocke Vielfalt. Gleichzeitig aber gefiel ihm der aufdringliche Ton des Arrangements. Vielleicht war die Buntheit gar nicht aufdringlich, sondern vielmehr sinnenfroh, wie bei Frida Kahlo und ihren berühmten Gelagen.

Langsam entspannte er sich. Je mehr er sich in den Anblick vertiefte, umso intensiver empfand er die Schönheit der Anordnung. Er spürte die Harmonie im Raum, die sich auf ihn übertrug, und unerwartete Freude in ihm weckte.

„Das nennt man Tischsymphonie", brachte er seine Begeisterung schlussendlich auf den Punkt.

Die letzten Kilometer bis zu Betas Haus ziehen sich hin. Gleich wird sich Bertschi der See zeigen, und dann Betas Haus.

Woher Beta diesen Sinn für Ästhetik hat? Von der Mutter wohl kaum, wenn die Mutter wirklich so ist, wie Beta sie beschreibt. Unvermittelt denkt Bertschi an Sex. Er hat schon monatelang keinen mehr gehabt. Sex spielt sich nur noch in seinem Kopf ab. Emmers Bemerkung über den Barkeeper fällt ihm ein. Keine Frauengeschichten. Nichts mit Männern. Es hätte eine Äußerung über ihn sein können.

Schwungvoll steuert Bertschi die Kurve vor Betas Haus an, bremst ein wenig zu heftig, und springt aus dem Wagen. Die Tür ist offen. Es riecht nach Zwiebeln und Käse. Er ruft Hallo, und begibt sich in Wohnzimmer. Beta ist unsichtbar. Ein paar Appetitbrötchen lachen Bertschi einladend ein. Er schiebt sich eins in den Mund. Weil dadurch eine unschöne Lücke auf der Platte entsteht, greift er zu einem zweiten. Eine Olive fällt zu Boden. Er sucht mit den Augen den Teppich ab. Nichts. Er bückt sich, und kriecht unter den Tisch.

„Das ist ja eine schöne Begrüßung", hört er Beta. „Hat es etwas zu bedeuten, dass du mir den Arsch entgegenstreckst?"

„Leck mich", flötet Bertschi, den Tischbeine und Verstrebungen länger als gedacht zurückhalten. „Ich jage Oliven."

Beta setzt sich zu ihm auf den Boden.

„Ich bin schlapp", gesteht Bertschi. „Der Tag war hart."

Beta zeigt auf sich selbst, und nickt. Ihr geht es genauso. „Zuerst das Essen, dann der Job? Leg Musik auf, schenk Wein und Wasser ein. Ich richte die Teller an."

Später tupft Bertschi mit der Serviette die Lippen ab, und lehnt sich zufrieden im Stuhl zurück. „Das war der beste Gratin, den ich je gegessen habe. Du hast ihn mit Käsefondue übergossen, stimmt's? Er war köstlich. Nur das Lammfleisch hat gefehlt."

Beta blickt ihn schelmisch an. „Ohne Fleisch wirst du im Alter nicht an Arthritis leiden." Sie steht auf. „Ich habe zuviel gegessen, ich brauche Medizin."

„Ich auch", bittet Bertschi.

„Was, du willst einen Grappa?"

„Bloß nicht", wehrt Bertschi erschrocken ab. „Ich meine, ich möchte Grüntee."

Kurz darauf sitzt jeder auf seinem Stammplatz. Die beiden Laptops sind aufgeklappt, auch die Dokumentenmappen. Lose Papiere liegen verstreut am Boden. Beta wiederholt die Kernpunkte in den Aussagen von Tim Federer und Maria Blatter. Bertschis Hände fliegen über die Tastatur.

In die anschließende Denkpause murmelt Beta halblaut: „Ich vermisse das Büro."

„Den Krach auch?" erkundigt sich Bertschi, ohne den Blick vom Bildschirm zu heben.

„Mensch Bertschi, ich bin hundemüde, und mir brennen die Augen vom Bildschirm. Ich bräuchte eine Pinnwand."

„Hast Du eine Rolle braunes Packpapier?"

Beta nickt.

„Dann pinn es an die Wand."

Beta sucht das Nötige zusammen, und plagt sich mit dem Papier ab, das immer wieder wegrutscht. Er solle mit anfassen, fordert sie ihn unwirsch auf. Gemeinsam befestigen sie den widerspenstigen Bogen, der die Tendenz hat, sich einzurollen, mit Pinnsteckern an der Wand. Skeptisch betrachtet Beta den behelfsmäßigen Flipchart. Mit einem Quäntchen Glück wird das Zeug halten. Beta zückt den Filzstift und wartet.

„Du hast Deinen Beruf verfehlt", spottet Bertschi wieder einmal. Die Bemerkung kostet Beta ein müdes Lächeln. Sie hat sich vor zwanzig Jahren bewusst gegen den Lehrerberuf, und für das Psychologiestudium entschieden. Das Erforschen von Zusammenhängen erschien ihr spannender als das Einmaleins-Training mit den Schülern.

Beta fingert eine Parisienne aus der zerknautschten Packung, und inhaliert genießerisch das Nikotin. Bertschi jagt mit der Maus einer Information hinterher. Plötzlich richtet er sich auf und beginnt. Betas quietschender Filzstift eilt übers angepinnte Packpapier.

„Tanjas Bankkonto muss überprüft werden. In welchem Keller ist das Drogenlager? Wer ist der Dealer, der Tanja mit Stoff versorgt? Die Eltern Zumstein müssen befragt werden. Ebenso Sven Egli, der Werkstattleiter. Tim Federer muss in die Zange genommen werden. Auch Tanjas Freundin Maria. Tanjas Freund Greg muss gefunden werden. Beim Spurendienst müssen wir anrufen."

Kritisch betrachtet Beta die Liste. „Das schaffen wir locker bis morgen", witzelt sie, und ahnt, dass strenge Zeiten auf sie zukommen.

Eine der Pinnadeln fällt zu Boden. Während Beta die Nadel aufhebt, spickt eine zweite weg. Das beschriebene Papier, nur noch von den oberen zwei Nadeln gehalten, rollt sich ein und gibt die Wand fast frei.

Bertschi beginnt zu wiehern. Er winkt Beta zu sich, und zeigt auf die Fläche, an der das Packpapier angeheftet war. Der Filzstift hat stellenweise durchgedrückt.

„Nein", schreit Beta, und stampft mit dem Fuß auf. „Wer hat die beschissene Idee mit dem Papier gehabt? Du Blödmann!"

Beta kickt gegen Bertschis Schienbein. „Das ist deine Schuld." Sie stiert die befleckte Wand an. Bertschi lacht noch immer. Genervt verdreht sie die Augen, und pendelt mit dem Kopf hin und her. Schließlich steckt sie der Lachanfall ihres Kollegen an.

„Also gut", meint sie resolut. „weiß übermalen, oder schwarz?"

Bertschi schüttelt den Kopf. „Haus verkaufen", presst er hervor, während er versucht, das Lachen unter Kontrolle zu kriegen.

„Du bist fix und fertig", stellt Beta fest, und greift zum iPod. Als Beniamino Gigli ein neapolitanisches Lied anstimmt, beruhigt sich Bertschi schlagartig. Verschämt entschuldigt er sich. Dann lauschen beide dem Italiener, der es im Handumdrehen schafft, für jeden von ihnen eine Parallelwelt zu erschaffen.

Wieder einmal nach Perugia fahren, denkt Bertschi. Die drei Monate an der Universität Perugia hatten es in sich. Am ersten Tag kam er neben eine Japanerin zu sitzen, mit der er sich auf Anhieb verstand. Am zweiten Tag nahm er wieder neben ihr Platz. Von da an galt die Abmachung, wer von ihnen beiden zuerst den Hörsaal betrat, reservierte den Stuhl neben sich für den andern. Es kam, wie es kommen musste. Yokahi verliebte sich in Bertschi, und wollte ihn erobern. Sie führte ihn in ein Sushi-Restaurant, und klärte ihn übers Fischsortiment im pazifischen Ozean auf. Als er dabei fast seekrank wurde, wechselte sie Ort und Thema. Sie schleppte ihn in eine Karaoke-Bar. Das war zuviel für ihn. Er sperrte sich, und hockte mit verschränkten Armen am Tisch. Sein ablehnender Gesichtsausdruck sprach Bände. Doch als Yokahi zum Mikrofon griff, begann seine Abwehr zu schmelzen. Zwar verstand er nicht, wovon sie sang, aber ihre Stimme verzauberte ihn, und nicht nur ihn, sondern alle Gäste im Lokal. Als das Lied zu Ende war, verbeugte sich Yokahi in den lautlosen Raum. Erst Sekunden später setzte der Jubel ein. Yokahi genoss die Aufmerksamkeit und ließ sich feiern. Als der Tumult vorbei war, erzählte sie Bertschi von ihrer Heimat, und von den Liedern, die ihre Mutter sie gelehrt hatte. Andächtig lauschte er, ohne zu verraten, wie wichtig ihm selbst der Gesang war.

An jenem Abend versuchte Yokahi, ihn zu küssen. Diese Möglichkeit hatte Bertschi ausgeblendet. Unangenehm berührt schob er sie von sich. Sie konnte nicht nachvollziehen, was mit ihm los ist, und ihm wollte keine Erklärung einfallen. Die Situation überforderte ihn, und er verabschiedete sich hastig.

Auf dem Heimweg durch die engen Gassen ging Bertschi mit sich ins Gericht. Yokahi hatte sich ihm gegenüber geöffnet. Er aber hatte nichts von sich erzählt. Nicht einmal, dass er schwul war. Wie konnte das passieren? Weil er es genoss, wie sie sich um ihn bemühte? Weil er auf ihre Hingabe nicht verzichten wollte? Weil er befürchtete, dass sie sich von ihm, dem Schwulen, abwenden würde? Was hatte er bloß gemacht? Die Geschichte verstörte ihn zutiefst, und im Innersten ahnte er, dass er die Frau verschaukelt hatte. Achtlos hatte er von ihrer angenehmen Gesellschaft profitiert.

Am andern Tag passte Bertschi die Japanerin vor der Vorlesung ab. Er müsse mit ihr reden, erklärte er, und sagte ihr, wie gern er sie habe, und wie sehr er ihre Gesellschaft schätze. Allerdings gäbe es ein Problem. Und dann gestand er ihr, dass er schwul sei.

Yokahi unterbrach ihn kein einziges Mal. Mit gesenktem Blick lauschte sie seinem Bekenntnis. Als er geendet hatte, war ihm zum Weinen zumute. Yokahi maß ihn mit einem langen Blick, nahm ihn an der Hand, und führte ihn zum offenen Fenster. Eine Liebe ohne Echo muss man töten, meinte sie ernst. Ohne ihre Augen von ihm zu wenden, führte sie ihre Hand ans Herz, ergriff die unerwiderten Gefühle, und schleuderte sie in den Hof. Unsicher verfolgte Bertschi Yokahis Bewegungen. Er spürte förmlich, wie ihre Liebe zu ihm unten auf dem Asfalt zerschellte. Daraufhin zeigte sie ihm ihre offene Hand, und blies sanft die Reste des Verliebtseins weg. Bertschi stand hilflos daneben. Er wusste nicht, wie er reagieren sollte. Obwohl Yokahi mit ihrer Enttäuschung zu kämpfen hatte, war sie es, die für Entspannung sorgte. Sie umarmte ihn, und flüsterte ihm ins Ohr, sie habe nur wegen seines Rasierwassers eine Schwäche für ihn. Er solle die Marke wechseln. Das sei alles, was sie von ihm fordere.

Bis heute bewundert Bertschi das damalige Verhalten von Yokahi. Kürzlich hat sie ihm geschrieben. Sie wird zum Skifahren in die Schweiz kommen, und dann wolle sie mit ihm Raclette essen.

Bertschi erhebt sich, setzt sich auf die Armlehne von Betas Sofa, und rempelt sanft seine Kollegin an.

„Träumst du von Fabrizio? Meinst du, er denkt noch an dich? Vielleicht liegt er gerade in den Armen einer schönen Frau."

„Eine, die schöner ist als ich?" Beta kichert. „Mir droht von ganz anderer Seite Konkurrenz, und zwar von seinen flüssigen Liebschaften. Gegen die ist schwer anzukommen."

Beta erhebt das Glas und prostet Bertschi zu.

„Wie hast du Fabrizio eigentlich kennengelernt", erkundigt sich Bertschi, während er Grüntee nachschenkt.

„Warum? Willst du ein Rezept? Meinst du, gleiches Muster garantiert gleichen Erfolg?"

Beta wippt aufreizend mit dem übergeschlagenen Bein. Gönnerhaft erteilt sie Auskunft. „Am besten notierst du dir die wesentlichen Punkte. Es war an einem Wochentag um zehn Uhr früh, am Bahnhof Zürich. Ich war wieder einmal zu spät dran. Halb verschlafen, die Augen verquollen, hastete ich den Bahnsteig entlang. Dabei stieß frontal mit einem Typ zusammen. Idiot, dachte ich, und rannte weiter. Doch nach ein paar Schritten drehte ich mich um. Frag mich nicht, warum. Da stand er, wie vom Donner gerührt, und starrte mich an. Langsam und vorsichtig näherten wir uns. Wir lächelten, bis wir voreinander standen. Er nickte, und ich auch. Das war's. Seither sind wir ein Paar."

Bertschi seufzt sehnsüchtig. „Klingt nach todsicherer Masche. Den Trick muss ich ausprobieren."

„Solche Geschichten passieren zufällig, die kann man nicht planen. Meinst du, es reicht, auf dem Bahnsteig zu flanieren? Na dann, viel Glück. Pass bloß auf, dass du in der Aufregung keinen Hetero anrempelst."

„Miststück", sagt Bertschi halblaut, steht auf, streckt sich, und stößt einen langgezogenen Schrei aus. Dann schmettert er Giglis Santa Lucia mit solcher Intensität in die Nacht hinaus, dass die Härchen auf Betas Unterarmen stramm stehen.

Nachdem Bertschi die obligate Einladung zum Übernachten ausgeschlagen hat, begleitet Beta ihn zum Auto.

„Hast du schon einmal von Kalmücken gehört, fragt Bertschi plötzlich. Beta schüttelt abwesend den Kopf. „Nein. Die sagen mir nichts. Ich kenne nur Stechmücken."

Müde fährt sie sich über die Stirn. „Bis morgen im Büro." Als sie die Haustür schließt, klingelt das Telefon. Um diese Zeit, das kann nur Fabrizio sein. Er sei eben mit dem Gefühl aufgewacht, Beta rufe ihn.

„Stimmt", bestätigt Beta. „Ich brauche dich. Ich will dich. Kannst du nächstes Wochenende kommen?"

„Amore mio, wenn ich doch Flügel hätte! Ich würde mich in die Lüfte schwingen, und würde von Alba bis Spiez 'hijo de la luna' singen."

Beta lauscht der wienerisch-italienischen Melodie seiner Worte. Wenn Fabrizio die Österreicher imitiert, kommt es bei ihr zum Sissy-Effekt. Sie fühlt sich hofiert wie eine Kaiserin, und genießt die Schmeicheleien.

Doch jetzt spürt sie nur eine bleierne Schwere. „Ach Fabrizio, ich könnte dir ewig zuhören. Meine Ohren sind auch noch wach, nur meine Augen wollen nicht mehr, die fallen zu."

„Mein Täubchen, ich vermisse dich."

„Schläfst du nackt?"

„Das weißt du doch", antwortet Fabrizio.

„Wart auf mich, ich zieh mich aus, und lege mich zu dir."

„Welchen Slip trägst du?"

„Den roten, den du mir in Alba gekauft hast."

Als Beta die Vorhänge zuzieht, sieht sie den Mond. Der versucht gerade das Gleiche. Schiebt eine Wolke vor, weil er schlafen will.

Montagmorgen

Die Alessi liefert anstandslos den Morgenkaffee. Mit der Tasse in der Hand steht Beta am Fenster, und betrachtet die spiegelglatte Oberfläche des Sees. Wie sanft er heute ist.

Beta atmet tief durch. Sie fühlt sich gejagt. Rastlos wandert sie hin und her. Wenn sie nur so sanft sein könnte wie der See. In ihr erwacht das Bedürfnis, am Yogakurs teilzunehmen. Die Übungen werden sie wieder ins Lot bringen. Nach einem Blick auf die Uhr stellt sie fest, dass der Kurs in ihr Zeitfenster passt. Die Sitzung mit den Kollegen beginnt erst um zehn.

Während Beta das Für und Wider abwägt, ist sie innerlich schon entschlossen. Sie packt die Tasche, saust los, und trifft noch rechtzeitig im Übungsraum ein. Gerade beginnt die Aufwärmphase. Mit sechs anderen Kursteilnehmern läuft Beta im Kreis. Den Hampelmann machen. Schneller, noch schneller. Die Wangen beginnen sich zu röten. Danach ist die Gruppe fürs Dehnungsprogramm bereit. Bei der Rumpfbeuge, mit dem Kopf nahe an den Knien, trifft Beta in den Lendenwirbeln ein Schmerz, der sie die Luft anhalten lässt. Vorsichtig richtet sie sich auf. Da ist er wieder. Wie ein Peitschenhieb fühlt sich er sich an. Bewegungslos hält Beta inne. Die Yogalehrerin bemerkt, dass Beta mit einem Problem kämpft, und will ihr helfen, sich aufzurichten. Es geht nicht. Zwar reicht die Kraft in den Beinen, aber die Wirbelsäule weigert sich, aus der Horizontalen in die Vertikale umzuschwenken. Die krumme Position wird Beta geradezu aufgezwungen. Wenn sie versucht, eine aufrechte menschenübliche Haltung einzunehmen, durchzuckt sie ein stechender Schmerz.

Betas Herz beginnt zu flattern. Der Ansatz von Ruhe, der sich in ihr breit gemacht hat, ist wie weggeblasen. In einer solchen Verfassung kann sie sich im Kommissariat nicht zeigen. Die hinterlistigen Witze der Kollegen würde sie jetzt nicht verkraften. Der Schaden reicht, und auf den Spott verzichtet sie gern.

Im Taxi, auf dem Weg zum Arzt, ruft sie Kost an. Der sei aus unbekannten Gründen noch nicht da, sagt die Sekretärin. Beta erklärt kurz den Grund ihrer Verspätung, und bittet darum, Bertschi Bescheid geben.

Als Beta im zweiten Stock des Kommissariats den Lift verlässt, kommt ihr Kost mit knallendem Schritt entgegen. „Auch schon ausgeschlafen", wirft er ihr im Gehen vor die Füße, und verschwindet im Aufzug. Weiter hinten im Flur trifft Beta auf Hunziker, der sich erkundigt, ob sie noch Schmerzen habe.

„Nicht mehr, dank Novartis."

„Vielleicht solltest du ein paar Tage aussetzen."

„Damit man mir den Fall Zumstein entzieht? Kommt nicht in Frage", erwidert Beta. „Übrigens, warum hat Kost schlechte Laune?"

Hunziker beginnt zu feixen. „Nicht wegen uns. Es handelt sich um ein technisches Problem. Er fährt doch einen Geländewagen, und der war heute früh platt. Alle vier Reifen ohne Luft."

„Pech, wenn man einen Land Rover Defender besitzt." Beta funkelt die Schadenfreude ungebremst aus den Augen. „Geht die Tat aufs Konto der Umweltaktivisten?"

Hunziker nickt. „Scheint so."

„Im Grund genommen haben die Lüfter Recht. Mit ihrer Aktion sensibilisieren sie die Bevölkerung für den Benzinverbrauch der Geländewagen. Die meisten Autos mit Vierradantrieb fressen ungemein viel Sprit. Und sag mir bloß, seit wann braucht man in der Stadt einen solchen Wagen? Um auf dem Gehsteig parken zu können?"

„Das habe ich noch gar nie überlegt", bekennt Hunziker. „Aber vergiss nicht, dass die Geländewagen auch höhere Steuern zahlen."

Beta schüttelt den Kopf. „Meinst du, durch den Ablasshandel wird die Luft wieder rein? Wir können es uns nicht mehr leisten, die Luft zu verdrecken, wir brauchen sie zum Atmen. Unnötiger CO_2-Ausstoss muss verhindert werden, sonst erleben wir schneller, als uns lieb ist, den Kollaps unseres Planeten."

Hunziker verliert kein Wort zum Thema Schadstoffe, aber offensichtlich teilt er nicht ihre Meinung. Seine Zweifel erschüttern sie, und sie fühlt sich geradezu verpflichtet, ihn zu ihrer Sicht der Dinge zu bekehren. „Kannst du dich an die Kampagne 'Pelz tragen ist Mord' erinnern? An die Attacken militanter Tierschützer, die mit Farbspray Jagd auf Pelzmäntel machten? Die haben den Frauen in kürzester Zeit die Lust auf Pelzmäntel vermiest. Manchmal muss man mit grobem Geschütz auffahren, damit was Neues entsteht." Der missionarische Tonfall klingt in ihren Ohren nach. Höchste Zeit, auf die Arbeit umzuschwenken.

„Hast du schon mit Bertschi geredet?"

„Ja. Er hat mir die nötigen Unterlagen gemailt. Ich kümmere mich um Tanjas Finanzen, und um Sechs treffe ich mich mit den Eltern Zumstein. Danach komme ich zurück. Wirst du noch da sein?" Hunziker zeigt auf Betas Rücken.

„Klar. Die Schweizer Chemie wirkt bombensicher", erwidert Beta.

Durch die geschlossene Bürotür dringt Bertschis Stimme. Er habe die Adresse nicht verstanden, brüllt er bedrohlich laut. Irritiert reißt Beta die Tür auf. Bertschi presst den Hörer an sein rotes Ohr. Aggressiver Baulärm von draußen füllt den Raum. Unerträglich. Beta flucht halblaut vor sich hin, und wartet, bis er fertig geschrien hat.

Auf ihrem Schreibtisch liegt ein A4-Blatt. Fettgedruckt, in Schrittgröße 36 steht: Die Kalmücken sind ein westmongolisches Volk.

Beta kritzelt darunter: Das weiß jeder Viertklässler, bloß hast du nach Kahlmücken gefragt, und die kennt kein Schwein. Sie legt das Blatt in sein Eingangsfach.

Nachdem Bertschi aufgelegt hat, verlassen die beiden stumm ihr Büro, ziehen sich je einen Automatenkaffee und flüchten in den kleinen Konferenzraum. Hier ist es wohltuend ruhig.

Bertschi betrachtet seine Kollegin kritisch. „Du holst dir auffallend oft Zerrungen beim Yoga. Kann es sein, dass du nicht aufgewärmt bist, bevor du loslegst? Oder ist es, weil du zu unregelmäßig in den Kurs gehst?" Bertschi legt eine bedeutungsvolle Pause ein. „Vielleicht solltest du besser ins Altersturnen gehen."

„Verschon mich mit deinen Ratschlägen", faucht Beta. „Gibt es etwas Neues?"

„Ich bin Tanjas Freund auf der Spur. Ein Bekannter hat mir einen Tipp gegeben. Er behauptet, dass sich die Polen in Bern untereinander kennen, und dass sie sich in einem Lokal treffen, um sich auszutauschen. Kennst du das 'Stöckli'? Das soll eine von diesen sagenhaften Eckkneipen im Breitenrain sein. Dort werde ich mich heute Abend umhören."

„Bei einem Feierabendtee", frotzelt Beta.

„Du sagst es. Alles, was mir fehlt, ist eine vernünftige Beschreibung von Tanjas Traumprinz."

„Ich versuche mein Glück bei Maria."

Beta lässt sich über die Zentrale mit der Firma Acero verbinden. Maria beschreibt Greg schnörkellos als schlanken Mann mit dunklem Haar. Mehr fällt ihr nicht ein. Beta spürt, dass sie Maria am Vortag beim Gespräch im Café nachhaltig verletzt hat. Sie bedankt sich, und bittet Maria, den Werkstattleiter ans Telefon zu rufen. Nach einer schier endlosen Weile meldet sich unüberhörbar misslaunig Sven Egli. Beta bestellt ihn für den nächsten Tag ins Kommissariat.

„Du bist ein Genie, du schaffst zwei Fliegen auf einen Schlag. Warum ist mir das gestern beim Antrag auf Verstärkung nicht eingefallen", stellt er in einem Anflug von Neid fest.

„Diese Maria entpuppt sich als Informationsquelle", bemerkt Beta. „Sie verkehrt sogar regelmäßig im 'Stollen'. Ob sie nicht doch etwas über den Dealer weiß, der Tanja den Stoff liefert?"

„Hat sie das gestern verneint?"

„Ja, aber vielleicht nur deshalb, weil sie mit einer moralischen Frage kämpft. Sie will ihre Freundin nicht verraten. Ich muss die Frau pfleglich behandeln. Es wäre unverzeihlich, wenn ich es mir mit ihr verscherzen würde." Der grobe

Fehler, den sie sich gestern im Gespräch mit Maria erlaubt hat, lässt sie noch jetzt erröten.

Beta durchwühlt ihre Locken. „Es würde mich nicht wundern, wenn der Barkeeper in die Geschichte verwickelt ist. Oder dieser Werkstattleiter."

„Oder die Albaner. Oder die Tante. Oder der Vater", verulkt Bertschi seine Kollegin.

„Die Tante am wenigsten", antwortet Beta. „Wir werden sehen. Bis jetzt wissen wir, dass Tanja einmal pro Monat in ein Auto steigt, das vor der Brücke auf sie wartet. Das Auto ist nie das gleiche. Hat der Fahrer den Stoff im Auto? Setzt er Tanja irgendwo ab, und sie spaziert mit dem Stoff seelenruhig nach Hause?"

„Kommt auf die Menge an. Fünf Kilo kann man ohne weiteres in einer Tasche heimtragen. Wenn dem so wäre, müssten wir den Barkeeper und den Werkstattleiter von der Liste der Zulieferer streichen", wirft Bertschi ein.

„Nicht unbedingt. Man kann Kuriere mit dem Transport beauftragen, ohne dass der Adressat weiß, wer der Absender ist."

Beta wählt die Nummer vom Spurendienst. „Etwas Neues", fragt sie knapp. Sie lauscht und nickt, schiebt ein Ja dazwischen, und bedankt sich.

Sie wendet sich Bertschi zu. „Nichts. Tanjas Pass bleibt der einzige Hinweis. Die Fingerabdrücke auf dem Dokument sind nach sechs Tagen im Freien weggewaschen. Der Regen hat ganze Arbeit geleistet."

Montagmittag

Kaspar Emmer eilt der Ruf voraus, ein bedächtiger Autofahrer mit freiwilliger Geschwindigkeitsbeschränkung zu sein. In gleichmäßigem Tempo rollt er über die Autobahn. Er beschleunigt nicht, wenn ihn die Sicherheit nicht dazu zwingt. Er ist ein gelassener Verkehrsteilnehmer, der dem Tempo 110 treu bleibt.

Typisch Berner Tempo, denkt Bertschi gereizt, und muss

sich beherrschen, keine Stichelei vom Stapel zu lassen. Er würde ganz anders fahren. Zügig. Jede Lücke würde er ausnutzen. Er würde im Slalom überholen und sich wieder einordnen. Sportlich eben. So wie auf der Reise mit Yokahi. Viel Geld hatten sie nicht, aber es reichte, um mit einem geleasten Golf die Amalfiküste zu entdecken. Es machte Spaß, auf der engen, unübersichtlichen Straße entlang zu brettern. Yokahi feuerte ihn an, und in jeder Kurve schrie sie auf. Sie liebte den Kitzel, dieses Gemisch aus Vergnügen und Angst. Doch einmal erstickte der spitze Schrei in ihr. Das war, als hinter einer Biegung ein Bus auf sie zukam. Er drückte mit aller Kraft auf die Bremse, und der Golf torkelte quietschend auf den riesigen Gegner zu, bis beide Fahrzeuge Schnauze an Schnauze still standen. Bertschis Herz hämmert plötzlich gegen die Rippen. Etwas in ihm erinnert sich an den Schrecken von damals.

Um sich nicht über Emmers Fahrstil zu ärgern, zappt sich Bertschi gedanklich in einen Lamborghini. Einmal drinsitzen und losdüsen, an allen Autos vorbei zischen, die erlaubte Höchstgeschwindigkeit verdoppeln. Auf einem geradlinigen Autobahnabschnitt könnte ihm das gelingen. Wie Emmer wohl mit Blaulicht fährt? Bertschi versteckt sein aufkeimendes Grinsen, indem er die Landschaft durchs Seitenfenster betrachtet.

Emmer hält vor dem Wohnhaus, in dem Tanja bis vor kurzem ein- und ausgegangen ist. Frau Wertheim muss schon hinter der Tür gelauert haben, denn sie öffnet nach dem ersten Klingelzeichen, und begrüßt die beiden Kripobeamten wie alte Freunde. Sie bittet die Herren ins Wohnzimmer, und drückt jedem eine Kaffeetasse in die Hand. Bertschi bleibt stehen und lehnt dankend ab, während Emmer die Einladung annimmt. In den nächsten Minuten sprechen Emmer und Frau Wertheim interessiert über das Wetter von gestern, heute und morgen. Bertschi hat anderes zu tun. Seine Nase weigert sich, die abgestandene Luft dieser Wohnung an den Riechzellen vorbeizuschleusen. Um die Situation auszuhalten, atmet Bertschi durch den Mund.

Nach einer Weile jedoch trocknet seine Mundhöhle aus. Kleinmütig bittet er um einen Kaffee, und stellt beim ersten Schluck fest, dass er das nicht hätte tun sollen.

Das Gespräch dreht sich inzwischen um die Preise von Lebensmitteln. Emmer entpuppt sich als ausgezeichneter Stichwortlieferant. Geschickt bringt er die Frau dazu, das Thema zu wechseln, und über Tanja zu reden. Nachdem klar wird, dass sie nichts weiß, verlangt Bertschi Tanjas Wohnungs- und Kellerschlüssel.

Dann stehen die beiden Männer vor Tanjas Wohnungstür. Ein unangenehmes Gefühl beschleicht Bertschi, als er den Schlüssel ins Schloss schiebt. Es ist ihm unangenehm, ohne Erlaubnis in die Privatsphäre eines Menschen einzudringen. Wie ein Dieb kommt er sich vor, der in eine Wohnung einbricht.

Im engen Flur stehen zwei Paar Schuhe und Birkenstock-Sandalen. An der Garderobe hängt eine grüne Kapuzenjacke und ein schwarzer Anorak. Weiter hinten im Gang gibt es ein schmales Bücherregal mit zwei Brettern, auf denen sich kreuz und quer Taschenbücher stapeln. Bertschi greift wahllos ein paar heraus. Über einen Kindersoldaten, über eine algerische Frau, der die Flucht aus dem Familienclan gelang, über eine philippinische Kinderprostituierte, über Flüchtlingslager in Somalia. Aber auch Kriminalromane, und ein paar Bücher von Christian Bach, der den Leser in eine heile Welt entführt.

Emmer hat sich inzwischen die Küche vorgenommen. Fast keine Vorräte, diktiert er in sein Gerät. Im Kühlschrank eine einsame Tomate, auf der Anrichte ein grauhaariger Käse. In der Spüle schimmelt das schmutzige Geschirr vor sich hin. Das Schlafzimmer ist unaufgeräumt. Neben dem zerwühlten Bett steht ein Stuhl, der unter der Last der darüber geworfenen Kleider umzukippen droht. Hinter der halboffenen Schranktür türmt sich Wäsche zu einem Stapel. Nirgendwo ein Foto oder eine Kerze. Nichts, was einem diese Frau näher bringen würde. Als handle es sich um eine provisorische Bleibe, kommentiert Emmer am Schluss.

Aus dem Wohnzimmer ertönt eine Männerstimme. Emmer gesellt sich zu Bertschi. Der sitzt auf zwei übereinander liegenden Matratzen, die als Sofa dienen. Aufmerksam lauscht er dem Anrufbeantworter. Er sieht Emmer an, wiegt den Kopf, spult die Aufnahme zurück, und spielt sie noch einmal ab.

„Schriftdeutsch mit Akzent. Das könnte ihr Freund sein", schätzt Emmer.

„Würden Sie mit Ihrer Liebsten so unpersönlich reden", fragt Bertschi ungläubig. Er merkt zu spät, dass er die falschen Worte gewählt hat, Emmer wird nämlich ganz verlegen. Nach einem Moment des Zögerns antwortet der, dass es sich ja nicht um ein Gespräch handle, sondern um eine Terminabsprache. Liege da nicht eine nüchterne Sprache in der Natur der Sache?

Bereitwillig nickt Bertschi, vor allem um die Situation zu entschärfen.

Emmer fühlt sich verstanden, und geht nun auf Bertschis Frage ein. Natürlich könne die Männerstimme auch von einem Bekannten Tanjas stammen, im besten Fall von einem Dealer.

Bertschi nickt wieder. „Das Gerät beschlagnahmen wir", sagt er.

Im Keller riecht es muffig. An den roh verputzten Wänden blüht der Schwamm. Die Verschläge sind aus unbehandelten Brettern gezimmert. Der Spalt zwischen den Latten gewährt einen schmalen Einblick ins Innere der Räume. Tanjas Abteil ist halb leer.

Bertschi verschiebt die Durchsuchung von Tanjas Keller auf später, da dort laut Aussage von Frau Künzli keine Drogen eingelagert sind. Er interessiert sich für die anderen Keller in der Hoffnung, eine Spur zu entdecken. Zusammen mit Emmer linst er durch Schlitze, bis er Kopfweh kriegt. Am Ende sind sich die beiden einig. Wenn der Stoff hier ist, muss er in einem Verschlag sein, der selten benutzt wird. Aber wie findet man das heraus?

Es ist Emmer, der in der Sache weiterhilft. Sein Vater,

sagt er, wohne seit vierzig Jahren in der gleichen Wohnung. Der brauche den Keller nur, um Gerümpel abzustellen, und das komme alle Schaltjahre einmal vor.

„Das heißt", übersetzt Bertschi, „wir inspizieren zuerst die Kellerräume der am längsten im Haus wohnenden Mieter."

Auf der Rückfahrt nach Bern befasst sich Bertschi mit den nächsten Schritten. Emmer soll mit der Hausverwaltung Kontakt aufnehmen, und sich eine Liste der Mieter mit ihren Einzugsdaten aushändigen lassen. Dann wird er genug zu tun haben, um die Abstellräume zu kontrollieren. Wer weiß, vielleicht hat er eine gute Nase, und spürt das Gras auf.

Außerdem wird Bertschi zwei Beamte von der Spurensicherung in Tanjas Wohnung schicken. Eine sorgfältige Überprüfung kann nicht schaden. Vielleicht entdecken die Profis etwas, das er und Emmer übersehen haben, zum Beispiel ein Foto von Greg. Jede normale Frau hat doch irgendwo ein Bild von ihrem Freund.

Das Bild seines Neffen schiebt sich dazwischen. Felix. Als sie sich kennenlernten, umklammerte der 58 cm lange Knirps Bertschis Zeigefinger. Da war es um Bertschi geschehen. Mit großen Augen stand er an der Wiege und gab sich dieser ungeahnten Freude hin. Damals dachte er viel über die Liebe nach, über ihre Kraft und ihre Leichtigkeit. Das Leben schien ihm mühelos, vielleicht auch deshalb, weil seine Gefühle erwidert wurden. Felix strahlte seinen Onkel an, wann immer der sich übers Bett beugte. Manchmal weinte Felix ohne ersichtlichen Grund. Dann sang ihm Bertschi etwas vor, bis sich Felix beruhigte, den Daumen in den Mund schob, und einschlief.

Montagnachmittag

Das Piepsen der Armbanduhr scheucht Hunziker aus der späten Mittagspause auf. Wirklich, es ist Fünf. Er schubst die Berner Zeitung, die sich auf seiner Brust zum Schlafen gelegt hat, zu Boden. Seine Frau würde ihm jetzt den Kaffee servieren, den guten, den aus der Espressomaschine. Hunziker seufzt sehnsüchtig. Nichts zu wollen, sie ist nicht da. Den Automat muss er schon selber anwerfen. Wenn der bloß nicht so kompliziert wäre. Hunziker stellt die Beine vors Sofa. Er kämpft mit der Entscheidung. Der Espresso dünkt ihn eindeutig zu viel Aufwand. Jedoch auf die Campingvariante könnte er sich einlassen. Er stemmt sich hoch und schlurft in die Küche. Auf einmal geht alles schnell. Er dreht den Warmwasserhahn auf, füllt zwei Löffel Nescafé Gold in die Tasse und hält sie unter die Leitung. Die Körner lösen sich schäumend auf. Mit zwei Löffel Zucker lässt sich das Zeug trinken.

Mit steigerungsbedürftigem Enthusiasmus bricht Hunziker auf. Die Eltern Zumstein erwarten ihn. Beta hat ihm geraten, mit Vater Zumstein allein zu reden, und zwar unzimperlich. Wenn nötig, solle er bluffen.

Hunziker verzieht das Gesicht. Das Treffen mit diesem Mann bereitet ihm Sorge. Die Frau Meyers Worte klingen ihm in den Ohren, und er sieht den Schulplatz vor sich, wo er selbst als Kind gespielt und gerauft hat, geflüstert und gejohlt. Den Platz begrenzte eine stattliche Trockenmauer. Sie war gut erhalten, bloß in der Nähe der Linde gab es eine schadhafte Stelle mit herausgebrochenen Steinen. Dort wartete Zumstein Tag für Tag auf seine Tochter. Hunziker fürchtete sich damals vor Tanjas Vater, weil er Totengräber war, und weil sein Freund behauptete, er sei auch der Sensenmann.

Hunziker steigt ins Auto. Während er an der Ampel wartet, überquert ein Mann die Straße, einer vom Boccia-Club. Schlagartig wird Hunziker klar, dass er schon eine Weile nicht mehr unten an der Aare war, wo das Vereinshaus mit den Boccia-Bahnen liegt. Man kann immer jemanden zu einem Spiel überreden, vor allem die älteren Italiener, die alle der Eliteklasse angehören. Auch Hunziker zählt zu den guten Spielern. Er setzt die Silberkugeln nicht schlecht. Am meisten freut es ihn, wenn er mit einem gezielten Wurf die Positionen der Kugeln durcheinander bringt. Dann ereifern sich die Italiener. Sie fuchteln mit den Armen, rennen die Boccia-Bahn rauf und runter, und schreien sich Kommentare zu. Vor lauter Aufregung vergessen sie ihr holpriges berndeutsch und fallen ins Italienische zurück. Jeder will dem andern erklären, wie das mit dem Wegspicken der Kugeln funktioniert. Welchen Winkel man anpeilen muss, um die gewünschte Wirkung zu erzielen. Und wie schnell die Kugel rollen muss. Die Schweizer beteiligen sich selten an den Diskussionen. Sie stehen grübelnd am Rand der Boccia-Piste und warten auf die Entscheidung der Profis.

Hunziker verhält sich nicht anders, aber es stört ihn. Ab und zu wünscht er sich südländisches Blut in den Adern. Interessiert beobachtet er, wie sich die Italiener während des Gesprächs berühren, wie sie einander den Arm um die Schulter legen, wie sie sich Wein einschenken, und wie sie ohne Zaudern aufbrechen, wenn es für sie Zeit wird. Denn das Essen daheim duldet keine Verspätung.

Natürlich sind sie im Vergleich zu den Schweizern Chaoten. Es stimmt auch, dass sie lauthals durcheinander reden. Aber Hunziker mag ihre spontanen Äußerungen. Es fasziniert ihn, wie sie selbst kleinste Ereignisse zu Dramen aufbauschen können. Sie zetern, sie profilieren sich in der Gruppe, und gleich darauf ist das Thema vergessen. Anders verhalten sie sich im Fall einer echten Tragödie. Da verzichten sie auf jedes Schauspiel, und begegnen einander in Würde. Der Vorsehung hat man sich gottergeben zu fügen.

In Hunziker erwacht eine Sehnsucht nach dem Rauschen des Flusses. Wieder einmal unter der alten Buche sitzen, die unweit vom Vereinshaus steht, und dann, während der Wind ihn streichelt, dem Bass der Aare und dem Sopran der Vögel lauschen.

Überhaupt hat es Hunziker mit der Natur. Im Boccia-Club hat man ihm vor Jahren einen Spitznamen verpasst. Er saß abends mit ein paar Kumpeln vorm Vereinshaus, und stritt sich mit ihnen über den Sinn der direkten Demokratie. Ein Frosch störte das Gespräch mit seinem unablässigen Gequake, und schaffte es, die Diskussion zu sprengen, indem er alle Aufmerksamkeit auf sich zog. Die Männer lachten, und die Demokratie war vergessen. Es reizte Hunziker, den Frosch zu imitieren. Der Grünling war verdattert. Er schickte ein fragendes Quak zurück, und erhielt prompt Antwort. So ging das hin und her, bis weder der Bulle noch der grüne Störenfried wusste, wer wem antwortete. Irgendwann gab Hunziker auf, weil ihm die Stimme wegblieb. Die Bocciaspieler klopften ihm auf die Schulter. Bravo. Bravo. Er sei ebenso begabt wie sein vierbeiniger Konkurrent.

Seit damals ruft man ihn im Club Frosch. Ihn stört das nicht, aber seine Frau. Sie empörte sich, als er ihr von seinem Spitznamen erzählte. Eine Frechheit sei das, ihn so zu nennen. Wolf oder Bär, das lasse sie sich gefallen, aber Frosch? Hunziker zog seine Frau auf und antwortete ihr: „Nur wer einen Frosch küsst, findet einen Prinzen."

Darauf gab sie nüchtern zurück: „Bloß blöd, wenn ein Prinz zum Frosch wird."

Hunziker feixt. Er mag den Humor seiner Frau.

Die Macht des Schicksals. Wie oft hat Hunziker schon die Arie „La vita e inferno" am Ufer der Aare singen gehört. Nach einer Weile beginnt er zu summen. Zuerst zaghaft, dann lauter. Schließlich schmettert er die Schicksals-Arie mit dem Mut des Unmusikalischen, der weiß, dass niemand ihn hört.

Es ist kurz vor sechs, als Hunziker an der Gartentür läutet. Zumstein erscheint in der Haustür, und bittet den Kripobeamten ins Wohnzimmer. Frau Zumstein, im Rollstuhl sitzend, lächelt Hunziker verloren zu. Er entscheidet sich um. Zuerst will er mit der Frau reden.

Zumstein bleibt stehen. Er lässt seine Frau nicht aus den Augen. Hunziker fragt, wann sie Tanja zuletzt gesehen habe. Vor neun Tagen, lautet die Antwort. Das sei am Samstag vor einer Woche gewesen, präzisiert Zumstein.

Hunziker blickt wieder die Frau an. „Frau Zumstein, haben Sie eine Ahnung, wo Tanja sein könnte?"

Frau Zumstein schüttelt hilflos den Kopf. „Tanja besucht uns selten. Und wenn, dann erzählt sie nichts von sich, höchstens von der Arbeit. Ich weiß nicht, wo sie steckt."

Wie sie das Verhältnis zu ihrer Tochter beschreiben würde.

Da schlägt Frau Zumstein die Augen nieder. Sie lässt die Frage offen.

Zumstein fixiert seine Frau und sagt: „Die ist doch längst auf die schiefe Bahn geraten. Wir hätten sie nicht deiner Schwester anvertrauen sollen."

Er wendet sich an Hunziker und fügt hinzu: „Tanja ging ab der fünften Klasse in Spiez zur Schule, und wohnte von da an bei der Schwester meiner Frau. Aber sie kam mit dem Alltag dort nicht zurecht. Wir haben alles versucht, Tanja zurückzuholen, aber sie weigerte sich. Und ich sage Ihnen auch, warum. Weil wir von ihr mehr verlangt haben als die zügellose Tante. Bei uns geht es eben ordentlich zu. Das Mädel war rundum überfordert mit dem Leben in Spiez. Kein Wunder, dass sie anfing zu kiffen."

„Hat Tanja am vorigen Samstag eine Andeutung gemacht, dass sie auswandern will? Vielleicht zusammen mit ihrem Freund?"

Zumstein verneint. Er blickt angelegentlich aus dem Fenster und sagt: „Wir haben die Hoffnung aufgegeben, dass Tanja sich ändert. Nicht wahr, Katrin?"

Katrin Zumstein stiert ins Leere. Sie gleicht einem Vogel mit gebrochenen Flügeln, der realisiert, dass er sich nicht mehr erheben kann. Es gibt nichts mehr zu sagen. Hunziker beobachtet sie irritiert, und überlegt, ob es einen Zusammenhang zwischen Muskel- und Seelenschwund gibt.

Nach einer Weile richtet er sich an Zumstein. „Können wir uns in ein anderes Zimmer begeben?" Und zu Frau Zumstein gewandt, sagt er, dass er sich nachher verabschieden komme.

„Arbeiten Sie noch auf dem Friedhof", leitet Hunziker das Gespräch ein, als er mit Zumstein allein ist.

„Nein, schon seit einem Jahr nicht mehr. Ich war 33 Jahre Friedhofswärter in Hüniswil und in Brunnegg. Es war eine gute Arbeit. Man war draußen in der Natur, und konnte sich an den geschmückten Gräbern freuen. Mit den Trauernden hatte man wenig Kontakt. Die meisten Hinterbliebenen, das muss man sagen, spielen Theater. Es ist schon so, mit der Zeit lernt man echte Tränen von falschen zu unterscheiden."

„Haben Sie die echten Tränen ihrer Tochter wahrgenommen", unterbricht Hunziker ihn scharf.

Die Augen Zumsteins blitzen. „Was soll das", entrüstet er sich. „Ich war ein fürsorglicher Vater. Es ist nicht meine Schuld, dass aus Tanja nichts geworden ist."

„Das weiß ich nicht. Aber ich weiß, dass Sie Tanja als Kind jahrelang missbraucht haben. Sie haben Ihrem eigenen Kind bleibenden Schaden zugefügt." Und dann vergisst sich Hunziker einen Moment. „Sie armseliger Mensch."

Zumstein flattern die Hände. Und die glatten, mit Wachs gebändigten Haare zerfallen in Strähnen, ohne dass Zumstein sie berührt. Es sind die unruhigen Kopfbewegungen, die seine Frisur durcheinander bringen.

„Sie werfen mir Dinge vor, ohne dass Sie etwas gegen mich in der Hand haben. Das alles ist lächerlich, einfach lächerlich. Sagen Sie, was Sie von mir wollen, und dann beenden wir diese Zusammenkunft."

„Wo ist Tanja", wiederholt Hunziker die Frage von vorhin.

„Ich weiß es nicht. Aber es gibt ein paar Möglichkeiten. Entweder ist sie mit dem polnischen Liebhaber abgehauen, oder sie ist einem Dealer in die Hände gefallen. Und Dealer können rau sein, wenn man ihre Forderungen nicht erfüllt. Es kann aber auch sein, dass sie im 'Stollen' zuviel getrunken hat, und in die Kander gestürzt ist."

Zumstein starrt durchs Fenster auf den Wald. „Wer ein solches Leben führt wie meine Tochter, muss mit Folgen rechnen", setzt er hinzu.

Hunziker führt das Gespräch in ruhigere Gewässer, um Zumsteins Aggression zu dämpfen. Den polnischen Freund kennt Zumstein nicht. Eben so wenig kann er einen Hinweis auf eventuelle Drogenhändler liefern.

Dann holt Hunziker zum nächsten Schlag aus. „Und nun

zeigen Sie mir Tanjas Drogenlager", verlangt er. Zumstein lacht höhnisch auf. „Sie glauben doch nicht ernstlich, dass Tanja ihr Zeug bei mir deponiert. Das würde ich ihr auch nicht raten. Mit solchen Geschäften will ich nichts zu tun haben."

Hunziker nagelt sein Gegenüber mit dem Blick fest. „Sind Sie sicher, dass Sie nichts mit Drogen zu tun haben? Nach unseren Informationen befindet sich in Ihrem Haus Marihuana. Es ist besser für Sie, mir das Versteck zu zeigen."

Sein Gegenüber springt auf. „Ich hab' nichts", zischt Zumstein wütend. „Nichts. Sie können das Haus auf den Kopf stellen. Sie werden nichts finden. Nichts." Er befindet sich in Aufruhr und strahlt plötzlich pralle Energie aus. Die angegrauten Haare und der schlanke, männliche Körperbau verleihen dem Mann etwas Edles. Wenn Hunziker nichts von diesem Mann wüsste, würde er ihn jetzt, in diesem Augenblick, als schön bezeichnen. Auf der Stirn des porzellanweißen Gesichts bilden sich Schweißtropfen. Die markanten Längsfalten zu beiden Seiten des Mundes vertiefen sich, als Zumstein die Lippen aufeinander presst.

Hunziker lässt die Augen nicht von Zumstein. Der gewinnt wieder Boden unter den Füssen. „Mehr habe ich nicht zu sagen", betont er.

„Gut", sagt Hunziker gleichmütig. „Ich lasse den Spürhund kommen. Das geht ja schnell."

Er greift zum Handy und beginnt zu wählen. Da sagt Zumstein mit vibrierender Stimme: „Hören Sie. Hier gibt es kein Lager, bloß ein wenig Stoff, den ich für mich brauche, wenn die Schmerzen zu arg sind. Ich habe Knochenkrebs."

Hunziker nickt gleichgültig. Gut gepokert, lobt er sich selbst, und fordert: „Zeigen."

Die Männer steigen in den Keller hinunter. Im Werkraum herrscht Ordnung. Zangen und Schraubenzieher hängen übersichtlich an einem Holzbrett, die Nägel sind in kleinen Schubladen sortiert. Pinsel und Farbtöpfe, alles steht an seinem Platz. Zumstein greift zum Werkzeugkasten und stellt ihn auf den Tisch. Hunziker zieht den Kasten auseinander. Im untersten Fach stapeln sich Teebeutel. Er nimmt einen heraus. Laut Etikette, die an der Schnur baumelt, handelt es sich um Earl Grey aus Indien. Wenn er jedoch seiner Nase Glauben schenken soll, so ist in dem Säckchen Kiff. Er beginnt zu zählen. 31 Beutel, notiert er.

Dann leuchtet Hunziker mit der Taschenlampe alle Winkel ab. Zumstein versichert, dass es kein anderes Versteck gibt, worauf er bloß antwortet, wer einmal lügt... Er lässt ihn sämtliche Schubladen und Kisten öffnen, ohne noch etwas zu finden. Schließlich kehrt er zum Werkzeugkasten zurück, betrachtet den Fund und sagt: „Ich nehme fünf fürs Labor mit. Die übrigen lasse ich hier. Ich bin nicht vom Drogendezernat. Zwar überschreitet Ihre Teesammlung die gestattete Höchstmenge, aber in Anbetracht Ihrer persönlichen Umstände unternehme ich nichts. Ich gehe davon aus, dass der Stoff für den Eigenbedarf bestimmt ist. Übrigens, von wem stammt das Marihuana?"

„Von Tanja", erwidert Zumstein, ohne zu zögern.

„Verkauft sie das Gras immer in dieser Verpackung?"

Zumstein zieht die Schultern hoch: „Weiß ich nicht."

„Das glauben Sie wohl selbst nicht. Waren Sie nicht erstaunt, als Sie die Teebeutel zum ersten Mal sahen?"

„Schon. Aber da war Tanja nicht dabei. Als ich das Päckchen öffnete, war sie bereits weg. Und als sie das nächste Mal kam, dachte ich nicht mehr daran. Sie besucht uns ja nicht gerade oft."

„Das kann ich verstehen", knurrt Hunziker. „Letzte Frage. Wo waren Sie am Sonntagabend, als Tanja verschwand?"

„Das ist allerhand", schreit Zumstein empört. Er bewegt sich auf die Treppe zu. „Jetzt werde ich auch noch verdächtigt. Meinen Sie, ich habe sie eingesperrt, oder umgebracht, oder was?"

Hunziker versperrt ihm den Weg. „Zuerst will ich eine Antwort."

„Meine Antwort wird Sie nicht befriedigen", sagt Zumstein quengelnd. „Ich war zu Hause. Sie können meine Frau fragen."

Hunziker zieht die Augenbrauen hoch, und lässt Zumstein vorbei.

Katrin Zumstein beobachtet, wie Hunziker abfährt. Zum ersten Mal hat ein Polizist ihr Haus betreten. Plötzlich denkt sie an damals. Anzeigen hätte sie ihn müssen. Dann wäre alles anders gekommen. Tanja hatte Recht, als sie Katrin vor zwei Jahren mit Vorwürfen überhäufte. Willensschwach sei sie. Ein Schilfrohr im Wind. Keinen Halt bietend. Keinen Schutz. Und dann fiel ein Wort, das Katrin bis heute den Atem nimmt. Charakterlos sei sie, hielt Tanja ihr vor, und das wiege bei einer Mutter doppelt schwer.

Für Katrin war dies die härteste aller Anschuldigungen. Die Augenlider zucken ihr, als wolle der erinnerte Schmerz wieder über sie hereinbrechen. Doch die Augen bleiben trocken. Es gibt keine Tränen mehr. Der Körper hat die Produktion eingestellt, und das Leid hat sich vor Urzeiten in den hintersten Seelenwinkel zurückgezogen. Nur dort spürt Katrin noch das Weinen.

Das Dilemma ihres Lebens beschäftigt sie, und das Schlimme daran ist, dass sie es nicht mehr los wird, dass es sie ständig begleitet.

Einerseits hadert sie mit der unbarmherzigen Tochter. Was weiß schon ein Kind davon, wie schwer es ist, den Ehemann zu verlassen, noch dazu in einem Dorf. Eine Scheidung war für sie aus religiösen Gründen nie in Frage gekommen. Sie hatte vor Gott versprochen, ihrem Mann in guten und in schlechten Tagen treu zur Seite zu stehen.

Andrerseits sieht Katrin längst ihr eigenes Versagen ein. Angenommen, sie wäre zur Polizei gegangen und hätte ihren Mann verklagt. Diese Möglichkeit hat sie schon tausendmal durchgespielt.

Man hätte ihr nicht geglaubt. Was, der Zumstein, so einer? Nein. Das ist ein ordentlicher Mann. Ein guter Arbeiter. Fleißig ist er und verlässlich. Aber sie, sie ist ein bisschen seltsam. So kühl und unfroh.

Um ihren Mann loszuwerden, hätte sie bei Nacht und

Nebel mit Tanja aufbrechen müssen. Sie hätte niemandem ihren neuen Aufenthaltsort verraten dürfen, denn sonst wäre er gekommen, und hätte ihr Tanja entrissen.

Weil ihr der Mut fehlte, aufzustehen und zu gehen, blieb sie sitzen. Langsam, ganz langsam, verlor sie auch den Mut zu leben. In ihrer Not verschloss sie Augen und Ohren. Die Worte kamen ihr abhanden, und die Lücken füllte sie mit Leere. Sie versteckte sich unter dem Mantel des Schweigens. Das, worüber sie nicht redete, existierte nicht. Aber in der Nacht kehrten die unterdrückten Gedanken als Albträume zurück. Um dem nächtlichen Horror zu entfliehen, freundete sie sich mit einer kleinen Pille an. Ohne die hätte sie die dunklen Stunden nicht ausgehalten.

Katrin stöhnt innerlich. Sie hätte handeln müssen, und zwar in dem Moment, als der Verdacht in ihr aufkeimte, damals, kurz vor Tanjas fünftem Geburtstag. Das Bild von seiner offenen Hose verfolgt sie bis heute. Bleischwer lastet die Erinnerung auf ihrer Brust.

Vier lange Jahre unternahm sie nichts. Sie schaute weg. Erst als Tanja ins Bett nässte, fiel ihre Furcht für eine kurze Weile ab. Über alle Hürden hinweg brachte sie ihr Mädchen nach Spiez, in die Obhut der Schwester. Von da an ging es ihrer Tochter gut. Doch sie selbst stürzte ins Bodenlose. Das Leben ohne Kind machte ihr schwer zu schaffen. Ihr Traum von der glücklichen Familie war endgültig geplatzt. Sie sehnte sich nach Tanja. Doch die wollte mit ihren Eltern nichts mehr zu tun haben, mit dem klebrigen Vater genauso wenig wie mit der feigen Mutter.

Irgendwann musste sich Katrin eingestehen, dass sie Tanja verloren hatte. Das Verhältnis zwischen ihr und ihrem Mann verschlechterte sich schlagartig, als Tanja nicht mehr bei ihnen wohnte. Aus den endlosen Tagen wurden zähe Wochen und Monate, und schließlich trostlose Jahre. In ihrer Einsamkeit schrie Katrin die Wände an. Sie verfluchte den Mann, der die Schuld an ihrem Unglück trug. Und sie klagte den Gott an, der diesen Ehebund gesegnet hatte. Laut war ihre Stimme, wenn sie durchs stille Haus hallte.

In Katrins Aufbegehren lag Stärke, wenn sie allein war. Doch sobald der Mann von der Arbeit heimkam, verpuffte ihre Energie. Dann benötigte sie ihre ganze Kraft, um sich gegen ihn zu wehren. Nie wusste sie, wie sie mit ihm dran war. Er verspottete sie, und gleich darauf schmeichelte er ihr. Er machte sie fertig, und baute sie wieder auf. Zuerst war er brutal, dann sentimental. So oder so war es immer ein Tal der Tränen. Katrin hatte Angst vor ihm. Sie fürchtete seine Worte, die sie wie Pfeile durchbohrten, und fühlte sich machtlos. Klein und unsicher wurde sie.

Langsam glitt sie in einen Zustand der Gleichgültigkeit. Im Morgenrock setzte sie sich ans Fenster und starrte hinaus, bis es Zeit war, in die Küche zu gehen. Wenn der Mann nach dem Mittagessen das Haus verließ, kehrte sie an den Platz am Fenster zurück, und blieb dort, bis er wieder auftauchte. Kein Mensch schaute je bei den Zumsteins vorbei. Das Telefon klingelte schon lang nicht mehr. Katrin hatte den spärlichen Kontakt zur Außenwelt abgebrochen. Die Gegenwart schleppte sich öde dahin, und die Zukunft hatte die Hoffnung verloren.

Das stumpfe Leben kam Katrin recht. Mit der Zeit lernte sie die Eintönigkeit schätzen. Sie wollte nicht mehr grübeln, nur noch atmen, essen, schlafen. Das war alles, was sie vom Leben wollte.

Die Tage vergingen nicht gut, nicht schlecht. Bloß die Abende waren die Hölle. Dann nämlich war er daheim. Nach dem Nachtessen, bis zu den Nachrichten, griff er manchmal zur Zeitung. Dann ließ er sie in Ruhe. Manchmal aber war er zum Plaudern aufgelegt. Dann redete er über Tanja. Vom hoppa, hoppa Reiter mit der Kleinen auf seinem Schoss. Oder vom Teddybär, der so gut streicheln konnte. Zwischen die Worte schob er sein geiles Meckern, die Augen voller Wollust. Katrin saß gepeinigt am Fenster, und konnte ihm nicht Einhalt gebieten.

Wenn er besonders guter Laune war, erzählte er vom Versteckspiel mit dem elften Finger, und beschrieb den Wettkampf der Knöpfe am Pyjama. Ihr größter Hass galt seiner

Strickweste. Sobald er sie zuknöpfte, befiel sie ein Zittern am ganzen Körper. Diese Hände. Mit diesen Händen hatte er Tanja befingert. In solchen Momenten überfiel sie der Drang, ihm mit dem Beil die Hände abzuhacken, und den Kopf zu spalten.

Mehr als einmal behauptete Zumstein, im Dorf rede man über sie. Tanja sei in Spiez, weil die Mutter sie misshandelt habe. Fassungslos hörte Katrin zu, wenn er sich als Opfer darstellte, und sie mit einer Überzeugungskraft, die sie an sich zweifeln ließ, zum Täter stempelte. Zumstein wusste genau, an welchen Schrauben er drehen musste, um Katrin an den Rand des Wahnsinns zu treiben.

Niemand konnte verstehen, warum Katrin die qualvolle Situation nicht beendete. Nicht ihre Schwester, nicht Tanjas Lehrerin, und nicht die paar Frauen im Dorf, die sie von früher kannte. Katrin fand selbst keine Antwort darauf. Sie wusste nur, dass sie es nicht schaffte, sich von ihrem Mann zu trennen.

Seit sie im Rollstuhl sitzt, drangsaliert er sie weniger, nicht weil er menschlicher geworden ist, sondern weil es ihm keinen Spaß mehr macht. Sie rechtfertigt sich nämlich nicht mehr, wenn er sie triezt. Mit ihrer Gleichgültigkeit hat sie ihm den Spaß verdorben. Wenn sie diesen Mechanismus eher entdeckt hätte, wäre alles anders gelaufen. Der Mann dort drüben im Sessel hat ihr Leben nur deshalb bestimmt, weil sie es gestattet hat.

Zumstein betritt das Wohnzimmer, ohne seine Frau zu beachten. Ruhelos tigert er auf und ab. Der Kriminalbeamte scheint ihm auf dem Magen zu liegen.

„Der Kerl hat die Drogen gefunden", bemerkt er.

„Du meinst die, die Tanja dir wegen der Schmerzen dagelassen hat", erkundigt sich Katrin.

Zumstein nickt, obwohl es nicht stimmt. Tanja hat ihm noch nie etwas geschenkt.

„Hat der Polizist alles beschlagnahmt?"

„Nein, nur ganz wenig, um es analysieren zu lassen. Er hat mich gefragt, wo ich am Sonntagabend vor einer Woche war. Hier, habe ich ihm gesagt. Du könnest das bezeugen."

„Kann ich das? Der Fernseher lief, und ich habe geschlafen", antwortet Katrin desinteressiert.

„Deine Aussage ist sowieso wertlos. Du bist doch nicht mehr zurechnungsfähig", erwidert Zumstein abfällig.

Er fühlt sich wieder obenauf, beendet sein rastloses Wandern und versinkt im Ohrensessel. Sollen sie doch denken, was sie wollen, Katrin und Hunziker. Hauptsache, er hat Federer nicht ins Spiel gebracht, und man lässt ihn in Frieden.

Auf einmal stockt Zumstein der Atem. Tanja wird seit acht Tagen vermisst, hat Hunziker gesagt. Ja und, fegt er die Skrupel weg. Was soll man machen, wenn sich die eigene Tochter mit Halunken abgibt. Geldgierig ist sie, und das Saufen und Kiffen hat ihr das Hirn vernebelt. Die ist selbst schuld, wenn ihr was passiert ist.

Als er tief Luft holt, entringt sich ihm ein eigenartiger Ton, einem Schluckauf ähnlich. Verunsichert späht er zu seiner Frau hinüber. Die hat abgeschaltet, und hängt wie eine Leihgabe des Wachsfigurenkabinetts im Stuhl.

Zumstein streckt den Rücken durch, dass es knackst, erhebt sich, und steigt in den Keller hinab. Die Teebeutel liegen verstreut auf der Werkbank. Blöder Bulle. Alles hat er ihm durcheinander gebracht. Zumstein räumt die durchwühlte Werkzeugkiste auf, und reiht die Säckchen im untersten Fach sorgfältig aneinander. Es sind nur noch 26. Fünf hat Hunziker mitgenommen.

Am Sonntag vor einer Woche hat ein anderer seine Ordnung angegriffen. Federer.

Zumstein starrt die Teebeutel an. Er nimmt sie wieder aus der Kiste und häuft sie daneben auf. Dann stellt er jedes Säckchen zum zweiten Mal sorgfältig an seinen Platz. Die Etiketten hängen alle rechts. Ordnung beruhigt ihn.

Warum nur hat sich Tanja am Samstag so ablehnend verhalten? Zumstein wiederholt immer wieder den Dialog mit ihr, und sucht nach einer Erklärung für ihr Verhalten. Sie lachte nicht wie sonst über seine Scherze. Sie antwortete, wenn überhaupt, nur einsilbig. Bis anhin hatten sie einen guten Draht zueinander gehabt. Was war geschehen, dass sie sich mit solcher Deutlichkeit von ihm distanzierte? Hatte der Polacke sie stehen lassen? Oder litt sie nur unterm Nachtag, weil sie am Vorabend zuviel gebechert hatte? Als er sie fragte, was los sei, verzog sie unwillig das Gesicht, und ließ ihn stehen. Er wäre ihr gern gefolgt, aber er wagte es nicht. Sie hätte ihn weggeschickt, das ahnte er, und deshalb verzichtete er darauf. Er wollte nicht plötzlich als Bittsteller dastehen, das ließ ihm der Stolz nicht zu.

Später an diesem unglückseligen Samstag suchte Tanja dann doch noch seine Nähe. Sie tauchte bei ihm im Keller auf und sagte, sie brauche Geld. Er wollte wissen, wofür. Worauf sie entgegnete, das sei ihre Sache, aber nicht für Drogen.

Zumstein schüttelte bloß den Kopf, und meinte, bei ihm wachse das Geld nicht auf den Bäumen.

Doch dann ritt ihn auf einmal der Teufel. Während er an der Werkbank hantierte, ließ er die Bemerkung fallen, im Geräteschuppen gäbe es genug Geld.

Tanja quittierte den kryptischen Hinweis mit einem Achselzucken, brach aber bald danach auf. Sie hatte es plötzlich eilig. Zumstein grinste ihr hämisch hinterher. Es sah ganz so aus, als wolle sich Tanja im Schuppen bedienen. Seine Prinzessin würde in die Scheiße greifen.

Andächtig betrachtet Zumstein die Reihe der Teebeutel. Sie lehnen stramm ausgerichtet, in einer Linie, aneinander.

Eine böse Ahnung beschleicht ihn. Was, wenn Federer hinterm Verschwinden seiner Tochter steckt? Wenn er ihr etwas angetan hat? Und wenn schon, denkt er patzig, damit hat er nichts zu tun. Es ist ja nicht so, dass er sie zum Stehlen gezwungen hat, sondern sie hat der Versuchung nicht widerstehen können. Abgesehen davon, warum soll er sich um Tanja Sorgen machen? Sie will ohnedies nichts mehr von ihm wissen. Sie hat ihm deutlich die kalte Schulter gezeigt. Das hat er kapiert. Er hat die Macht über sie verloren, er hat nicht mehr das Sagen. Das hat nun der polnische Macker, von dem sie sich befummeln lässt. Das tut verdammt weh, mehr als er sich je ausgemalt hat. Sein Mädchen hat sich von ihm abgewendet, und hat die Liebe verraten, die sie beide verband. Zumstein fühlt sich zutiefst verletzt.

Montagabend

Die Straßenbahn schaukelt über die Kornhausbrücke. Bertschi sieht den Blättern zu, die sich von den Ästen lösen und zu Boden segeln. Zwei Kinder lassen sich in einen Laubhaufen fallen. Sie bewerfen sich mit den welken Blättern, und der sorgfältig zusammengekehrte Haufen verwandelt sich in einen flachen Blättersee. Ein Passant bleibt stehen, und fuchtelt mit den Armen. Offensichtlich schimpft er mit den Kindern. Das Kinderlachen versiegt, und die Kleinen versuchen mit Händen und Füssen, den Blätterberg wieder herzustellen.

Im Breitenrain steigt Bertschi aus. Das 'Stöckli' liegt an der Kreuzung zweier Nebenstraßen. Bertschi will die Tür aufziehen, was ihm jedoch nicht gelingt. Er versucht es mit mehr Kraft, und rüttelt an der Klinke. Jemand öffnet ihm von innen. Fassungslos starrt Bertschi sein Gegenüber an. „Aber eine Kneipentür muss doch aus Sicherheitsgründen nach außen aufgehen", meint er konsterniert. „Nicht immer ist alles so, wie es sein soll", antwortet der Mann, und haucht Bertschi den Rauch seines Villiger Stumpen ins Gesicht.

Bertschi begibt sich zur Theke. Der Wirt streckt das Kinn zu einem stummen Was-solls-sein vor.

„Einen Pfefferminztee, bitte", sagt Bertschi, der mit einem Blick erfasst hat, dass er sich nicht in der Grünteeregion befindet.

Die Männer in der Kneipe schweigen plötzlich. Sie gaffen Bertschi an. Der blickt unbekümmert zurück, und lächelt leise.

Der Wirt fragt in die Stille: „Kanne oder Portion?" Die Männer wenden sich wieder dem Bier zu.

Bertschi schaut sich um. Eine Arbeiterkneipe. Man trifft

sich zum Feierabend und kippt ein paar Gläser, bevor man nach Hause geht. Die einzige Frau, eine um die Vierzig, scheint sich in der Männerrunde zu behaupten. Niemand spricht polnisch, jedenfalls nicht von denen, die reden.

Als der Wirt mürrisch vor ihm Gläser spült, wendet sich Bertschi an ihn: „Ich suche einen Polen namens Greg." Im Nu verstummen die Gäste. In diese Ruhe hinein wiederholt er seinen Satz. Niemand reagiert. Bertschi kocht vor unterdrückter Wut. Können sich diese Berner nicht einmal, ein einziges Mal, wie normale Bürger verhalten? Er klaubt seine ganze Geduld zusammen, und erklärt, dass Greg nicht wegen eines Delikts gesucht werde. Er brauche von ihm nur ein paar Angaben zu einer Bekannten, die verschwunden sei.

„Im Hinterzimmer sitzen zwei Polen, vielleicht wissen die weiter", hilft der Wirt aus.

Bertschi gesellt sich zu den polnischen Männern. Die kennen zwar keinen Greg, aber in einer halben Stunde kommen ein paar Kumpel, die er fragen könne.

Bertschi kehrt an die Bar zurück. Die Stammtischrunde hat ihre Zurückhaltung aufgegeben. Man will Bertschi zu einem Bier einladen. Er lehnt dankend ab. Doch die Berner lassen sich nicht so schnell abwimmeln. Sie versuchen, ihn zu beschwatzen. Er solle sich doch ein Kleines gönnen. Ein wenig Entspannung könne nicht schaden. Bertschi lehnt erneut ab, wohl wissend, dass er weder mit seinem Tee noch mit dem Zürcher Dialekt punkten kann. Trotzdem wirft er sich mit ein paar Worten über den Basistunnel zwischen Bern und Brig in den Ring. Es entsteht eine hitzige Diskussion über die Vor- und Nachteile der Verbindung, und Bertschi wird als Diskussionsteilnehmer akzeptiert.

Bald darauf treffen die angekündigten Polen ein. Gregs Nachnamen kennt man nicht, aber seine Adresse. Bei der Beschreibung von Greg übertrumpfen sich die Kollegen. Er sei gelernter Tischler, sähe aber aus wie ein Student. Zart sei er. Nicht groß, vielleicht 1,70 oder so. Dunkle glatte Haare habe er, und er sei auffallend blass. Er habe eine schöne Stimme, und würde oft Lieder aus der Heimat singen. Er rauche, wie sie alle, aber betrunken sei er nie. Er arbeite wie ein Berserker und mache eine Menge Überstunden, weil er Schulden in Breslau habe. Von einer Freundin wissen sie nichts. In der letzten Woche, oder sogar noch länger, sei er nicht erschienen.

Bertschi spendiert den Polen eine Runde Bier. Im vorderen Raum dreht sich das Gespräch inzwischen um Ausländer. Bertschi beeilt sich zu zahlen, um dem Thema zu entfliehen. So wie er die Runde einschätzt, könnte er fremdenfeindliche Parolen zu hören kriegen, und dann? Dann würde ihm der Kragen platzen.

Vor der Tür atmet er kräftig durch. Die Luft erscheint ihm rein, selbst die Autoabgase stören ihn nicht. Hauptsache, er ist den Zigarettenqualm los.

Zielstrebig peilt Bertschi das Lorraine-Quartier an. Der Block in der Felsengasse macht einen verwahrlosten Eindruck, einzig die Wäsche vor den Fenstern peppt das trostlose Grau der Fassade auf. Bertschi betritt das Haus. Die Farbe an den Wänden blättert ab. Die Wohnungstüren haben bereits ein paar Tritte abgekriegt, alle sind mit doppeltem Schloss gesichert. Hier scheint sich niemand um die Belange der Mieter zu kümmern. Es ist eines jener Häuser, in denen sich Ausländer niederlassen. Die Schweizer wohnen anderswo.

Langsam steigt Bertschi die Stiegen hoch, dabei sammelt er Düfte aus Marokko ein. Ein paar Stufen lang begleitet ihn ein slawisches Lied. Das Zuknallen einer Tür im vierten Stock kann er keiner Nationalität zuordnen.

Dann steht er vor der Mansardenwohnung. Er notiert sich die Namen Greg Adamzcyzc und Miro Poslav. Dann läutet er. Ein junger Mann mit dunkler, halblanger Mähne öffnet die Tür. Es ist Miro. Nachdem Bertschi sich ausgewiesen und den Grund für seinen Besuch erklärt hat, wird er in die Wohnung gebeten. Miro führt ihn in die kleine Küche. Die Schrägwand, an der der Tisch mit den beiden Stühlen steht, lässt den Raum niedriger erscheinen, als er ist. Miro weist auf einen tückischen Balken oberhalb von Bertschi.

Kopf einziehen lohnt sich, steht dort auf einem Schild.

Ob er Grüntee möge, wird Bertschi gefragt. Bertschi lässt den Gaumen vor Freude schnalzen. Wer Grüntee trinkt, kann kein schlechter Mensch sein.

Während Miro am Herd hantiert, erzählt er von seiner Arbeit als Altenpfleger in einer Wohngemeinschaft mit dementen Patienten. Er mag die verlorenen Menschen, die außerhalb von Zeit und Ordnung leben. Manchmal gelingt es ihm, sie in helle Zonen zu führen, indem er mit ihnen scherzt. Wenn er singt, begleiten ihn die Alten mit Summen und Brummen, obwohl sie seine Lieder nicht kennen. Das klingt so rührend und zugleich so komisch, dass ihn oft das Lachen juckt. Die Leute verstehen nicht, warum er lacht. Der Grund für seine Heiterkeit ist ihnen unwichtig. Sie sind zufrieden, wenn es vergnüglich zugeht.

Miro stellt die Tassen auf den Tisch. Die Teekanne wird mit heißem Wasser vorgewärmt.

„Auch das Pfeifen kommt bei den Alten gut an", erklärt Miro. „Wenn ich pfeife, klopft immer jemand den Takt dazu. Dann geht es nicht lang, bis sich der grauhaarige Ruedi einmischt, der WG-Hund. Er erhebt sich schwerfällig, sammelt sich für den Sprung vom Sofa in die Tiefe, und plumpst dann zu Boden. Dort beginnt er, mit dem Schwanz aufs Parkett zu schlagen, und seiner Kehle entströmt ein herzzerreißendes Jaulen. Die Alten lieben diese Show und jaulen mit. Einmal hat sogar eine Frau dazu getanzt."

Während Miro die Zuckerdose nachfüllt, sieht Bertschi sich um. Gemäßigtes Chaos, stellt er fest, ein Gemisch aus Gemütlichkeit und Zweckmäßigkeit.

Aus welchem Land er komme, fragt Bertschi. Miro schenkt ihm einen langen Blick. „Woher schon mit meinem Namen. Aus Serbien." Bertschi fühlt sich auf einmal beschämt. „Und Greg stammt aus Polen", sagt er. „Wie sprechen Sie miteinander?"

„Deutsch bis berndeutsch", erwidert Miro. „Wir wohnen seit einem knappen Jahr zusammen. Greg und ich haben uns auf einem Konzert in der Reithalle kennengelernt. Wir verstehen uns gut."

Miro schweigt. Auf die Frage, wo Greg sei, zuckt Miro die Achseln. „Greg ist seit letztem Montag verschwunden. Seither habe ich ihn nicht mehr gesehen. Ich habe keinen Anruf gekriegt, und keine SMS."

Bertschi hört die Unruhe aus Miros Worten. Sorgt er sich um Greg oder weiß er etwas? Als das Schweigen andauert, dringt Bertschi in ihn: „Auch Gregs Freundin ist unauffindbar. Kennen Sie Tanja Zumstein? Sind die Beiden zusammen aufgebrochen? Was wissen Sie?"

Miro starrt aus dem Mansardenfenster. Schließlich wendet er sich Bertschi zu. „Zuerst einmal zu mir. Wenn die Polizei auftaucht, kriege ich weiche Knie. Ich habe ständig Angst, dass ich etwas falsch mache, und dass mir das zum Verhängnis wird. Als Ausländer lebt man nicht so sorglos wie als Einheimischer. Und nun sitzt hier in meiner Wohnung ein Polizist, und will etwas von mir."

„Ich will von Ihnen bloß eine Auskunft über Ihren Mitbewohner und seine Freundin", stellt Bertschi klar.

„Sie vergessen, dass auch Greg ein Ausländer ist", kontert Miro, „und er hat ein paar polnische Kumpel. Da weiß man nie."

Bertschi antwortet: „Ich war vorhin im 'Stöckli' und habe mit ein paar Polen geredet. Die machen keinen schlechten Eindruck. Fühlen Sie sich bedroht?"

Miro verneint. Nach einem Schluck Tee sagt er: „Eigentlich fürchte ich mich nicht vor den Polen. Die, die ich durch Greg kenne, sind in Ordnung. Mehr Sorge bereiten mir Tanjas Bekannte. Denn Tanja dealt. Sie kennt die einschlägige Szene, und ist mit dem Milieu vertraut. Sie scheint gut zu verdienen, denn sie hat Greg eine Menge Geld rüber geschoben, damit er schneller seine Schulden abstottert."

Miro atmet tief durch. „Abgesehen von ihrem Drogenbusiness ist Tanja eine tolle Frau. Sie passt zu Greg. Die beiden gefallen mir als Liebespaar. Das Thema Drogen ist tabu, darüber redet sie nie. Am Wochenende ist sie immer hier. Während sie draußen ihre Geschäfte erledigt, stehen Greg und ich am Herd. Wir haben beide Spaß am Kochen."

„Warum hat Greg Schulden?"

„Wegen eines Autounfalls in Breslau. Er krachte auf einen Wagen, der eindeutig Vorfahrt hatte. Der Unfall geschah vor einem Jahr. Seither ackert Greg hier in Bern auf dem Bau, um die Schulden schneller abzuzahlen. Manchmal stöhnt er über den Job, weil er ihm zu hart ist. Er sehnt sich danach, wieder als Tischler arbeiten zu können."

„Wie hoch sind denn die Schulden?"

„14.000 Franken." Miro wirft Bertschi einen Blick zu. „Für Sie vielleicht ein Klacks, doch für einen Arbeiter eine ganze Menge, und im Fall von Greg sowieso. Er schickt seinen Eltern jeden Monat Geld, weil ihre Rente nicht reicht."

„Wie viel Geld hat Greg von Tanja bekommen?"

„Keine Ahnung. Bis jetzt hat er 8.000 Franken zurückgezahlt.

Wenn sich Greg und Tanja wirklich abgesetzt haben, heißt das, dass er seine Schulden hundert pro getilgt hat. Das wiederum bedeutet, dass Tanja für den Rest aufgekommen ist."

„Dann hat Tanja ihm aber kräftig unter die Arme gegriffen", staunt Bertschi. „Hängt Greg im Drogengeschäft drin? Als Drahtzieher? Als Vermittler?"

„Nein. Greg hat nichts mit Drogen zu tun. Und die Polen aus dem 'Stöckli' auch nicht."

„Aber er kifft doch", fragt Bertschi ins Blaue hinein.

Miro lacht. „Ja. Ich auch. Aber das ist üblich unter den Jungen. Man organisiert sich sein bisschen Stoff, und wenn man Zeit hat, dreht man sich einen Joint. Kiffen ist für uns das, was für andere der Alkohol ist."

„Hat Greg erwähnt, dass er untertauchen will? Oder hat Tanja das Thema angeschnitten?"

Miro zögert. „Die Beiden sagten, dass sie auswandern werden, wenn hier alles geregelt sei. Aber das klang nach ferner Zukunft."

„In welches Land?"

„Lateinamerika. Argentinien. Venezuela. Chile. Was weiß ich."

„Wann war Tanja das letzte Mal hier?"

„Gestern vor einer Woche. Wir drei saßen zusammen und unterhielten uns, bis Tanja gegen neun die Wohnung verließ. Danach kramte Greg noch eine Weile in seinem Zimmer, bevor er sich hinlegte. Als ich am Morgen aus dem Haus ging, schlief er wahrscheinlich noch. Jedenfalls war seine Tür zu."

Die Männer sinnieren eine Weile vor sich hin.

„Gut, das ist im Moment alles." Nachdenklich steckt Bertschi sein Notizbuch weg. Er bittet Miro, sich sofort zu melden, falls er etwas von Greg oder Tanja höre.

Beschäftigt mit dem Entwurf verschiedener Szenarien, kehrt Bertschi ins Kommissariat zurück. Der Lärm hat inzwischen Feierabend, und die Schleifmaschinen an der Fassade auch. Bertschi beginnt 'Abendstille überall' zu summen und bedauert, dass niemand in den Kanon einstimmt. Er nimmt zwei Stufen auf einmal bis in den dritten Stock, eilt den Gang entlang zu seinem Büro, und reißt die Tür auf. Beta sitzt am PC, ihre Augen kleben förmlich am Bildschirm. Ohne sich umzudrehen, fragt sie: „Wieso schnaufst du wie blöd?"

„Weil ich wie ein Wiesel die Treppe hochgesprintet bin. Ich mache das glatt noch einmal, aber nur, wenn du mich begleitest."

„Wir sind hier nicht im Sportverein, junger Spund. Bring mir lieber ein Glas Wasser."

Demonstrativ greift Beta zu den Schmerztabletten. Ohne die Miene zu verziehen, schaut Bertschi zu, wie sie die Pille schluckt.

Schließlich verkündet er feierlich: „Frau Bianca, wir können den Fall Tanja Zumstein demnächst zu den Akten legen."

„Ach, darum bist du so euphorisch. Wie denn das?"

„Tanjas Freund Greg ist seit dem gleichen Tag verschwunden wie sie. Was sagt uns das? Dass die beiden Täubchen ausgeflogen sind, und zwar in Richtung Lateinamerika."

Ausführlich erstattet Bertschi seiner Kollegin Bericht über das Gespräch mit Miro.

Sofort bittet Beta einen der Dienst tuenden Mitarbeiter um die Überprüfung der Fluggäste, die am Montag die Schweiz verlassen haben. Er solle sich auf die Flughäfen Zürich, Genf und Basel beschränken.

Die Stimmung im Büro hat sich verändert. Die Kommissare schwanken zwischen Hoffnung und Zweifel. Beta wandert im Zimmer hin und her, wühlt in den Haaren, bleibt vorm Schreibtisch stehen, und greift zu den Zigaretten.

Bertschi unterbricht das Ziehen an seinen Fingern, die knacksen wie trockenes Holz im Kaminfeuer. „Ich habe gehört, dass man sich auch ohne Nikotin entspannen kann."

Beta steckt sich die Parisienne zwischen die Lippen. Mit wiegenden Hüften nähert sie sich Bertschi und reicht ihm das Feuerzeug. Der schüttelt den Kopf.

„Ich bin kein Handlanger von Rauchern. Es genügt, dass ich den Qualm erdulde. Bei Hunziker hättest du kein Brot."

„Hör auf zu lamentieren, du Sonntagsheiliger. Ich will doch bloß deine Hände beschäftigen, weil mich dieses Geräusch nervt."

Unbeeindruckt zieht Bertschi weiter an seinen Fingern. Gleiches Recht für alle, denkt er.

Beta schiebt ihrem Kollegen Schriftstücke über den Tisch. „Die hat das Fax vor einer Stunde ausgespuckt."

Zuoberst liegt eine handschriftliche Notiz von Hunziker. Tanja verfüge über ein einziges Bankkonto mit einem Überziehungskredit von 2000 Franken, der bis zur Grenze ausgeschöpft sei. Laut den Kontoauszügen der vergangenen zwei Jahre lebe Tanja ständig über ihre Verhältnisse. Sofort vertieft sich Bertschi in die Daten, und entdeckt bald das Muster von Tanjas Finanzgebaren. Sie wartet auf den Lohn, der das Loch aus dem Vormonat stopft. Den beachtlichen Rest des Geldes, und das sind an die 2000 Franken, hebt sie ab, womit das Konto auf null ist. Wenn dann Miete, Steuern und weitere Fixkosten fällig werden, rutscht Tanja ins Minus. Erst der nächste Lohn gleicht das Konto wieder für ein paar Tage aus. Abgesehen von der monatlichen Überweisung der Firma Acero fließen keine Gelder auf ihr Konto. Bertschi blättert zurück. Doch. Vor knapp anderthalb Jahren wurden dreimal 1000 Franken überwiesen. Es ist nicht ersichtlich, von wem und wofür. Bertschi greift zum giftgelben Marker. Auf einem Blatt notiert er zwei Fragen: Wer hat diese Beträge überwiesen? Was machte Tanja mit dem Geld, das sie Monat für Monat abhebt?

Bertschi grübelt vor sich hin. Was ihm durch den Kopf gehe, will Beta wissen. Er liest ihr die beiden Fragen vor.

„Die Hälfte kann ich beantworten", erwidert Beta. „Die dreimal 1000 Franken stammen von Sven Egli."

„Wie bitte?"

„Damit hat er Tanjas Schweigen erkauft." Und nach einer Pause: „Sven Egli hat Tanja vergewaltigt."

Bertschi fährt hoch. „Von wem weißt du das? Von Maria?"

Beta nickt. „Tanja und Sven kennen sich seit Jahren, und zwar aus dem 'Stollen'. Am Anfang lief nichts zwischen ihnen. Erst als Tanja bei Acero anfing, verknallte sich Sven in sie, aber sie sich dummerweise nicht in ihn. Trotzdem trafen sie sich oft. Sie mochten dieselbe Musik, und verkehrten in der gleichen Bar. Beide waren standfeste Trinker. Ein paar Mal war Sven zu später Stunde bei Tanja in der Wohnung, rein freundschaftlich, versteht sich. Dann kifften sie und quatschten bis in den Morgen. Manchmal wurde Sven verbal aggressiv, weil es ihn frustrierte, dass er Tanja nicht verführen konnte. Eines Abends verlor er die Nerven und vergewaltigte sie."

„Hat sie um Hilfe gerufen?"

„Um zwei Uhr nachts? Das hat Tanja nicht gewagt, vermutlich hat sie darin auch keinen Sinn gesehen. Laut Maria glaubt sie nicht an Beistand von außen, und ich muss sagen, das kann ich nachvollziehen. Tanja hat als Kind die Erfahrung gemacht, dass nicht einmal die Mutter hilft, wenn sie in Not ist. Wie dem auch sei, Tanja hat Sven in jener Nacht verflucht, und hat geschworen, sich zu rächen. In den darauf folgenden Wochen wich sie Sven aus, so gut sie konnte, bloß bot ihr der Job wenig Möglichkeiten. In der Werkstatt begegnete sie ihm täglich, und auf den 'Stollen' wollte sie nicht verzichten. Also arrangierte sie sich mit der Situation. Sie behandelte Sven einfach wie Luft, und Sven wurde von Tag zu Tag gereizter. Was, wenn Tanja mit der Sache hausieren ging? Oder wenn sie die Polizei einschaltete? Er beriet sich mit dem Barkeeper, und der schlug vor, Tanja Geld anzubieten. Weil Tanja knapp bei Kasse war, kam der Deal zustande."

Erstaunt zieht Bertschi die Augenbrauen hoch. „Geschichten vom Lande", kommentiert er ohne die geringste Spur von Verständnis. „Bleibt also die Frage, was die Frau mit den 2000 Franken pro Monat machte. Wie viel behielt sie für sich selbst? Wie viel steckte sie Greg zu? Gab es noch einen anderen Empfänger?"

„Wenn sich Tanja und dieser Greg auf der anderen Seite der Erdkugel tummeln, soll uns das nicht jucken", meint Beta. „Wenn nicht, wartet Arbeit auf uns. So oder so kapiere ich nicht, warum sie den teuren Überziehungskredit beanspruchte. Mit dem Verdienst aus dem Drogenhandel hätte sie ihre Finanzen schlauer regeln können."

„Wahrscheinlich hat sie keine Ahnung", brummt Bertschi. Er starrt zur Decke. „Hunziker und Emmer sind noch nicht zurück. Immer dieses Warten. Ich warte, du wartest, er wartet, sie...."

„... wehrt sich", murmelt Beta, in Gedanken bei Tanja.

„Neue deutsche Grammatik", konstatiert Bertschi. Er winkt mit der Speisekarte des Pizza-Service. „Ich nehme die vier Jahreszeiten. Und du?"

„Die mit den vier Käsesorten." Beta schielt resigniert auf die Uhr. „Bertschi, im Fernsehen beginnt in diesem Moment Grasgeflüster."

„Schaust du dir so olle Schinken mit Doris Day an?"

Beta stöhnt so mitleiderregend, als würde man sie foltern. „Du meinst Bettgeflüster, du Filmbanause. Also, pass auf. In Grasgeflüster geht es um eine Witwe, die sich mit dem Verkauf von Marihuana über Wasser hält."

Bertschi erhebt ablehnend die Hände. „Reicht es dir nicht, dass wir beruflich mit solchen Geschichten zu tun haben?"

„Wir haben nicht mit Witwen zu tun", protestiert Beta, „sondern mit einer jungen Frau. Maria glaubt nicht, dass Tanja und Greg untergetaucht sind. Tanja hätte sich bei ihr gemeldet, wenn dem so wäre. An der Sache sei etwas faul. Wahrscheinlich sei ihre Freundin verschleppt worden, und Sven habe vielleicht seine Finger im Spiel. Auf den Werkstattleiter ist sie ohnehin nicht gut zu sprechen. Sie empfindet ihn als ständige Bedrohung. Er habe sie nie ausstehen können, aber seit Tanjas Vergewaltigung hasse er sie geradezu. Ihn verfolge eine geradezu paranoide Angst, Tanja könne geplaudert haben."

„Was sie ja auch hat", knurrt Bertschi, den diese Maria nervt. Er kann es nicht mehr hören, was die Alleswisserin so denkt und glaubt.

Das Telefon läutet. Beta nimmt ab. Sie gibt Bertschi ein Zeichen mitzuhören. Nach einigen Zwischenfragen und einem knappen Danke legt sie den Hörer auf.

„Eine Hoffnung weniger", stellt Bertschi nüchtern fest. Und Beta fügt hinzu: „Es kann also durchaus sein, dass Maria mit ihrer Vermutung recht hat."

Bertschi streckt den Rücken durch. „Also gut, lass mich zusammenfassen. Die beiden wollten zusammen nach Caracas. Greg ist wie vorgesehen am Montag abgeflogen, jedoch ohne Tanja. Sie hat ihr Flugticket nicht eingelöst. Warum?"

„Weil jemand sie daran gehindert hat", antwortet Beta wie aus der Pistole geschossen. Sie steht auf und geht auf Bertschi zu. „Nichts von Aussteigerpärchen, du heilloser Romantiker. Der Verdacht erhärtet sich, dass wir es mit einem Delikt zu tun haben." Nach einer Pause gibt sie sich einen Ruck. „Eventuell ist der Chef noch da." Sie drückt die Taste von Kost. Der nimmt sofort ab. Bertschi hört, wie Beta

Sätze beginnt, die halbfertig im Raum schweben, ohne Chance auf ein Ende. Schließlich holt sie tief Luft und setzt an: „Wie soll ich den Fall darlegen, wenn Sie mich nicht zu Wort kommen lassen."

Kost erteilt offenbar eine Antwort. Dann ist das Gespräch beendet. Beta schmeißt den Hörer hin. „Verdammter Idiot, zur Hölle mit ihm. Ich halte ihn nicht mehr aus, diesen unqualifizierten Bürogummi."

Bertschi zuckt lakonisch die Achsel. „Warum soll es dir besser gehen als mir. Was will denn unser Meister? Sollst du ihn schriftlich informieren?"

Als Erklärung schnaubt Beta bloß.

„Das ist doch ganz einfach. Du lieferst ihm fünf magere Sätze, und wenn er Fleisch am Knochen will, wird er sich schon an die Köchin wenden."

In diesem Moment werden zwei Schachteln angeliefert. Beta fegt die Probleme vom Tisch, um für die Pappteller Platz zu schaffen. Wortlos widmen sich die Beiden dem Essen, als Hunziker auftaucht.

„Magst du ein Stück?" Bertschi zeigt auf seine Pizza. Hunziker schüttelt den Kopf. Beta schiebt ihm die ihrige hin. „Echt Klasse, ein solider Gaumenkleister."

Hunziker grinst. „Ich spare mir den Hunger an. Zuhause wartet ein 'coq au vin' auf mich. Aber ich habe feinen Tee für uns mitgebracht."

Er legt eine Schutzhülle mit Teebeuteln auf den Tisch. Bertschi springt freudig auf, und schaltet den Wasserkocher ein. Beta schnüffelt an der Hülle. „Großartig. Das wird ein lustiger Abend."

Mit einer Pinzette zieht sie ein Säckchen heraus und hält es Bertschi unter die Nase. Der schnuppert daran, liest die Etikette und riecht erneut. Schließlich geht auch ihm ein Licht auf.

„Tee aus Indien", strahlt er. „Der Wegweiser zeigt in Richtung 'Stollen'."

Die Bürotür wird mit Schwung geöffnet. Drei Augenpaare richten sich auf Emmer, der nicht so richtig versteht, warum ihn alle anstarren. Irritiert räuspert er sich, und legt eine kleine, durchsichtige Plastiktüte auf den Tisch. „Von dem Modell haben wir achtundsechzig in einem der Keller gefunden."

„Im Wohnblock, in dem Tanja Zumstein lebt?"

„Ja. Alle Säckchen sind mit Marihuana abgefüllt, und überall gibt es Fingerabdrücke von der gleichen Person. Von der Zumstein."

Jäh unterbricht ihn Beta. „Ist noch jemand im Labor?" Emmer bejaht. Beta drückt ihm die Schutzhülle mit den fünf Teebeuteln in die Hand, und schickt ihn ins Labor zurück. Man solle Hunzikers Tee mit seinem Marihuana vergleichen.

Mit gekräuselter Stirn starrt Beta Emmer hinterher. „Wenn es sich um den gleichen Stoff handelt, haben wir eine Lieferantin, die mit zwei verschiedenen Verpackungen arbeitet. Was hat das zu bedeuten?"

„Tanja kauft den Stoff in Teebeuteln, packt ihn um und verkauft ihn in Säckchen, weil das die handelsübliche Form ist", mutmaßt Bertschi.

„Damit verwischt sie die Spuren, die zum Großhändler führen. Vielleicht streckt sie das Gras beim Umpacken auch noch", wirft Hunziker ein.

„Du meinst, mit Heu", grinst Beta.

„Und wenn sie selbst der Großhändler ist", überlegt Bertschi.

Beta schüttelt den Kopf. „Das ist eine Nummer zu groß für sie. Ich tippe auf unsern Spiezer Guru". Sie reibt sich die Hände. „Ihr wisst gar nicht, wie ich mich auf das Gespräch mit Federer freue."

Sie öffnet die Schublade und zieht eine Zigarette aus dem Päckchen. „Darf ich ausnahmsweise", bittet sie Hunziker der Form halber, zündet die Zigarette an und nimmt einen tiefen Zug. Fast augenblicklich entspannt sich ihr Gesicht. Sie richtet sich auf, macht Lockerungsbewegungen mit den Schultern, und jagt die nächste Ladung Nikotin durch den Blutkreislauf.

„Kann es sein, dass dir Rauchen besser bekommt als Yo-

131

ga", erkundigt sich Bertschi.

„So ist es", stimmt Beta zu. „Das nennt man Heilrauchen. Die Krankenkasse sollte es bezuschussen."

Sie wendet sich an Hunziker. Er soll doch, während sie auf den Bericht aus dem Labor warten, Zumstein charakterisieren.

Hunziker sammelt sich, bevor er loslegt. „Zumstein gibt sich charmant und höflich, so lang man nichts von ihm will. Dass er seine behinderte Frau pflegt, lässt den Schluss zu, dass er hilfsbereit ist. Aber wenn man genauer hinschaut, merkt man, dass nichts, was er tut, von Herzen kommt. Selbst seine Worte klingen hohl. Er hat etwas vom bösen Zauberer an sich, von einem, der sich seiner Macht bewusst ist."

Hunziker unterbricht sich. „Vielleicht habe ich meinem Sohn zu viele Märchen vorgelesen." Der Anflug eines Lächelns huscht über sein Gesicht, bevor er sich wieder auf Zumstein konzentriert. „Der Mann ist unehrlich, soviel ist klar. Ich bin sicher, dass er mehr weiß, als er mir verraten hat. Aus irgendeinem Grund hat er Angst. Aber wovor? Dass Tanja etwas passiert ist? Dass der Missbrauch ans Licht kommt? Oder hat er Angst vorm Sterben?"

Betas Filzer fliegt über ein Blatt Papier. „Wir werden die Antwort herauskriegen", murmelt sie.

Hunziker schielt auf die Uhr. Er werde andern Tags eine dementsprechende Mail schicken. Wenn man ihn nicht mehr brauche...

„Du hörst den Hahn im Wein krähen", frotzelt Beta.

Kaum schließt sich die Tür hinter Hunziker, holen Beta und Bertschi wie auf Kommando tief Luft.

„Das nennt man Übereinstimmung", konstatiert Bertschi.

„Oder Sauerstoffmangel", verbessert Beta. Ihre Worte gehen im Parisienne-Husten unter. Plötzlich greift sie mit schreckgeweiteten Augen in den Rücken, und schaltet auf vorsichtiges Hüsteln um.

Bertschi reißt das Fenster auf. Die Mischung von Nikotin

und Fastfoodgeruch entweicht nach draußen. Herein strömt Stadtluft, benzingeschwängert. Bertschi dreht sich zu Beta um. „Alles in Ordnung?"

„Elendes Yoga. Stupider Kost", schimpft Beta, und hämmert innert weniger Minuten einen kargen Bericht für ihren Chef in die Tasten. Danach sortiert sie mit Bertschi die neuen Informationen.

Das Telefon läutet. Beta blickt auf die Uhr. Kurz vor neun. Sie greift zum Hörer und schnalzt mit dem Finger, Bertschi solle mithören.

„Die Stimme auf Tanjas Anrufbeantworter stammt von einem 30-40jährigen Mann, vermutlich albanischer Herkunft. Die Aussprache der Dialektwörter lässt den Schluss zu, dass der Mann seit längerem im Raum Zürich wohnt, oder dort gewohnt hat", meldet der Techniker vom Spurendienst.

Beta bedankt sich für die prompte Auskunft, lehnt sich zurück und fragt süffisant: „Darf ich jetzt wieder über die Albaner reden?" Sie beginnt zu pfeifen, und Bertschi zeigt ihr den Vogel, bevor er sie mit seiner Tenorstimme unterstützt. Den Gefangenenchor aus Nabucco singt er stets auf Italienisch, und er singt noch, als Beta längst nicht mehr die Lippen spitzt. Danach ist es still zwischen ihnen.

„Mit dir arbeite ich am liebsten", sagt Beta ungewohnt sanft. Bertschi lächelt und nickt.

„Wir werden den Kerl finden, zu dem Tanja ins Auto gestiegen ist. So viele Albaner gibt es nicht, die einen dunklen Audi 80 mit Zürcher Kennzeichen fahren. Was meinst du, beauftragen wir Hunziker mit der Recherche?"

„In Ordnung. Ich gebe ihm Bescheid. Vielleicht aber ist die Stimme auf dem Tonband nicht von einem Albaner, sondern von Greg. Um sicher zu gehen, möchte ich Miro die Aufnahme vorspielen."

„Das kann Emmer erledigen", entscheidet Beta.

Emmer befindet sich auf dem Heimweg, als Bertschi anruft. Der Job habe Vorrang vor allem anderen, fügt er hinzu.

Hunziker ist bereits zuhause, als er Bertschis Anruf entgegennimmt. Nach dem Essen werde er sich mit dem Audi befassen, versichert er.

Beta streckt vorsichtig den Rücken durch. „Wir beide haben morgen zwei wichtige Termine", erinnert sie Bertschi. „Und wir müssen beide Gespräche vorbereiten. Wollen wir uns um neun treffen?"

„Wie wär's mit jetzt", entgegnet Bertschi. „Dann könnten wir ruhig schlafen, und müssten nicht die Nacht zergrübeln."

Beta verdreht die Augen. „Im Gegenteil. Wenn wir uns jetzt die Köpfe heiß reden, werden wir uns um den Schlaf bringen. Was glaubst du, wie lang es braucht, bis sich überhitzte Hirnzellen abkühlen, vor allem bei meinem Hirnvolumen?"

Bertschi rümpft die Nase. „Ich mag nicht alles auf den letzten Drücker machen."

Beta streicht sich die wuscheligen Haare nach hinten. „Tut mir leid, Bertschi. Aber heute bin ich zu nichts mehr zu gebrauchen. Ich kann nicht mehr." Sie kramt ihre Sachen zusammen.

Bertschi ist alles eher als erfreut. Er versucht, Beta mit ihrem eigenen Argument zu schlagen. „Ist dir denn klar, dass es hier tagsüber nicht so still ist wie jetzt? Wie willst du die Sandstrahler aushalten?"

Beta erschrickt. Den Baulärm hat sie ganz vergessen. Doch dann winkt sie ab. „Morgen zum Latte bei mir. Du bringst Croissants mit, und darfst sie auch eintunken, ohne dass ich die Miene verziehe."

Dienstagmorgen

Der Buchfink zwitschert sich in Betas Bewusstsein. Sie bleibt mit geschlossenen Augen liegen und lauscht. Er singt sein Lieblingslied, und das hat eine Menge Strophen. Dann hält er inne. Wahrscheinlich plustert er sein unauffällig braunes Federkleid auf, und schlägt ein paarmal mit den schwarzweißen Flügeln. Dann beginnt er von neuem zu trällern. Plötzlich bricht er wieder ab. Ärgert er sich über das Gezeter der Spatzen, oder über das Tuckern des Traktors, der sich langsam entfernt? Entschlossen nimmt der Vogel die Ode an den Tag wieder auf, aber er muss seinen Stammplatz in der Tanne verlassen haben. Sein Zwitschern klingt näher. Beta versucht ihn zu orten. Im Apfelbaum scheint er zu sitzen, im zweiten oder dritten Stock. Vorsichtig gleitet Beta aus dem Bett, wegen dem Rücken, und um den Buchfink nicht zu erschrecken, und nähert sich von der Seite dem Fenster. Nach einer Weile erspäht sie das Kerlchen. Halb verdeckt vom Geäst und den spärlichen Herbstblättern steht er auf seiner Bühne. Dritter Stock. Beta ist mit sich und ihrem Gehör zufrieden.

Es ist noch früh. Bis Bertschi eintrudelt, wird noch eine gute Stunde vergehen. Zuerst Kaffee. Beta steuert auf die Alessi zu, füllt Wasser auf, schaltet die Maschine ein und presst den Kaffee in den Kolben. Misstrauisch beobachtet sie den Automat. Wird er sie im Stich lassen? Seit den eigenartigen Geräuschen vor zwei Tagen rechnet sie mit einem Streik der werten Signora A. Doch alles läuft so, wie man es sich wünscht. Die gnädige Frau gute Laune, und zeigt sich kooperativ.

Mit der Tasse in der Hand hört Beta die Morgennachrichten und den anschließenden Kommentar über Wahlfälschungen in Kenia, Kroatien und Georgien. Und das, obwohl in allen drei Fällen internationale Wahlbeobachter eingesetzt waren, die bestätigt hatten, dass alles korrekt vor sich gegangen sei.

Betas Gedanken schweifen ab zu den Teebeuteln aus dem Keller Zumsteins. Was wird das Labor herausfinden?

Der Schwindel ist aufgeflogen, hört Beta den Kommentator im Radio, aber nicht etwa wegen der Kontrolleure. Es waren die Wähler, die den Betrug aufdeckten, und nun die Wahlbeobachter als Handlanger der korrupten Regierungen anklagen.

Für die Gauner dumm gelaufen, denkt Beta hämisch, und schaltet das Radio aus. Ihre Gedanken kreisen um den Chef.

Warum triezt er sie ohne ersichtlichen Grund? Was ist bloß los mit ihm? Sie macht doch ihren Job nicht schlecht. Im Prinzip kommt sie mit ihm zurecht. Umgekehrt kommt auch Kost mit ihr klar, und weiß sie zu schätzen. Aber im Moment steckt er in einer schwierigen Phase. Grundlos beschwert er sich über alles und jedes. Er bemängelt die Vorgehensweise der Mitarbeiter, und kritisiert sie, anstatt sie zu motivieren. Von Arbeit im Team hat er keine Ahnung. Hat er nie gehabt, auch nicht, als er noch nicht der Chef, sondern ihr Kollege war. Damals hegte Beta den Verdacht, er kultiviere sein Image als Einzelgänger. Er gab sich schüchtern und mundfaul, und zu lachen hatte man schon gar nicht mit ihm. Dem Rudel der Polizisten schloss er sich bloß nach schwierigen Einsätzen an. Dann nämlich ging man um die Ecke auf ein Bier, und spülte die Anspannung weg.

An ihrem ersten Bierabend mit dem Kumpeln bestellte Beta wie die andern ein Halbes. Man übertrumpfte sich im Sprücheklopfen, der Witz kam leichtfüßig daher, und man spottete, was das Zeug hielt. Bald spürte Beta im Innern, wie der Stress seine Konturen verlor. Ihre hochgezogenen Schultern senkten sich, und sie grinste zufrieden in die Runde. Aber nach dem zweiten Halben flutschten Beta die Worte nicht mehr wie geölt über die Lippen. Sie verhakten sich zwischen den Zähnen, blieben am Gaumen kleben, und die Zunge kam ihnen dauernd in die Quere. Mit einem letzten Rest Klarheit stellte sie fest, dass sie beschwipst war. Logisch, sie hatte seit Stunden nicht mehr gegessen. Sie musste fort, ab nach Hause, bevor sie sich lächerlich machte. Hastig zählte sie das Geld auf die Theke, winkte den Kumpeln zum Abschied, und peilte den Ausgang an. Der Weg durchs Lokal glich einem Spießrutenlauf. Schwankte sie? Ging sie zu langsam? Oder zu schnell? Wenn sie bloß nicht über die eigenen Füße stolpert. Was, wenn sie mit der Tasche die Biergläser von den Tischen fegte. Im nichts auf der Welt wollte sie den Kollegen Grund zu wildem Gegröle geben. Die letzte Falle lauerte am Ausgang. Musste man die Tür drücken oder ziehen?

Draußen an der frischen Luft fiel Betas Sorge vor einer Blamage in sich zusammen. Sie schob sich einen Kaugummi in den Mund, und tanzte mit ihrem Schwips im Wechselschritt. Das nächste Problem erwartete sie in der Tiefgarage. Würde sie ohne Schrammen am Auto diese engen Kurven nach oben meistern? Sie setzte sich in den Wagen, schaltete den Motor an, und fuhr vorsichtig die Spirale hoch. Gleichmäßig Gas geben, befahl sie sich. Nicht zögern, setzte sie hinzu. Die Vorstellung, der Motor könnte absterben, trieb ihr den Schweiß auf die Stirn. In ihrer Bierseligkeit würde sie einen Neustart auf der steilen Straße nicht schaffen.

Krampfhaft hielt sie das Lenkrad eingeschlagen, und achtete darauf, den Bordstein nicht zu streifen. Bei der letzten Kurve vor der Zielgeraden sah sie farbige Kratzspuren an der Wand. In der Mitte bleiben, ermahnte sie sich. Dann war sie oben, und machte sie sich auf den Heimweg, randvoll mit Angst, in eine Kontrolle zu geraten. Das Dilemma, nicht fahren zu dürfen, und doch zu fahren, begleitete sie bis vor die Haustür.

Nach diesem Abend beschloss Beta, den beruflichen Stress das nächste Mal vernünftiger abzubauen. Sie bestellte nicht mehr Halbe, sondern gespritzte Nulldreier, halb Limo, halb Bier, knabberte Salzstangen, und verlegte sich aufs Zuschauen. Verstohlen beobachtete sie ihre Kollegen. Sie alle waren Jäger, die sich heranschlichen, sich duckten, die hochsprangen, verfolgten, einfingen, Fallen stellten, die eine Waffe trugen, und sie notfalls zogen. Sie jagten Verbrecher, jeder auf seine Art.

Kost faszinierte sie besonders, weil sich sein Verhalten auch Biere später nicht änderte. Er wurde nicht laut, nicht plump, nicht geschwätzig. Er hörte zu, lieferte Kommentare, und parallel dazu ließ er seine Augen schweifen. Einzig sein Bauch reagierte auf das Bier, je länger sich der Feierabend hinzog. Dann wölbte sich die geblähte Wampe vor, und Kost nestelte an seinem Hosenbund, der ihn einengte. Bei sich zuhause hätte er ihn bestimmt geöffnet. Kost blieb immer bis zum Schluss. Dann verließ er mit ungelenken

Bewegungen die Kneipe. Anderntags erschien er frisch und munter zum Dienst. Für die von der Mordkommission war er ein Phänomen.

An einem dieser bierseligen Abende bemerkte Beta, wie der schweigsame Kost sie anstarrte. Verlegen wandte sie sich ab. Ihr war, als hätte Kost sie bei etwas Unanständigem ertappt. Als Beta ihm einen Blick zuwarf, spürte sie seine Beklemmung. Er, der Voyeur, hatte sie als Voyeurin enttarnt. Sie hob ihr Glas und prostete ihm zu.

Ganz selten überschritt Kost seine Grenze. Wenn er seine Brille auf die Theke legte, war es so weit. Dann, ohne dunkles Gestell, fehlte den Augen ihre Farbe. Die grauen Pupillen schwammen in sojamilchigem Ausgeweißt. Und nicht nur das. Ohne Brillenfassung schienen die Augen sogar den Halt zu verlieren. Sie irrten vage umher, und schafften es nicht, sich für eine gemeinsame Richtung zu entscheiden.

Wenn Kost keine Brille mehr trug, wurde er einen Hauch gesprächiger. Dann beklagte er seine mangelnde Bildung. Ohne Studium würde er bei der Kripo nie weiterkommen. Die Kollegen verstanden diese Zweifel nicht, denn Kost besaß einen guten Ruf im Kommissariat. Zwar regte man sich über seine Detailbesessenheit auf, aber dafür schätzte man sein Gedächtnis, das bei Bedarf angezapft werden konnte. Kost erinnerte sich an Orte und Namen, auch wenn er sie nur ein einziges Mal gehört hatte. Er schuf Querverbindungen und spannte Bögen, dass den Kripobeamten der Mund offenblieb. Seine besondere Begabung lag darin, dort zu suchen, wo sonst keiner wühlt. Als eine Bank überfallen wurde, lieferte er aus heiterem Himmel einen Hinweis, der zur Festnahme des Räubers führte. Die Bankangestellte hatte ausgesagt, dass der Vermummte einen Sprachfehler habe. Er habe das sch beim Wort „schnell" wie das englische th bei thing ausgesprochen. Das ist der Ingenieur, hatte Kost gerufen. Der Mann war ihm bei Vermessungsarbeiten im Kommissariat aufgefallen, weil bei ihm das Wort Schiene so komisch klang. Keiner der Kollegen konnte sich an diesen Mann erinnern, nur Kost, und das, obwohl die Geschichte drei Jahre zurücklag. Von da an nannte man ihn Meister K, manchmal respektvoll, manchmal ironisch.

Das Erscheinungsbild von Kost zeichnete sich durch diskretes Grau aus, von der Kleidung bis zur Ausstrahlung.

In einer Gruppe wurde Kost zunächst nicht wahrgenommen, weil er sich am Smalltalk nie beteiligte. Erst wenn sich das Gespräch einem Sachthema zuwandte, klinkte er sich ein. Dann jedoch fesselte er rasch die Umstehenden mit seinem Wissen. Man vergaß sein bleiches Gesicht, und sein aschblondes Haar, das die Glatze säumte, und das farblose Sakko schien plötzlich zu schillern.

Auffallend an Kost war sein Gang. Die Beine schlenkerten wie ferngesteuert in eckigen Bewegungsabläufen. Der Rumpf erschien wie ein starrer Block, offenbar wusste die Wirbelsäule nichts von ihrer Möglichkeit, sich zu drehen und zu beugen. Die Arme pressten sich an den Torso, nie ruderten sie. Die Hände fanden Halt an der Hosennaht. Wenn Kost jemandem die Hand schütteln musste, riss er die Rechte hoch, als bediene er eine Pistole.

An einem Abend sah Beta ihn niedergehen. Ein paar Nimmermüde von der Kripo hatten sich in einer Diskussion um jugendliche Straftäter festgebissen. Als Kost auf die Toilette verschwand, brach das Eis in der Runde. Jeder hatte plötzlich eine Meinung zum Thema. Beta, der das Gelaber auf die Nerven ging, lenkte das Interesse ihrer Kollegen auf die Ionenstrahlanalyse. Der Ionenstrahl sei ein Teilchenbeschleuniger, der selbst kleinste Mengen fehlerfrei analysieren könne. In England habe man einen Täter aufgrund eines Erdkrümels an seinem Schuh überführen können. Außerdem besitze der Ionenstrahl den unschlagbaren Vorteil, das getestete Material nicht zu zerstören. Es gäbe keine chemische Veränderung, weshalb das Material für weitere Analysen zur Verfügung stehe. Leider sei die Ionenstrahlanalyse zu teuer, um sie im Polizeialltag einzusetzen. Sie werde deshalb nur für ausweglose Fälle bewilligt.

Irgendwann stellte man die Abwesenheit von Kost fest. Jemand fragte, ob Kost heimgegangen sei. Aber niemand fühlte sich zu weiteren Nachforschungen bemüßigt.

Später, auf dem Weg zur Damentoilette, streifte Betas Blick die bauchige Vase mit den roten Kunsttulpen, die auf einem antiken Tisch stand. Darunter, in Seitenlage, die Knie kindlich hochgezogen, lag Kost auf den nackten Fließen. Er schlief tief.

Beta winkte ihren Lieblingskellner zu sich. Er solle ein Taxi bestellen. Als Beta den Schlafenden weckte, stand der sofort auf, und begann zu reden. Beta verstand alle Wörter, sie ergaben bloß keinen Sinn. Sie führte Kost durch die Hintertür ins Freie. Ein paar absurde Sätze danach bugsierte sie den Mann gegen seinen Willen ins Taxi. Er hatte mit ihr an die Theke zurückkehren wollen.

Erst nach zwei Tagen trafen Beta und Kost im schummrigen Gang des Polizeigebäudes wieder aufeinander. Für Kosts Vorhaben hätte das Schicksal keinen besseren Ort wählen können. Er entschuldigte sich nämlich für sein unpassendes Verhalten, und fügte flapsig hinzu: „Am Tag zu viel Stress, am Abend zu viel Bier."

Von da an fand sie Kost nie mehr unterm Tisch. Er musste in seiner Leber ein Frühwarnsystem eingerichtet haben, programmiert auf die Zahl drei. Drei Bier und basta.

Als Kost zum Chef der Berner Kriminalpolizei ernannt wurde, verbot er sich die Kneipentouren, und bat alle ehemaligen Kollegen, ihn zu siezen. Zwischen Kost und Beta änderte sich, abgesehen von der Grammatik, nichts. Das Vertrauen zueinander blieb ihnen erhalten, aber auch die zwiespältigen Gefühle, und der mitunter ruppige Gesprächsstil.

Beta sieht auf die Uhr. Sie greift zum Telefon und wählt. Kost meldet sich. Mit keinem Wort streift er den verbalen Ausrutscher des Vortags. Beta auch nicht. Sie bezieht sich auf ihre knappe Mail, und erläutert die einzelnen Punkte. Kost hört aufmerksam zu.

„Interessant", sagt er. Er überlegt einen Moment, bevor er sich äußert. „Als erstes fällt mir die Kombination von Vergewaltigung und Drogen auf. Das Opfer als Vergewaltigte und Drogenkonsumentin. Der Vater und der Werkstattleiter als Vergewaltiger und Drogenkonsumenten. Und mittendrin der Barkeeper als Unschuldslamm, mit seiner drogenfreien Bar und der auffallenden Nichtsexualität. Da stimmt was nicht."

„Ein maskulines Dreigestirn", nuschelt Beta in den Hörer.

„Wie bitte", fragt Kost, ohne die Antwort abzuwarten, und fährt fort: „Die Zumstein wird ein paar Stunden, bevor sie auswandern will, entführt. Warum genau zu diesem Zeitpunkt? Das ist der Knackpunkt. Wenn wir die Frage beantworten können, haben wir die Lösung."

Kost atmet tief durch. „Machen Sie heute ein bisschen Druck, Sie und Bertschi. Wir brauchen Ergebnisse. Die Medien haben Lunte gerochen und wollen handfeste Hinweise, was ich ihnen nicht verargen kann. Schließlich wird die Frau seit neun Tagen vermisst und wir haben keine Spur."

„Doch", widerspricht Beta. „Wir suchen den Zürcher Audi. Und wir besitzen eine Tonbandaufzeichnung aus der Wohnung der Zumstein. Wenn wir Glück haben, handelt es sich um die Stimme des Entführers."

Beta hört, wie der Chef die Stirn runzelt. Von Glück und Wundern hält er nichts. Seine Antwort fällt trocken aus: „Wir haben keine Spur und kein Motiv. Wir wissen nicht einmal, ob die Frau lebt." Damit beendet er das Gespräch.

Verloren steht Beta im Wohnzimmer. Er baut mich wieder ungemein auf, murmelt sie, wickelt den offenen Morgenrock um die Hüften und verschränkt die Arme. Verdammt einsam fühlt sie sich an diesem Dienstag kurz nach acht. Da ist niemand, an den sie sich lehnen kann. Jetzt ein richtig guter Witz, der sie lachen macht, bis sie Seitenstechen kriegt.

Sie greift zum iPod und wählt Amalia Rodriguez, die portugiesische Fado-Königin. Das Herz geht ihr über bei dieser Stimme, die der Wehmut eine intensive Kraft verleiht. Sie fingert nach dem Handy und schickt Fabrizio eine SMS. „Leg dich zu mir. Lass deine Hände wandern, und teil danach das Croissant mit mir."

Beta streckt sich wohlig und stellt sich unter die Dusche.

Der Frühstückstisch ist gedeckt, als Bertschi eintrifft. In den Armen wiegt er die Tüte mit frischem Brot. Voller Lust greift Beta zu. Bertschi beißt die Croissants ab. Er tunkt sie nicht in den Kaffee.

„Wie geht's den Bandscheiben", will er wissen.

Beta hört auf zu kauen und horcht auf ihren Körper. „Jetzt, wo du mich fragst, spüre ich die Schmerzen wieder. Besser, du schneidest das Thema nicht mehr an."

Die Tabletten liegen hinter ihr auf dem Buffet. Sie drückt eine Pille aus der Packung, und spült sie mit Orangensaft hinunter. Wenn ihr Körper nicht so funktioniert wie er soll, verliert sie die Geduld und betäubt sich mit Chemie.

Sie weiß, dass es Bertschi erbost, wenn sie sich nicht pfleglich behandelt. Aber manchmal kann sie nicht anders, als trotzig wie ein Kind zu reagieren. Ihr Trotz ist ein Zeichen von Frust.

Bertschi weiß, wie seine Kollegin tickt. Aber im Moment interessieren ihn ihre Marotten nicht. Er sprüht vor Elan, und erzählt vom Joggen am Morgen. Entlang der Limmat sei er gelaufen. Beta kommt sich auf einmal alt vor.

Sie wechseln ins Wohnzimmer, bauen Ordner auf, und breiten Blätter aus. Bertschi stellt seinen Grüntee zwischen die Papiere, Beta ihren Latte neben sich auf den Boden. Die Laptops werden aufgeklappt. Der eine wärmt den Schoss einer liebesbedürftigen Kommissarin, der andere den eines einsamen Kommissars. Vier Hände gleiten virtuos über die Tastaturen.

„Das nennt man Zumstein-Blues", brummt Bertschi.

„Uns fehlt das Ergebnis aus dem Labor über den leckeren Tee", stellt Beta fest, während sie die neuesten Unterlagen mit dem Cursor in die jeweiligen Ordner verschiebt. Sie ruft Emmer an, der sofort loslegt.

„Erstens, beim Inhalt der 68 Plastiktüten handelt es sich um Marihuana."

Der schnarrende Tonfall kostet Beta den letzten Nerv.

„Zweitens, auf diesen Tüten befinden sich unter anderem

die Fingerabdrücke der Zumstein. Drittens, die Teebeutel sind nicht wie angegeben mit Earl Grey gefüllt, sondern mit Marihuana. Viertens, es gibt keine Fingerabdrücke von Tanja Zumstein auf den Teebeuteln, aber unzählige andere, nicht identifizierte. Fünftens, das Marihuana in den Plastiktüten und in den Teebeuteln ist identisch. Es stammt von der gleichen Pflanze. Es ist rein, das heißt, ohne Zusatz weiterer Substanzen. Das war's."

„Ausgezeichnet. Das bringt uns weiter, Kaspar. Vielen Dank für die strukturierte Aufzählung."

Beta schmeißt den Hörer auf die Gabel und lacht schallend. Emmer hat alles vom Blatt abgelesen.

„Sechstens", sagt Bertschi, der mitgehört hat, „verspottet man andere Menschen nicht."

„Siebtens", antwortet Beta, „hast du recht. Nur werde ich das Gefühl nicht los, dass auch du deinen Spaß hattest."

Bertschis Gedanken sind bereits anderswo. „Also, zuerst nehmen wir heute Federer in die Zange. Wetten, wir finden seine Fingerabdrücke auf Zumsteins indischen Teebeuteln?"

„Das könnte durchaus sein", überlegt Beta. „Vielleicht aber bewahrt Federer den Earl Grey in einer Blechdose bei sich daheim auf. Ich bin für eine Hausdurchsuchung."

„Du weißt doch, dass der Kerl zu schlau ist, um Gras in seiner Wohnung zu horten."

„Der Zufall ist manchmal der beste Detektiv", orakelt Beta.

Ergeben faltet Bertschi die Hände, und legt die Spitze der Zeigefinger an die Schläfe.

Der halb getrunkene Latte ist kalt. Beta löffelt wie immer den Schaum weg, und stellt das Glas auf den Boden zurück.

Ihr Handy läutet. Sie schaut auf den Display und verdreht die Augen. „Ja, Kaspar", meldet sie sich.

Er habe in der Aufregung vergessen, wegen des Tonbands Bericht zu erstatten, sagt er. Miro Poslav sei absolut sicher, dass es sich nicht um die Stimme von Greg handle. Von der Aussprache her sei das ohnehin kein Pole, sondern ein Albaner. Er habe auf der Arbeit einen albanischen Kollegen, der genau so rede wie der Mann auf dem Band. Das sei alles. Er schicke gleich Miros Aussage per Mail.

Betas Miene drückt Erleichterung aus. „Wir kommen vorwärts, Bertschi. Rufst du Hunziker an? Vielleicht hat der auch was zu bieten."

Während Beta mit Kost über die Bewilligung einer Hausdurchsuchung bei Federer feilscht, zieht sich Bertschi fürs Gespräch mit Hunziker in die Küche zurück.

Der kommt sofort zur Sache. „Im Kanton Zürich sind 27 dunkle Audi 80 zugelassen. Wir haben festgestellt, dass sich unter den Autobesitzern vier Albaner befinden. Ein prozentual hoher Anteil, nicht wahr? Mir ist erklärt worden, dass wahrscheinlich einer von den Albanern billig an diesen Wagentyp herankommt, und beim Weiterverkauf Provision einstreicht. Zurzeit sammeln wir die Daten dieser vier Männer. Wie vermutet, trudeln auch schon die ersten Hinweise auf Drogenschiebereien ein. Soweit der jetzige Stand der Dinge."

„Gut, bleib am Ball, und halt mich am Laufenden."

Bertschi verschwindet auf die Toilette und blättert das Geo durch. Ein Bericht über das Leben der Königspinguine fesselt seine Aufmerksamkeit länger als gedacht. Bis er, erschrocken über seine Trödelei, eilig das Heft zuschlägt und ins Wohnzimmer zurückkehrt.

„Beta", ruft er, da er sie nirgendwo sieht.

„Hier". Die Antwort kriecht hinter dem Sofa hervor. Beta liegt flach auf dem Rücken. Die Beine ragen senkrecht in die Höhe und bilden beim Knie einen rechten Winkel.

„Schieb mir den Hocker unter die Füße". Beta zeigt mit der Hand aufs Wunschobjekt. „Ich muss die Wirbelsäule entlasten."

„Eine gesunde Arbeitshaltung", urteilt Bertschi, während er den Schemel holt. „Die solltest du bei deiner Besprechung mit Kost einführen."

„Gehört schon zum Alltag", winkt Beta ab. „Neulich hat er sich sogar neben mich aufs Kreuz gelegt, und wir haben alle hängigen Fälle in der Horizontalen besprochen." Die

Vorstellung, den Chef am Boden zu ertappen, gefällt Bertschi. Beta holt ihn in die Wirklichkeit zurück. „Kost hat für morgen um zehn eine Sitzung anberaumt. Wir zwei plus Hunziker und Emmer."

Dienstagnachmittag

Um fünf nach zwei peilen Beta und Bertschi den 'Stollen' an. Weit und breit kein Federer. Beta drückt auf die Klinke der Eingangstür. Die Tür ist offen. Im Gang brennt Licht. Beta ruft ein lautes Hallo, und steigt die Treppe hinab, ihr auf den Fersen Bertschi. Die Bar ist für den abendlichen Betrieb hergerichtet. Die Stühle sind zurechtgerückt, die Tische sauber gewischt. Bloß die Aschenbecher fehlen noch. Von Federer keine Spur.

„Ein Verlies, in dem die Luft nicht feucht, sondern stickig ist", grummelt Bertschi. „Und hier verbringen die Spiezer ihren Feierabend?" Bertschi kann der Vorstellung nichts abgewinnen.

Beta dreht sich zu ihrem Kollegen um, und schneidet eine Grimasse. Sie meldet sich zum zweiten Mal per Hallo, worauf Federer mit einer Bierkiste aus dem Keller kommt. Er stellt die Kiste auf den Boden, und wischt sich die Hände in einem Handtuch ab.

Gut gelaunt geht er auf Beta zu und begrüßt sie wie eine alte Bekannte. Bertschi, mit dem er noch nie zu tun gehabt hat, heißt er wie einen Kumpel willkommen. Er erklärt, welche Arbeiten täglich in der Bar anfallen, und erzählt wieder von seinem Computerprogramm. Trotz der frostigen Stimmung, die die Ermittler verbreiten, plappert er unbeschwert vor sich hin. Es dauert eine Weile, bis er den netten Plauderton einstellt.

Bertschi sagt: „Setzen wir uns." Sein kühler Ton ist nicht zu überhören.

Federer wendet sich an Beta: „Soll ich die Belüftungsanlage wieder ausschalten?"

Beta nickt gleichmütig.

„Warum verbringen Sie Jahr für Jahr die Ferien in Indien", beginnt Beta, ohne Zeit zu vergeuden. „Und wieso immer am gleichen Ort?"

„Weil mir die Gegend gefällt, und das Klima. Weil ich dort einen großen Bekanntenkreis habe, und mich zuhause fühle."

„Wollen Sie eines Tages die Bar aufgeben und nach Indien auswandern?"

Federer lacht auf. „Keine schlechte Idee. Vielleicht in zehn Jahren. Aber noch will ich den Job hier nicht sausen lassen, dazu gefällt er mir zu gut. Ich bin Barkeeper mit Leib und Seele, und ich mag meine Kunden. Viele von ihnen sind meine Freunde. Ich kann mir ein Leben ohne die Bar gar nicht vorstellen. Der 'Stollen' ist für mich so was wie der Mittelpunkt meines Lebens." Federer fährt sich selbstzufrieden durchs Haar.

Ohne den unverfänglichen Tonfall zu ändern, hakt Beta ein: „Schön, wenn man Freude an seiner Arbeit hat. Weniger schön ist die Tatsache, dass Sie ein knallharter Dealer sind. Sie fliegen nach Kerala und decken sich mit Marihuana ein."

Die Hand Federers bleibt bewegungslos im Haar stecken. Dann legt er sie auf den Tisch und setzt sich aufrecht hin.

„Ach so, von da her weht der Wind", bemerkt er unwirsch. „Das Drogendezernat hat alles überprüft. Schließen Sie sich doch einfach kurz mit den Kollegen. Ich habe nichts mit Drogen zu tun.

Bertschi klinkt sich ein: „Das stimmt nicht, Herr Federer. Wir wissen, dass Sie in Kerala Ihre Drogengeschäfte einfädeln, und den Stoff vor Ort bezahlen. Uns liegen sämtliche Belege vor."

Federer reagiert sauer: „Lassen Sie mich in Frieden mit Ihren Unterstellungen."

Er zündet sich eine Zigarette an. Das Schweigen, das entsteht, inhaliert er mit ein. Schließlich findet er wieder Worte. „Ich verstehe Sie ja. Sie wollen die Zumstein finden und haben sich in den Kopf gesetzt, dass ich mit ihrem Verschwinden zu tun habe. Bloß sind Sie da bei mir an der falschen Adresse."

Bertschi überhört den Einwand und fährt fort. „Wir wissen außerdem, wie die Ware verpackt ist, und wie sie in die Schweiz kommt. Als nächstes werden wir das Lager mit den Teebeuteln ausheben."

Federers Augen geraten außer Kontrolle. Das Zucken lässt sich nicht unterdrücken. Es ist Beta schon beim ersten Gespräch mit ihm aufgefallen. Unbarmherzig starrt sie Federer an. Den erfasst eine Welle der Wut.

„Was wollen Sie bei mir finden? Marihuana? Teebeutel? Oder Tanja? Ich halte Sie nicht auf. Durchstöbern Sie die Bude, vom Keller bis zum Klo. Viel Spaß dabei!"

Beta greift zum Handy. Kein Empfang in dieser Gruft. Sie wird draußen vor der Tür den auf Abruf wartenden Beamten grünes Licht geben, damit sie die besprochene Arbeit aufnehmen können.

„Herr Federer, Sie begleiten uns jetzt aufs Kommissariat nach Bern. Wir müssen ein paar Dinge klären, und wir brauchen Ihre Fingerabdrücke. In der Zwischenzeit schauen sich unsere Kollegen bei Ihnen daheim und hier im 'Stollen' um. Kennen Sie unsern Drogenfahnder mit der unbestechlichen Schnauze und den vier Pfoten? Der wird mit von der Partie sein. Gegen Abend sind wir mit dem Check fertig. Sollte alles in Ordnung sein, dann können Sie die Bar zur üblichen Zeit öffnen."

Durch die geschlossenen Fenster dringt das Kreischen und Fiepen des Sandstrahlgeräts. Immerhin macht es weniger Lärm als am Vortag. Die Arbeiter sind ein Stück weiter gerückt, in Richtung des Chefbüros. Beta beginnt gehässig zu wiehern. Jetzt spült es den unausstehlichen Lärm, garniert mit Staub, direkt vors Fenster von Kost. Gut so. Endlich kriegt auch er sein Fett ab. Sie könnte ihn schnell anrufen, nur um zu erleben, wie er reagiert, wenn er kein Wort versteht.

Bertschi, in Gedanken meilenweit vom Kommissariat entfernt, malt japanische Schriftzeichen auf ein Blatt.

Federer wird von einem Beamten hereingeführt.

Ohne von seiner Malerei aufzublicken, sagt Bertschi: „Ob wir auf den Teebeuteln Ihre Fingerabdrücke finden?"

Federer zuckt mit den Achseln.

„Seit wann kennen Sie Tanja Zumstein", erkundigt sich Beta.

„Das haben Sie bereits beim letzten Mal gefragt. Aber ich verrate es Ihnen gern noch einmal. Tanja kam mit Fünfzehn in den 'Stollen'. Wobei ich damals nicht wusste, dass sie so jung war. Das erfuhr ich erst später."

„Haben Sie sich auch privat mit ihr getroffen?"

„Ich habe sie jede Woche mehrmals gesehen, aber immer nur in der Bar. Ich war nie mit ihr allein unterwegs, wenn Sie das meinen. Das mache ich mit niemandem, weil ich das Bedürfnis nicht kenne. Meine Gäste sind meine Kumpel. Ich diskutiere und philosophiere mit ihnen, und ich höre mit ihnen Musik. In meinem Leben sind Job und Privatleben eins. Das Private ist für mich öffentlich, wenn Sie verstehen, was ich meine."

Bertschi interessiert sich nicht für halbseidene Kneipenweisheiten. Er schneidet Federer das Wort ab. „Kennen Sie Tanjas Vater?"

Einen Wimpernschlag lang schiebt Federer die Antwort hinaus. Dann sagt er: „Nein. Allerdings ist mir einiges über ihn zu Ohren gekommen. Er hat Knochenkrebs, so viel ich weiß. Und die Mutter sitzt im Rollstuhl."

„Ist der Werkstattleiter von Acero, Sven Egli, ein guter Freund von Ihnen?"

„Er ist einer meiner Kumpel. Ein feiner Kerl, mit dem man viel lachen kann. Manchmal reißen wir dumme Witze über die alteingesessenen Spiezer. Dann wieder ziehen wir über hiesige Frauen her. Wir haben den gleichen Sinn für Humor."

Federers Hände, diese melodiösen Segler, unterstreichen die Sympathie, die er für Egli hegt.

„Und die gleiche Haltung in Sachen Vergewaltigung", konstatiert Bertschi leidenschaftslos.

Federer richtet sich auf. Gleichzeitig wechselt seine Gesichtsfarbe, dunkles Rot überzieht seine Wangen und den Hals. Sogar die Augen scheinen sich zu röten. Kurz bevor Federer explodiert, legt Bertschi kaltblütig einen Zacken zu. „Egli wurde eine Vergewaltigung zu Lasten gelegt. Und weil die Betroffene drohte, die Polizei einzuschalten, bügelte er die Angelegenheit mit ein paar Scheinen glatt. Die Idee mit dem Schweigegeld stammt von Ihnen. Ist Ihnen klar, dass Sie als Mitwisser eines Delikts gerichtlich belangt werden können?"

Das Gespräch stockt. Selbst der Sandstrahler unweit des Fensters lässt sein Gerät ruhen. Man hört die Stille im Raum wachsen. Beta streckt die Beine aus. Sie beamt sich in die Welt der dicken schwarzen Spinne, die darauf lauert, dass sich ihr Opfer in den klebrigen Fäden verfängt. Bald wird die Beute erlahmen. Dann wird sie ihr gehören. Wann wird Federer aufgeben? Wann?

Bertschi stiert mit leerem Blick über Federers Kopf hinweg auf das Poster an der Wand. Auch er hält sich in tierischen Welten auf. Katz und Maus nennen er und Beta die Situation. Die Maus darf sich erholen. Sobald sie hoffnungsfroh losrennt, nimmt die Katze die Jagd wieder auf.

Federer hat zu tun. Er legt sich eine Strategie zurecht. Schließlich wendet er sich an Bertschi und sagt: „Ich habe mit der Vergewaltigung nichts zu tun."

„Sicher nicht?", erkundigt sich Beta sarkastisch und blitzt ihn an. Federer senkt den Blick. Er ahnt, dass Beta auf das lang zurückliegende Wochenende in der Berghütte anspielt. Offensichtlich stuft sie ihn als potentiellen Vergewaltiger ein. Ostentativ wendet sich Federer an Bertschi, um zu zeigen, wie ungerecht ihn die Kommissarin behandelt.

„Sicher nicht", wiederholt er fest, und fährt fort: „Es stimmt, dass Sven Scheiße gebaut hat. Aber er ist kein schlechter Mensch. Er wurde halt provoziert. Nachher tat ihm alles leid, und er fragte mich, wie man die Sache in Ordnung bringen könne. Ich habe ihm geraten, für einen finanziellen Ausgleich zu sorgen. Das ist alles."

„Stört es Sie nicht, so allein durchs Leben zu gehen?"

„Ich bin nicht allein. Manchmal denke ich, dass ich viel zu viele Freunde habe. Aber", Federer verzieht die Lippen zu einem süffisanten Lächeln, „Sie meinen wahrscheinlich mein Sexleben. Doch da kann ich Sie beruhigen. Ich lebe seit Jahren mit einer Frau zusammen, in Indien. Wollen Sie auch wissen, wie oft ich mit ihr...", und grinst auf eine Art, die Bertschi als unangenehm empfindet.

Spontan mischt sich Beta ein: „Kommt darauf an, wie oft Sie Drogen nehmen."

Federer ist platt. Er öffnet den Mund für eine Entgegnung. Aber die grauen Männchen hinter seiner Stirn liefern ihm kein Argument.

Die beiden Kommissare tauschen einen Blick. Genug für heute. Bertschi erhebt sich. „Das wär's für den Augenblick, Herr Federer." Er öffnet die Tür und lässt den Barkeeper passieren.

Kaum ist die Türe zu, platzt Beta mit ihrer Frage heraus. „Warum hat Federer im Gespräch über die Vergewaltigung nie Tanjas Name erwähnt?"

„Weil er pokert. Es könnte ja sein, dass wir nicht wissen, an wem sich Egli vergangen hat. Aber eine andere Frage: Hat Federer etwas mit Tanja gehabt? Früher einmal, oder bis vor kurzem? Bis der Pole sie ihm ausgespannt hat?"

„Das werden wir herausfinden. Kannst du dir die beiden vorstellen? Tanja ist wohl kaum sein Typ in Sachen Liebe. Federer würde mit einer Frau wie Tanja ausflippen, weil sie sich nicht unterordnet. Eine Inderin dagegen könnte zu ihm passen."

Bertschi hebt abwehrend die Hände: „Bitte nicht. Komm jetzt nicht mit der Mutter."

„Doch", antwortet Beta. „Es ist der springende Punkt. Eine Inderin erinnert ihn nicht an seine Mutter, weder in der Art, noch im Aussehen."

Eine Weile surft jeder in seiner Gedankenwelt. Bertschi kehrt als erster in die Realität zurück. Langsam und laut sagt er: „Es gibt Menschen, die lügen, sobald sie den Mund aufmachen. Federer ist so einer. Das ist so sicher wie das weiße Kreuz auf der Schweizer Fahne. Bloß, wie und wo und bei wem finden wir die Wahrheit?"

„Nicht die Ruhe verlieren", erwidert Beta. Sie kritzelt etwas auf ein Blatt und liest dann vor: „Tanja und Tim. Das klingt wie Musik. Tanja und Tim." Bertschi beginnt mit dem Oberkörper zu wippen. Und Beta spinnt einen anderen Faden: „Wie Jules und Jim, der Film von Truffaut." Sie wirft Bertschi einen dieser Blicke zu, einer Mischung aus inniger Sehnsucht nach einem guten Film und leidvollem Verzicht. „Ins Kino würde ich gehen wollen."

„Bald, mein Kriposchätzchen. Wir müssen nur noch Tanja finden. Und jetzt brauche ich etwas zwischen die Zähne. Ich habe einen Bärenhunger."

„Na dann, einen Honigtopf für dich. Und für mich eine Quiche Lorraine, oder was es sonst in der Kantine gibt. Bring einfach etwas mit. Ich zapfe inzwischen unsere heilige Maria an."

Beta wählt die Handynummer von Maria. Niemand nimmt ab. Unzufrieden runzelt Beta die Stirn. Sie würde sich lieber mit ihr unterhalten, ohne dass Egli es mitkriegt. Nun, darauf kann sie jetzt keine Rücksicht nehmen. Entschlossen wählt sie die Nummer von Acero. Die Sekretärin meldet sich. Ob sie Frau Blatter diskret mitteilen könne, dass sie zurückrufen soll.

Um das Warten zu verkürzen, öffnet Beta die Tür und spaziert im Gang auf und ab. Das Bedürfnis nach einer Zigarette lässt sie zurückkehren. Sie steckt sich eine Zigarette an, und beobachtet drei weiße Kringel, die sich formvollendet aneinander festhalten. Der am weitesten entfernte, der vierte, franst an den Rändern aus, und zieht sich ins Universum des Büros zurück. Beta schickt eine neue Serie Rauchringe nach. Die jungen Kringel drängen sich zwischen die alten, stoßen sie zur Seite, verformen sie, überdecken sie, jagen sie vom Platz. Es handelt sich um eine typische Überkringelung, stellt Beta fest. Sie bleibt stehen. Die Rauchkringel sind verschwunden, als wären sie nie gewesen. Alles im

Leben kommt und geht, auch die Rauchkringel.

Ob Tanja noch raucht? Die Frage provoziert in Betas Kopf ein Bild, das ihr den Atem nimmt. Sie sieht einen düsteren Raum, in dem Tanja gefangen gehalten wird. Ihr Herz beginnt zu flattern. Bitte nicht, flüstert sie. Bitte keinen Anfall. Sie hält sich am Schreibtisch fest, und zieht gierig die Luft ein. Trotzdem hat sie das Gefühl zu ersticken. Wegrennen, aber wohin? Es gibt keinen Fluchtweg. Die Luft wird ihr abgeschnitten. Sie hält es nicht mehr aus. Gleich wird sie das Bewusstsein verlieren. Es ist das Ende. Plötzlich erinnert sie sich an das richtige Verhalten während der Panikattacke. Der Angst begegnen. Nicht vor ihr fliehen. In Beta erwacht ein klein wenig Energie, gerade so viel, dass sie sich auf den Atem konzentrieren kann. Der Tumult in ihrem Innern lässt nach. Vor Erleichterung schießen ihr Tränen in die Augen. Müde lächelt sie vor sich hin. Manchmal wird man in drei Minuten ein Jahr älter.

Schneller als erwartet meldet sich Maria. Sie befinde sich auf dem Frauenklo, von wo aus sie ungestört telefonieren könne.

Beta bedankt sich für den Rückruf. Sie habe noch ein paar Fragen. „Hat Tanja Sie in ihre Männergeschichten eingeweiht?"

Im selben Moment fällt ihr die grammatikalische Form des Satzes auf. Vergangenheit, denkt sie erschrocken. Wie wird Maria reagieren? Die antwortet auf ihre Art, so, als würde Tanja gleich um die Ecke biegen.

„Natürlich. Wir erzählen uns alles, jetzt noch mehr als vor ein paar Jahren, weil Tanja viel offener ist, seit sie mit Greg geht. Inzwischen spricht sie manchmal sogar über ihre Gefühle. Einmal haben wir einen Abend lang über Treue diskutiert, und was Ehrlichkeit für uns bedeutet. Solche Gespräche führten wir früher nicht. Da haben wir kaum über Beziehungen geredet. Tanja hat sich nicht für dieses Thema interessiert. Männer waren für sie nicht wichtig. Sie hat sich auch nie hübsch gemacht. Anfangs fand ich ihr Verhalten komisch, weil es so anders war als das übliche. Doch dann habe ich mich daran gewöhnt, und irgendwann habe ich angefangen, es richtig gut zu finden. Tanja hat nämlich eine ganz selbstverständliche Art im Umgang mit Männern. Sie lacht zwar mit jedem, aber sie schäkert nicht. Sie ist ein Kumpel, unkompliziert und herzlich."

Maria hält inne. „Manchmal beneide ich sie um ihre lockere Art."

„Trotzdem wird sie Männergeschichten gehabt haben", insistiert Beta.

„Vor fünf Jahren verliebte sie sich in einen Typ aus Bern. Als die Affäre zu Ende ging, war sie total frustriert. Von da an verkündete sie jedem, der es hören wollte, dass man sich die Kerle vom Leibe halten müsse. Das erspare eine Menge Scherereien. Ich war total froh, als Tanja sich endlich wieder verliebt hat. Ich dachte schon, sie wolle sich auf keinen Mann mehr einlassen. Seit sie mit Greg zusammen ist, scheint sie wie ausgewechselt. Ich habe sie nie so glücklich gesehen wie im letzten Jahr."

Beta lächelt Maria, der Mütterlichen, über die Dächer hinweg zu. „Haben Tanja und der Barkeeper etwas miteinander gehabt?"

Maria schnaubt verächtlich. „Nie und nimmer. Tanja ist zwar schon ein halbes Leben lang Stammkundin im 'Stollen'. Aber ich sage Ihnen eins, mit Tim kann man als Frau keine Beziehung haben. Der will bloß mit allen gut Freund sein, auch mit den Frauen. So was wie eine zärtliche Umarmung kennt er nicht. Einer Frau klopft er höchstens auf die Schulter. Doch welche Frau findet das schon toll? Dem Mann fehlt das Gen, das für Erotik zuständig ist. Oder können Sie sich vorstellen, wie Tim flirtet?"

Zu diesem Thema will sich Beta lieber nicht äußern. Sie kennt die Eroberungstaktik des Barkeepers. In nüchternem Zustand fehlt ihm das Blitzen in den Augen, und wenn er zugedröhnt ist, geht er über Leichen. Sie stutzt. Geht er wirklich über Leichen? Darüber muss sie noch nachdenken.

Sie klinkt sich wieder ein.

„Kann es sein, dass der Barkeeper auf Tanja spitz war,

aber sie nicht auf ihn? Könnte so etwas wie verschmähte Liebe dahinter stecken?"

Maria bricht in schallendes Gelächter aus. „Ich schwöre, zwischen den Beiden war weniger als nichts."

Jemand macht sich an der Bürotür zu schaffen. Wahrscheinlich Bertschi, beladen mit Kantinengut. Beta steht auf und geht zu Tür, um zu helfen. In dem Augenblick fliegt die Tür auf, knallt gegen Betas linke Schulter, schwingt zurück und trifft Bertschi, der bereits den nächsten Schritt gemacht hat. Es fällt nichts zu Boden. Beta, ins Telefongespräch mit Maria vertieft, flieht in eine Nische im Gang, und erkundigt sich, ob das stille Örtchen noch still sei.

„Alles in Ordnung", bestätigt Maria.

Ob Tanja sie auch in ihre Finanzen einweihe.

„Natürlich", entgegnet Maria mit dem gleichen Wort, und dem gleichen Tonfall wie bei der Frage nach den Männern. In Betas Ohren klingt das 'Natürlich' wie eine Rüge. Als wolle Maria ihr sagen, dass sie von Freundschaft nichts verstehe, denn sonst würde sie solche Fragen nicht stellen.

„Tanja hat ein sorgloses Verhältnis zum Geld. Sie selbst braucht wenig. Den größeren Teil ihres Einkommens spendet sie."

Und dann erzählt Maria eine ungewöhnliche Geschichte.

Als Beta ins Büro zurückkehrt, sitzt Bertschi an seinem Platz und isst. Beta zeigt auf seinen Bauch und prustet los. „Wie siehst denn du aus."

Auf seinem hellen Pullover prangt ein großer mehrfarbiger Fleck.

„Lach du nur", entgegnet Bertschi grimmig. „Zuerst entblödest du dich nicht, mir die Tür entgegen zu knallen, und dann muss ich noch Tortellini in Früchtetee runter würgen."

Böses ahnend, steuert Beta auf ihren Schreibtisch zu, wo der Teller mit den Tortellini steht.

Schaut vernünftig aus, beruhigt sie sich, und probiert. Das Zeug schmeckt widerlich. „Was hast du gemacht?", fragt sie vorwurfsvoll.

„Ha, ich", schreit Bertschi empört. „So schmeckt das

eben, wenn man gedankenlos die Tür aufreißt, und der Tee ins Essen schwappt."

Missmutig widmet sich das B&B-Team dem, was unter anderen Umständen gaumenfreundlich gewesen wäre. Nach ein paar Bissen erheben sie sich gleichzeitig, sehen sich mit einem gequälten Lächeln an, und kippen das Essen in den Mülleimer.

„Das nennt man Missgeschick", meint Beta kleinlaut. „Dabei wollte ich bloß helfen."

„Lass das in Zukunft lieber, da bist du nicht sonderlich begabt", murrt Bertschi. Doch dann hellt sich seine Miene auf. „Man hätte uns filmen müssen", sagt er. „Ich Dick, du Doof".

„Ich Dick und Doof", meint Beta zerknirscht, und tätschelt ihren prallen Hintern. Ihr Blick streift die Uhr. „In zehn Minuten müssen wir los, Sven Egli erwartet uns. Übrigens hat mir Maria kuriose Geschichten über Tanja erzählt."

Während Beta berichtet, macht sich Bertschi Notizen, und fasst dann zusammen: „Nichts zwischen Tanja und Tim, laut Maria."

„Genau. Danach drehte sich das Gespräch um Tanjas Finanzen. Und jetzt, Benno Bertschi, spitz die Ohren. Tanja, unsere bierselige Drogendealerin, unterstützt eine soziale Einrichtung auf den Philippinen. Seit sie bei Acero arbeitet, überweist sie jeden Monat tausend Franken. Tausend Franken", wiederholt Beta. „Das musst du dir auf der Zunge zergehen lassen. Das Geld geht an ein Kinderheim in Pagsanjan, einer kleinen Stadt unweit von Manila. Das Heim nimmt ehemalige Straßenkinder auf, die sich an Männer verkauft haben, um zu überleben. Diese Kinder sind jahrelang von Sextouristen missbraucht worden."

Betas Augen treffen die von Bertschi. „Sie hat das Geld überwiesen, weil sie wusste, was es bedeutet, missbraucht zu werden."

Beta schüttelt immer wieder ungläubig ihren Kopf.

„Tanja, die trinkt und kifft und dealt und ein Herz für ausgebeutete Kinder hat. Das hätte ich ihr nicht zugetraut."

In stummer Bewunderung verneigt sich Beta vor ihr. Erst jetzt, nachdem sie Marias Bericht wiederholt hat, wird ihr das Ausmaß der Geschichte bewusst. Einen Augenblick lang glaubt sie, das Leid der philippinischen Kinder physisch zu spüren, ihre Schutzlosigkeit, und ihr Elend. Sie sieht die vergessenen Kinder vor sich, skrupellos von Männern benutzt. Eine unaussprechliche Wehmut erfasst sie. In ihre Gedanken drängt sich Bertschis Frage: „Warum eigentlich die Philippinen?"

„Weil Tanja ein Sachbuch über Sextourismus auf den Philippinen gelesen hat. Das war der Auslöser, sagt Maria. Leider kann sie sich nicht an den Titel erinnern. Sie weiß bloß, dass das Buch von einer schwedischen Journalistin verfasst wurde, und in den Achtzigern für gehörigen Aufruhr sorgte. Damals wurde wochenlang über nichts anderes diskutiert. Verschiedene Staaten übten damals so lange Druck auf die philippinische Regierung aus, bis Maßnahmen gegen den Sextourismus mit Kindern eingeleitet wurden. Maria selbst hat das Buch nicht gelesen. Sie mag solche Bücher nicht, die machen sie depressiv."

Bertschi fuchtelt aufgeregt mit den Händen. „Genau", ruft er aus. „Ich habe in Tanjas Wohnung ein Buch gesehen, das von Kinderprostitution auf den Philippinen handelt."

Er greift zum Hörer und bittet Emmer um Hilfe. Er solle alle Bücher aus Tanjas Wohnung heranschaffen, die mit Sextourismus auf den Philippinen zu tun haben.

Bertschi schielt zu Beta hinüber, die sich vor Lachen biegt. „Ist was", fragt er.

„Nein", wiegelt Beta ab. „Ich wette bloß, dass hier in nächster Zeit über dich getuschelt wird."

Entsetzt fährt Bertschi hoch. „Du meinst, sie meinen, dass ich...ach was, so ein Blödsinn."

Bertschi zieht den bekleckerten Pullover über den Kopf, wirft ihn auf seinen Sessel und schlüpft in die Lederjacke.

Beta streckt Sven Egli die Hand entgegen. „Beta Bianca vom Kommissariat Bern."

Bertschi schließt sich der Begrüßung an, nennt jedoch bloß seinen Nachnamen.

Beta mustert ihr Gegenüber. „Wir kennen uns nicht", stellt sie fest. Egli schüttelt den Kopf, und nickt dann, um Betas Feststellung zu bestätigen. Das Weltbild Bertschis gerät ins Wanken. Bis eben war er überzeugt, dass auf dem Land jeder den andern kennt. Und nun stehen da zwei Landeier voreinander, die sich noch nie begegnet sind.

„Aber Tanja kennen Sie schon lang", fährt Beta fort. Egli scheint die Stimme verloren zu haben.

Er nickt zum zweiten Mal, worauf Beta mahnend aufs Aufnahmegerät zeigt.

Unwillig lässt sich Egli zu einer Erklärung herab. „Ich kenne Tanja seit mehr als zehn Jahren. Aber wenn Sie es genau wissen wollen, muss ich nachrechnen. Ich lebe seit 18 Jahren in Spiez, und gehe seit 18 Jahren in den 'Stollen'. Dort habe ich Tanja kennengelernt, aber erst vier Jahre später."

„Das heißt, Sie waren Zweiundzwanzig und Tanja Fünfzehn."

Egli zuckt mit der Schulter. „Wenn Sie das sagen. Allerdings habe ich eine ganze Weile nicht geschnallt, wie alt sie ist. Sie hat nämlich schon immer gebechert wie eine Große."

„Haben Sie irgendwann eine Beziehung mit Tanja gehabt? Eine Affäre? Ein Verhältnis?"

Egli schlägt das rechte Bein über das linke, rutscht bis zur Stuhlkante vor, lehnt sich zurück und schüttelt die ganze Zeit den Kopf. „Nein", sagt er. „Bestimmt nicht", schiebt er aggressiv nach. „Die Frau ist nicht mein Fall. Ich stehe auf andere Typen."

Bertschi mischt sich ein: „Wenn das so ist, warum haben Sie dann Tanja vergewaltigt?"

„Quatsch. So was können Sie mir nicht anhängen." Egli bricht ab und schweigt, und weil sich das offenbar nicht so gut macht, rafft er sich auf, und meint trotzig: „Das ist Verleumdung. Ich kann nichts dafür, dass Tanja weg ist."

Bertschi donnert die Faust auf den Tisch: „Genug! Hören

Sie auf mit den Märchen, die ziehen hier nicht. Und jetzt raus mit der Wahrheit, und zwar mit der ganzen, verstanden. Ich lasse mir von Ihnen nicht die Zeit stehlen."

Es ist still im Raum. Beta lächelt in sich hinein. Bertschi hat nach dem Gespräch mit Federer keine Geduld mehr fürs Katz- und Maussspiel. Er wählt die schärfere Tonart, die vom bösen Cop. Der, der von ihnen beiden als erster laut wird, übernimmt diese Rolle, und zieht den Part durch bis zum Schluss durchzieht. Beta mimt nun die Sanfte.

Egli starrt vor sich hin. Er macht den Mund nicht auf, und es sieht aus, als habe er nichts mehr zu sagen.

Beta greift zu den Parisienne. Sie hält Sven die Schachtel hin. Der wehrt mit der Hand ab, und zündet sich eine eigene Zigarette an.

„Wir haben Informationen über Sie eingeholt, deshalb wissen wir von der Vergewaltigung. Also, wann war das? Und wie ist das passiert", fragt Beta ruhig.

„Wer hat denn den Stumpfsinn verzapft", schimpft Egli, und antwortet sich selbst: „Wer schon. Das kann nur Maria gewesen sein, die Freundin von Tanja. Hören Sie, Maria ist nicht ganz dicht. Ich weiß, was ich sage, weil ich ihr Vorgesetzter bin. Die verdreht die Tatsachen, und verbreitet unwahres Zeug. Mit Worten kann sie ja umgehen, das muss man ihr lassen. Die Frau redet pausenlos, die redet alle Leute platt, bis sich keiner mehr wehrt."

„Lassen Sie Maria außen vor", schneidet Bertschi ihm das Wort ab. „Die Information über die Vergewaltigung stammt aus einer andern Quelle."

Egli zeigt keine Reaktion.

Er macht die Schoten dicht, diagnostiziert Beta. Sie wirft Bertschi einen raschen Blick zu. Ist der böse Cop vielleicht zu scharf? Wie soll sie Eglis Schweigen durchbrechen? Der Trick mit der Zigarette funktioniert nicht, und auf die konkret geäußerte Beschuldigung lässt er sich nicht. Wie, wenn sie eine Frage stellt? Auf interessierte Fragen reagieren doch die meisten Menschen.

Beta lächelt Egli entgegen. „Warum haben Sie sich in

Tanja erst verliebt, als sie bei Acero anfing? Warum nicht früher?"

Eeglis Abwehr bricht zusammen. Eins zu null, gratuliert sich Beta. „Weil da auf einmal alles anders war. Wie gesagt, ich kenne Tanja schon lang. Ich hab sie von Anfang an gemocht. Aber nur so, wie man eben einen Kumpel mag. Wir trafen uns im 'Stollen', natürlich zufällig, und nicht abgemacht. Die Bar ist nämlich der einzige Ort in Spiez, wo man als Junger gern hingeht. Manchmal stritt ich mit Tanja über Musik. Zum Beispiel mag ich Madonna, die Frau ist klasse. Aber Tanja kann sie nicht leiden, sie findet ihre Stimme blechern, und ihre Show leblos. Sie machte sich darüber lustig, dass ich Madonna mag, nur die Katholiken würden Madonna verehren."

Egli hält inne. Erregung erfasst ihn, und seine Finger bewegen sich, als würde er Klavier spielen. Die zu Boden gerichteten Augen fixieren einen Punkt. Plötzlich bricht es aus ihm hervor: „Sie hat mir einen Übernamen angehängt. Wenn sie in der Bar über mich redete, hat sie nie meinen Namen genannt. Ich war der Ministrant."

Egli atmet tief ein. Die Unruhe fällt von ihm ab. Er beugt sich zu Beta vor: „Sie kann so gemein sein. Sie hat mich im 'Stollen' oft zur Schnecke gemacht. Wissen Sie, wie das ist, wenn die andern über einen lachen?" Egli schlägt mit der Kante der rechten Hand in die flache linke. „Ich hab' es nie geschafft, ihr eins auszuwischen. Manchmal hätte ich sie am liebsten verdroschen."

Eine neue Welle von Nervosität überkommt ihn, in seinem Innern braut sich etwas zusammen. Er möchte reden, aber die richtigen Worte fliegen ihm nicht zu. Beta signalisiert Bertschi, mit seinem Einsatz als böser Cop zu warten. Von draußen dringt in unregelmäßigen Abständen ein metallisches Geräusch an Betas Ohr. Interessiert lauscht sie dem Klingklong. Es tönt wie bei ihr zuhause, wenn die Fahne gehisst ist, und die Schnur mit dem Metallende an die Fahnenstange schlägt. Es wird Zeit, wieder einmal vaterländisch zu handeln. Das letzte Mal flatterte das gute Stück anlässlich ihrer Gehaltserhöhung, und das ist schon eine Weile her. Beta nimmt sich vor, die Fahne wieder knattern zu lassen, sobald der Zumstein-Fall gelöst ist.

„Miststück." Das Wort knallt wie ein Schuss in die Stille. Selbst Egli erschrickt über seine Heftigkeit. Eine Spur gemäßigter wiederholt er: „Sie ist ein Miststück. Ich kenne Tanja von unzähligen Nächten in der Bar. Wenn wir in Gruppen zusammenstehen, kommt sie angetänzelt, und beginnt mit ihren Sticheleien. Sie reißt Witze auf Kosten der andern, und wir alle haben unsern Spaß daran. Auch ich. Aber manchmal ist es nicht mehr lustig, sondern nur noch hinterfotzig."

Egli wischt sich über die schweißnasse Stirn. Er gehört nicht zu denen, die ihr Gefühlsleben vor andern ausbreiten. Vielleicht versucht er zum ersten Mal, sein Verhältnis zu Tanja zu beschreiben, überlegt Beta.

„Komisch, dass niemand merkt, wie diese Frau tickt. Man mag sie, weil sie Leben in die Bude bringt. Und wer will schon über die gemeine Stulle nachdenken, wenn's lustig ist und hoch hergeht."

Egli verstummt. Er blickt auf seinen rechten Fuß, der sich hin und her bewegt, wie eine Wiege.

Ob er oft die Zielscheibe von Tanjas Spott gewesen sei, will Beta wissen.

„Ja", sagt er, „Bis sie das Interesse verloren hat." Auf einmal lächelt er. Es ist kein angenehmes Lächeln, sondern eines voller Häme.

„Sieht aus, als hätten Sie ihr irgendwie den Spaß verdorben", versucht Bertschi, ihn zu weiteren Aussagen zu animieren.

„Und wie", antwortet Egli. Plötzlich strotzt er vor Selbstbewusstsein, er scheut nicht einmal den Blickkontakt mit Bertschi. „Jedes Mal, wenn sie mich aufs Korn nahm, hab ich gelacht. Ich hab nicht mehr gezeigt, wie sehr mich ihre Sticheleien treffen. Ich hab mich nicht mehr gewehrt, ich hab nur noch gelacht. Das wurde ihr halt mit der Zeit zu langweilig."

Den beiden Kommissaren bleibt die Spucke weg. Nichts

160

davon entspannter Feierabendstimmung im 'Stollen'. Betroffen blicken sie sich an, und Bertschi liest von Betas Lippen das Wort 'Mobbing'.

„Ein hoher Preis", kommentiert sie. „Können Sie diese Kränkungen einfach wegstecken?"

„Nein", antwortet Egli barsch. „Ich werde sie Tanja auch nie verzeihen. Bis zu ihrem Tod nicht." In seinen Augen glimmt ein eigenartiges Feuer.

Betas Blick bleibt eine Weile auf Eglis Gesicht haften. „Sie haben also unter Tanja gelitten. Erst als sie bei Acero anfing, veränderten sich Ihre Gefühle. Was war denn plötzlich so anders an Tanja?"

Ohne zu zögern, erwidert Egli: „Sie war in der Firma ganz anders als in der Bar. So, als hätte sie ihren beißenden Spott an den Nagel gehängt. Sie war freundlich, und auch lustig, und wir konnten auf einmal vernünftig miteinander reden."

Egli stiert auf den Boden, als würde er sich öffnen, um ihn von der Unterhaltung mit den Kripobeamten zu befreien. Für ihn reicht es jetzt. Er findet, er habe genug erklärt.

Bertschi verliert langsam die Geduld. Mit dem Zeigefinger tippt er auf die Uhr. Beta nickt, und Bertschi mimt wieder den unbarmherzigen Cop. „Wenn es da bloß nicht dieses kleine Problem gegeben hätte", sagt er ungerührt. „Tanja erwiderte Ihre Gefühle nicht. Sie war nicht verliebt in Sie."

Und um die Sache voranzutreiben, setzt er noch einen oben drauf: „Sie hat von Ihnen als Liebhaber nichts wissen wollen, und das konnten Sie nicht akzeptieren. Sie versuchten, sie umzustimmen, und als das nicht gelang, platzte Ihnen der Kragen, und Sie vergewaltigten Tanja."

Ausdruckslos lehnt Egli im Stuhl. Er reagiert nicht. Er hat seine Gefühle in den hintersten Seelenwinkel verbannt. Dort tun sie nicht weh.

„Nun, Herr Egli, können Sie uns erklären, warum Sie Tanja dreitausend Franken überwiesen haben?"

Es scheint, als habe Egli nicht die geringste Lust auf Erläuterungen. Er sitzt da wie erstarrt.

Bertschi hat die Nase voll. Er steht auf und schnauzt Egli

an: „Bloß zu Ihrer Erinnerung: Sie haben kein Alibi für die Nacht, in der die Zumstein verschwunden ist. Sie sind ihr verschmähter Liebhaber. Und Sie sind ihr Vergewaltiger. Ganz schön viel, was dagegen Sie spricht, nicht wahr?"

Der Beschuldigte gibt keinen Ton von sich.

Bertschi holt Luft. „In Ordnung. Sie wollen nicht reden. Ich vermute, Sie brauchen ein wenig Zeit, um Ihre Lage zu überdenken. Die können Sie haben. Sie kommen in U-Haft, bis alle Fragen geklärt sind."

Da schnellt Egli hoch und pflanzt sich vor Bertschi auf. „Das können Sie nicht machen. Dazu haben Sie kein Recht." Er kickt mit dem rechten Fuß gegen das Stahlbein des Tisches.

Beta schaltet sich ein. „Natürlich haben wir das Recht. Aber auch Sie haben Rechte, zum Beispiel das auf einen Anwalt. Damit Ihnen klar ist, Herr Egli, es geht hier nicht um eine geklaute Geldbörse, sondern mit an Sicherheit grenzender Wahrscheinlichkeit um ein Kapitalverbrechen. Tanja Zumstein ist verschwunden, und wir gehen aufgrund von Indizien davon aus, dass Sie die Frau ermordet haben. Das heißt, Sie stehen unter Mordverdacht. Meinen Sie nicht, es wäre klüger, unsere Fragen zu beantworten?"

Beta wirft einen ostentativen Blick auf die Uhr, um Egli zu signalisieren, dass die Zeit für krumme Touren abgelaufen ist. „Ich frage Sie ein letztes Mal: Wollen Sie mit uns zusammenarbeiten?"

Egli nickt. „Gut. Setzen Sie sich."

Beta hört dem Imperativ nach, der dem feinsten Oberlehrerton entspricht. Schamröte kriecht über ihre Wangen. Bertschis Bemerkung, sie habe das Zeug zur Lehrerin, klingt ihr noch in den Ohren. Sie schielt zu ihm hinüber. Erleichtert stellt sie fest, dass Bertschi in anderen Sphären weilt. Er ist gerade weit weg.

„Herr Egli, es geht um den Abend der Vergewaltigung. Beginnen Sie mit dem Moment, als Sie Tanja trafen." Beta blickt nochmals auf die Uhr. „Und zwar zügig, bitte."

Widerwillig holt Egli Luft: „Ich ging um Zehn in den

162

'Stollen'. Es war das Übliche, quatschen und blödeln. Tanja tauchte später auf. Sie war gut drauf, und heizte die Stimmung in der Bar an. Wir waren dann bis um drei bei Tim. Tanja, ich, und ein Pärchen, wir haben zünftig gebechert. Als wir draußen waren, fragte Tanja, ob ich noch Lust auf einen Joint hätte. Warum nicht, dachte ich mir. Ich war noch nicht müde, und es war Freitag. Also sind wir zu ihr heim. Sie legte Musik auf, holte Bier aus dem Kühlschrank, und setzte sich aufs Bett. Vor sich legte sie das Zeug zum Rauchen hin. Sie drehte einen Joint, den wir uns teilten. Ich saß neben ihr auf dem Bett, und wir sprachen über unsere Wünsche und Träume."

Egli hält inne, und senkt den Blick. „Wir redeten auch über die Liebe, aber ich wurde auf einmal traurig, weil ich spürte, dass Tanja mit ihren Gedanken woanders war."

Egli schluckt, etwas scheint ihn zu bedrücken. Er setzt mehrmals zum Weiterreden an, ohne auch nur ein Wort zu sagen, bis es auf einmal aus ihm hervor bricht: „Wir verstanden uns an diesem Abend so gut wie immer, wenn wir beide allein waren. Tanja lehnte ihren Kopf an meine Schulter, und wir hielten uns an den Händen. Als ich ihr gestand, dass ich sie liebe, wurde sie stinksauer, und begann zu zetern wie ein Marktweib. Zuerst war ich bloß frustriert. Dass die auch gar nichts kapiert, dachte ich mir. Doch dann packte mich die Wut. Ich warf sie auf den Rücken und wir balgten uns eine Weile."

Egli sitzt da. Seine Augen fixieren wieder den Boden. Dann huscht ein böses Grinsen über sein Gesicht. „Ich war natürlich stärker, und irgendwann wollte ich ihr zeigen, wie Sex mit mir ist."

Nach einer Pause richtet sich Egli auf. Nun sprudeln ihm die Worte über die Lippen: „Es war nämlich so, dass Tanja Spaß am Kampf hatte. Sie spielte mit, war mal unter mir und mal über mir. Doch als ich mit ihr vögeln wollte, stieß sie mich weg. Sie ließ mich wie einen Tropfen Wasser hängen. Das kann eine Frau nicht ungestraft tun." Ungerührt zuckt Egli mit der Achsel.

„Irrtum", korrigiert Bertschi ihn. „Es ist die Vergewaltigung, die man nicht ungestraft begehen kann."

Beta mischt sich ein. „Warum haben Sie Tanja dreitausend Franken überwiesen, wenn Sie sich nicht schuldig fühlen?"

„Weil sie gedroht hat, mich zu verklagen, wenn ich das Geld nicht überweise. Ich bin wirklich nicht schuldig. Ich hab sie nicht vergewaltigt. Zwar hat sie nicht sofort wollen, aber dann hat sie mitgemacht. Bloß, wer glaubt mir das. Niemand, Sie nicht, und kein Gericht."

„Sie biegen sich die Geschichte zurecht", wirft Bertschi dem Mann vor. „Fakt ist, dass Sie Tanjas Schweigen gekauft haben."

Eine feindliche Stimmung verbreitet sich im Raum.

„Herr Egli, wo ist Tanja."

„Das möchte ich auch wissen", antwortet Egli sofort. „Aber ich hab keine Ahnung. Mein Chef fragt mich jeden Tag, ob ich nichts von ihr gehört habe. Tanja ist das Thema Nummer eins in der Firma."

Beta sieht Bertschi an. Der nickt mit den Augen. Sie schaltet das Aufnahmegerät ab, und wendet sich an Egli. Im Moment gäbe es keine weiteren Fragen, er könne gehen.

Zurück in ihrem Büro, setzt sich jeder an seinen Schreibtisch, um die Mails zu checken. Nichts Besonderes, stellt Beta fest. Sie rollt mit ihrem Bürostuhl um die Ecke des Schreibtisches, stößt sich von dort kräftig ab und landet neben Bertschis Stuhl.

„Ich bin kaputt", erklärt sie lahm. „Und du?" Als Antwort klappt Bertschi die Augen zu.

Die beiden Kommissare lehnen sich aneinander. Betas Kräuselhaar kitzelt Bertschi am Ohr. Hinter seiner Stirn herrscht Tumult. Er beobachtet, wie die Gedanken kreuz und quer durch seinen Kopf jagen, als hätten sie nichts mit ihm zu tun. Gleichzeitig konzentriert er sich auf den Atem. Ein- und ausatmen mit der Regelmäßigkeit eines Pendels. Darin ist er Meister. Nach ein paar Atemzügen entspannt er

164

sich. Beta versucht, in Bertschis Rhythmus mitzuschwingen, aber es will ihr nicht gelingen. Sie muss vor ihm Luft holen, und ist ihm bald um eine Atemlänge voraus.

Emmer streckt den Kopf zur Tür herein. Entgeistert schaut er auf Beta und Bertschi. Das hätte er nie gedacht, die beiden zusammen. Emmer fühlt sich nicht wohl in seiner Haut. „Entschuldigung, dass ich so hereinplatze. Ich habe angeklopft, aber vielleicht zu leise."

Beta rückt ein wenig von Bertschi ab. „Ich höre", sagt sie müde.

„Es geht um die Bücher aus der Wohnung von Tanja Zumstein."

Beta zieht die Stirn kraus. „Wie bitte?"

Hilfesuchend schaut Emmer zu Bertschi. Der hält noch immer die Augen geschlossen.

Emmer windet sich vor Verlegenheit. „Über Sextourismus", konkretisiert er. „Ich habe zwei zu dem Thema gefunden." Er legt die Bücher auf den Tisch. „Und da ist noch was. Das Labor hat auf Zumsteins Teebeutel keine Fingerabdrücke von Federer ausgemacht."

Beta sieht Emmer kariert an. Sie versteht nichts. Bertschi dafür umso mehr. Er reißt die Augen auf. „So ein Pech", stellt er missgelaunt fest.

Niemand kümmert sich um Emmer. Der leidet darunter, Bote einer schlechten Nachricht zu sein. Weil sich niemand zu weiteren Erklärungen aufrafft, verlässt Emmer das Büro. Das Danke, das Beta ihm nachruft, erreicht ihn nicht mehr.

Bertschi hadert mit dem negativen Ergebnis aus dem Labor. „Ich habe gehofft, wir können Federer festnageln."

„Wart's ab. Es fehlen uns die Durchsuchungsergebnisse von Federers Wohnung und seiner Bar."

Bertschi steht auf. Er streckt sich und stößt einen Urschrei aus. Dann legt er seine Hände auf Betas Schultern. „Ich werde das Gefühl nicht los, dass wir feststecken."

„Ach wo", meint Beta eine Spur zu unbekümmert. „Wir kommen doch ständig vorwärts."

Sie schielt zu Bertschi hoch. „Du-u." Beta zieht den

Klang des zweiten U eine kleine Terz herunter, weshalb Bertschi mit einem Geständnis der besonderen Art rechnet.

„Weißt du, was Emmer gerade macht? Er steht im Flur und tratscht über dich. Und weißt du, was er mit hochrotem Gesicht erklärt? Der Bertschi würde sich nicht nur für Sextourismus interessieren, jetzt vergreife er sich auch noch an Kommissarin Beta Bianca."

Bertschi betrachtet seine Hände, die noch immer auf Betas Schultern ruhen. Rasch sammelt er sie ein.

„Vermutlich hast du Recht. Wir haben Emmers Welt in Unordnung gebracht. Aber sag mal, hast nicht du mir einmal erklärt, dass Klatsch gesund ist? Von wegen Abarbeitung der eigenen Probleme? Stell dir vor, er erzählt die Geschichte über mich so oft, bis sie für ihn den Schrecken verliert."

„Emmer, der Penner, nicht länger verklemmt", kichert Beta und wiegt sich rhythmisch dazu.

Sven stellt die Tüte auf den Tisch, und öffnet den Kühlschrank. Zum Aperitif ein kühles Bier. Dann einen Teller, Messer und Gabel. Den nächsten Schluck aus der Flasche. Die von der Kripo haben ihn ganz schön geschlaucht.

Bloß jetzt nicht dran denken, das verdirbt den Appetit. Sven zieht die Tüte zu sich und greift hinein. Die Aluform ist warm. Er öffnet den Deckel. Das Wasser läuft ihm im Mund zusammen. So ein hübsch gebräuntes Huhn. Er reißt ein Bein ab, und knabbert rundum die knusprige Haut ab. Den fleischig weißen Hühnerschenkel legt er auf den Teller. Dann trennt er mit einem Ruck das andre Bein vom Rumpf, und nagt auch ihm die Haut ab. Während er kaut, taxieren seine Blicke bereits den gewölbten Hühnerleib mit seiner beachtlichen Menge Haut. Der zweite entkleidete Schenkel landet auf dem Teller. Sven schleckt sich lüstern die Finger, und spült mit Bier nach. Das Resthuhn bearbeitet er mit dem Besteck. Schließlich liegt es zerfleddert in der Aluform. Nur zwei braune Flügel weisen darauf hin, welches Tier da sein Leben gelassen hat.

Wieder setzt Sven die Flasche an. Während er trinkt und

schluckt, betrachtet er das weiße Fleisch des verstümmelten Huhns. Wahrscheinlich eine trockene Sache, vielleicht aber auch nicht. Sven nimmt einen der nackten Schenkel, besieht ihn sich, und haut die Zähne ins Fleisch. Es ist saftig. Welch ein Genuss. Ohne innezuhalten, isst er sich bis zum Knochen vor, und grabscht dann gierig nach dem andern Hühnerbein. Dass das Fleisch inzwischen kalt ist, stört ihn nicht.

Svens Gedanken wandern nach Kiental, zum Hof der Eltern und den Grillfesten des Onkels. Er würde gern wieder einmal an der Feuerstelle stehen, und Fleisch braten. Es hat ihn immer fasziniert, wie die Flammen aus der Glut hervorbrechen, und nach den Steaks züngeln. Schade, dass es das Grillfest nicht mehr gibt. Abgeschafft. Seit fünf Jahren ersatzlos gestrichen. Damals hatte sein Onkel das letzte Mal Fleisch im Freien gebraten. Es sei an der Zeit für einen Wechsel, hatte er gemeint. Jemand anderer solle in Zukunft die Organisation übernehmen.

Seitdem trifft sich die Verwandtschaft im 'Gasthof zum Kreuz', manierlich, und im Sonntagsstaat. Sven schüttelt sich. Wie er sie hasst, diese steifen Familientreffen in der Gaststube. Alles, was einmal Spaß gemacht hat, ist auf der Strecke geblieben.

Sven gönnt sich einen ordentlichen Schluck Bier.

An den Grillfesten auf dem Bauernhof wurde getratscht, was das Zeug hielt. Da war man unter sich, geschützt vom Kontrollblick fremder Leute. Außerdem trug man nicht zwickende Hosen und scheuernde Kragen, sondern bequeme Kleidung. Und wenn die Verwandten auf dem Hof eintrudelten, standen sie nicht linkisch herum, sondern scharten sich sofort um den Onkel. Der entkorkte einen Chasselat nach dem andern, um die Zungen zu lösen. Seine Rechnung ging immer auf. Mit dem ersten Glas begrub man die Verlegenheit, und wandte sich der Politik zu. Das zweite Glas weckte in den scheuen Menschen so was wie Leidenschaft, und eigenwillige Argumente flogen temperamentvoll hin und her. Dann dauerte es nicht mehr lang, und die Männer waren bereit, die Welt aus den Angeln zu heben.

In diese Stimmung platzte immer der erste Witz, und mit ihm verschwanden die letzten Hemmungen. Die Männer drehten auf und erzählten sich Zoten. Jedes Jahr die gleichen. Dabei schielten sie lauernd zu den Frauen hinüber. Die taten entsetzt, legten die Hand vor den Mund, und lachten lüstern. Sven versuchte stets, etwas von den Witzen aufzuschnappen. Aber viel kriegte er nicht mit, weil er mit dem Onkel am Grill stand.

Das Fleisch war innen noch blutig, da hatten die meisten Verwandten schon einen sitzen. Sogar Svens Mutter, deren Lippen das Jahr hindurch einen einzigen Strich zogen, schnitt eine freundliche Grimasse.

Sven lacht in sich hinein. Wie die musikbegabte Tante ihre Auftritte genoss! Den ersten bot sie meistens beim Aperitif, allerdings nicht ganz freiwillig. Ihre Brüder schlichen sich nämlich von hinten an sie heran, packten sie an den Oberarmen, und hievten sie trotz ihrer Proteste auf den Tisch. Dort oben wurde sie beklatscht und angefeuert, bis sie loslegte. Sie jodelte so schön, dass den rauen Kerlen das Augenwasser kam.

Mit zwölf wollte Sven seinen Vater in Brand stecken. Der Onkel hatte ihm zum ersten Mal das Feuer am gemauerten Grill anvertraut. Für Sven war das kein Problem. Feuer machen hatte er schon als kleiner Bub gelernt. Aber die Onkel und Tanten, vor denen fürchtete er sich. Sie standen um den Grill, tranken, beobachteten alles und sparten nicht mit boshaften Bemerkungen. Das verunsicherte Sven. Trotzdem begann er mit seinem Job. Er zerknüllte zwei Doppelseiten der Tageszeitung, und legte sie zusammen mit ein paar Kieferzapfen auf den Grillboden. Einen Zapfen behielt er in der Hand. Den drehte er mit der Spitze nach unten und zündete ihn an.

„Was soll denn das", herrschte ihn der Vater an und stieß ihn grob zu Seite. „Feuer macht man mit Holz. Für nichts bist du zu gebrauchen." Er fegte Zeitungspapier und Zapfen zu Boden, hackte energisch ein paar Holzscheiter klein, und schichtete sie kreuzweise auf.

Als der Vater zu den Zündhölzern griff, rief sein schnaps-getränkter Bruder, er solle gescheiter seinem Sohn Feuer unterm Arsch machen.

Die gestandenen Mannsbilder lachten gehässig. Der Vater grölte mit. Er hatte seinen Sohn wieder einmal vorgeführt. Sven, mit dem brennenden Kieferzapfen in der Hand, kam sich vor wie der Dorftrottel. Voller Wut holte er aus, um dem Vater, dem elenden Hund, den Feuerzapfen entgegen zu schleudern. Doch da packte jemand sein Handgelenk und drehte ihm den Arm nach hinten. Es war der Onkel. Wort-los ließ Sven den Brandsatz fallen.

Der Onkel nickte ihm zu, und pflanzte sich vorm Grill auf. Dies hier sei sein Hoheitsgebiet, polterte er los. Und da gäbe es nur Platz für zwei, für ihn und seinen Gehilfen. Mit einer Handbewegung verscheuchte er den Vater, und wich nicht mehr von der Seite seines Neffen. Die Ansage wirkte.

Nach dem Zwischenfall standen die beiden ungestört im Rauch und widmeten sich dem Fleisch. Schließlich gefiel Sven das Fest doch noch, trotz der Verwandten. Als sich alle von seinen Eltern verabschiedeten, stellte Sven erschrocken fest, dass seine Mutter vier Augen hatte.

Das Telefon läutet. Sven wischt sich die fettigen Finger im Geschirrtuch ab, und greift zum Hörer.

„Komm noch vorbei", befiehlt Federer, und legt auf.

Sven schaut auf die Uhr. Halb elf. Immer dieser Stress, grummelt er vor sich hin. Soll er sich jetzt noch privat ab-hetzen? Das beschissene Verhör in Bern hat ewig lang ge-dauert. Er holt sich ein neues Bier aus dem Kühlschrank und fläzt sich aufs Sofa. In fünfzehn Minuten wird er aufbre-chen, obwohl er keine Lust hat. Er würde lieber den Fernse-her anmachen, eine rauchen, den trockenen Gaumen be-feuchten, und seinen Lieblingsporno angucken. Sven geht zum Regal, zieht die DVD heraus und betrachtet das Titel-bild. Die Frau ist einfach klasse. Wenn Sven ihr in die Augen schaut, bekommt er weiche Knie, weil er das Gefühl hat, sie will ihn. Das macht ihn geil.

Der Film startet mit einem Strip. Die Frau ist allein im

Bild. Sie plaudert locker, zupft an ihrem Ausschnitt herum, spitzt die Lippen wie zu einem Kuss, wirft den Kopf zurück, und blickt dann verführerisch in die Kamera. Gleichzeitig stellt sie einen Fuß auf das Bett und beginnt, den Strumpf herunter zu rollen.

Und dann kommt die Szene, die Sven immer wieder umwirft.

Die Frau verändert ihre Stellung, und für den Bruchteil einer Sekunde sieht Sven etwas Dunkles zwischen den Beinen. Ein Tanga? Ihr Pelz? Bloß ein Schatten? Oder gar ein Dildo? Sven hat die Sequenz schon hundertmal zurückgespult. Jedes Mal meint er, die Antwort gefunden zu haben. Nur um das nächste Mal wieder zu zweifeln. Einerseits ärgert es ihn, dass er das Geheimnis zwischen den Beinen der Frau nicht lüften kann. Andrerseits aber fasziniert ihn die Ungewissheit.

Sven schaut auf die Uhr. Schnell abladen. Das liegt noch drin. Er holt sich ein Handtuch und schiebt die DVD ein. Sofort nimmt ihn die Frau gefangen. Sie nestelt mit ihren Fingern am oberen Ende des Strumpfes, und zieht ihn langsam den Oberschenkel hinunter. Jetzt. Gleich hebt sie das Bein. Jetzt. Dann senkt sie es wieder.

Zu spät. Verschenkt. Die Frau war schneller.

Sven spult den Film zurück und drückt nochmals auf Start. Diesmal ist er ganz bei der Sache. Im Moment, da die Frau das Bein hebt, kommt er. Er hat die Schamhaare der Frau genau gesehen.

Sven drückt auf Stopp. Er nimmt einen Schluck Bier und steht auf. Höchste Zeit für den 'Stollen'.

Dienstagabend

Als Sven die Bar betritt, wirft Federer ihm einen gekräuselten Blick zu. Sven bestellt ein Egger, indem er sein Kinn reckt. Wortlos zapft der Barkeeper das Bier, und schiebt es über die Theke.

„Du bist spät dran", bemerkt er, bevor er sich einem anderen Gast zuwendet.

Sven geht zur Musikbox und lehnt sich daneben an die Wand. Er mag diesen Platz, vor allem wegen der Frauen. Die kommen zur Wurlitzer, um sie zu füttern, und Egli kann aus nächster Nähe entscheiden, ob ihn eine interessiert. Aber heute ist nichts los, keine Frau schwirrt herum, die er anmachen will. Vielleicht, weil er noch satt ist.

Ohnedies sind ihm die Weiber gerade egal. Seine Bedürfnisse zielen in eine andere Richtung. Er hat keinen Stoff mehr, was ihm seit langem nicht mehr passiert ist. Tanja hat immer verlässlich geliefert. Aber seit zehn Tagen hapert es mit dem Nachschub.

Scherereien, nichts als Scherereien mit dieser Tussi, denkt er gereizt. Tim hat Recht. Er wird ihn nachher fragen, ob er ihm etwas verkaufen kann. Sonst muss er morgen nach Bern.

Sven beobachtet die Leute, die hinter dem Barkeeper im Keller verschwinden. Er wird bei jemandem schnorren. Als sich ein Kumpel bei Federer vorbeidrückt, folgt er ihm. Draußen vor dem Hinterausgang des 'Stollen' haut er ihn für eine Tüte an. Andächtig dreht Sven das gefüllte Zigarettenpapier zu, und auf, drückt es vorsichtig, und achtet darauf, dass der Joint gleichmäßig dick ist. Kein Krümel fällt ihm zu Boden. Beinahe zärtlich beaugapfelt er den Joint, und streicht über die vollendete Form. Schließlich klemmt er ihn zwischen die Lippen und wendet sich ab. Den ersten Zug will er allein erleben, ohne Zuschauer, nur er, und die Lust. Die Flamme, von seiner Hand geschützt, frisst sich ins gepresste Gras. Langsam inhaliert Sven den Rauch, behält ihn regungslos in der Lunge, und spürt, wie sich Sauerstoff und Dope mischen. Im Bauch entsteht ein Wirbelsturm. Die Last auf den Schultern sackt weg ins Niemandsland. Im Kopf herrscht Frieden, und die grauen Männchen im Hirn werden bunt.

Svens Herz stolpert vor Freude. Pures Vergnügen ist das, so wie vorhin der Orgasmus. Sowieso findet Sven, dass der Kiff jeder Frau das Wasser reichen kann.

171

Durch die Tür zum Hinterausgang schwappt den Umher-
stehenden Musik ins Gemüt. Tom Waits singt sein Gute-
nachtlied 'Drunk on the moon', und zwar schon seit sechs
Minuten, wie Sven mit Blick auf die Uhr feststellt. Er
schlendert den lichtlosen Fußweg entlang, eins mit sich und
dem Dope. Was will Tim? Hat es mit dem Verhör bei der
Polizei zu tun? Oder weiß er, wo sich Tanja aufhält?

Da gibt es Klärungsbedarf, würde der Chef von Acero
jetzt sagen. Sven nickt. Das stimmt.

Plötzlich überfällt ihn eine ungeheure Sehnsucht nach
Tanja. Wenn sie bloß neben ihm wäre. Den Joint würde er
ihr zwischen die Lippen schieben, wie früher, vor der leidi-
gen Geschichte. An der Hand würde er sie fassen, und mit
ihr dem lockenden Ruf des Flusses lauschen. Die Kander
wäre der Amazonas, und unten am Ufer läge das Floss. Ein
Krokodil würde mit ihnen leben, und wäre ihr Kuscheltier,
oder ihr Leibwächter, oder ihr Schnellboot.

Ein Pfiff holt ihn aus der Parallelwelt zurück. Der Barkeeper steht an der Tür und winkt. Widerstrebend kehrt
Sven um. In Gedanken weilt er in Brasilien.

„Ich war mir nicht sicher, ob du noch da bist", empfängt
ihn Tim. Er schließt hinter Sven ab. Während der sich an
einem Tisch niederlässt, hantiert Federer mit Whisky und
Gläsern. Schließlich kommt er hinter der Theke hervor. Das
Klirren der Eiswürfel begleitet seine Schritte.

„Die Bullen werden lästig", eröffnet Tim das Gespräch.
„Sie haben mir heute die Bar auf den Kopf gestellt, und
nach Drogen gesucht. In meiner Wohnung waren sie auch,
samt ihrem Scheißköter. Ich krieg die Krise, wenn ich mir
vorstelle, dass das Vieh mit seiner triefenden Schnauze meine Sachen beschnuppert hat."

„Und? Hat man was gefunden?"

Tim wischt ungeduldig die Frage weg. „Sicher nicht. Bei
mir wird man nie was finden. Hier in der Bar bunkere ich
aus Prinzip nichts, und in der Wohnung habe ich höchstens
Stoff für einen Joint. Du weißt ja, ich ziehe mir selten einen
rein."

Ein boshaftes Grinsen streift seine Miene. „Die Polizei muss ganz schön frustriert sein, dass sie mir nichts anhängen kann."

„Sag mal, wie beschaffst du dir jetzt das Dope?", fragt Sven.

Tim zuckt die Schultern. „Irgendwer spendet mir immer was."

Das Gespräch gerät ins Stocken, und Sven stellt erstaunt fest, dass Tim seine Quelle nicht preisgeben will. Bis eben war er überzeugt, dass zwischen ihm und Tim alles stimmt. Aber da hat er sich geirrt. Offenbar traut Tim ihm nicht über den Weg, obwohl er beim letzten Treffen von Freundschaft gefaselt hat. Sven fühlt sich verarscht. Scheiße. Er ist auf die Barkeeper-Show reingefallen. Wie dumm von ihm. Kein Wort kann man ihm glauben, dem elenden Lump. Das mit dem gelegentlichen Kiffen kann er seiner Großmutter erzählen. So ein Witz. Tim lügt, was das Zeug hält. Abgesehen davon verheimlicht ihm der Kerl was. Das riecht man einen Kilometer gegen den Wind. Aber er wird ihm die Würmer schon aus der Nase ziehen.

„Du hast mir doch einmal erklärt, dass du dick im Geschäft bist", sagt Sven scheinheilig.

Tim schreit ihn an. „Spinnst du? Du redest daher wie die von der Kripo. Spar dir die dummen Bemerkungen."

Mit einem riesigen Schluck Lagavulin spült er den Zorn auf Sven hinunter. Er rutscht auf dem Stuhl nach vorn, lehnt sich mit dem Oberkörper nach hinten, und fingert die Zigaretten aus den engen Jeans. Die weiche Parisienne-Packung hat sich im Lauf des Abends ein paar Falten zugelegt. Trotzdem ist nicht eine der zerknautschten Zigaretten gebrochen. Tim klopft eine heraus, steckt sie an, und als ihm sein Gegenüber einfällt, bietet er Sven auch eine an.

Die beiden Männer sehen dem Rauch nach.

Schließlich rückt Tim mit einer Neuigkeit heraus. „Sie sind in Tanjas Keller auf heiße Ware gestoßen. Das Dope befand sich in den üblichen Plastiktüten, und auf jeder Tüte befanden sich ihre Fingerabdrücke." Tim verdreht die Augen. „Schlaues Mädel", meint er, und schlägt sich mit der flachen Hand auf die Stirn.

„Wenn man in Tanjas Keller Gras findet, ist ziemlich klar, wem es gehört. Da sind die Fingerabdrücke auch schon egal", widerspricht Sven.

„Ganz so blöd war Tanja nun doch nicht. Sie hat den Stoff nicht in ihrem Keller deponiert, sondern in dem eines Nachbarn. Allerdings verstehe ich nicht, wie man in dem Geschäft ohne Handschuhe arbeiten kann."

Sven jucken diese Probleme nicht sonderlich, er denkt an seinen aufgebrauchten Vorrat. „Ich habe nicht ein Krümel Stoff. Ebbe bei mir. Ich muss mich um Nachschub kümmern."

Tim misst ihn mit einem kalten Blick. „Gemein, wenn die Lieferantin ausfällt", stichelt er, fährt sich mit der Rechten ein paarmal durch die Haare, versorgt seine Lunge mit Nikotin, und setzt sich aufrecht hin.

„Wir brauchen unbedingt einen verlässlichen Ersatz, der saubere Ware anbietet. Vielleicht finde ich jemand."

Sven sieht zu Boden. Er weiß, was das im Moment für ihn heißt. Er muss das Dope selbst auftreiben. Scheiße, nichts als Scheiße. Tim lässt ihn erbarmungslos hängen, unter dem Motto 'Jeder ist sich selbst der Nächste'. Aber so billig kommt der Kerl nicht davon. Er macht ihm jetzt mal die Hölle heiß. Eine Spur lauter als nötig fragt er, ob Tim den Bullen die Sache mit ihm und Tanja verraten habe.

„Nein", antwortet Tim. „Ich hab dir doch versprochen, dass ich nichts sage."

Wutentbrannt donnert Sven die Faust auf den Tisch. „Du verdammter Lügner. Warum haben mir dann die von der Kripo die Vergewaltigung unter die Nase gerieben? Und dass ich Tanja auf deinen Rat hin mit Geld abgespeist habe?"

Einen Moment lang verliert Tim die Fassung. Er fuchtelt mit den Händen in der Luft, als wolle er passende Worte fangen. Ohne einen Funken Mitgefühl kontert er: „Nichts hab ich gesagt. Garantiert. Wir haben über die Vergewaltigung gesprochen. Aber ich hab Tanjas Namen nie erwähnt. Ich schwör es dir. "

Sven schweigt. Natürlich hat er gesungen, dieser Schuft. Im Moment will er mit dem Blödmann nicht streiten. Er hat andere Sorgen. Aber irgendwann wird er es ihm heimzahlen.

Sven kräuselt die Stirn. „Wie auch immer, die Kripo weiß von der Vergewaltigung, und sie weiß von den Scherereien in der Firma. Außerdem hab ich kein Alibi für die Nacht, in der Tanja verschwand." Kleinlaut fügt er hinzu: „Ich stehe schlecht da."

Tim grinst hämisch. „Klingt ziemlich verdächtig, würde ich meinen. Und? Hast du Tanja um die Ecke gebracht?"

Sven, dem die richtigen Antworten meistens zu spät einfallen, übertrifft sich selbst: „Und was ist mit dir?" Ganz stolz ist er auf die Retourkutsche.

„Mord und Totschlag ist nicht mein Fach", entgegnet Tim unbeeindruckt. „Schon gar nicht im Fall von Tanja. Sie ist meine beste Kundin. Bechert wie ein Mann, und kurbelt den Umsatz an. Ich hab also keinen Grund, die Frau auszuschalten. Im Gegenteil, zwei von ihrer Sorte wären mir noch lieber."

Abschätzig betrachtet Tim sein Gegenüber. „Solche Argumente kannst du nicht bieten."

Sven zeichnet mit dem Finger unsichtbare Figuren auf den Tisch. Schließlich fixiert er Tim. „Du weißt, wo Tanja ist. Hast du Kontakt zu ihr?"

„Mensch, Sven, du gottverdammter Fantast. Ich hab keine Ahnung, wo sie steckt. Lass das endlich mit deinem Misstrauen. Wenn wir uns gegenseitig fertig machen, haben wir verspielt. Wir müssen zusammenhalten, egal, was mit Tanja passiert ist. Ihr Verschwinden kann unsre Freundschaft doch nicht zerstören. Für uns geht das Leben in den gewohnten Bahnen weiter. Wir sind hier, und wir bleiben hier. Du wirst sehen, eines Tages erfahren wir, dass Tanja sich in Südamerika herum tummelt."

Tim erhebt sein Glas und knallt es gegen das von Sven. „Auf uns", sagt er, und trinkt aus.

Dienstagnacht

Auf dem Heimweg spielt Sven Fußball mit einer Coladose. Er kickt sie über die Straße, springt hin und her, und bemüht sich, sie im Mittelfeld zu halten. Einmal stolpert er über den blechernen Ball, und schießt ihn irrtümlich ins Abseits. Von dort hetzt er ihn dem feindlichen Tor entgegen, bis er im Sprinteifer auf den Colaball tritt. Da geht der Dose die Luft aus. Bewegungslos und flach liegt sie auf der Straße. Sven starrt sie an. Er stupst sie mit dem Fuß, aber sie rutscht bloß lahm über den Asphalt. Sie will nicht mehr rollen. Mit einem letzten kräftigen Stoß verabschiedet sich Sven von ihr. Sie landet unter einem auf Hochglanz polierten Renault. Das Spiel ist aus.

Svens Gedanken kreisen um Tim. Was der wohl macht, wenn er die Bar schließt? Geht er schnurstracks nach Hause? Oder noch nach Bern, vielleicht ins Marilou? Sven stellt sich Federer im Striplokal vor, wie er an einem Tisch nah an der Bühne sitzt, und mit offenem Mund gafft. Gucken liege ihm mehr als bumsen, hat Tim ihm einmal gestanden. Das mit dem Sex klappe bei ihm nur, wenn er verladen ist.

Klar, denkt Sven, darum hat Tim keine Freundin. Saudumm, wenn man nur unter bestimmten Voraussetzungen kann. Und als Voyeur kommt man nicht ans Ziel. Ein Mädel will handfesten Sex, zuerst ein bisschen schmusen, und dann ran an die Sache. Das weiß Sven aus eigener Erfahrung, und von Tanja, die ihm erklärte, dass ihr die glotzenden Männer gestohlen bleiben können.

Ob Tim wirklich keine Ahnung hat, wo Tanja steckt? Sven wird das Gefühl nicht los, dass Tim eine krumme Tour fährt. Entweder ist Tanja freiwillig über alle Berge, oder sie wurde von ihrem Dealer exportiert. So oder so weiß Tim etwas über ihren Aufenthalt, da ist sich Sven sicher. Seinen Kopf würde er dafür wetten.

Plötzlich stellen sich Sven die Nackenhaare auf. Sein Puls schnellt in die Höhe. Da ist jemand. Er blickt sich um, doch er sieht weit und breit niemanden. Trotzdem, jetzt kann er den Jemand sogar riechen. Sven verlangsamt seinen Schritt. Gut, dass er das Taschenmesser bei sich hat. Er öffnet die Klinge. Er hört deutlich einen Atem. Mit einem Satz rettet sich Sven zwischen zwei geparkte Autos. Im Gebüsch hinterm Zaun raschelt es. Zwei gelbe Augen blitzen auf.

Sven klappt das Taschenmesser zu, und tritt auf die Fahrbahn. Unter den fahlen Leuchten, die ihr Licht auf die Straßenmitte werfen, ist ihm wohler. Langsam weicht der Schrecken, und macht einer Riesenwut Platz. Vergiften wird er ihn, den widerlichen Köter, mit einem präparierten Cervelat. Auf dem Hof seiner Eltern gibt es kübelweise Rattengift. Und in die Firma wird er auch eine Portion mitnehmen. Einen Cocktail wird er mixen, für die Schwatzbase mit dem großen Busen, die von früh bis spät Blödsinn verzapft. Staunen wird Maria über seine nette Geste. Ganz gerührt wird sie das Glas leeren, und vor lauter Dankbarkeit wird sie doppelt so viel reden wie sonst. Bis sie zusammenbricht. Dann endlich wird sie ausgequatscht haben.

Svens Gedanken kehren zu Tim zurück. Dem Kerl hinterher spionieren. Wenn er jetzt sofort umkehrt, erwischt er ihn noch. Sein Jagdfieber erwacht. Besser, er nimmt das Auto.

Er fährt in die Innenstadt, und stellt den Wagen ab. In der Nähe des 'Stollen', hinter einer Platane, verbirgt er sich. Tim wird ihn nicht entdecken.

Die Kirchturmuhr schlägt eins. Sven ist kein bisschen müde. Im Gegenteil, er ist aufgekratzt. Er lässt sich doch nicht vom Barkeeper verschaukeln.

Die gelbe Straßenbeleuchtung taucht die Gegend in glanzloses Licht. Dunkle Häuser bewachen das menschenleere Zentrum. Autos und Bäume teilen sich den Straßenrand, und die orange blinkende Ampel zwinkert Sven im Sekundentakt zu.

Er kratzt sich den Kopf. Vielleicht ist Tim schon weg und trinkt zuhause einen letzten Whisky, bevor er sich in die Falle haut. Sven überlegt. Und wenn Tim den Hinterausgang des 'Stollen' benutzt hat? Das wäre Pech. Er beschließt, bis halb zwei zu warten. Eine Zigarette würde die Zeit verkürzen. Er müsste nur das glimmende Ende mit der Hand verdecken, so wie ein waschechter Spion. Es wäre doch gelacht, wenn er das nicht auch könnte. Sven klopft eine Zigarette aus dem Päckchen, und hält die Hand vors Feuerzeug, bevor er es aufflammen lässt. Dann konzentriert er sich wieder auf den Eingang des 'Stollen'.

Beim dritten Zug brennt sich Sven ein Loch in den Ärmel. Hastig spuckt er darauf, drückt die Zigarette am Baumstamm aus, und wirft sie weg.

In diesem Moment erspäht Sven am Ende der Straße einen Mann mit Helm und Motorradkluft, aber ohne Motorrad. Er ist noch weit weg, läuft aber in seine Richtung. Nur keine Hektik, beruhigt sich Sven. Wenn er sich nähert, tu ich so, als würde ich an den Baum pinkeln.

Der Mann biegt in eine Seitengasse ab. Sven rennt bis zur Kreuzung und linst um die Ecke. Da vorn geht er, der behelmte Mann, und jetzt erkennt er ihn. Das ist er, Federer mit dem federnden Gang. Kurz darauf verschwindet er auf dem Gelände mit den leer stehenden Werkhallen.

Sven macht sich an das verlassene Areal heran und versteckt sich hinter einem wuchtigen Geländewagen. Was hat Tim hier verloren? Verkleidet er sich als Motorradfahrer, damit ihn niemand erkennt? Was nützt ihm die Maskerade, wenn ihn die Bewegungen verraten! Sven grinst vor sich hin. Er wird herausfinden, was der Heimlichtuer hier treibt. Die Gebäude der ehemaligen Molkerei, so erzählt man sich, sind durch unterirdische Gänge miteinander verbunden. Vielleicht hält Tim irgendwo da unten Tanja gefangen.

Ein paar Minuten später hört er ein Motorrad. Kurz darauf zischt die Kawasaki am geduckten Sven vorbei. Helm und Ledermontur schließen jeden Zweifel aus. Es ist Tim. Das Motorrad scheint ihm zu gehören.

Sven rennt zu seinem Wagen, wirft sich in den Sitz und nimmt die Verfolgung auf. Jede Kurve kennt er, die geraden Strecken und das Nadelöhr durch den Weiler. Er kann es sich leisten, ohne Licht zu fahren. Von weitem nähert sich ein Auto. Sven schaltet das Abblendlicht ein. Als das Fahrzeug außer Sicht ist, dreht er die Scheinwerfer aus und gibt Gas. Da ist es, das Motorrad, er sieht das Schlusslicht. Dann wieder entzieht es sich seinen Blicken. Schließlich zweigt die Maschine von der Straße ab. Sven hält an. Es handelt sich um einen wenig befahrenen Weg. Zwischen den beiden Radspuren wuchert das Gras kniehoch.

Abseits der Hauptstraße findet Sven eine Nische für sein Auto. Er steigt aus, drückt leise die Tür zu, und lauscht bewegungslos in die Nacht. Er hört nichts. Sorgsam nimmt er die Fährte auf. Die Motorradspur endet vor einem verfallenen Bauernhaus, das von der Kantonsstraße aus nicht zu sehen ist. Die Felder rund ums Gehöft, die bis vor fünfundzwanzig Jahren bewirtschaftet wurden, sind mit Buschwerk und Bäumen zugewachsen. Das Haus liegt im Dunkeln. Kein Licht. Kein Laut. Es ist totenstill. Federers Motorrad steht vor der verlotterten Eingangstür. Sven zögert. Ihm ist unheimlich. Soll er sich noch weiter heranwagen? In der Nähe des Hauses steht eine mächtige Tanne, die das Dach überragt. Als Christbaum ungeeignet, aber als Schutzschild nicht schlecht, spricht Egli sich Mut zu, und pirscht sich an den Stamm heran.

Er wartet. Er späht umher. Er konzentriert sich auf die Geräusche rund um sich. Als es hinter ihm im Gebüsch raschelt, fährt er herum, und stiert ins Schwarz der Nacht. Das Herz klopft ihm bis zum Hals. Da ist niemand, höchstens ein Dachs auf dem Heimweg. Sven tastet wieder und wieder das Haus mit den Augen ab. Es gibt nichts zu beobachten. Es ist, als wäre niemand drin. Sven fühlt sich unwohl. Besser, er haut ab von hier. Bedächtig, jeden Schritt sorgfältig setzend, leitet er den Rückzug ein. Als das Haus sich seinen Blicken entzieht, beginnt er zu sprinten. Er rennt bis zu seinem Wagen, wirft sich auf den Sitz, drückt die Tür lautlos zu, und verschließt sie von innen. Keuchend streckt er alle Viere von sich. Als er wieder ruhig atmet, wendet er das Auto und fährt lichtlos bis zum nächsten Dorf, bevor er die Scheinwerfer anstellt.

Die Spannung fällt von ihm ab. Augenblicklich erfasst ihn eine Müdigkeit, die ihm die Lider schwer macht. Trotzdem peilt er mit einem Rest von Neugier die alte Molkerei an. Er parkt den Wagen und schlägt den Weg ein, der vom einst stattlichen Haupthaus im Berner Chalet-Stil zu den drei Wirtschaftsgebäuden führt. Diese, vom Aussehen her ein Zwitterding aus Lagerhalle und Scheune, sind verschlossen. Die Türen erwecken einen soliden Eindruck, obwohl die Hallen verlottert sind. Von Zeit zu Zeit bleibt Sven stehen und horcht in die Nacht. Es herrscht eine eigenartige Atmosphäre, so, als würde er beobachtet. Diente das Areal zwielichtigen Gestalten als Versteck? Sven macht sich gefasst darauf, dass er überfallen wird. Die Gegend ist zappenduster. Ohne die Handytaschenlampe würde er nicht herumstreunen.

Hinter dem letzten Schuppen entdeckt Sven die Motorradspur. Irgendwo hier muss die Maschine gestanden sein. An der Rückwand der Scheune befindet sich ein Abstellplatz mit landwirtschaftlichen Geräten, die unter einer Plastikplane vor sich hin rosten. An zweieinhalb Seiten ist die robuste Abdeckung mit Steinen beschwert. Sven hebt den losen Zipfel hoch. Genug Platz für eine Kawasaki. Am Boden liegt eine schwere Eisenkette, mit der man sie absperren kann.

Sven blickt sich um. Die Gegend hier ist menschenleer. Warum schwingt sich Tim mitten in der Nacht auf ein Motorrad? Was macht er in der Ruine? Sven steigt die Galle hoch. Zu dumm, dass er es nicht gewagt hat, dem Kerl ins verfallene Haus zu folgen. Dann wären jetzt alle Fragen geklärt. Ob Tim Tanja da oben eingelocht hat? Vielleicht vögelt er sie gerade. Der doch nicht. Er selbst hätte da kein Problem. Sven greift sich in den Schritt. Er spürt, er könnte sofort. Seine Gedanken kehren zum Gehöft zurück. Außer Tim kann sich dort niemand befinden, denn sonst hätte Sven Stimmen gehört. Ob Tim den verlassenen Hof als Drogenlager benutzt? Sven stellt sich vor, wie er Tim beim Auffüllen seines Rucksacks ertappt. Mensch, das wäre der Hit. Dann hätte er den Barkeeper in der Hand, und für ihn würde ein nettes Sümmchen herausspringen.

Auf dem Rückweg durchs Gelände schenkt Sven den drei Hallen nochmals Aufmerksamkeit. Doch er kann nichts Ungewöhnliches entdecken. Tanja scheint nicht hier zu sein. Wieder auf der Straße, wirft er einen Blick zu Tims Wohnung hinauf. Die Fenster sind dunkel, und sein Auto steht vor der Tür. Morgen Abend, wenn Tim in der Bar ist, wird er zur Ruine zurückzukehren. Danach wird er mehr wissen. Sherlock Holmes hat seine Fälle auch nicht in einem Tag gelöst.

Vom nahen Kirchturm schlägt es halb drei. Sven beeilt sich, nach Hause zu kommen.

Beta wird von einem Geräusch aus dem Schlaf gerissen. Das Zimmer besteht aus lautlosem Dunkel. Da ist er wieder, dieser Ton. Jetzt, ganz wach, kann sie ihn einordnen. Sie hat das Handy nicht ausgeschaltet. Wie nachlässig von ihr! Es liegt draußen im Gang. Wenn sie will, dass das Piepsen aufhört, muss sie ihr warmes Nest verlassen. Denn das Handy wiederholt das Signal im Minutentakt, bis Beta die Nachricht liest, oder der Akku leer ist.

Sie sollte aufstehen. Sie bleibt liegen.

Das Handy zirpt. Beta flieht unter die Daunendecke. Nichts sehen, nichts hören, ins Vergessen sinken. Das Problem soll sich von selbst lösen.

Das Handy mahnt. Beta denkt an Fabrizio. Vielleicht hat er ein paar liebevolle Worte für sie. Beta schwingt die Beine aus dem Bett und angelt mit den Füssen nach den Pantoffeln.

Das Handy surrt, und weist ihr den Weg.

Und wenn es nicht ihr nachtaktiver Weinbauer, sondern der Handyhersteller mit einer Werbenachricht ist? Fruststufe 3 wäre das, denkt Beta, und spürt, wie der Aggressionspegel hochschnellt. Sie würde den Apparat an die Wand klatschen.

Gespannt greift Beta zum Handy. Das Schicksal ist ihr gnädig, die SMS stammt von Fabrizio.

„Barolo-Nebel ziehen auf, dazwischen zweifach du, mein

Stern".

Beta geht in die Küche, und gießt sich vom Primitivo ein. Dann liest sie die SMS noch einmal. Gedankenverloren lächelt sie vor sich hin. Ihr maßvoller Fabrizio, der nie zuviel trinkt, ist bedudelt. Wahrscheinlich sitzt er jetzt mit seinem Schwips im Bett, und schmökert im zerfledderten Dante. Ohne den kann er den Tag nämlich nicht gehenlassen. Beta hat sich längst daran gewöhnt, dass sie das Lager mit zwei Männern teilt. Wenn sie mit Fabrizio zusammen ist, küsst sie abends im Bett warme Lippen und einen trockenen Buchdeckel, bevor sie sich zum Schlafen auf die Seite dreht.

So souverän verhielt sie sich am Anfang ihrer Beziehung nicht. Als sie in ihrer ersten Nacht mit Fabrizio in seinen Armen einschlafen wollte, löste er sich sanft von ihr, griff zu seinem Dante, und begann zu lesen. Fassungslos lag sie neben ihm. Sie zweifelte an sich, an seinen Gefühlen, und an den ihrigen.

Die Diskussion über Dante im Bett zog sich über Wochen hin. Fabrizio erklärte ihr geduldig, wie wichtig ihm das Ritual sei. Die Melodie der Verse helfe ihm, sich vom Tag zu lösen. Medizin wären sie ihm, denn die göttlichen Worte würden ihn entspannen, und ihm einen erholsamen Schlaf bescheren. Er habe in Dante seinen Meister gefunden.

Zum ersten Mal in ihrem Leben war Beta eifersüchtig auf ein Buch. Einmal riss sie es ihm aus der Hand, und schleuderte es unters Bett. Ein andermal verließ sie aus Protest das Schlafzimmer.

Fabrizio ließ sich nicht umstimmen. Es war Beta, die mit der Zeit einlenkte. Was ihr mit seiner Hilfe auch gelang, denn Fabrizio war trotz seiner Marotte ein liebevoller Partner.

Beta betrachtet unentschlossen das Handy. Da steht sie mit ihrer aufkeimenden Sehnsucht in der Küche, und fragt sich, ob sie sich bei ihm melden soll. Wenn er ahnte, wie sehr sie sich nach seiner Stimme sehnt! Trotzdem verbietet sie sich, ihn anzurufen, denn Fabrizio würde ihr zu verstehen geben, dass sie ihn bei der Lektüre stört. Die Vorstellung, wie er reagieren könnte, versetzt ihr einen Stich.

Sie bleibt vor Fabrizios Foto stehen, und prostet ihm zu. Du mit deinem vermaledeiten Dante. Soll ich mir selbst zärtliche Worte ins Ohr flüstern? Ach du.

Unerfüllbare Wünsche soll man gehen lassen, sagt die Yogalehrerin. Beta streicht mit dem Zeigefinger übers Fotogesicht. Denk an mich, Hijo. Ich liebe dich.

Sie schlüpft unter die Daunendecke. Halbzeit. Die erste Nachthälfte hat sie abgeschlafen. Sie dreht sich zur Seite, zieht Fabrizios Kissen an sich und legt den Arm darüber, als würde sie ihren Liebsten umfangen, und mit ihm zusammen in den Schlaf sinken. Der Primitivo geleitet sie sanft in die andere Welt.

Mittwochvormittag

Im Flur des Kommissariats herrscht Morgenstille. Kein Mensch. Kein militärischer Schritt, der als Echo von kahlen Wänden knallt. Keine schnarrende Stimme, die Betas Ohr beleidigt. Sie kann sich das freundliche Kopfnicken sparen. Einzig das fiepende Geräusch der Sandstrahler bestätigt Beta, dass ein ganz normaler Arbeitstag begonnen hat.

In zwei Stunden findet die Konferenz statt. Beta holt tief Luft. Sie wird einen schweren Stand haben, denn der Chef wird wegen den mageren Ergebnissen im Fall Zumstein ohne Ende nörgeln. Er wird sie attackieren, weil er selbst unter Druck steht. Und er wird diesen abfälligen Ton anschlagen, den sie nicht ausstehen kann. Genau gesagt verletzt er sie. Wenn sie nur endlich lernen würde, sich gegen die Angriffe zu schützen. Sie muss unbedingt ihr Immunsystem stärken. Dann antwortet sie auch nicht mehr mit Wut. Diese alles vernebelnde Emotion stiehlt ihr bloß die Klarsicht, und dann reagiert sie nur noch instinktiv, indem sie es ihrem Chef mit gleicher Münze heimzahlt.

Beta fragt sich nicht zum ersten Mal, wie es um ihre eigene Aggressivität steht. Offensichtlich verfügt sie über ein ähnliches Zankpotential wie Kost, und benimmt sich um nichts besser als er. Im Gegenteil, vielleicht ist sie um einiges gestörter als er, denn sie empfindet neben ihrem Frust unleugbar einen gewissen Kitzel, wenn es zum Schlagabtausch mit ihm kommt. Dann widerlegt sie genüsslich die Vorwürfe ihres Chefs, und bombardiert ihn so lange mit Argumenten, bis er aufgibt. Streit macht ihr Spaß, vor allem wenn sie gewinnt. Der Haken daran ist bloß, dass Kost nicht gern verliert. Auch er neigt dazu, sich zu revanchieren. Und er, mit seinem Elefantengedächtnis, vergisst keine Niederlage.

Wenn es zwischen Kost und Beta kracht, sitzen die Kollegen in der Runde, und schauen angelegentlich zu Boden, nicht, weil ihnen die Querelen peinlich sind, sondern weil das Lachen beim Chef nicht gut ankommt.

Beta fährt sich durch die Haare. Heute ist sie nicht in Topform, sie wünscht sich eine Konferenz ohne Hickhack. Ob es ihr gelingt, unabhängig von Kosts bissigen Kommentaren ruhig zu bleiben?

Während Beta ihr Büro anpeilt, wiederholt sie mantramäßig: Ich grenze mich ab. Ich bleibe bei mir. Vor sich hin murmelnd betritt Beta das Büro.

Bertschi dreht sich um. „Wie wär's mit einem guten Morgen? Außerdem bin ich für deine Wünsche die falsche Adresse. Das musst du schon mit dem Chef besprechen, wenn du die Konferenz bei dir zuhause abhalten willst."

„Was ist denn mit dir los?" Beta zeigt ihrem Kollegen den Vogel. „Die Konferenz findet wie immer in K1 statt. Sag mal, bist du schon lange da?"

„Ich sitze seit zwei Stunden am Bildschirm und versuche, mir Übersicht zu verschaffen. Alle Neuigkeiten liegen auf deinem Schreibtisch. Hunziker und Emmer sind schon im Haus, und bereiten sich auf die Sitzung vor."

Beta wirft den dünnen Mantel über die Stuhllehne und vertieft sich in die Schriftstücke. Vor den geschlossenen Fenstern spielt das Sandstrahlorchester sein „adagio non troppo piano".

Pünktlich um zehn beginnt die Konferenz. Kost sitzt einsam am langgezogenen Vorstandstisch und beobachtet eine

Fliege, die sich unterm Flügel kratzt. Schließlich nimmt er die Brille ab und legt sie vor sich hin. Schutzlos sieht er aus ohne das Drahtgestell. Offensichtlich fühlt er sich nicht wohl in seiner Haut.

Beta umreißt in knappen Sätzen den Stand der Dinge, und erteilt dann Emmer das Wort. Der rückt seinen Stuhl zurecht, schiebt die Unterlagen von links nach rechts, und beginnt mit seinem Bericht. Von den verschiedenen Kellern redet er, und wie die meisten bis obenhin zugemüllt sind. Was es denn mit diesen Kellern auf sich habe, wird er vom Chef ungeduldig unterbrochen. Das habe er gerade erklären wollen, sagt Emmer beflissen. Die Aufforderung, die Untersuchungsergebnisse darzulegen, macht ihn nervös, selbst in der vertrauten Runde. Hastig blättert er seine Mappe durch. Er hat den Faden verloren.

Thema sei der Drogenfund in einem der Keller in Tanjas Wohnhaus", hilft Beta ihm auf die Sprünge. Es ist das richtige Stichwort. Emmer findet die Notizen, und legt los. Kost schaut gereizt auf die Uhr.

„Im Elternhaus der Zumstein hat man doch auch Drogen gefunden. Gibt es da einen Zusammenhang", erkundigt er sich mühsam beherrscht.

„Ja, schon." Die Frage bringt Emmer erneut aus dem Konzept.

Hunziker schaltet sich ein. „Bei beiden Funden handelt es sich um Marihuana aus demselben Anbaugebiet. Allerdings haben wir es mit unterschiedlicher Verpackung zu tun. Tanja Zumstein verwahrte das Gras in kleinen Plastiktüten. Bei Vater Zumstein war das Gras in Teebeuteln abgepackt."

„68 Plastiktüten mit den Fingerabdrücken....." klinkt sich Emmer ein. Kost lässt ihn nicht ausreden.

„Es ist mir klar, dass die Vermisste im Drogengeschäft mitmischt. Aber was haben die Drogen, die man gefunden hat, mit dem Verschwinden der Zumstein zu tun?"

„Alles", antwortet Beta knapp. „Wir sind nämlich dem Auto auf der Spur, in das die Zumstein eingestiegen ist. Und der Halter..."

Kosts Handy klingelt. Er setzt die Brille auf, schaut auf das Display und nimmt das Gespräch an. Er hört kommentarlos zu. Dann sagt er: „Ich komme", und kappt die Verbindung. Mit erhobenem Zeigefinger steuert er auf Beta zu. „Am Abend um sechs in meinem Büro. Macht allein weiter." Grußlos verlässt er den Raum.

Beta sieht Bertschi an. Der hat Ringe unter den Augen. „Kaffee?" Der nickt.

„Also, ab zum Kaffeeautomat. Und dann findet hier eine vernünftige Besprechung statt."

Nach einem kameradschaftlichen Gerangel am Automat kehren Beta, Bertschi und Hunziker mit ihren Kaffeebechern zurück. Sie jaulen und fluchen, weil ihnen die Plastikbecher die Finger verbrennen.

Emmer, der kaffeelos durchs Leben geht, hat sich inzwischen allein an einen Tisch gesetzt. Die Blätter liegen einzeln vor ihm ausgebreitet, so dass er auf einen Blick das jeweils gewünschte Schriftstück findet. Kosts ungnädige Laune sitzt ihm noch in den Knochen. Unter seinem Tisch steht eine Wasserflasche.

Bertschi und Hunziker setzen sich vor ihre Laptops.

Auch der von Beta ist geöffnet. Doch der Bildschirm dunkelt vor sich hin. Im Moment will sie mit dem Gerät nichts zu tun haben, sogar die Unterlagen schiebt sie weg. Vor ihr liegt ein eselohriges Heft im A4-Format, wie es Schüler verwenden. Sie schlägt die nächste leere Seite auf, versieht sie mit Datum und umkreist es zweimal.

„Zuerst die Ergebnisse unserer Recherchen", verkündet sie. „Und dann werden wir Schlüsse ziehen."

Bertschi hat die Liste der ausstehenden Informationen angeklickt. Konzentriert tasten seine Augen die Notizen ab. Er wirft Beta einen Blick zu. Sie nickt. Er beginnt. „Fangen wir mit dem Barkeeper an."

Hunziker wartet, bis Bertschi aufschaut. Dann zeigt er fragend auf sich, und startet.

„In Federers Bar wurde wie erwartet nichts gefunden. Der Drogenhund zeigte nur vor der Hintertür des 'Stollen' an.

186

Da lag Gras auf dem Boden, für uns mit bloßem Auge nicht erkennbar. Ein paar wenige Krümel eben, wie sie herunter fallen, wenn man einen Joint dreht. Leider war das schon alles. Immerhin liegt nun der Beweis vor, dass vor der Hintertür des 'Stollen' gekifft wird. So weit zu den Drogen."

Betas Telefon läutet. Sie nimmt ab, und stellt den Lautsprecher ein.

„Hallo, hier Maria Blatter. Ich möchte etwas über Sven Egli sagen."

„Sind Sie in der Firma? Können Sie denn offen reden?"

„Ja. Ich bin auf der Toilette."

„Gut. Was gibt's?"

„Gestern Nacht, zirka um ein Uhr früh, waren mein Freund und ich noch unterwegs. Wir kamen von einem Geburtstagsfest in Kandersteg. Kurz vor Frutigen begegneten wir einem Auto. Es war Sven, der in Richtung Kandersteg fuhr. Wir drehten bei der nächsten Ausweichstelle um und versuchten, ihn einzuholen. Aber er war wie vom Erdboden verschluckt. Kurz vor Kandersteg gaben wir auf."

Beta notiert sich eine Frage. Wohin fuhr Egli um diese Zeit? Es interessierte sie jedoch noch eine andere Frage.

„Haben Sie ihrem Freund alles über Tanja erzählt? Alles?"

In der Leitung knistert es. Marias Schweigen lässt Schwierigkeiten erahnen. Schließlich erklärt sie knapp: „Ja, und er unterstützt mich bei der Suche nach Tanja. Gestern Nacht haben wir einfach Pech gehabt. Ich bin sicher, dass sich Sven auf dem Weg zu Tanja befand."

„Haben Sie Sven gesagt, dass Sie ihn gesehen haben?"

„Nein."

„Auch sonst niemandem?"

„Ich habe mit niemandem darüber gesprochen."

„Behalten Sie es für sich. Befindet sich Egli in der Werkstatt?"

„Nein. Er besorgt verschiedene Materialien, die wir dringend benötigen. Er wird zu Mittag zurückerwartet."

„Ist er allein unterwegs?"

„Hans Matter begleitet ihn."

Beta beendet das Telefonat und blickt in die Runde. „Egli muss sofort verhört werden." Beta verständigt sich nonverbal mit Bertschi. „Ich werde mich um Zwölf mit ihm befassen."

Egli ist per Handy erreichbar, und Beta kündigt ihren Besuch an, was bei Egli auf wenig Begeisterung stößt. Er versucht, Beta abzuwimmeln. Er habe Stress auf der Arbeit. Beta wiederholt ungerührt, er solle sich bereithalten.

„Wo waren wir?" Beta blickt in die Runde.

„In Federers Wohnung", nimmt Hunziker den Faden auf. „Hat jemand gewusst, dass Federer ein Motorrad besitzt? Die von der Spurensicherung sind in der Wohnung auf Helm und Ledermontur gestoßen. Ich habe heute früh die Kfz-Stelle kontaktiert, und siehe da, Federer besitzt eine Kawasaki 1100. Sie ist seit sechs Jahren gemeldet."

„Wo steht sie", erkundigt sich Beta.

„Das wissen wir nicht", sagt Hunziker.

„Bis jetzt ist die Maschine noch nie erwähnt worden", wirft Bertschi ein. „Weder von Federer noch von einer anderen Person. Was macht er damit?"

„Fahren", antwortet Emmer.

Alle lachen, und Emmer versteht nicht, warum.

Hunzikers Handy läutet. Er schaut auf die Nummer, hebt die Hand zum Zeichen einer Unterbrechung, weist darauf hin, dass sein Lautsprecher nicht funktioniert, und nimmt das Gespräch an. Am andern Ende redet jemand ohne Pause. Hunziker hört zu, ohne Fragen zu stellen. Beta hält es vor Neugier nicht mehr aus. Sie steht auf und beugt sich zu ihrem Kollegen. Wie ein Liebespaar, geht es Bertschi durch den Kopf. Noch ein bisschen näher, und sie könnten sich küssen.

Beta richtet sich auf. Sie nickt Bertschi zu. Spurensicherung, formulieren ihre Lippen tonlos.

Schließlich erkundigt sich Hunziker, wann der schriftliche Bericht vorliege. Er bedankt sich und beendet das Gespräch.

„Die von der SpuSi haben in Federers Küche einen Rucksack mit leeren Bierflaschen gefunden. Den haben sie mitgenommen, weil sie nicht mit leeren Händen zurückkehren wollten."

Beta schnellt hoch. „Und?"

„Nicht auf allen Flaschen, aber auf einigen, befinden sich die Fingerabdrücke von Tanja Zumstein."

„Wie bitte?" Bertschi starrt den Kollegen an. „Urs, was sagst du da? Tanjas Fingerabdrücke auf Bierflaschen", wiederholt er, als wolle er es nicht glauben. „Wie lange steht der Rucksack mit den Flaschen schon in der Küche? Weiß man, wann Tanja die Flaschen berührt hat?"

„Leider nein." Hunziker hebt bedauernd die Achseln. „Das Labor kann bis jetzt anhand der Bierreste nur sagen, dass die Flaschen vor drei bis vier Tagen geöffnet wurden."

„Sind Federers Fingerabdrücke darauf", lässt sich Beta vernehmen.

„Ja, und andere, nicht identifizierte. Aber keine von Egli."

Nachdenklichkeit breitet sich aus. Die Stille wird begleitet von einem knacksenden Geräusch. Bertschi zieht fieberhaft an seinen Fingern. Er merkt nicht, dass alle auf seine Hände starren.

Plötzlich murmelt Bertschi wie in Trance: „Er weiß, wo die Zumstein ist."

„Nicht zwangsläufig", wehrt Beta ab.

Bertschi ist jetzt hellwach. „Es kann natürlich sein, dass Federer die Flaschen nur entgegengenommen hat. Oder dass er die Flaschen nur ausgegeben hat. Doch dann würde man sie ihm nicht zurückbringen, sondern sie selbst entsorgen. Aber das alles ist Quatsch. Wir können davon ausgehen, dass Federer mit Tanja Bier getrunken hat."

„Vor drei, vier Tagen", ergänzt Beta.

„Das heißt, sie lebt", stellt Emmer fest.

„Das heißt, sie hat vor drei, vier Tagen gelebt", korrigiert Hunziker. „Und da war sie irgendwo in der Nähe, erreichbar für den Barkeeper."

Bertschi nickt. „Richtig. Und um die Zumstein aufzusuchen, nimmt Federer nicht das Auto, sondern das Motorrad."

„Das ist schlau", meint Emmer, „denn kein Mensch erkennt Federer auf dem Töff, weil er einen Helm trägt."

„Es sei denn, jemand kennt sein Motorrad und die Nummer", wirft Hunziker ein. „Was aber offenbar nicht der Fall ist."

„Vielleicht verwendet Federer sein Motorrad nur für nächtliche Spritztouren", überlegt Beta, „und zwar ganz bewusst."

Emmer hebt den rechten Arm für eine wichtige Wortmeldung. „Ja, genau", bestätigt er. „Er ist inkognito unterwegs."

Beifall heischend blickt er die andern an. Er ist mit seiner Äußerung zufrieden.

Einen Moment lang schweigt Beta verwirrt. Was soll das? Emmer fällt ihr mit einer überflüssigen Bemerkung ins Wort, nur weil gerade assoziatives Denken angesagt ist. Manchmal geht ihr der Kerl ungeheuer auf den Geist. Dem ist auch kein Schrott zu blöd. Betont ruhig ergänzt Beta: „Wenn sich Federer nächtens auf sein Motorrad schwingt, dann vielleicht, um ein krummes Ding zu drehen."

„Ja", pflichtet Emmer bei, „das wollte ich damit sagen."

„Wir entwerfen gerade eine interessante Geschichte", wirft Bertschi ein, um Beta von Emmer abzulenken. „Nur ist die aus der Luft gegriffen, im Moment jedenfalls. Wir müssen abklären, was von unseren Vermutungen zutrifft. Ich denke, wir sollten ab sofort Federer überwachen. Im besten Fall führt er uns zur Zumstein. Im schlimmsten Fall jedoch passiert in den nächsten Tagen nichts, weil er keine Spritztour unternimmt. Das würde uns zum Abwarten zwingen."

„Wir haben doch die Bierflaschen mit den Fingerabdrücken von Federer und der Zumstein", wirft Hunziker ein. „Mit einer so klaren Beweislast bringen wir Federer in U-Haft, und dann wird er schnell plaudern."

„Das könnte für Tanja riskant sein. Angenommen, es gibt neben Tanja und Federer eine weitere Person, die mitmischt, und Federer erscheint nicht zur abgemachten Zeit. Was dann", wirft Beta in die Waagschale.

„Da hast du recht", erwidert Bertschi. „Diese andere Person könnte zum Beispiel Egli sein. Der ist doch die ideale Ergänzung zu Federer und Tanja. Ich bin gespannt, wie er die gestrige Autofahrt erklärt. Aber zurück zu Federer. Wir müssen annehmen, dass er mit Tanjas Verschwinden zu tun hat. Welches Motiv könnte er haben?"

Hunziker zieht die Stirn kraus. „Drogen, das heißt, es geht um Geld. Federer tut für Geld alles, steht im Gutachten der Psychologin."

„Aber was hat er davon, wenn er Tanja entführt, und dann mit ihr gemütlich Bier trinkt?"

„Vielleicht hat Tanja als Dealerin ein krummes Ding gedreht, und nun wird sie in die Zange genommen", überlegt Beta.

„Könnte nicht auch Liebe im Spiel sein?" Unvoreingenommen blickt Bertschi in die Runde.

Beta schüttelt den Kopf, wiegt ihn zweifelnd hin und her, und lässt sich schließlich auf den Vorschlag ein.

„Du meinst, Maria hat gelogen. Tanja und Federer sind ein Paar, oder waren eins."

„Oder Maria weiß einfach nicht alles", erwidert Bertschi. „So oder so ergibt sich für uns Klarheit, wie wir vorgehen sollen. Wir beschatten Federer, und versuchen, die Kawasaki aufzutreiben."

Bertschi hält inne. Er starrt ins Leere und redet mehr zu sich selbst: „Eigentlich kann es nicht schwer sein, Tanja zu finden, wenn wir annehmen, dass Federer vor ein paar Tagen mit ihr Bier getrunken hat. Wo könnte sie sein?"

Er funkelt seine Kollegin an. „Beta, du kennst dich doch aus in dieser Gegend. Hast du eine Idee?"

Nervös greift sich Beta in ihre Mähne. „Du bist vielleicht witzig. Woher soll ich ihr Versteck kennen? Es gibt unzählige Möglichkeiten, Wohnungen, Keller, leerstehende Bauernhäuser, Stadeln. Und eines sage ich dir jetzt gleich, den Suchtrupp können wir vergessen. Der wird uns ohne die Gewissheit, dass sich Tanja hier in der Umgebung befindet, nie bewilligt. Außerdem möchte ich kein Aufsehen erregen, um Tanja nicht zu gefährden."

„Wir wissen ja gar nicht, ob sie noch lebt. Sie kann auch tot und verscharrt sein", mischt sich Emmer ein.

Beta wirft ihm einen giftigen Blick zu. Seine Ausdrucksweise ist mehr als verbesserungswürdig, auch wenn er in der Sache Recht hat.

Als wäre es nicht genug, unterstützt Hunziker die Aussage Emmers. „Wir müssen damit rechnen, dass die Zumstein inzwischen nicht mehr lebt. Wenn dem so ist, dreht sich alles um die Frage, warum man die Frau ermordet hat. Was wurde ihr zum Verhängnis?"

Beta schaut von ihren Notizen auf. Sie schüttelt den Kopf. „Diese Frage stellt sich erst, wenn es effektiv eine Leiche gibt."

„Drogen, Geld und Sex spielen eine entscheidende Rolle in Tanjas Leben", überlegt Bertschi. „Diese drei Elemente finden wir bei Egli und bei Vater Zumstein. Bei Federer scheint es laut Maria mit dem Sex nicht weit her zu sein. Wobei bei dieser Aussage Skepsis angebracht ist."

Hunziker spinnt an einem anderen Faden. „Und Tanjas polnischer Freund? Was, wenn er doch im Drogengeschäft mitmischt? Wenn er sich allein nach Venezuela absetzen wollte, und Tanja deshalb aus dem Weg räumte?"

Zwischen Betas Augenbrauen entsteht eine scharfe Falte. „Warum soll er sie umbringen, wenn er sowieso verschwindet? Abgesehen davon scheinen sich Tanja und Greg wirklich zu lieben. Das bestätigt neben Maria auch Tanjas Tante und Gregs Wohnpartner, dieser Miro."

„Aber Egli hat ein handfestes Motiv", wirft Emmer ein. „Er sieht Tag für Tag die Frau, in die er verliebt war, und die er vergewaltigt hat. Das muss doch die Hölle sein."

„Du meinst, er befindet sich in der Zwickmühle. Einerseits fühlt er sich ständig schuldig, andrerseits hegt er noch immer Gefühle für sie", spinnt Hunziker den Faden weiter.

„Und Tanja verhöhnt ihn deswegen. Sie verabscheut Egli, und macht daraus kein Hehl", ergänzt Beta.

„Richtiger Sprengstoff ist das", ereifert sich Emmer, der sich von Beta auf einmal verstanden fühlt. „Außerdem hat Egli gesagt, dass er Tanja am liebsten umbringen würde, und Maria hat er doch auch schon bedroht."

Betas Kugelschreiber eilt der Zeile entlang. Dann blickt sie zu Hunziker.

„Was für einen Grund gibt es bei Vater Zumstein?"

Hunziker zögert. „Das mag komisch klingen, aber ich tippe auf enttäuschte Liebe. Da vergöttert dieser Mann seine Tochter ein Leben lang, und sie macht plötzlich das, was er unterschwellig stets gefürchtet hat, sie wendet sich einem anderen Mann zu. Für ihn muss sich das wie Untreue anfühlen. Ich bin ja kein Psychologe", entschuldigt sich Hunziker, und lächelt Beta zu, „aber Zumstein ist vielleicht maßlos frustriert. Für ihn ist seine Tochter tot."

„Dann kann man sie auch umbringen, hat er sich gedacht", beendet Emmer den Gedankengang seines Kollegen.

Einen Moment herrscht bedrücktes Schweigen. Beta nickt Emmer zu und meint: „Genau so könnte Zumstein ticken." Sie beugt sich über ihr Notizheft und schreibt.

„Und Federers Motiv, wenn es nicht die Liebe ist?"

„Hm." Bertschi fährt sich mit den Händen übers Gesicht, als wolle er sich waschen. „Drogen. So wie du vorhin gesagt hast, Urs. Er spielt den feinen Kumpel von nebenan, kann fies sein bis auf die Knochen, ist aber vor allem schlau. Der ruiniert sich doch nicht sein Leben. Vielleicht hat Tanja gezickt, und Federer, der Großdealer, hat jemandem den Auftrag gegeben, Tanja einzukassieren."

„Das könnte der Albaner im dunklen Audi 80 sein", klinkt sich Hunziker ein. „Übrigens kann ich noch mit dem Ergebnis über die Audifahrer aufwarten. Einer der vier Audis stand Sonntagnacht vorm Haus des Eigentümers, buchstäblich eingeklemmt zwischen zwei anderen Wagen. Ein weiterer Audi befand sich zur Tatzeit im Ausland, und der dritte Audi wurde am fraglichen Sonntag um 20 Uhr abgeschleppt, weil er im absoluten Halteverbot stand. Das Auto wurde erst Montagmittag ausgelöst. Bleibt der vierte Audi, dessen Besitzer, ein Albaner, in unser Schema passt. Allerdings hat er für den fraglichen Abend ein Alibi. Aber er hat keines für seinen Wagen, das heißt, er könnte ihn ausgeliehen haben. Ich habe ihn darauf angesprochen. Die Möglichkeit wies er jedoch rigoros zurück. Er sagte, er vertraue nicht einmal seiner Freundin das Auto an."

„Woher hat denn dieser Mann das Geld für einen Audi 80", erkundigt sich Bertschi.

Hunziker grinst. „Du wirst es nicht glauben, aber der Mann ackert. Er betreibt einen riesigen Secondhandladen in der Innenstadt. Laut Finanzamt verdient er gut, und er zahlt auch korrekt Steuern."

„Aber?" Beta ahnt die Antwort, und heftet ihren Blick auf Bertschi.

„Der Mann mischt im Drogenhandel mit. Das Zürcher Dezernat beobachtet ihn seit zwei Jahren. Er dealt in großem Umfang, doch die Fahnder wollen erst zuschlagen, wenn sie das ganze Nest ausheben können."

Beta klopft sich selbst auf die Schulter. Die albanische Drogenmafia rückt in den Mittelpunkt. Sie wird Recht behalten mit ihren Verdächtigungen.

Bertschi lässt sie ihren Triumph auskosten. Er wendet sich an Hunziker. „Können wir daraus schließen, dass die Zumstein ins Auto des Kleiderhändlers gestiegen ist?"

Hunziker hält einen Moment inne. „Ja, unter der Bedingung, dass sich der Zeuge, der das Fahrzeug in jener Nacht gesehen hat, nicht irrt."

Beta Bianca atmet auf. Die Sache nimmt Kontur an. Es liegen konkrete Ermittlungsergebnisse vor, und sie kann sich gezielt auf ihre Arbeit stürzen. In den vergangenen achtundvierzig Stunden kreisten ihre Gedanken dauernd um ungelöste Fragen. Dieses endlose Grübeln, ohne etwas tun zu können, belastet sie. Beta streckt sich und hört die Wirbelsäule knacken. Das Geräusch erinnert sie ans Knacken der Knallerbsen in ihrer Kindheit. Sie sammelte die Kügelchen, streute sie auf hartem Untergrund aus, und hieb mit der Handkante darauf. Nicht alle platzten, aber viele. Der Ton, wie ein kurzes Schnalzen, gefiel ihr. Sie legte einen Vorrat an Munition an, den sie in der Rumpelkammer versteckte. Wenn die Mutter sie einsperrte, beschäftigte sie sich damit. Der sanfte Tod der Knallerbsen tröstete sie. Dann wähnte sie sich nicht so einsam im Dunkeln.

Beta steht auf und schlendert zu Bertschi. Der sieht durch sie hindurch. Sie berührt ihn an der Schulter. „Alles klar", fragt sie.

„Die Batterie ist leer." Langsam rappelt sich Bertschi auf, atmet ein, als wolle er sich einen Vorrat an Sauerstoff zulegen, und kehrt mit seinen Gedanken in die Runde zurück.

„Mir schwirrt der Kopf", murmelt er, bevor er sich aufrafft und meint: „Dann will ich jetzt das Gesagte zusammenfassen."

„Diesen Schritt schenken wir uns", entscheidet Beta freundlich, aber bestimmt. Bertschi setzt zu einer harschen Antwort an. Als er Hunziker grinsen sieht, begreift er, dass Erkenntnisse in Kurzform gerade nicht erwünscht sind.

„Also gut", lenkt er ein. „Den Audi-Albaner übernehme ich. Ich werde mich in seinem Laden umschauen, und werde ihn ins Zürcher Kommissariat bestellen, weil wir eine Sprechprobe von ihm brauchen. Vielleicht ist er nämlich der Mann, der auf Tanjas Anrufbeantworter gesprochen hat."

„Und die Spurensicherung muss sich den Audi vornehmen", ergänzt Emmer.

Bertschi wirft Emmer einen anerkennenden Blick zu. „Stimmt. Danke für den Hinweis."

Es entsteht eine Pause. Manchmal ist Bertschi der König des Mitgefühls, denkt Beta. Ihre Miene hellt sich auf.

„Ich verziehe mich in mein Büro", sagt Bertschi, dem man die Sehnsucht nach Ruhe ansieht. Wenn er erschöpft ist, verliert sein Gesicht die Farbe, es wird grau.

Beta wendet sich an Hunziker. „Befass dich nochmals mit Vater Zumstein. Hat er etwas mit dem Verschwinden seiner Tochter zu tun? Hält er sie versteckt? Hat er sie getötet und vergraben?"

„Mit Toten hat Zumstein ja ein Leben lang zu tun gehabt", sinniert Emmer. „Vielleicht sollten wir uns am Friedhof in Hüniswil umhören."

„Gute Idee", pflichtet Hunziker seinem Kollegen bei. „Ich kann auch Hans Matter anzapfen. Der stammt aus Hüniswil, und arbeitet bei Acero. Das heißt, er kennt Tanja und Sven Egli."

Beta streckt den Daumen hoch zum Zeichen ihrer Billigung.

Als Hunziker die Tür hinter sich schließt, kehrt Ruhe ein. Emmer sieht Beta fragend an. „Soll ich Federer beschatten?"

Beta staunt über die scharfsinnige Frage. Manchmal ist der Mann auf der richtigen Spur.

„Ja, aber nicht du persönlich. Besser, du organisierst die Überwachung vom Büro aus, und die Streife hält dich auf dem Laufenden. Wir dürfen Federer keine Sekunde aus den Augen verlieren. Und vergiss nicht, dass der 'Stollen' einen Hinterausgang hat. Wähl also kompetente Polizisten für die Observierung aus, und lass mich die Namen wissen, bevor du die Arbeit delegierst."

„In Ordnung", sagt Kaspar diensteifrig. Er ist verschämt stolz darauf, dass die Kommissarin ihn mit dieser Aufgabe betraut.

Beta starrt Emmer nach, der auf die Tür zusteuert. Ob der Mann für den Auftrag geeignet ist? Was, wenn er alles vermasselt, weil er hoffnungslos überfordert ist? Als die Tür ins Schloss fällt, spricht sich Beta Mut zu, indem sie dem Zweifler in ihr laut versichert, dass Emmer ein erfahrener Kollege ist. Einer, auf den sie sich verlassen kann.

Als Bertschi sein Büro betritt, schlägt ihm von einer Sekunde zur andern das durchdringende Maschinengeheul aufs Gemüt. Er legt den Laptop auf den Schreibtisch, und geht ans Fenster. Eine Beleidigung für sein absolutes Musikgehör ist das! Ganz nah hört es sich an, dieses dünne Quietschen. Warum bloß sind die Arbeiter wieder hier? Waren sie nicht bis zum Büro des Chefs vorgerückt?

Auf einmal herrscht Ruhe. Bertschi reißt das Fenster auf.

Da steht er, einen Stock tiefer, der Außerirdische, mit Schutzbrille und Helm, bewaffnet mit dem Gerät, das er wie eine Kalaschnikow hält. Hallo, schreit Bertschi. Umsonst. Erst als Bertschi wie ein Irrer mit den Armen fuchtelt, wird der Mann auf ihn aufmerksam. Er schiebt den Hörschutz hinters Ohr und reckt fragend das Kinn vor. Ob denn diese Seite der Fassade noch immer nicht fertig sei, will Bertschi wissen. Doch, die sei fertig, antwortet der Mann. Was er dann hier noch zu lärmen habe. Der Mann tätschelt seine Waffe liebevoll. Das sei ein neues Modell, und er probiere es gerade aus. Er solle ihn mit seinem Kontrollwahn verschonen. Abhauen solle er, und zwar subito. Die Stimme kippt ihm vor Zorn. Unwirsch knallt er das Fenster zu, und macht sich gefasst auf den Rachefeldzug. Doch es bleibt ruhig. Erleichtert atmet Bertschi auf. Gleichzeitig beschleicht ihn ein Gefühl der Scham. Da verrichtet das arme Schwein seinen harten Job zwischen Krach und Staub, und dann wird er noch angeschnauzt. In Gedanken leistet Bertschi beim Sandstrahler Abbitte.

Um sich abzulenken, sucht er im Netz nach Informationen über die albanische Drogenmafia.

Die Tür fliegt auf. Beta, schwer beladen, schließt sie mit einem Tritt.

Bertschi ist erstaunt. „Ich dachte, du bist bei Egli."

Beta wirft einen Blick auf die Uhr. „Gleich. Er hat angerufen, dass er sich um vierzig Minuten verspätet."

Sie lädt den Mac samt Unterlagen auf ihrem Tisch ab. „Ohne unsern Chef kommen wir erstaunlich gut vorwärts. Hast du schon mit dem Audi-Albaner telefoniert?"

„Nein", brummt Bertschi, „ich musste zuerst einen Arbeiter fertig machen", und deutet zum Fenster. „Seither ist es auffallend still."

Beta verdreht die Augen. „Klar, während der Mittagspause. Mal schauen, was der Spurendienst sagt." Beta greift zum Hörer, drückt die vorprogrammierte Taste und zählt während des Wartens die Anzahl der Summtöne. Schließlich resigniert sie. „Niemand in der Abteilung, wie gibt's denn das?"

Bertschi verzieht spöttisch den Mund: „Ist doch logisch, Mittagspause."

Er stöbert in seinen Papieren nach der Telefonnummer des albanischen Kleiderhändlers und sieht aus dem Augenwinkel, wie eine Papierkugel auf ihn zuschwirrt. Er duckt sich, und das Geschoss landet hinter ihm auf dem Boden. Als er sich aufrichtet, trifft ihn das nächste an der Stirn.

„Man merkt, dass du als Kind nichts zu lachen hattest", stöhnt Bertschi, und wählt die Nummer des Albaners. Danach reserviert er bei den Kripokollegen in Zürich den kleinen Konferenzraum ab 15 Uhr, und bittet um Freistellung eines Kollegen während zweier Stunden. Ein junger, unerfahrener Polizist wird ihm zugeteilt, was aber Bertschi nicht stört. Hauptsache, jemand hört sich im Block um, in dem der Albaner wohnt.

Bertschi reibt sich die Hände. „Um Zwei treffe ich Herrn Daniyola in seinem Laden. Ich bin gespannt, wie sich die Sache entwickelt."

„Bis heute Abend wissen wir eine Menge mehr", meint Beta zuversichtlich. „Wenn sich Burger nur endlich von seinem Steak losreißen könnte! Ich werde ihn ausquetschen wie eine Zitrone." Mit einem Blick auf den Terminkalender klagt sie: „Um Sechs habe ich einen lästigen Termin."

„Rücken oder Chef?"

„Leider nicht der Rücken. Meinst du, Emmer ist mit der Beschattung überfordert?"

„Nicht, wenn du mit ihm in Kontakt bleibst, und den Überblick behältst."

Betas Stirn kräuselt sich, und Bertschi fragt sich, warum er plötzlich ans Surfen denkt. Assoziiert sein Hirn das Kräuseln mit der Wasseroberfläche des Zürcher Sees? Er beobachtet, wie Beta den Notizblock in der Tasche verstaut, und sie dann schräg über die Schulter schwingt. Als sie das Büro durchquert, wippt die Umhängetasche bei jedem Schritt über den Pobacken. Bewundernd pfeift Bertschi seiner Kollegin hinterher.

Egli sitzt bereits im Empfangsraum, als Beta eintrifft. Sie stellt sich neben ihren Stuhl und fixiert Egli.

„Wo waren Sie gestern Nacht?"

„Unterwegs", antwortet Egli prompt.

„Präzisieren Sie Ihre Angaben, und nennen Sie Zeugen", fordert Beta unwirsch. Er sei bis nach Mitternacht im 'Stollen' gewesen. Das lasse sich belegen. Danach habe er Lust auf eine Spritztour gehabt. Er sei bis Kandersteg gefahren, habe umgedreht und sei nach Hause. Das könne er allerdings nicht beweisen, weil er allein gewesen sei.

„Sie haben Tanja aufgesucht, nicht wahr?"

„Dafür müsste ich zuerst wissen, wo sie ist", antwortet Egli gleichmütig.

„Ist Ihnen kein anderes Fahrzeug begegnet?"

Egli schüttelt den Kopf. „Um diese Zeit ist kein Mensch unterwegs."

„Sie irren sich. Ein Autofahrer hat Sie gekreuzt."

„Kann sein. Ich habe Musik gehört, da vergisst man die Welt um sich herum."

„Ich soll Ihnen also glauben, dass Sie in der Nacht ohne Sinn und Verstand herumfahren."

Egli zuckt mit der Schulter.

Beta setzt sich hin und kramt in ihren Unterlagen. Dann hebt sie den Blick und sieht ihr Gegenüber an. Unverwandt.

Egli schlägt die Augen nieder. „Wo befindet sich Tanja. Sagen Sie mir, wo sie sich aufhält", verlangt sie.

„Ob es Ihnen passt oder nicht, ich weiß es nicht", erwidert Egli patzig.

„Wir werden sie finden", sagt Beta, und zeigt mit dem Finger auf Egli. „Wenn sich herausstellt, dass Sie die Ermittlungen behindern, dann haben Sie nichts mehr zu lachen."

Ohne weiteres Wort verlässt Beta den Raum. Zurück in ihrem Büro in Bern, ruft sie Emmer an, und informiert ihn über das Gespräch mit Egli. Sie glaube ihm die Geschichte mit der ziellosen Autofahrt nicht.

„Ich denke, wir sollten Egli heute Nacht beobachten", meint sie, und überlegt, wie sich das einfädeln lässt.

Während Emmer erfolglos das Problem wälzt, redet Beta schon weiter: „Wir haben für Federers Beschattung zwei Polizisten. Sobald Federer seine Bar öffnet, reicht ein Beamter. Den andern setzen wir für Egli ein, sobald er Feierabend hat."

„Ich werde mich gleich darum kümmern", stimmt Emmer erleichtert zu. Übrigens gibt es noch eine Neuigkeit. Federer ist aufgetaucht, und befindet sich jetzt in seiner Wohnung. Er war zu Fuß unterwegs, in Lederjacke und Jeans, ohne Rucksack oder Tasche. Von der Kawasaki fehlt jede Spur."

„Wahrscheinlich hat Federer gestern den Töff anderswo..."

„...Ja klar", fällt Emmer ihr ins Wort, „weil er weiß, dass wir bei der Durchsuchung der Wohnung auf die Motorradkluft gestoßen sind."

„Möglich, aber jetzt konzentrieren wir uns darauf, was Federer und Egli heute Abend unternehmen."

Ein Bauarbeiter geht vorm Fenster vorbei. In der Hand hält er das Gerät, das die Stille niederschleift. Beta späht dem Mann hinterher und versucht, ihn mit ihrer Sehnsucht nach Ruhe zu beeinflussen. Das Universum erfülle jeden Wunsch, behauptet die Yogalehrerin. Vielleicht nicht sofort, und vielleicht nicht so, wie sich der Wünschende das vorstellt. Aber das Universum vergisst nichts.

In diesem Moment setzt ein bestialischer Lärm ein. Du verdammte Plage, schreit Beta gegen das Fenster an, hinter dem der Krach tobt. Sie hält inne. Den Wunsch nach Ruhe hat sie also noch offen. Und wenn sich dieser Wunsch in einer unpassenden Situation manifestiert, dann, wenn sie sich mit Fabrizio in den Laken wälzt? Das Universum scheint ihr plötzlich voller Tücken. Besser, sie glaubt nicht alles.

Der Arbeitsplatz sieht beschämend aus, urteilt Hunziker, als er sein Büro betritt, das er mit Emmer teilt. Was für ein Chaos. Er muss unbedingt aufräumen. Das heißt, nein, er muss zuerst die wichtigen Dinge erledigen. Die Notizen über das Gespräch durchlesen, das er mit Zumstein vor einer Woche geführt hat. Die Fragen für die nächste Unterredung formulieren. Zumstein anrufen. Einen Termin mit Hans Matter vereinbaren. Nach einem Blick auf die Uhr verändert er die Reihenfolge auf der Liste. Er drückt auf Taste zehn.

„Meldest du dich ab, oder willst du Töpfe gucken?"

„Heb mal den schwarzen Deckel."

„Falsch geraten, mein Lieber. Heute gibt's Speckrösti. Dafür darfst du bestellen, wie viel Spiegeleier du möchtest."

„Sind sie glücklich?"

„So glücklich wie ich", flötet Hunzikers Frau.

Im Eiltempo erledigt Hunziker die anstehenden Arbeiten, bevor er sich auf den Heimweg macht. Unten an der Haustür klingelt er zweimal, bevor er die Treppen in den dritten Stock hoch spurtet. Die Wohnungstür ist angelehnt. Er öffnet sie ganz und wird im gleichen Moment von seinem Sohn überfallen, der ihn hinter der Tür abgepasst hat. Hunziker sinkt vor Schreck zu Boden, und lallt Unverständliches. Plötzlich aber packt er den Kleinen, und hält ihn eisern an den Armen fest. Zur Polizei bringe er ihn jetzt, poltert er.

„Die bist du doch selber", kichert Max, und setzt sich seinem Vater auf die Brust.

„Wollt ihr auf dem Boden essen, oder kommt ihr zu Tisch", ruft Hunzikers Frau Moni aus der Küche.

Max sieht, wie die Mutter Zukotti auf der Platte anrichtet. Sie hat wieder das Gemüse gekocht, das er nicht ausstehen kann. Wenn er mit dem Vater herumtollt, isst sie vielleicht alles selber auf. Max kitzelt seinen Vater an den Füssen, worauf der statt einer Antwort nur lacht. Doch dann springt er auf, und winkt Max zu sich. Er legt den Zeigefinger an die Lippen, und flüstert Max etwas ins Ohr. Dann schleichen sich die beiden in die Küche und brüllen gemeinsam: „Wo ist der Fraß."

Moni schüttelt entsetzt den Kopf und schließt hastig das Fenster.

„Wenn euch jemand hört."

„Das sagen doch nicht wir", erklärt Max. „Das sagt der Junge im Kinderheim."

„Da hast du Recht. Aber vielleicht haben die andern Leute den Film nicht gesehen, und denken, dass ich nicht kochen kann."

Max schaut auf seinen Teller. „Musste der Junge auch Zukotti essen?"

„Zum Glück nicht", antwortet Hunziker ernst. „Entweder musste er Zucchini essen, oder Biscotti. Mahlzeit."

Zweimal stiehlt Hunziker ein Gemüsestück vom Teller seines Sohnes. Der schielt verstohlen zur Mutter. Doch die gibt vor, nichts zu sehen. Max schluckt die Bissen als Ganzes hinunter. Wenn er das Zeug nicht zerkaut, merkt er nicht, wie scheußlich es schmeckt.

Kaum hat Max den Teller leer, verzieht er sich in sein Zimmer. Er hat den Bauernhof aufgebaut. Jetzt fehlen noch die Tiere. Er wird Kühe und Schafe hinstellen, und Pferde und Gänse. Schade, dass er keinen Affen hat. So einen wie im Basler Zoo. Mit dem würde er ganz lang spielen, weil der immer lustig ist.

Hunziker denkt an das bevorstehende Treffen mit Zumstein. Ein mulmiges Gefühl beschleicht ihn. Er wird nichts Neues erfahren. Wie auch? Die Zumsteins leben in ihrem eigenen Kosmos, ohne Anbindung nach draußen. Eigentlich eine ideale Situation für jemand, der irgendetwas verheimlichen will. Ob Zumstein mit dem Verschwinden von Tanja zu tun hat? Wie kann er diesen Totengräber zum Reden bringen?

Wie denn sie das Gespräch einleiten würde, fragt er Moni.

Sie überlegt eine Weile, und meint dann, dass man manchmal die Dinge von einer anderen Warte aus betrachten muss. Sie würde sich mit Frau Zumstein allein unterhalten.

„Das bringt doch nichts, die hat sich längst ausgeklinkt", winkt Hunziker ab."

„Ja, aber nur aus dem Eheleben. Die ist geistig ganz fit, und wenn du es richtig anstellst, dann öffnet sie sich." Sie reißt ihren Blick von der Kaffeemaschine und funkelt ihren Mann an. „Jedenfalls bei mir schaffst du das."

Hunziker schmilzt wie Schokolade in der Sonne. Was für ein Schlenker seiner Frau wieder einmal gelingt. Sie ist eine versierte Geliebte. Sie und der Espresso, sie bauen ihn auf.

Er zieht die Schuhe an und schickt ihr von der Tür her einen Kuss. „Ein kleines Match heute Abend?", fragt sie, während sie die Pfanne scheuert. Er braucht einen Moment, bis bei ihm der Groschen fällt. „Oder jetzt", setzt er eins obendrauf, und wiegt sich in den Hüften.

„Jetzt", antwortet sie, „sind die Lichtverhältnisse nicht ideal". Sie kichern beide wie Teenies, bevor Moni ihren Mann mit einer Handbewegung fortscheucht.

Mittwochnachmittag

Die Straße Richtung Hüniswil ist wie leer gefegt. Als das alleinstehende Haus der Zumsteins auftaucht, hält Hunziker den Atem an. Der abgeschiedene Landstrich schlägt ihm aufs Gemüt. Er würde hier eingehen wie eine Primel, und Moni auch.

Zumstein öffnet ihm die Tür und führt ihn ins Wohnzimmer. Frau Zumstein hängt kraftlos im Rollstuhl. Alles wie beim letzten Mal, schießt es Hunziker durch den Kopf. Wie ein gefrorenes Bild.

Frau Zumsteins Blick verliert sich im nahen Wald. Hunziker runzelt die Stirn. Die Frau schaut nicht gesprächig aus. Er zweifelt daran, dass sich eine Unterhaltung mit ihr lohnt. Aber probieren kann er es, nur schon, um Moni zu beweisen, dass ihre Idee nicht fruchtete.

Ob er mit Frau Zumstein unter vier Augen reden könne, wendet er sich an Zumstein. Der grinst abfällig. „Das hat keinen Zweck. Sie sehen ja selbst, dass sie sich für nichts interessiert. Meine Frau ist krank, da ist nichts zu machen. Sie können ihr noch so viele Fragen stellen, Sie werden aus ihr nichts herauskriegen."

„Lassen Sie das meine Sorge sein", weist Hunziker ihn in

die Schranken. Darauf zuckt Zumstein die Achseln, und verlässt das Zimmer.

Hunziker hört ein leises Lachen. Überrascht dreht er sich um. Frau Zumsteins apathische Haltung scheint unverändert, und doch strahlt sie einen Hauch von Energie aus. Hunziker zieht einen Stuhl heran und nimmt neben ihr Platz.

„Warum lachen Sie", erkundigt er.

„Weil es Ihnen gelungen ist, meinen Mann zu verunsichern. Er meint, ich sei blöd. Aber ich bekomme alles mit. Nur lasse ich es mir nicht anmerken, denn ich will meine Ruhe haben." Frau Zumstein lacht nochmals auf. „Jetzt hockt er im Keller und rätselt, was die Alte was beobachtet hat."

„Und? Haben Sie etwas gesehen, oder gehört?"

Frau Zumstein lässt sich mit der Antwort Zeit. „Tanja war am Samstag vor einer Woche hier. Einen Tag später hielt sie sich abends im 'Stollen' auf. Das war's. Von da an verliert sich ihre Spur."

Die Frau versinkt in Schweigen. Einer anderen Mutter würden jetzt die Tränen hervorquellen, denkt Hunziker. Er wartet. Nach einer Weile fährt Frau Zumstein fort: „In den zehn Tagen, seit Tanja vermisst wird, haben wir zweimal Besuch gehabt. Der eine galt mir, und war sehr schön. Meine Schwester von Spiez schaute vorbei. Der andere Besuch ließ sich hier nicht blicken. Er betrat das Haus durch die Kellertür, und wurde von meinem Mann abgefangen."

Es gibt doch etwas Neues, registriert Hunziker, und schaltet auf erhöhte Wachsamkeit um.

„Der Barkeeper war hier, dieser Federer. Keine Ahnung, worüber die Männer diskutierten. Auf jeden Fall ging es ein paar Mal laut zu. Getrunken haben sie auch, denn mein Mann roch nach Alkohol, als er zurückkehrte."

Ob sie sicher sei, dass es sich um Federer gehandelt habe. „Ja. Ich erkenne ihn am Lachen. Da kippt ihm manchmal der Ton weg wie einem Jungen im Stimmbruch."

Dann schweigt Frau Zumstein. Sie gleitet zurück in ihr

geschlossenes System, diesen Schutzwall gegen das Leben.

Ich muss sie zurückholen, denkt Hunziker alarmiert. Vielleicht gelingt es mir, wenn ich eine Frage stelle. „Glauben Sie, dass der Barkeeper etwas mit dem Verschwinden Ihrer Tochter zu tun hat?"

Wie in Trance erwidert Frau Zumstein: „Der Kerl ist ein Charakterlump. Er hat bloß Geld und Drogen im Kopf, und für seine Geschäfte spannt er skrupellos junge Leute ein."

Plötzlich ist Frau Zumstein wieder voll da. Sie richtet ihren Blick auf Hunziker und sagt: „Tanja wollte aufhören zu dealen, und diese Idee gefiel Federer garantiert nicht. Warum ist er hierher gekommen? Warum streitet er mit meinem Mann? Warum wird Tanja zuletzt in seiner Bar gesehen? Federer hat mit der Geschichte zu tun. Quetschen Sie ihn aus, Herr Hunziker. Und meinen Mann auch. Die beiden haben Dreck am Stecken."

Frau Zumstein sackt in sich zusammen. Unmissverständlich signalisiert sie, dass es nichts mehr zu sagen gibt. Jedenfalls nichts, was einen Kripobeamten interessieren könnte.

Hunziker lehnt sich zurück. Er überfliegt nochmals das Gespräch, das er mit Zumstein vor einer Woche geführt hat. Warum hat Zumstein den Besuch Federers verschwiegen? Und warum hat er so einen Aufriss wegen den mit Marihuana gefüllten Teebeuteln gemacht? Zumstein und Federer, was verbindet die zwei?

Entschlossen steht Hunziker auf. Keine Chance für Zumstein, schwört er sich. Der erwartet ihn im Keller mit einer zynischen Bemerkung. „Gut geplaudert mit ihr?"

Hunziker kontert mit einer Gegenfrage: „Warum war Federer am Sonntag vor einer Woche hier?"

Der überraschende Schlag sitzt. Zumsteins Miene zerfließt. Seine Wangen werden schlaff, das linke Lid zuckt. Die Augenbrauen wandern auf und ab, um dem Zwinkern Herr zu werden. Mühsam versucht Zumstein, die Kontrolle über sich zurück zu gewinnen. In voller Größe richtet er sich vor Hunziker auf und geifert: „Ich habe es Ihnen doch gesagt. Meine Frau bringt alles durcheinander. Sie erinnert sich zwar, dass Federer einmal hier war, aber wann das war, weiß sie nicht. Federer war vor vier Wochen hier, und nicht vor zehn Tagen."

„So ein Blödsinn", herrscht Hunziker ihn an. „Ihre Frau ist bei klarem Verstand, und das Schicksal Tanjas liegt ihr am Herzen, was man von Ihnen nicht behaupten kann. Sie haben ja offenbar nichts Besseres zu tun, als Tanja in den Rücken zu fallen." Er hält inne, bevor er hinzufügt: „Was kann man schon von einem Mann erwarten, der seine Tochter missbraucht hat. Also, was hat Federer von Ihnen wollen?"

Mürrisch antwortet Zumstein: „Um die Zukunft von Federers Onkel ist es gegangen, genauer gesagt, um einen Platz auf dem Friedhof."

Der Totengräber hat eine blühende Fantasie, stellt Hunziker bei sich fest. Im Moment jedoch interessieren ihn die Märchen nicht. Er wird dieser miesen kleinen Ratte die Selbstherrlichkeit schon austreiben. Ist Zumstein beim letzten Mal nicht eingeknickt, als er ihm gedroht hat? Die Taktik lässt sich wiederholen.

„Herr Zumstein, mir scheint, Sie verkennen Ihre Lage. Ich bin nicht hier, um mit Ihnen zu schwatzen, sondern um Sie zu verhören. Sie werden verdächtigt, am Verschwinden Ihrer Tochter beteiligt zu sein. Erschwerend kommt hinzu, dass Sie die Untersuchung eines Kriminaldelikts behindern. Das heißt, ich kann Sie nach Bern bringen lassen. Auf dem Kommissariat wird man sich eingehend mit Ihnen befassen, und zwar so lange, bis wir alles wissen."

„Das können Sie nicht machen. Ich bin todkrank, und meine Frau auch."

„Um Ihre Frau werden wir uns selbstverständlich kümmern, und was Sie selbst betrifft, so gibt es in der U-Haft medizinische Betreuung. Aber auf Ihr gewohntes Schmerzmittel aus dem Teebeutel werden Sie verzichten müssen."

Zumstein nestelt an den Knöpfen seiner Jacke und versucht das Gehörte einzuordnen. Er wirft Hunziker einen scheelen Blick zu, wie um sich zu vergewissern, ob die Warnung ernst gemeint ist. Der beachtet sein Gegenüber nicht.

Er greift zum Handy, entfernt sich von Zumstein und täuscht vor, zu telefonieren. Er meldet einem fiktiven Kollegen den Termin mit Hans Matter, was Zumstein säuerlich zur Kenntnis nimmt, denn den schwulen Hüniswiler kann er nicht leiden. Der wird sicher schlecht über ihn reden. Hunziker ist noch immer am Telefon, und gibt durch, dass Federer sofort vernommen werden müsse. Er habe am Sonntag vor einer Woche Zumstein aufgesucht, um mit ihm Tanjas Ermordung zu planen.

Zumstein steht der Atem still. Geht es ihm jetzt an den Kragen, oder blufft der vermaledeite Bulle bloß? Zum Teufel mit dem Barkeeper, der ihn in die Situation gebracht hat. Nun steckt er in der Zwickmühle. Sagt er nichts, dann kassiert ihn Hunziker ein. Verpfeift er Federer, dann sind die fetten Tage vorbei. Federer ist ein brutaler Knochen, er wird sich unzimperlich rächen. Vielleicht aber, wenn Zumstein es geschickt einfädelt, kommt dieser Drogenheini endlich in den Knast. Ein paar Jahre hinter Gittern, das würde ihm recht geschehen.

Hunziker beendet das Telefonat und wendet sich Zumstein zu. „Also, das war's dann. Die Streife trifft demnächst ein."

Wie um den Ernst der Lage zu unterstreichen, überfällt Zumstein an der Wirbelsäule ein unsäglicher Schmerz. Zwischen S2 und S3, lokalisiert er fachmännisch, und beginnt, sich über die Oberschenkel zu reiben. Gleichzeitig wird ihm bewusst, dass er ohne Stoff verloren ist. Entschuldigend hebt er die Hand, und quält sich zum Tisch, auf dem der Werkzeugkasten steht. Aus seiner Hosentasche zieht er eine kleine Pfeife, füllt sie mit einer Mischung aus Gras und Tabak, und zündet sie an. Er nimmt einen tiefen Zug und behält den Rauch lang in der Lunge, bevor er sachte ausatmet. Die Augen hält er geschlossen. Er konzentriert sich auf die Schmerztherapie.

Hunziker beobachtet fasziniert das Geschehen. Vom Kiffen versteht er nichts. Er sollte sich endlich zu einem Selbstversuch durchringen. Seine Frau würde bestimmt mitziehen.

Und dann? Dann hätten sie ein Match nach dem andern. Hunziker streicht sich genüsslich über den rechten Nasenflügel.

Ein paar Minuten später ist Zumstein wieder ansprechbar. Es geht ihm besser, und er scheint sich für eine neue Strategie entschieden zu haben.

„Die Geschichte hat mit den Teebeuteln in der Werkzeugkiste zu tun. Die stammen nicht von Tanja, wie ich behauptet habe, sondern von Federer. Er hat das Zeug in meinem Schuppen gelagert." Zumstein verliert den Faden und murmelt: „Es ist alles sehr kompliziert."

Hunziker notiert die Aussage, so dass er den Schwafler im Zweifelsfall festnageln kann.

„Wie kommt denn Federer dazu, Ihren Schuppen als Drogenlager zu verwenden?"

„Tanja hat ihm wahrscheinlich vom Schuppen erzählt. Sie hat sich als Kind oft dort aufgehalten. Ich muss ja zugeben, der Schuppen eignet sich gut als Versteck. Man sieht ihn weder von meinem Haus aus, noch von der Straße. Außerdem wird er seit zwanzig Jahren nicht mehr gebraucht. Das sind ideale Bedingungen für ein Drogendepot."

„Hat Federer den Schuppen mit Ihrer Einwilligung genutzt?"

Zumstein befällt eine plötzliche Unruhe. Auf seiner Stirn entsteht ein Film aus Schweiß. Er streicht sich das Haar aus der Stirn, doch die Strähnen fallen ihm sofort wieder nach vorn.

„Wo denken Sie hin", protestiert er schwach. „Ich mache keine Geschäfte mit Dealern."

Hunziker hebt die Augenbrauen und signalisiert seinem Gegenüber, bei der Wahrheit zu bleiben. Der kuscht sofort, und bemüht sich um eine sachliche Auskunft.

„Ich hatte keine Ahnung, dass Federer meinen Schuppen als Drogenversteck nutzt. Das Lager habe ich rein zufällig vor einem halben Jahr entdeckt. Damals öffnete ich aus purer Langeweile die Tür zum Schuppen. Die Geräte standen noch da. Aber ich staunte nicht schlecht, als ich den neuen Boden sah. Jemand hatte Bretter über den erdigen Grund gelegt, ohne mich zu fragen. Ein starkes Stück, nicht wahr? Ich hob eines der Bretter an und sah eine Kiste. Natürlich wollte ich wissen, was da drin ist. Ich räumte das Werkzeug beiseite, um die Bretter entfernen zu können. Die Truhe aus Metall befand sich in einer Grube. Drinnen lagen vier verschlossene Pakete. Ich schlitzte eines auf, und entdeckte die Teebeutel."

Zumstein lächelt schief. Müde sieht er aus. So, als wäre ihm alles zuviel.

„Und dann haben Sie sich bedient", hilft Hunziker aus.

„Ich dachte, das Zeug gehört meiner Tochter", verteidigt sich Zumstein.

„Sie meinen, mit der Tochter kann man machen, was man will."

Zumstein schweigt. Erst als Hunziker ihn mit einem barschen „Weiter" anbellt, erzählt er den Rest. Federer sei ein paar Tage später aufgekreuzt, und habe ihn fertig gemacht, bloß wegen einer Handvoll Drogen. Erst da habe er begriffen, wem die vier Pakete im Schuppen gehörten.

Federer sei unverschämt gewesen, und habe ihn abgekanzelt wie einen Schuljungen. Da aber habe er Federer den Marsch geblasen. Eine Frechheit sei das, seinen Schuppen für illegale Geschäfte zu missbrauchen. Verklagen könne er ihn. Daraufhin sei ein heftiger Streit entbrannt. Am Ende aber seien sich Federer und er handelseinig geworden.

Für Zumstein scheint damit alles gesagt zu sein.

Wie denn die Bedingungen lauten, erkundigt sich Hunziker.

„Er stellte zwei Forderungen. Ich könne die Teebeutel behalten, aber dürfe nie mehr meinen Schuppen betreten. Und ich dürfe niemandem davon erzählen."

„Wann hat das Gespräch stattgefunden?"

„Vor sechs Monaten."

„Haben Sie seither je den Schuppen betreten?"

Zumstein schüttelt den Kopf.

„Befinden sich im Schuppen noch Drogen?"

Zumstein schüttelt den Kopf.

„Woher wissen Sie dann, dass der Schuppen leer ist?"

Die Frage hängt in der Luft, sie scheint bei Zumstein nicht angekommen zu sein, denn er stiert leeren Blicks auf das Bord mit den Werkzeugen.

„Mir reißt jetzt gleich die Geduld", wettert Hunziker, der vergebens auf eine Antwort wartet. „Also, vorwärts."

Zumstein rattert die Geschichte herunter wie einer, dem die Sache peinlich ist.

„Tanja hat nichts von Federers Drogenlager gewusst. Als sie uns dann am vorigen Wochenende besuchte, habe ich ihr gegenüber das Versteck erwähnt. Einen Tag später kreuzte Federer bei mir auf, und wollte wissen, wer sich an seinem Stoff vergriffen hat. Da habe ich kapiert, wie viel es geschlagen hat. Federer hat nicht locker gelassen, bis ich ..." Die Worte verweigern sich Zumstein, sie wollen ihm nicht über die Lippen. Solang er sie nicht ausspricht, kann er der Wahrheit ausweichen.

„Bis Sie gesungen haben", vollendet Hunziker schroff den Satz. „Sie haben Tanja verraten."

Zumstein bäumt sich auf und versucht, sich rein zu waschen. „Ich habe doch nicht damit gerechnet, dass sie den Schuppen leer räumt."

„Ach", blafft Hunziker, „wozu haben Sie ihr dann vom Schuppen erzählt? Sie haben doch mit Federer abgemacht, den Mund zu halten. Wie hat Federer reagiert?"

„Er war sauer."

„Was genau hat er gesagt?"

„An die Einzelheiten kann ich mich nicht erinnern."

„Herr Zumstein, was hat Federer gesagt? Sie sollen nicht Federer schützen, sondern Ihrer Tochter beistehen."

Abrupt wendet sich Zumstein ab. Eine bedrückende Stille breitet sich im Keller aus. Zumsteins Schultern zucken in unregelmäßigem Abstand. Er weint ohne das geringste Geräusch. Er weint tränenlos, konstatiert Hunziker mitleidslos.

„Was hat Federer gesagt", wiederholt Hunziker ruhig.

Zumstein schreit auf. Er sinkt auf den nächsten Stuhl und

stöhnt. Sein Gesicht gleicht plötzlich einer Totenmaske. Hunziker erfasst die Lage sofort. Der Mann da vor ihm spielt kein Theater. Den hat der Schmerz im Griff.

„Kann ich etwas für Sie tun", bietet Hunziker an.

Zumstein deutet ein Nein an. Mit zitternden Händen angelt er sich die Pfeife. Doch dann hält er in der Bewegung inne. Ein lang gezogener hoher Ton entfährt ihm, der das Ausmaß der Pein andeutet. Irgendwie gelingt es Zumstein, die Pfeife zu stopfen, diesmal mit reinem Marihuana.

Machtlos steht Hunziker daneben. Obwohl er diesen Mann verabscheut, wünscht er ihm ein Ende der Qual. Er atmet den Geruch der Droge ein, und ordnet die Gedanken, ohne sein Gegenüber aus den Augen zu lassen.

Zumstein legt den linken Arm, mit der Pfeife in der Hand, auf den Werktisch, und versteckt sein Gesicht in der Beuge. Seine andere Hand beschäftigt sich unablässig mit den Haaren. Er kämmt sie mit den Fingern, streicht sie zurück, er zieht an einer Strähne, und manchmal krault er sich. Die Pein lockert ihre Krallen. Langsam kommt Zumstein wieder zu sich. Er hebt den Kopf. Da steht er, der Bulle, er hat das Feld noch nicht geräumt. Augenblicklich erkennt Zumstein, dass er sich in einer verzwickten Lage befindet. Worüber haben sie sich unterhalten? Er betrachtet die Pfeife in seiner Hand. Er hat sie gar nicht fertig geraucht. Sie fühlt sich warm an, aber sie ist erloschen.

Erleichtert bemerkt Hunziker, wie sich Zumstein erholt. Er wiederholt die Frage, die er zuletzt gestellt hat.

„Was hat Federer gesagt?"

Zumstein braucht eine Weile, um sich zu sammeln. Ohne den Blick von der Pfeife zu wenden, murmelt er: „Er würde sich Tanja vorknöpfen."

Hunziker springt auf und schreit Zumstein an: „Und damit rücken Sie erst jetzt heraus, Sie Armleuchter. Wenn Tanja tot ist, dann Gnade Ihnen Gott."

Grußlos stürmt Hunziker die Treppe hoch, sich per Zuruf von Frau Zumstein verabschiedend. Bevor er ins Auto steigt, wirft er einen Blick zurück. Mausoleum mit welker

Mimose und widerlicher Kellerassel, schimpft er vor sich hin, und braust mit quietschenden Reifen davon.

Frau Zumstein kann sich keinen Reim auf den stürmischen Abgang des Kripobeamten machen. Hoffentlich hat er ihrem Mann die Kutteln geputzt.

Zumstein bleibt im Keller sitzen. Dieser Hunziker ist ein scharfer Hund, einer, der sich allerhand herausnimmt. Hat man denn in seinem Alter keinen Anspruch auf Rücksicht? Unzufrieden brummt er vor sich hin. Ob sich Hunziker jetzt sofort mit Federer trifft? Was, wenn er ihn nach dem Verhör laufen lässt?

In Zumsteins Magen rumort es. Mit Federer ist nicht zu spaßen. Dieser elende Barkeeper beschert ihm nur Probleme. Vor zehn Tagen, an diesem vermaledeiten Sonntag, tauchte er an der Rückseite des Hauses auf. Zumstein musste ihm wohl oder übel die Tür öffnen, und Federer betrat selbstherrlich den Keller. Er lehnte sich an den Waschtrog, verschränkte die Arme vor der Brust und fixierte sein Gegenüber.

Zumstein sagte bloß: „Und?"

Da rastete Federer aus. „Und", schrie er. „Dir wird dein schnoddriges Getue gleich vergehen. Der Geräteschuppen ist leer, und du bist der einzige, der von meinem Lager weiß. Also mein Freund, wo ist der Stoff."

Zumstein zuckte ungerührt mit der Achsel. „Keine Ahnung."

Federer packte ihn bei den Oberarmen und schüttelte ihn, bis Zumstein wimmernd bat, er möge aufhören. Federer stieß ihn von sich. „Du widerlicher alter Sack", zischte er. Dann fuhr er ihn barsch an. „Wo ist der Stoff?"

„Ich habe nichts genommen, das kann ich beschwören", versicherte Zumstein, während er sich den Schweiß von der Stirn wischte.

„Wer dann?"

Zumstein blickte zu Boden. Da hatte er in seinem Hass Tanja schaden wollen, und jetzt saß er selbst in der Klemme.

Federer griff zum Stemmeisen, das auf dem Tisch lag. Er näherte sich Zumstein, und schob ihm damit das Kinn hoch. Der scharfe Rand der Stahlkante drückte ihm auf den Kehlkopf. Er wich mit dem Oberkörper zurück, konnte jedoch nicht fliehen, da ihm die Werkbank den Weg abschnitt.

„Hör auf damit." Zumstein packte das Stemmeisen und schob es zur Seite. „Ich habe mich mit Tanja unterhalten, und dabei ist mir die Sache mit dem Schuppen heraus gerutscht."

„Aha, du hast dich verplappert. Wenn ich mich nicht irre, hast du dich zu Stillschweigen verpflichtet. Auf dich kann man sich demnach nicht verlassen."

Federers Blick schweifte durch den Raum. „Wo hortest du den Kiff?", herrschte er ihn an.

Mit dem Kopf wies Zumstein in Richtung Werkzeugkasten. Federer klappte die beiden Fächer auseinander. Gehässig wandte er sich Zumstein zu. „Jeder Mensch erntet das, was er gesät hat." Dann überprüfte er die Anzahl der Teebeutel. Zumstein schien sich nicht an seinem Lager vergriffen zu haben. Federer nickte ihm zu, und stopfte die Earl-Grey-Sammlung in seine Taschen. Fassungslos beobachtete Zumstein, wie sein Vorrat an Schmerzmitteln verschwand. Er traute sich nicht zu protestieren.

„Mit wem sonst hast du über den Schuppen gesprochen?"

„Mit niemandem", beteuerte Zumstein.

„Interessant. Wenn wir also den mysteriösen Unbekannten ausschließen, der sich über mein Lager hergemacht hat, bleibt nur eine Person übrig. Wir beide sind uns einig, dass Tanja meine Ware geklaut hat."

Zumstein sagte nichts.

„Du hältst wohl nicht viel von deiner Tochter?"

Zumstein schwieg.

„Natürlich hast du ihr beim Abtransport geholfen."

Abwehrend hob Zumstein die Hände. „Ich habe nicht einen Moment lang daran gedacht, dass Tanja das Zeug stehlen könnte."

Federer blickte Zumstein verächtlich an. „Na ja, denken

war nie deine Stärke."

Die boshafte Bemerkung ließ Zumstein hochfahren. „Du hast meinen Schuppen lang genug für deine Zwecke benutzt."

„Nun mal halblang. Schließlich hast du so etwas wie eine Miete dafür eingestrichen. Dumm gelaufen, dass du jetzt nichts mehr davon hast." Hämisch klopfte sich Federer auf die dicken Taschen.

Er nahm das Stemmeisen wieder auf, und schlug es ein paar Mal auf seine linke Handfläche. Dann schleuderte er es in den Waschtrog, und fuhr sich mit der Rechten durchs Haar. „Für Tanja war der Schuppen ein wichtiger Ort. Dort hat sie sich als Kind vor dir versteckt." Ruhelos irrten seine Augen durch den Raum. Schließlich blieben sie am Kühlschrank haften.

„Hast du ein Egger?"

„Selbstverständlich", antwortete Zumstein beflissen, holte zwei Bier, entfernte die Kapseln, und drückte seinem Besucher eine Flasche in die Hand. Die beiden prosteten sich aus sicherer Entfernung wortlos zu. Federer starrte auf die rostige Säge, während Zumstein sich ins Muster der Bodenfliessen vertiefte.

Mehr zu sich selbst begann Federer zu reden. „Eigentlich ist Tanja eine tolle Frau. Sie ist ein feiner Kumpel. Ich habe sie immer bewundert. Sie ist witzig und gescheit und trinkfest. Sie kann zwar auch stur sein wie ein Esel, aber verlässlich ist sie allemal. Vor langer Zeit", Federer senkte seine Stimme, „war sie sehr anhänglich."

Er öffnete den Kühlschrank und genehmigte sich, ohne zu fragen, ein zweites Bier. Auf einmal erregte ihn etwas, er trank, suchte nach passenden Worten, setzte die Flasche an und wieder ab, und stampfte dann mit dem Fuß auf.

„Was hast du Arsch mit ihr gemacht. Sie war einmal eine klasse Frau. Und was ist sie jetzt? Ein Wrack. Sie kifft und säuft und klaut und legt sich für einen Kerl aus Polen flach. Hast du dich einmal gefragt, warum sie so geworden ist?"

Zumstein hatte nur halb zugehört. Seine Gedanken waren

um die für ihn so wichtige Medizin gekreist. Er hatte gerade fieberhaft überlegt, wie er das Dope zurückerobern könnte. Bei Federers plötzlichem Ausbruch hob er ganz verdattert den Blick. Federer schien außer sich zu sein, und er verstand nicht warum.

„Dir wird der Stumpfsinn schon noch vergehen", brüllte Federer, und näherte sich Zumstein. Der bekam es mit der Angst zu tun, und entschied sich für die nette Tour. Was Federer denn von ihm erwarte? Da lachte der Barkeeper höhnisch auf und antwortete, nichts. Eigentlich sollte man einen alten Bock wie ihn mit dem Gnadenschuss erledigen. Er packte den Hammer, legte ihn an wie ein Gewehr, zielte auf Zumstein, und schnalzte mit der Zunge.

Und dann, als wären sie sich einig geworden, reckten die Männer das Kinn, setzten die Flaschen an, und kippten das Bier hinunter. Zumstein wischte sich mit dem Handrücken über die Lippen. Federer kümmerte sich um Nachschub. Mit einem frischen Egger in der Hand tranken sie sich zu, doch diesmal weniger distanziert als beim ersten Mal. Grob knallten sie die Flaschen aneinander.

Federer hatte sich wieder in der Hand. Sein windstiller Tonfall lullte Zumstein zweiundzwanzig Worte lang ein. „Du hast ja keine Ahnung, was Tanja mir bedeutet. Die Sache liegt zwar weit zurück, aber Tanja und ich waren einmal zusammen."

Zumstein schreckte auf. Was, sein Mädchen mit diesem lausigen Windhund? Nie im Leben hätte er das gedacht. Seine Tochter hurte wirklich mit jedem Kerl herum. Im Prinzip konnte ihm das alles egal sein. Was hatte er schon mit diesem Federer zu schaffen, abgesehen vom vermaledeiten Gras. Ihre Wege kreuzten sich gerade zum zweiten Mal, und das nur wegen Tanja. Ohne sie stünde der Wichtigtuer jetzt nicht bei ihm im Keller. Seine Gedanken kehrten zu Federers Geständnis zurück. Ganz beiläufig fragte er seinen Besucher, wann sie beide, und benutzte fürs vermiedene Wort die Fingersprache. Federer starrte Zumstein an. Wie konnte der dieses ordinäre Zeichen verwenden, wo es um seine Liebe zu Tanja ging.

„Tanja hat mir eine Menge von dir erzählt, du verdammter Kinderschänder." Federer tat einen tiefen Seufzer. Die Erinnerung an die Vergangenheit hatte ihn mit aller Macht eingeholt. „Ich lernte sie kennen, als sie fünfzehn war, und" - er suchte nach dem richtigen Ausdruck - „und ich fand sie so zart und unschuldig. Ich habe sie angebetet, und sie hat mir vertraut. Es war eine tolle Zeit. Kein Mensch wusste, dass wir zusammen waren. Wir wollten nicht, dass sich jemand einmischte, oder unsere Beziehung in den Dreck zog."

Federer hielt inne. Seine Miene verdüsterte sich. „Nach zwei Jahren erklärte sie mir, dass ich wie ihr Vater sei. Der sei auch voller Sanftmut gewesen."

Federer nickte vor sich hin. Seine Augen blitzten auf. „Voller Sanftmut, du Lump. Du hast mit ihr beim Vögeln geredet und gescherzt, damit sie sich nicht wehrt."

Statt einer Entgegnung nahm Zumstein einen zünftigen Schluck. Auf vermintes Gebiet wollte er sich nicht begeben, obwohl es ihn juckte, ein paar Dinge klarzustellen. Zum Beispiel, dass Federer die minderjährige Tanja verführt hatte. Oder dass er Tanja in seine Drogengeschäfte einspannte. Plötzlich fiel ihm das Sprichwort ein.

„Wer selbst im Glashaus sitzt..."

„Wer sitzt denn da drin? Ich oder du?"

Zumstein kapierte nichts, und seine fragende Miene reizte Federer zum Lachen. Er schepperte los und konnte nicht mehr aufhören. Immer lauter wurde er, und die nackten Kellerwände schmetterten die Lachsalven zurück in den Raum. Die Tonwellen kreuzten sich, sie überschlugen sich, und Zumstein nahm das verzerrte Gebrüll als Klangtumult wahr. Verloren stand er neben seiner Werkbank. Schließlich steckte ihn das hysterische Gelächter dieses Mannes an. Er stimmte ein, und sein zahmes Meckern unterwarf sich dem derben Grölen Federers.

Nachdem sich die Männer beruhigt hatten, fand es Zumstein an der Zeit, ihr Bündnis zu besiegeln. Er stellte zwei Cognacgläser neben die Werkzeugkiste, griff zum Vecchia

Romana und schenkte ein. Die rote Markierung im Glas schwamm einen Finger breit unter der Brandyoberfläche.

Zumstein stieß mit Federer an und sagte lakonisch: „Auf die Höhen und Tiefen des Lebens." Und Federer antwortete mit Tanjas Trinkspruch: „Auf ein Ewiges." Sie leerten die Gläser.

Zumstein genoss die wohlige Wärme, die sich im Körper ausbreitete. Zugleich spürte er, wie seine Glieder kraftlos wurden. Federer hielt sich in fernen Welten auf, und wischte sich mehrmals mit der Hand über die Augen. Dann fasste er Zumstein am Oberarm, als wäre er ein guter Freund. Er verstehe nicht, warum Tanja ihn verlassen habe. Sie hätten gut zusammen gepasst, und Tanja sei beschwingt gewesen wie nie. Sie beide wären noch heute glücklich, wenn Tanja einen andern Vater gehabt hätte. Zumstein habe das Mädel versaut.

Selber ein Schwein, dachte Zumstein, und schob Federer von sich. Der schluchzte trocken auf, und warf Zumstein einen unversöhnlichen Blick zu. „Du hast die Frau kaputt gemacht. Geht das in deinen Kopf hinein, du Krüppel. Sie misst jede Erfahrung mit Männern an dem, was sie mit dir erlebt hat. Weißt du, was sie mir sagte, als sie mich vor zwölf Jahren stehen ließ? Dass sie immer an dich denken muss, wenn sie bei mir ist, und dass sie die Schnauze voll hat von Männern, die scharf sind auf wehrlose Mädchen. Typen wie du und ich würden sich nicht für erwachsene Frauen interessieren."

Federers Hass auf Zumstein erlosch so rasch wie er sich entzündet hatte. „Sie war wunderbar, so erfrischend und so unbeschwert. Das ist sie jetzt natürlich nicht mehr. Aber das ist mir egal. Ich will Tanja noch immer haben. Ich möchte sie umarmen und zärtlich mit ihr sein. Ihr Lachen soll nur mir gelten. Ich hätte nie gedacht, dass ich eine Frau so lieben könnte wie sie."

Federer holte tief Luft. Er legte seine Rechte auf Zumsteins Schulter und gestand: „Ich würde alles tun, um sie zurück zu gewinnen. Alles. Ich vermisse Tanja sehr."

Bei diesen Worten brach in Zumstein die innere Abwehr zusammen. Auch er vermisste seine Tochter. Auch er hatte sie verloren. Dann machte er etwas, was er noch nie in seinem Leben gemacht hatte. Er umarmte einen Mann. Einen, von dem er, mit Abstand betrachtet, nichts hielt, mit dem ihn aber in diesem Moment die gleiche Stimmung verband. Zumstein zog Federer an sich. Die beiden hielten sich, vereint in der Sehnsucht nach Tanja.

Federer gewann als erster die Fassung zurück. Er tätschelte Zumsteins Rücken und löste sich von ihm. Verlegen drehte er sich zur Seite, und zündete eine Zigarette an.

„Und nun zu dir. Oberstes Gebot, Maul halten. Wenn jemand fragt, ich war nicht hier. Und von einem Drogendepot weißt du nichts. Das ist alles, und es ist deine letzte Chance."

Zumstein signalisierte sein Einverständnis. Jetzt ist der richtige Moment, dachte er. Federer schien gut gelaunt zu sein. „Kannst du mein Dope dalassen?"

Was Zumstein meine, fragte Federer.

„Die Teebeutel, die du eingesteckt hast. Damit ich die Schmerzen aushalte."

Federer betrachtete Zumstein höhnisch. „Du schaust doch immer, dass du auf deine Rechnung kommst. Also gut, drei kriegst du."

Er zog drei Teebeutel aus der Hosentasche und legte sie auf die Werkbank. Zumstein starrte den Mann, mit dem er sich eben verbrüdert hatte, entsetzt an. Zu allem Übel begann es in seiner linken Hüfte schmerzhaft zu pochen. „Du hast doch genug. Lass mich nicht hängen", bettelte er. Doch Federer grinste boshaft, schüttelte den Kopf und wandte sich zur Tür. Zumstein folgte ihm, und hielt ihn am Ärmel fest. „Das kannst du nicht machen", winselte er. Panik stand ihm ins Gesicht geschrieben.

Federer blieb stehen. Er stieß Zumstein weg, und griff mit beiden Händen in die Taschen. Die Teebeutel flogen durch die Luft, und landeten in der Spüle, und am Boden, und auf der Werkbank, und einer im leeren Bierglas. Am Schluss stülpte Federer die Taschen nach außen und sagte: „Da hast du alles, du Jammerlappen."

Ohne ein Wort des Abschieds schloss Federer die Tür hinter sich. Zumstein sammelte die Teebeutel ein und legte sie wieder ordentlich in den Werkzeugkasten. Dann zählte er sie. Es fehlte keiner.

Zumstein starrt ins Leere. Die vergangenen Tage haben ihm zugesetzt. Plötzlich fällt ihm das letzte Wiedersehen mit seiner Tochter ein. Sofort entsteht ein eigenartiges Ziehen in seiner Brust. Um sich zu entspannen, streicht er mit der Hand kreisförmig darüber. Ihm ist, als spüre er sein Herz weinen. Noch nie hat sich Tanja so abweisend verhalten. Er ist bis ins Innerste verletzt. Böse Tanja. Sie ist nicht mehr sein Mädchen. Damals war sie anders. Damals war sie so ein liebes Kind. Da war sie seine Prinzessin.

Auf der Autobahn ist angenehm wenig Verkehr, stellt Bertschi erleichtert fest. Mittagspause, würde Beta jetzt sagen, und sie hätte Recht.

Mit der Hand kramt er im CD-Stapel, bis sein Blick ein Cover streift, auf dem ein attraktiver Mann abgebildet ist. Seitdem Bertschi Jonas Kaufmann entdeckt hat, hört er noch öfter als sonst Tosca. Hingebungsvoll schmettert er mit dem Tenor die Arie 'recondita armonia', und drückt den Gashebel durch. Die Landschaft rast mit 160 km pro Stunde ihm vorbei. Läppische 30 zuviel, denkt er, und singt das schlechte Gewissen nieder. Es ist ihm bewusst, dass er sich in der Schweiz und nicht in Deutschland befindet. Trotzdem, jetzt geht es nicht anders, wenn er pünktlich in Zürich sein will, und vor allem, wenn er noch etwas zu essen kaufen will. Der Magen knurrt schon eine Weile. Das stört ihn, im Gegensatz zu Kaufmann, der gerade seine Liebste ansingt.

An der Raststätte holt sich Bertschi ein Vollkornbrot mit Greyerzer Käse und Gurkenscheiben. Samt Latte und Perrier nähert er sich dem weißen Nissan, und drückt dabei auf den Schlüssel. Das Türschloss reagiert nicht. Bertschi hebt und senkt den Schlüssel, hält ihn in die Mitte der rückwärtigen Windschutzscheibe, versucht es bei den Seitenfenstern. Nichts. Um mit freien Händen hantieren zu können, stellt er sein Mittagessen aufs Dach. Er untersucht den Schlüssel, entdeckt nichts Außergewöhnliches, und tippt erneut auf die Schlüsselautomatik.

„Warum wollen Sie mein Auto öffnen?", hört Bertschi hinter sich. Er dreht sich um und erstarrt. Vor ihm steht ein Mann, der ihn um einen Kopf überragt. Dichtes glattes Haar, leicht angegraut, hängt ihm in die Stirn. Und was für eine Figur! Nicht dick, sondern weich. Mit dem könnte man kuscheln. Er registriert, dass der Fremde eine Antwort erwartet. Nach einem Blick in den Wagen begreift er die Frage. Er steht zwar vor einem weißen Nissan, aber es ist nicht seiner.

„Probieren Sie ihr Glück bei dem dort." Der Mann zeigt auf ein gleiches Modell zwei Parkfelder weiter. Bertschi nickt. Und dann, unisono, lachen sich beide an. Bertschi wird es flau im Magen. Der Mann vor ihm spielt in der gleichen Liga. Noch dazu ist er ein Zürcher. Während sein Gefühl zwei Gläser Sekt in einer Bar bestellt, klopft seine Vernunft auf die Uhr.

„Ich muss los", hört sich Bertschi sagen, und hasst sich im gleichen Moment. Schafskopf, Idiot, erbärmlicher Feigling. Als er den Motor startet, beginnt Kaufmann automatisch zu singen. Der Mann pocht ans Fenster. Bertschi lässt es herunter. „Ihr Dreigangmenü", sagt der Schöne, und reicht ihm den Einkauf.

Plötzlich verharrt Bertschi in seiner Bewegung. Gibt es eine Fata Morgana des Ohrs? Er schließt die Augen. Der Mann lehnt an Bertschis Auto, und summt Toscas Lied vom Häuschen mit. Zaghaft fällt Bertschi mit ein. Nach einer Weile öffnet er die Augen. Er begegnet dem Blick des Mannes. Der beugt sich zum Fenster herab, und nun singt nicht mehr jeder für sich. Die Stimmbänder der beiden Männer verflechten sich, und Klang und Glück sind eins.

Als die Arie zu Ende ist, drückt Bertschi mit einem Seufzer die Stopptaste. „Ich habe einen Termin", entschuldigt er sich. Der Mann richtet sich auf. „Göttlich war's", strahlt er. Dann grinst er unverschämt und wechselt zum Du: „Wann willst du wieder mein Auto öffnen?"

Die Frage haut Bertschi um. Wie einfach können Worte sein. Er schmilzt, und vergisst, dass er in Zeitnot ist. Die Zwei flachsen miteinander, und speichern die Telefonnummern in den Handys.

Während Bertschi sich in den Verkehr einreiht, versucht er auszurechnen, wie schnell er fahren muss, um die Verspätung aufzuholen. Aber er kommt zu keinem Ergebnis. Denn der Schöne schiebt sich ständig zwischen die Zahlen, dreht sie um oder löscht sie aus. Bertschi zuckt die Achseln. Er fühlt sich so wohl wie schon lang nicht mehr. Jetzt zuhause sein, nochmals Tosca hören, Grüntee aufgießen, sich in den Corbusier-Sessel fläzen, eine Sozi anzünden, und den virtuellen Film von der erregenden Begegnung mit dem Mann endlos wiederholen.

Bertschi lässt die Oper nochmals an sein Ohr branden. Vergnügt pfeift er mit. Nun kennt auch er ein Rezept, wie man jemanden kennen lernt. Er fühlt sich Beta ebenbürtig, genau genommen sogar überlegen, weil ihn seine Geschichte romantischer dünkt als ihre Bahnhofstory.

Auf der Höhe von Baden wird Bertschi ernst. Er schaltet die Musik aus, und wiederholt in Gedanken, was er über den Albaner weiß.

Ein eigenartiger Geruch schlägt Bertschi entgegen, als er den Secondhand-Laden betritt. Es riecht muffig, und immer wieder streift ein Hauch von Kampher seine Nase, ein Aroma, das ihn an den Mantel seiner Großmutter erinnert.

Das Geschäft gleicht einer Lagerhalle. Die Gänge zwischen den Kleiderstangen sind angelegt wie der Stadtbezirk Eixample in Barcelona, wo sich alle Straßen im rechten Winkel kreuzen. Von der Decke baumeln riesige Schilder, auf denen vier verschiedenfarbige Punkte kleben. Jede der Farben entspricht einem Preis. Oberhalb der Kleiderbügel tauchen manchmal Köpfe auf, die dazugehörigen Körper werden von den Klamotten verdeckt.

Bertschi bleibt vor einem rotbraun gemusterten Kleid stehen. Das wäre was für Graciella, wenn sie nicht den Tick mit den Toten hätte. Sie weigert sich, gebrauchte Kleider zu kaufen. Die seien von Verstorbenen und das würde Unglück bringen. Bertschi dreht das Preisschild um. Ein grüner Punkt. Grün kostet 19.90. Es befriedigt Bertschi, dass er das System kapiert.

Er steuert auf die Ladentheke zu. Dort steht ein Mann, der telefoniert. Er wirft Bertschi einen Blick zu, schaut auf die Uhr und beendet das Gespräch. Dann wechselt er ein paar Worte mit der Verkäuferin, bevor er Bertschi in sein Büro führt. Von dort aus sieht man durch eine Fensterfront in den Laden.

Die penible Ordnung setzt sich in Daniyolas Arbeitszimmer fort. Ein zweistöckiger Glastisch auf sauber gewischtem Laminatboden. Der Flachbildschirm ist höchstens ein Jahr alt, und vom schwarzledernen Bürostuhl kann Bertschi nur träumen. Im Regal stehen die beschrifteten Ordner stramm. Seit wann er in diesem Business tätig sei, erkundigt er sich.

„Seit neun Jahren, und es läuft gut. Die ersten drei Jahre waren schwierig. Doch dann, über Nacht, hat der Laden angefangen zu boomen. Zuerst kamen nur Schüler und Studenten. Dann entdeckten ihn Künstler, und inzwischen kaufen auch ältere Leute und Migranten hier ein."

Bertschi lässt den Albaner plaudern. Während sein linkes Ohr die Worte aufnimmt, erfasst sein rechtes deren Klang. Das verfremdete Züridütsch kommt wie Musik daher. Das R rollt wie eine sanfte Welle, und erinnert Bertschi, zusammen mit der Satzmelodie, an den Süden und ans Meer.

Ist das die Stimme auf Tanjas Anrufbeantworter? Daniyola verstummt wie jemand, der merkt, dass man ihm nicht zuhört. Sofort klinkt sich Bertschi ein, stellt Fragen, nickt ermutigend, erhebt einen Einwand, und hat Daniyola schließlich wieder dort, wo er ihn haben will. Der Mann redet. Er erzählt, er argumentiert und erklärt. Erstaunt stellt Bertschi fest, dass Daniyola etwas für seinen Laden übrig hat. Er hat offensichtlich Spaß an seinem Reich. Ist seine Begeisterung echt? Oder will er Bertschi vergessen machen, dass dieses Business nur als Tarnung dient? Sitzt vor ihm ein Drogendealer, der sich so weit perfektioniert hat, dass er seine Maske liebt?

Die feingliedrigen kleinen Hände Daniyolas liegen auf den Oberschenkeln. Manchmal setzt er sie für eine Geste ein. Seine Füße stehen still. Kein Wippen, kein Scharren. Er strahlt eine angenehme Ruhe aus. Bertschi schätzt ihn auf Vierzig bis Vierundvierzig. Das schwarze Haar, durchzogen von weißen Strähnen, verleiht ihm ein seriöses Aussehen. Seine Lachfalten verhindern, dass er steif wirkt. Die weißen, regelmäßigen Zähne lassen auf penible Pflege und einen hervorragenden Zahnarzt schließen.

Bertschi fragt sich plötzlich, warum er diesen angenehmen Menschen verhören soll. Zugleich warnt ihn eine innere Stimme, sich nicht einlullen zu lassen. Er konzentriert sich auf seinen Job, und auf einmal beschleicht ihn das Gefühl, dass mit Daniyola etwas nicht stimmt. Er kann nicht formulieren, was ihn irritiert, bis der sich selbst verrät. Er erzählt von einer Kundin, die immer zu enge Kleider auswähle, weil sie nicht akzeptieren könne, dass sie dick sei. Dazu lacht er in gutmütigem Spott. Da zündet es auf einmal bei Bertschi. Der Mann macht auf Gefühl, aber seine Augen bleiben tot.

Schlechter Schauspieler, urteilt Bertschi, und lächelt. Daniyola meint, das Lächeln gelte ihm. Bertschi grinst noch breiter, und beendet das Theater. Er bittet Daniyola, ihn aufs Präsidium zu begleiten.

Während der Fahrt erläutert Bertschi, was auf Daniyola zukommt. Eine Sprechprobe mit dem Text, der auf Tanjas Anrufbeantworter vorgefunden wurde. Die Abnahme seiner Fingerabdrücke. Die nochmalige Überprüfung seines Alibis. Und die Durchsuchung seines Wagens.

Das Ergebnis der Fingerabdrücke verläuft negativ. Weder in Tanjas Wohnung noch auf den sichergestellten Bierflaschen finden sich Daniyolas Spuren.

Doch dann, keine Stunde später, erhält Bertschi eine gute

Nachricht. Der Tontechniker bestätigt, dass es sich bei der Stimme auf Tanjas Anrufbeantworter um die von Daniyola handle.

Der junge Polizist, der Bertschi zugeteilt wurde, erhält den Auftrag, die Angaben von Daniyolas Freundin zu checken. Außerdem soll er die Nachbarn fragen, ob ihnen etwas Besonderes aufgefallen sei.

Während Bertschi im Gang des Zürcher Kommissariats auf und ab geht, pfeift er halblaut vor sich hin. Der Kleiderhändler hat also, entgegen seiner Aussage, Kontakt mit Tanja gehabt.

Erwiesen ist auch, dass Daniyolas Auto am Sonntag vor einer Woche an der Brücke über die Kander gesehen wurde. Trotzdem behauptet Daniyola, er sei die ganze Nacht zuhause gewesen, das könne seine Freundin bezeugen. Und seinen Wagen habe er garantiert nicht verliehen. Der Zeuge müsse sich geirrt haben.

Um Vier sitzt Bertschi mit Daniyola im Verhörraum der Zürcher Kripo. Auf dem Tisch steht ein Gerät, das er aus dem Antiquitätenladen kennt. Ein Kollege drückte es ihm in die Hand, und meinte, es sei kein anderes frei. In Bern sei man solche Modelle sicher noch gewöhnt.

Bertschi schaltet das Gerät ein. „Es gibt da ein paar ungeklärte Fragen. Wo waren Sie vor zehn Tagen, in der Nacht von Sonntag auf Montag?

„Meine Aussage wurde von ihrem Kollegen bereits protokolliert. Ich war den ganzen Abend zuhause vor dem Fernseher, und meine Freundin kann das bestätigen."

„Haben Sie Ihr Auto jemandem geborgt?"

„Nein", antwortet Daniyola geduldig. „Ich habe schon darauf hingewiesen, dass ich mein Auto nicht herleihe."

„Aber der Audi mit Ihrem Kennzeichen wurde Sonntagnacht in Spiez auf der Brücke gesehen."

Daniyola zuckt mit der Schulter. „Ich kann mich wirklich nur wiederholen. Der Zeuge hat sich getäuscht."

Es ist still zwischen den Männern. Bertschi starrt auf das vorsintflutliche Gerät, dessen Bänder beim Abspulen röcheln und schleifen und quietschen.

Bertschi verliert die Geduld. „Fertig mit den Ausflüchten, Herr Daniyola. Jetzt wird Klartext geredet. An besagtem Sonntag haben Sie Tanja angerufen, und ihr die Nachricht hinterlassen, dass Sie sie um Mitternacht an der Brücke erwarten. Dann, um Mitternacht, fährt Ihr Audi vor. Tanja Zumstein steigt ein, und Ihr Wagen braust davon. Das alles können wir belegen. Sie sehen, es wird eng für Sie. Ich rate Ihnen dringend, mit uns zu kooperieren.“

Ohne die Miene zu verziehen, sitzt der Albaner da. Bertschi blickt ihn unverwandt an, er hört ihn buchstäblich denken. Bertschis Handy vibriert. Der junge Beamte bittet per SMS um Rückruf. Es gäbe Neuigkeiten.

Bertschi konzentriert sich wieder auf Daniyola. Der hat sich entschieden. „Ich kann nichts anderes sagen, ich war daheim, und das Auto stand im Parkfeld vor der Tür.“

„Sie entschuldigen mich einen Moment“, unterbricht Bertschi, schaltet das Gerät aus, und verlässt das Zimmer. Er fiebert dem Bericht des Kollegen entgegen.

Kaum sitzen die Beiden in der Kantine, sprudeln dem jungen Polizisten die Infos nur so über die Lippen. „Zuerst klingelte ich bei der Freundin. Die hat bei allen Heiligen geschworen, dass ihr Kerl die ganze Nacht zuhause war. Sie sei um zehn ins Bett, und Daniyola habe gesagt, er käme auch gleich. Am Morgen, als sie aufwachte, habe er neben ihr geschlummert. Sie habe so tief wie schon lang nicht mehr geschlafen. Vielleicht, weil sie ein wenig zuviel ins Glas geguckt habe.“

Bertschi strahlt. „Mann, Sie sind gut. Die Frau weiß also gar nicht, ob er da war. Sie vermutet es bloß. Damit fällt sie als Zeugin flach. Der Mann besitzt kein Alibi.“

„Es würde mich nicht wundern, wenn er seine Geliebte ein bisschen betäubt hat, damit er seinem Job ruhig nachgehen kann“, meint der Kollege. „Aber es kommt noch besser. Ich habe die Nachbarn gefragt, ob der Audi die ganze Nacht vor dem Haus gestanden sei. Ein Mann behauptet, dass der Wagen am Abend auf einem anderen Parkfeld abgestellt war als am Morgen darauf. Das wisse er genau, weil er sein Fahrrad abends um Neun an den Radständer neben dem Audi geketten hat. Am andern Morgen aber habe sich da ein anderes Auto befunden."

Bertschi reißt die Augen auf. „Genial", ruft er aus. Sein Körper reagiert mit einem Energieschub. In seinem Überschwang berührt er den Oberarm des Kollegen, und dankt ihm für den engagierten Einsatz. Im gleichen Moment erschrickt er über seinen Gefühlsausbruch, und zieht die Hand schnell zurück.

Betont sachlich fährt er fort: „Die Recherchen hätten auch ergebnislos verlaufen können, wir haben Glück gehabt!" Bertschi bemerkt die Verlegenheit des Kollegen. Er lächelt, dreht sich um, und macht sich auf den Weg zum bewachten Albaner.

Manchmal, sinniert Bertschi, wachst ein Parkplatz über seine eigentliche Bestimmung hinaus, und wird plötzlich zu einem Synonym für Wahrheitsfindung. Oder zu einem Synonym für Erotik. Bertschi denkt an den Mann, dem er vor zwei Stunden begegnet ist. Gibt es das wirklich, einen attraktiven Kerl, der Opern genau so mag wie er? Der das gleiche Auto fährt wie er? Nennt man das Zufall oder Schicksal? Ob aus der Geschichte mit dem Toscasänger etwas wird? Bertschi spürt, dass er sich verlieben könnte. Ob die Gefühle endlich wieder für eine Lovestory reichen? Bertschis Magen kribbelt. Er ist aufgeregt, und er hat Angst.

Als er den Raum betritt, findet er einen gereizten Daniyola vor, der sich übers ungebührlich lange Hinhalten beschwert. Er habe geschäftlich zu tun, und könne nicht seine Zeit verplempern. Alle nötigen Informationen habe er gegeben, mehr habe er nicht zu bieten.

Da kann sich Bertschi einen sarkastischen Lacher nicht verkneifen. Er schaltet das Gerät ein, und fasst für Daniyola den neuesten Stand der Erkenntnisse zusammen. Der begreift sofort, dass sich die Lage geändert hat. Leugnen bringt nichts mehr. Er macht den Mund nicht auf, sondern fixiert Bertschi unverwandt. Der stellt irgendwann fest, dass sich ihre Blicke gar nicht begegnen. Daniyolas Augen sind bewegungslos auf Bertschis Stirn gerichtet. Der Albaner ist innerlich weit weg. Abwesend ist er, wie einer, den man hypnotisiert hat.

Bertschi lehnt sich zurück. „Ich warte auf Erklärungen." Daniyola nickt und schweigt. Erst als Bertschi ihm mit Nachdruck sagt, er werde abgeführt, wenn er nicht sofort Auskunft gebe, bequemt er sich zu reden. „Ich lege besonderen Wert auf meinen ersten Satz", beginnt er wohlüberlegt. „Ich habe absolut nichts mit dem Verschwinden der Zumstein zu tun. Nichts."

Als er sich erneut unterbricht, treibt Bertschi ihn mit einer ungeduldigen Geste weiter.

„Es ist richtig, ich bin mit dem Auto noch weggefahren. Ich erhielt am Nachmittag die Nachricht, dass man meinen Wagen benötige. Ich solle ihn ins Parkhaus am Bahnhof Bern fahren. Das habe ich gemacht, und dann war ich drei Stunden im Nachtclub Lola. Das können der Barmann und zwei Frauen bestätigen."

Daniyola hält inne, bevor er hartnäckig wiederholt: „Ich habe die Zumstein nicht entführt."

„Wie heißt der Mann, der Ihr Auto verlangt hat. Ich will den Namen."

„Sie werden mir nicht glauben, aber ich weiß nicht, wie er heißt. Ich habe ihn auch nicht gesehen. Es wurde mir nur telefonisch mitgeteilt, wo ich das Auto abstellen soll, und ab wann ich wieder darüber verfügen kann."

„Sie wollen mir also weismachen, dass Sie einem wildfremden Menschen Ihren Audi leihen. Man braucht nur Ihre Nummer zu wählen, und schon rücken Sie das Auto heraus."

„Der Anrufer muss natürlich das Passwort kennen."

„Ja, bitte", fordert Bertschi ungeduldig.

„Kranich. Es wird jeden Monat gewechselt, und besteht aus drei bis sieben Buchstaben."

„Sie fuhren also mit dem Audi ins Parkhaus. Was machten Sie mit dem Schlüssel?"

„Man sagte mir, ich solle ihn auf dem linken Vorderreifen deponieren. Da fand ich ihn auch wieder, als ich gegen drei Uhr zurückkam."

Bertschi betrachtet sein Gegenüber. Eine dubiose Geschichte, die der Mann auftischt. Da ruft er die Zumstein an, fährt dann mit seinem Auto von Zürich nach Bern, ist aber nicht derjenige, der Tanja an der Brücke abholt. Wer ist der mysteriöse Unbekannte, den Daniyola nicht zu kennen vorgibt?

Hat Beta mit ihren Unkenrufen Recht? Stochert er jetzt im Wespennest der albanischen Drogenmafia herum? Wenn das der Fall ist, muss er sich mit Beta und Kost absprechen. Und mit dem Drogendezernat sowieso. Zuerst aber will er aus Daniyola das Maximum an Information herausholen.

„Seit wann kennen Sie die Zumstein?"

„Ich kenne sie nicht. Ich habe sie nie getroffen. Ich weiß nicht, wie sie aussieht, was sie beruflich macht, wie sie lebt."

Bertschi zieht die Augenbrauen hoch. „Sie wissen für Ihre beschissene Lage verdammt wenig." Peinlich berührt hält er inne. Nicht gerade die feinste Ausdrucksweise, wenn das Band läuft.

„Gut. Ich frage anders. Haben Sie mit der Zumstein öfters telefoniert, mit ihr persönlich, nicht mit ihrem Anrufbeantworter."

„Ja, drei-, viermal, um ein Treffen anzukündigen. Ich habe Zeit und Ort genannt, und sie hat mit einem okay quittiert. Das war's."

„Sie selbst sind nie an ein solches Treffen gegangen?"

„Ja."

„Wer dann?"

„Das weiß ich nicht."

„Werden Sie auch von anderen Personen angerufen, zu denen Sie keinen Kontakt haben?"

„Ja."

„Wer erteilt Ihnen die Aufträge?"

„Das weiß ich nicht. Es gibt keine Gesichter, und die Stimmen wechseln oft."

Bertschi lehnt sich zurück. Wie bei den Termingeschäften, durchzuckt es ihn. Einmal mehr studiert er die Gesichtszüge des Kleiderhändlers. Der hat seine Souveränität längst zurückgewonnen, und Bertschi versteht plötzlich den dahinter steckenden Mechanismus. Offensichtlich wurde Daniyola für ein etwaiges Polizeiverhör gedrillt. Er darf alles sagen, was er weiß. Er weiß ohnedies nichts, was seiner Organisation schaden könnte.

„Zurück zum Anrufer, der Ihr Auto verlangte. Beschreiben Sie ihn."

Der Mann habe Mundart gesprochen, Daniyola tippe auf Berner Dialekt. Der Typ sei vielleicht dreißig.

Wieder eins von Daniyolas Märchen? Bertschi macht sich nichts vor. So verlockend die Aussage tönt, so wertlos ist sie. Sie ist bloß ein nicht belegbarer Hinweis. Bertschi will gerade das Gerät ausschalten, als ihm etwas einfällt.

„Ihr Handy bitte. Vielleicht hilft uns das weiter."

Daniyola zieht ein taufrisches Teil aus der Brusttasche, flach, klein, schwarz. „Es tut mir leid, wenn ich Sie enttäusche." Der Albaner lächelt höflich. „Ich habe gestern mein Handy verloren. Und dieses da habe ich eben erst gekauft. Ich wollte heute Abend alle wichtigen Nummern ...“

Bertschi verliert die Geduld und schnauzt Daniyola an. „Hören Sie auf mit Ihrem Gelaber. Sie übernachten hier, und können inzwischen ungestört nachdenken, ob Sie nicht ein wenig mehr verraten wollen. Wir sehen uns morgen."

Daniyola wird abgeführt, und Bertschi nimmt die Kassette an sich. Ob eine der Sekretärinnen Zeit hat? Was, wenn man ihm sagt, dafür wäre Bern zuständig? Bertschi beschließt zu pokern. Zielstrebig geht er auf die mütterliche Angestellte am hinteren Schreibtisch zu. Bevor ihm ein Wort über die Lippen rutscht, sagt sie, na, dann geben Sie mal her, und zeigt auf die Kassette. Bis wann? So schnell als möglich. Er müsse dringend nach Bern. Aha, unterbricht sie ihn, und notiert seine Mailadresse.

Bertschi kontaktiert den Zürcher Spurendienst, aber dort ist man noch mit der Auswertung der Abdrücke im Auto beschäftigt. Man würde sich melden.

Als Bertschi auf den Parkplatz zusteuert, keimt die unsinnige Hoffnung in ihm auf, der weiße Nissan sei der des Toscasängers, und nicht sein eigener. Auf der Rückfahrt nach Bern meldet er sich bei Beta, doch sie nimmt nicht ab. Er sei in einer knappen Stunde zurück, spricht er ihr aufs Handy.

Endlich allein. Beta lehnt sich im Bürostuhl zurück, und streckt die Beine. Der dumpfe Schmerz im Rücken erinnert sie daran, dass die Bandscheiben unglücklich sind. Sie ächzen unter der Last. Ohne Pillen läge Beta jetzt flach. Aus Erfahrung weiß sie, dass die Wirkung der kleinen rosaroten Freunde demnächst verpufft. Dann wird sie nachlegen müssen. Im Innern hört sie Fabrizios Stimme. Gönn dir zuhause zwei, drei Tage Ruhe, mit Stufenlagerung und Wärmeflasche, und die Wirbelsäule zickt nicht mehr.

Beta zündet sich eine Zigarette an. Einen Augenblick fühlt sie sich von allem losgelöst, und im Nu schiebt sich das Piemont dazwischen.

Beta verbrachte eine Ferienwoche bei Fabrizio. Er war mit den Reben beschäftigt, und sie, sie träumte, und schlief, ließ sich verwöhnen, und spürte erst am dritten Tag, wie erschöpft sie im Grunde war. Als sie Fabrizio eine Tasse Tee einschenken wollte, und sich dabei über den Tisch beugte, schlug der Schmerz wie ein Blitz in ihrem Rücken ein. Sie schaffte es noch, die Teekanne hinzustellen, aber sie konnte sich nicht mehr aufrichten. Es war das erste Mal, dass ihr das passierte, und ihr fehlte die Routine, wie sie damit umzugehen hatte. Wimmernd verharrte sie in der unbequemen Stellung, und flehte Fabrizio an, ihr zu helfen. Der wusste nicht, wie, und brachte sie schließlich Huckepack zu Bett. Ihre Arme klammerten sich um seinen Oberkörper, und die Beine schleiften am Boden nach.

Fabrizios Hausarzt schaute vorbei, murmelte etwas vom entzündeten Ischiasnerv, und verschrieb ein Medikament.

Den Rest der Ferienwoche verbrachte Beta liegend. Sobald dieses Ziehen im Rücken anfing, und das passierte mehrmals pro Tag, schluckte sie eine Tablette. Fabrizio hielt sich bei ihr im Zimmer auf, wann immer es seine Arbeit erlaubte. Als sie wieder einmal über unerträgliche Schmerzen klagte, umfasste Fabrizio sie zärtlich, und wiegte sie eine Weile, bevor er ihr mit wärmender Hand unters Sweatshirt fuhr. Unter ihrer kundigen Leitung fand er den Punkt, von wo der Schmerz ausstrahlte. Still, ohne sich zu bewegen, hielten sie sich. Die Stelle, auf der Fabrizios Hand ruhte, wurde heiß. Beta spürte, wie sich die Hitze ausbreitete. Ein ihr unbekanntes Gefühl von Leichtigkeit erfasste sie, und der Schmerz schien ihr auf einmal wie weggeblasen. Wie war das bloß möglich? Skeptisch atmete sie ein und aus, doch der Schmerz meldete sich nicht zurück. Alles war gut. Tanzen hätte sie können vor Glück. Fabrizio legte sich neben sie, und erwies sich einmal mehr als Liebesflüsterer mit Wiener Schmäh. Langsam versank für sie beide die Last des kranken Körpers, dem die Lust abhandengekommen war. Ein starkes Gefühl flammte in ihnen auf, eines, das sie beben ließ vor Innigkeit. Bedachtsam liebten sie sich, konzentriert und beinah bewegungslos, und entdeckten dabei eine intensive Form von Leidenschaft, die Ekstase.

Später, als Fabrizio sich nach ihrem Befinden erkundigte, stellte sie verwundert fest, dass es ihr gut ging. Der Schmerz blieb verschwunden. In Anlehnung ans Heilfasten pries sie in ihrer Sonntagslaune das Heillieben. Fabrizio, auch nicht fad, plädierte sogar für die Absetzung der Medikamente. Eine Stunde im Bett sei die gesündere Variante, abgesehen davon, dass auch er davon profitiere.

Die Beiden staunten nicht schlecht, als die Therapie auch beim nächsten Mal anschlug. Da gab es für sie kein Halten mehr. Pünktlich unterzogen sie sich zweimal täglich der Kuranwendung.

Beta fingert nach dem Handy. Die Kippe zwischen den Lippen, schreibt sie eine SMS an Fabrizio. „Ich sehne mich nach dir, mein Rücken auch. Beam dich her zu mir."

Beta streckt sich ausgiebig. Sie braucht dringend Bewegung, damit sich ihre Muskeln entspannen. Energisch steht sie auf und beginnt ihre Runden im Büro zu drehen. Eigentlich handelt es sich nicht um Runden, sondern um spitze Dreiecke, die sie abläuft. Der eine Schenkel, der kürzeste Weg, führt entlang des Aktenschranks. An dessen Ende wird Beta ein Richtungswechsel von 90 Grad aufgedrängt. Den sperrigen Winkel, renntechnisch gesehen ein Hindernis, verwandelt Beta in eine anthroposophische Kurve. Danach mündet der Parcours in den langen Weg vorm Bücherregal. Erst wenn sie Jean Ziegler mit seinem Band 'Der Hass auf den Westen' passiert, beginnt die Diagonale, welche die beiden Schenkel von Aktenschrank und Bücherregal miteinander verbindet. An diesem Punkt dreht Beta eine dreiviertel Pirouette, und läuft dann schräg durch den Raum, vorbei am bedrohlichen Schreibtisch. Dessen tückische Ecken stellen eine Gefahr für die Hüftknochen dar. Nur konzentrierte Läufer schaffen die Route ohne Verletzung. Beta kann ein Lied von den blauen Flecken singen. Bertschi hat das Hypothenuse-Rennen als schwierig eingestuft, selbst geübte Sprinter benötigten eine entsprechende Schutzkleidung. Er als Jogger muss es ja wissen.

Beta rennt und rennt. Nach einer Weile spürt sie, wie sich ihre Wangen röten. Die Schweißtropfen auf der Stirn wischt sie mit dem Handrücken weg.

Das Handy meldet eine SMS. Ihr Schamane hat geantwortet. „Machen wir's um 21 Uhr, egal, wo wir sind?" Beta schreibt zurück. „Ja." Sie überlegt, beginnt zu lächeln, und tippt ein: „Ich trage heute grün."

Nach einem Blick auf die Uhr setzt sie sich mit dem Spurendienst in Verbindung. Burger nimmt das Telefon ab. Na endlich. „Wo hast du denn gesteckt", nörgelt Beta. „Seit zwei Stunden versuche ich, dich zu erreichen."

„Der Mensch lebt nicht vom Job allein", antwortet Burger, ohne auf die Frage einzugehen.

„Gibt es was Neues?"

"Ich würde sagen, ja", antwortet Burger. „ Wir haben den Speichel an den Bierflaschen untersucht. Zwei Personen haben daraus getrunken. Bei der einen handelt es sich um

Tanja Zumstein. Die andere ist noch nicht identifiziert. Habt ihr eine Speichelprobe von Federer?"

„Noch nicht. Die kriegst du morgen."

„Gut. Übrigens wurde, wann immer dieser traute Abend stattgefunden hat, auch gekifft. Auf allen Flaschen finden sich Spuren von Dope. Das wär's. Ich schicke dir gleich eine Mail."

„Danke. Was täte ich ohne euch."

„Dich noch mehr ärgern", spottet Burger, und legt auf.

Beta macht sich ein paar Notizen. Kost fällt ihr ein. Sie muss noch den Bericht abliefern. Missmutig zieht sie den Laptop zu sich heran. Im gleichen Moment beginnt draußen eine Steinsäge zu kreischen. Das Telefon läutet.

„Hallo Kaspar. Hier herrscht ohrenbetäubender Lärm. Komm doch bitte in den Konferenzraum."

„Ja, aber..." Beta lässt Emmer nicht ausreden, und hängt ab. Der soll sich jetzt auf die Socken machen, anstatt kompliziert herum zu drucksen, denkt sie ungeduldig.

Schnellen Schritts eilt sie durch den Gang zu K1 und öffnet resolut die Tür. Fünfzehn Köpfe drehen sich zu ihr. Aus den Augenwinkeln nimmt sie das grimmige Gesicht von Kost wahr. Hastig entschuldigt sie sich, und verlässt den Raum. Um die Ecke biegt Emmer. Er fuchtelt mit den Armen, und schüttelt den Kopf.

„Hast du gewusst, dass besetzt ist?", fragt Beta.

„Ja klar. Ich wollte dich daran erinnern, aber du hast schon aufgelegt." Die leise Anklage trifft Beta. Sie spürt, wie sie klein wird. Nicht genug damit, dass sie das Seminar stört. Zu allem Überfluss beleidigt sie auch noch ihren Kollegen. Selbstherrlich ist sie und denkfaul. Sind das die Eigenschaften, die von einer Kommissarin verlangt werden? Sie entschuldigt sich zum zweiten Mal innert sechzig Sekunden.

„Was läuft da für eine Tagung", fragt sie zerknirscht.

„Das ist die Konferenz, bei der es um die Zusammenarbeit zwischen Polizei und Presse geht. Man wirft sich ja seit Jahren gegenseitig Fehler vor..."

Beta winkt ab. „Stimmt. Das habe ich ausgeblendet." Auf

dem Weg zurück ins Büro gesteht Beta ihrem Kollegen, dass Kost sichtbar sauer war auf sie. Den Fehltritt wird er ihr unter die Nase reiben. Plötzlich ist sie gar nicht mehr so sicher, ob Kost wegen ihr so verbiestert dreingeschaut hat. Man hat ihn nämlich, früher als geplant, zur Sitzung gerufen, und er kann es nicht leiden, wenn sein Programm über den Haufen geworfen wird. Kost und Spontanität verhalten sich wie Tag und Nacht, sie schließen einander aus.

Im Büro hat sich inzwischen Stille eingenistet. Beta erkundigt sich nach der Überwachung von Federer.

„Im Prinzip haben wir alles unter Kontrolle", antwortet Emmer. „Allerdings wissen wir nicht, wo Federer steckt. Wir haben gesehen, wie er den Wohnblock betrat. Aber seither gibt es kein Zeichen von ihm. Er muss also immer noch zuhause sein. Haus und Bar werden seit Beginn des Einsatzes durchgängig oberserviert. Federers Auto steht unweit der Wohnung. Trotzdem vermuten wir, dass er unterwegs ist."

„Warum?"

Mit verschwörerischer Miene erklärt Emmer: „Wir haben den Stellplatz seiner Kawasaki entdeckt. Auf dem Gelände der alten Molkerei steht ein Schuppen, bei dem es einen Parkplatz fürs Motorrad gibt. Das ist nicht da, aber eine frische Spur führt hinaus auf die Straße. Er könnte also rein theoretisch mit dem Töff unterwegs sein."

„Klingt gut. Wir müssen sofort das Kennzeichen durchgeben."

„Ist schon gemacht", erwidert Emmer stolz. „Ich habe die Streife angewiesen, den Fahrer nicht anzuhalten. Es werden nur seine Bewegungen beobachtet. Richtig?"

„Ja. Meld mir unverzüglich jede Neuigkeit. Jede, auch die kleinste." Beta neigt den Kopf zum Zeichen, dass die Unterhaltung für sie beendet ist, und wendet sich ihren Unterlagen zu. „Nicht den Hinterausgang der Bar vergessen", fügt sie hinzu, während sie in den Papieren wühlt. Emmer macht auf dem Absatz kehrt, Richtung Tür.

Ein unbestimmtes Gefühl lässt Beta innehalten. Der Mann mit dem Rücken zu ihr verliert kein Wort. Das ist ungewöhnlich für ihn. Hat sie ihn beleidigt? Sie überlegt nicht lang und ruft: „Kaspar". Der dreht sich mit steinerner Miene um. „Wir kommen vorwärts. Mal sehen, ob uns der Albaner weiterbringt. Oder Zumstein. Aber mein Instinkt sagt mir, dass wir uns an Federer halten müssen. Also bleib dran. Du hast ja die Sache im Griff." Beta wirft Emmer einen aufmunternden Blick zu. „Ja, das hab ich", antwortet Emmer erstaunlich selbstsicher. Mit einem versöhnlichen Lächeln verlässt er Betas Büro.

Zerknirscht denkt Beta ihrem Kollegen hinterher. Manchmal behandelt sie ihn wie einen Trottel, nur weil er ihr zu schwerfällig ist. Das verdient er nicht.

Was ist eigentlich los mit ihr? Setzen ihr die Schmerzen dermaßen zu, dass sie die Kontrolle über sich verliert? Soll sie sich krank melden? Eine bodenlose Müdigkeit überfällt sie, und mit ihr ein leiser Schwindel, der den riesigen Ficus in der Ecke schwanken lässt, als sei sie beschwipst. Eigentlich sollte sie sich hinlegen. Stattdessen greift sie zur Parisienne, die ihre bleierne Mutlosigkeit einsammelt und in Form von Rauch auflöst.

In einem Anfall von Minderwertigkeit sagt sie laut: „So wie ich gestrickt bin, sollte ich den Grundkurs in Psychologie wiederholen." Der Gedanke löst hysterisches Gelächter in ihr aus.

Kurz nach vier. Eine halbe Stunde reicht, um das Geschenk zu kaufen. Allerdings muss Beta sofort los, sonst klappt es heute nicht mehr damit, und wer weiß, ob sie morgen Zeit hat. Gequält verzieht sie das Gesicht. Jedes Jahr schwört sie sich, das Ritual zu durchbrechen, und jedes Jahr spielt sie erneut in diesem Festakt mit. Mittagessen, Gratulation, Päckchen, und eine Menge falscher Töne. Einmal hat Beta es gewagt, sich einen Tag später zu melden, worauf sie lang zu Kreuze kriechen musste, bis ihr die Mutter vergab.

Im Bahnhof gibt es einen Laden voll unnützem Kram. Beta mag solche Läden nicht, aber einmal im Jahr erleichtert er ihr das Leben. Sie braucht sich nicht den Kopf zu zerbrechen, was sie schenken soll, denn Katzen gibt es dort genug. Eine Keramikkatze wird sie kaufen, oder eine aus Ebenholz. Gleich im ersten Regal wird sie fündig. Ein gläsernes Kätzchen, eingerollt, in Kachelofenposition. Hoffentlich hat sie das niedliche Tier nicht schon zum letzten Geburtstag gekauft. Beta strengt ihr Gedächtnis an, doch die grauen Männchen liegen faul auf der Haut.

Während die Verkäuferin das Geschenkpäckchen schnürt, schaut sich Beta im Geschäft um. Sie entdeckt eine schwarz gemusterte Schlange aus Stoff, lang genug, um sie im Winter vor die Terrassentür zu legen. So eine Schlange inhaliert die kalte Luft, und bewahrt Beta vorm Frösteln. Dank einem Eisendraht im Innern lässt sich das Tier in jede beliebige Form biegen. Beta richtet dem Reptil den Kopf auf, kehrt zur Kasse zurück, und legt es auf den Ladentisch.

Blitzschnell dreht sich die Angestellte zur Wand und bittet Beta, die Schlange wegzunehmen. Vor sich auf den Boden solle sie das Tier legen. Beta deutet die Sache als Scherz, und lacht pflichtschuldig. Da wird die Verkäuferin ungehalten, und verlangt von Beta in rüdem Ton: „Weg mit der Schlange." Nun versteht Beta gar nichts mehr. Was soll das, denkt sie gereizt, kommt aber dem Befehl nach. Erleichtert wendet sich die Frau hinterm Ladentisch um, und händigt Beta mit zittrigen Händen eine große Tüte aus. Beta möge das Vieh zusammenrollen und verstauen. Sie habe eine Schlangenphobie.

Da erst nimmt Beta die dunkelroten Flecken im Gesicht und auf dem Hals der Angestellten wahr. Sie atmet stoßweise, und schnappt immer wieder nach Luft. Dazwischen erklärt sie, sie fürchte sich vorm Hyperventilieren. Daran könne man sterben.

Die Frau übertreibt, denkt Beta mitleidlos, so schnell stirbt man nicht. Trotzdem begreift sie, wovon ihr Gegenüber redet. Die Gute kennt wenigstens den Namen ihres Feindes. Sie selbst kann ihre Angst an keinem Objekt festmachen. Da ist nichts und niemand, nur nackte Panik, die ihr die Kehle zuschnürt.

Auf dem Weg zurück ins Kommissariat vibriert das Handy. Hunziker ist zurück. „Ich bin in fünf Minuten im Büro", sagt Beta, und beschleunigt ihren Schritt.

Hunziker berichtet von seinem Besuch bei Zumsteins. Als er das Gespräch zwischen Zumstein und Federer schildert, unterbricht ihn Beta. „Federer hat also gesagt, er werde sich das Mädel vorknöpfen. Sind das seine Worte oder deine?"

Nach einem Blick in seine Unterlagen bestätigt Hunziker: „Zumstein hat genau diese Worte verwendet."

„Er wird sich das Mädel vorknöpfen", sinniert Beta. „Wie klingt der Satz für dich?"

Prompt erwidert Hunziker: „Bedrohlich. Und wenn wir diese Äußerung mit den Fingerabdrücken von ihm und Tanja auf den Bierflaschen addieren, und die Geschichte mit dem versteckten Motorrad einbeziehen..."

„Nicht zu vergessen die Drogen."

„... dann sollten wir uns an den Barkeeper halten."

„Richtig." Beta zögert und schüttelt schließlich den Kopf.

„Obwohl einiges dafür spricht, dass Federer mit Tanjas Verschwinden zu tun hat, macht es keinen Sinn, ihn zu inhaftieren. Nicht einmal die Fingerabdrücke belasten ihn, weil wir nicht wissen, wann er die Bierflaschen angegriffen hat. Alles, was gegen Federer spricht, wird vor Gericht keinen Bestand haben. Wir müssen anders vorgehen. Ich will Federer auf frischer Tat ertappen. Wir werden ihn heute Nacht beobachten. Vielleicht führt er uns zu Tanja. Oder zum Drogenlager. Falls die Rechnung nicht aufgeht, entscheiden wir morgen neu."

Hunziker runzelt besorgt die Stirn. „Was, wenn er uns heute Nacht entkommt? Bestimmt hat er gemerkt, dass es für ihn eng wird."

„Er wird nicht die geringste Chance haben. Emmer und sein Team überwachen jeden seiner Schritte."

Ein Schauder erfasst Beta. Sie fühlt sich wie der Jäger, der seiner Beute entgegen fiebert, sie schon förmlich riecht. „Wir kriegen ihn, den Kerl mit seiner Esoterik-Masche. Tut lammfromm, und macht auf Kumpel, zieht aber eiskalt sein

Programm durch. Ich sage dir, der Mensch ist eine Lügennummer von Kopf bis Fuß!"

Der Meinung ist auch Hunziker. „Ich habe mit Hans Matter geredet. Auch bei ihm kommt Federer nicht gut weg. Er sei ein Mensch ohne Gefühle, ihm fehle das Mitgefühl für Andere. Leer sei er, behauptet Matter, und das hänge mit seinen Erfahrungen in der Kindheit zusammen."

„Ich habe davon gehört", winkt Beta ab.

„Du meinst, es sei Geschwätz, aber es ist bittere Wahrheit. Die Frau kannte keine Skrupel. Sie hat ihren Sohn sexuell ausgebeutet. Nach der Geschichte mit der Badewanne wurde ihr der Sohn weggenommen. Federer kam in ein Heim."

„Welche Geschichte?"

„Sie hatte sich mit ihrem sechsjährigen Sohn und dessen Freund in der Badewanne vergnügt. Die Sache kam ans Licht, weil der Freund zuhause davon berichtete."

Beta verdreht die Augen, worauf Hunziker sich bemüßigt fühlt, ein gutes Wort für Matter einzulegen. „Auf seine Informationen kann man bauen. Er hat einen starken Bezug zum Dorf, und ist sehr beliebt, obwohl er schwul ist, was in einer ländlichen Region einiges heißt."

Beta nickt. „Hat Federer denn nie eine Freundin gehabt, eine, mit der er Hand in Hand spazieren ging?"

„Laut Matter nicht. Man munkelt von einer Vergewaltigung. Federer soll sich an einer Minderjährigen vergangen haben. Der Tatbestand wurde jedoch nicht angezeigt. Die Sache liegt bereits Jahre zurück."

Das Telefon klingelt. Emmer gibt durch, dass Federer im 'Stollen' ist. Zwei Polizisten würden nun die Hausbewohner befragen.

Beta bedankt sich für die Information, und wendet sich wieder Hunziker zu. „Urs, schick mir eine Mail mit den Aussagen von Herrn und Frau Zumstein, und eine von Matter, natürlich nur das Wichtige. Kurz vor Sechs kommst du her und hütest mein Telefon, denn ich bin mit dem Chef verabredet."

Es ist Viertel nach Fünf. Beta muss den Bericht für Kost erstellen, und zwar sofort. Ob Bertschi neue Erkenntnisse vorliegen? Sie drückt die Taste. Bertschis Handy ist ausgeschaltet, das heißt, er will nicht gestört werden. Hoffentlich vergisst er nicht, sie vor Sechs anzurufen. So wie sie ihn kennt, hat er den Alarm gesetzt.

Beta rückt den Laptop zurecht. Links liegt das aufgeschlagene Notizheft und dahinter stapeln sich die ausgedruckten Mails der Mitarbeiter. Die rechte Seite gehört dem Aschenbecher, und nur ihm. Sie setzt sich aufrecht hin, und starrt auf den Bildschirm. Die Finger schweben über der Tastatur. Der erste Satz. Er ist der Schwerste. Die nächsten folgen dann von selbst. Stand der Ermittlungen im Fall Tanja Zumstein, titelt sie, und versieht das Blatt mit Datum und Uhrzeit. Sie führt die Personen auf, die mit Tanjas Verschwinden zu tun haben könnten. Im Moment sind dies Federer, Egli und Zumstein. Danach listet sie die zum Fall befragten Personen auf, die Freundin Maria Blatter, die Lehrerin Frau Meyer, die Tante Frau Künzli, die Mutter Frau Zumstein, der Vater Herr Zumstein, der Hüniswiler Hans Matter, der Mitbewohner von Tanjas Freund Miro Poslav, und der verschwundene Greg....

Beta atmet auf. Noch ist er karg, der Bericht, aber immerhin schon strukturiert. Das Schwierigste ist geschafft. Der Rest ist für sie ein Kinderspiel. Im Nu wird sie etwas zu den einzelnen Punkten schreiben, für sie sind das nur noch Fingerübungen. Ihr Chef liest das Papier sowieso nicht, er braucht es nur für die Akte.

Als Bertschi zwanzig vor Sechs anruft, atmet Beta auf. Endlich. Gespannt lauscht sie seinem Bericht. Je ausführlicher er über Daniyola berichtet, desto ungeduldiger wird sie, bis sie ihn gereizt unterbricht.

„Der Mann will uns ausbremsen, um Zeit zu gewinnen. Glaubst du wirklich, dass er Tanja nie gesehen hat? Hast du schon einmal gehört, dass jemand seinen Wagen herleiht, aber nicht weiß wem? Wir lassen uns doch nicht für blöd verkaufen."

„Warum regst du dich auf. Wir erleben doch nur deine viel zitierte albanische Drogenmafia."

Der Seitenhieb sitzt. „Nerv mich nicht", wehrt sich Beta, und kehrt zum Thema zurück. „Gibt es eine Verbindung zwischen Daniyola und Federer?"

„Daniyola behauptet, er kenne Federer nicht. Was natürlich nichts heißt."

Kleinmütig gesteht Beta: „Mein Gespräch mit Egli hat auch nicht das gebracht, was ich mir erhofft habe. Er hat zwar bestätigt, dass er letzte Nacht mit dem Auto unterwegs war. Aber er kann keinen triftigen Grund nennen, warum. Er behauptet, aus Spaß, um sich zu entspannen. Klingt weit hergeholt, nicht wahr? Ich traue dem Mann nicht über den Weg. Hat seine Spritzfahrt mit Tanja zu tun? Oder spannt er mit Federer zusammen? Vielleicht beschränkt sich das Interesse der beiden aufs Geschäft mit den Drogen, und Tanjas Schicksal kümmert sie nicht im Ansatz." Ein Seufzer entfährt Beta. „Und welche Rolle spielt Daniyola in diesem Zusammenhang? Und welche Vater Zumstein? Wir stecken fest, Bertschi. Ich habe gleich einen Termin bei Meister K., und der wartet nicht gern. Kannst du den Knäuel entwirren?"

Bertschi lässt sich nicht hetzen. „Der Knackpunkt der Geschichte ist das Marihuana. Also das Geschäft. Also das Geld. Federer führt das Dope aus Indien ein, mit Hilfe von Daniyola beziehungsweise der albanischen Mafia. Vermutlich arbeitet Federer mit mehreren Abnehmern, welche die Ware an kleine Fische wie Tanja verteilen. So oder so spielt Federer die Hauptrolle im Drogengeschäft. Das alles tangiert uns nicht. Unsere Aufgabe besteht nur darin, die vermisste Kleindealerin Tanja Zumstein zu finden. Es ist ja interessant, dass Tanja just seit dem Tag vermisst wird, an dem Federer das leer geräumte Lager entdeckt. Gleich darauf erfährt er von Zumstein, dass Tanja den Stoff gestohlen haben muss. Das passt Federer in keinster Weise, weil Tanja nun etwas gegen ihn in der Hand hat."

„Meinst du, er hat gewusst, dass sie auf dem Absprung ist?"

„Wahrscheinlich."

„Dann hat er aber verdammt schnell zugeschlagen. Nein, nein. Das Szenario geht nicht auf, Bertschi."

„Doch. Federer ist ein guter Stratege. Er hat am Sonntagnachmittag einen Mittelsmann beauftragt, Tanja sofort zu beliefern. Daniyola hat die Lieferung angekündigt, und die verlässliche Tanja wagte nicht, den Termin platzen zu lassen. Das wurde ihr zum Verhängnis."

„Und wenn Egli Tanja gefangen hält?"

„Ein Motiv hätte er", gibt Bertschi zu. „Verschmähte Liebe, verletzter Stolz."

„Das trifft kurioserweise auch bei Zumstein zu", bemerkt Beta. „Ich muss gleich los. Wie gehen wir vor? Wenn wir Federer und Egli beschatten, stoßen wir heute Nacht eventuell auf Tanja."

„Ich bin dafür, Federer zu verhaften. Der wird flinker reden, als du dir vorstellen kannst."

„Und was, wenn er schweigt? Das wäre vielleicht Tanjas Tod, so sie überhaupt noch lebt. Ich habe die Speichelprobe von Federer extra auf morgen verschoben, um ihn in Sicherheit zu wiegen. Wir werden Tanja nur über Federer oder Egli finden. Oder über Zumstein. Ist es nicht vernünftiger, alle Drei zu beobachten? Bertschi, mir rennt die Zeit weg, ich muss aufhören."

Bertschi ringt mit sich. „In Ordnung. Warten wir also bis morgen früh. Beschattung von Federer, Egli und Zumstein, abgemacht? Ich setze jemand auf Zumstein an. Daniyola bleibt in U-Haft."

Es ist entschieden, denkt er. Nun trägt er gemeinsam mit Beta die Verantwortung für das, was passiert.

„Na dann los. Auf zu ihm ins Allerheiligste", spottet er. „Wenn du Glück hast, versetzt dich der Chef nochmals."

„Das wäre wie ein Sechser im Lotto."

Knapp grüßend betritt Beta das Büro des Chefs. Wie üblich, ohne aufzublicken, antwortet Kost mit einem blassen Hallo. Seine Augen kleben am Bildschirm. Beta hört dem hastigen Klacken der Tastatur zu. Den Punkt setzt er, indem er die Rechte hochhebt, sie in der Schwebe hält, um dann mit dem Zeigefinger auf die Taste hinunter zu stechen.

Kreativ wie ein Pianist, durchzuckt es Beta, während Kost sich mit dem Stuhl zurückrollt. Vier lange Schritte, und er befindet sich am Konferenztisch. Beta hat sich bereits hingesetzt. Auch Kost lässt sich nieder, einen Stuhl zwischen sich und Beta frei lassend.

„Das Seminar war spannender als erwartet", eröffnet Kost das Gespräch, und geht kurz auf einzelne Voten ein. Am längsten verweilt er bei seinem eigenen Vortrag. Er habe den Journalisten anhand von Beispielen erklärt, warum sich die Polizei mit Pressemitteilungen zurückhalte. Es gelte abzuwägen, ob die Veröffentlichung von Details der Aufklärung eines Falls schade oder nutze. Es müsse aber auch das Recht des Bürgers auf Information beachtet werden, was zu einem schier unlösbaren Dilemma führe. Das Thema sei auf großes Echo gestoßen, und habe eine hitzige Diskussion entfacht.

Kost blickt Beta beifallheischend an. Sie lächelt nett und hofft, dass seine gute Laune anhält, bis sie den Raum verlässt. Nach ihr die Sintflut, würde ihre Lieblingstante sagen. Manchmal zitiert Beta den Spruch auf Französisch, um mit ihren Sprachkenntnissen anzugeben. Soll sie Kost dieses 'Après nous le déluge' entgegen schmettern? Wie würde er reagieren? Er, der nicht einmal ihre deutschen Wörter goutiert!

Tante Elsa und die Sintflut. Beta frischt ihr erstarrtes Lächeln auf, als sie an den Wasserschaden ihrer Tante denkt. Es war ein Sonntag im Winter, als aus dem Wasserhahn kein Tropfen mehr kam. Die Tante übertrug die Reparatur einem Bekannten, und verließ danach die Wohnung. Nachdem der Schaden behoben war, befestigte der Mann ein loses Brett mit der Bohrmaschine. Plötzlich wurde es zwischen den Brettern feucht. Geschwind drehte der Mann die Schraube zurück, und hob das Brett ab. Eine Wasserfontäne schoss aus der Leitung, in die er ein Loch gebohrt hatte. Verzweifelt kniete er am Boden, hielt das Loch zu, und dachte nach. Er musste unbedingt den Hahn im Keller abstellen. Aber wie? Er war allein. Da war niemand, der für ihn das Loch zuhielt. Sobald er den Finger hob, sprudelte das Wasser hervor. Es gab keine Alternative, er musste in den Keller. Weil dort nicht ersichtlich war, welcher Hahn zu welcher Wohnung gehörte, drehte er den Haupthahn zu. Damit war der ganze Block ohne Wasser. Das Café unten im Haus war bis auf den letzten Platz besetzt, als der Mann hinein stürzte, um zu melden, dass es im Moment kein Wasser gäbe.

Die Frau unter Tante Elsas Wohnung kreischte, ihre Mutter liege im Sterben, und sie brauche dringend Wasser. Jemand stiftete zwei Flaschen Evian, um das Leben der alten Frau zu sichern. Am Schluss summte es im Block wie in einem Bienenhaus. Ein herbeigerufener Kollege lötete das Loch in der Leitung, und anderthalb Stunden später verfügten alle wieder über Wasser, die kreischende Frau allerdings über mehr als ihr lieb war. Auf der Decke in ihrer Küche wuchs ein gelbrunder Fleck, der seine Ausbreitung erst einstellte, als er die Masse des Esstischs erreicht hatte. Im Café freute man sich über die angeregte Unterhaltung der Gäste und über den erstaunlich hohen Umsatz.

Seit langem hat Beta vor, Tante Elsa zu besuchen. Aber irgendwie reicht die Zeit nicht. Wenn der Tag nur 25 Stunden hätte!

Beta lächelt vor sich hin, und der Chef verbucht ihre Freundlichkeit für sich.

Übergangslos verlangt er Informationen über den Fall Zumstein. Endlich kann Beta starten. Sie legt die Fakten auf den Tisch, erläutert die möglichen Schlussfolgerungen, und erwähnt die Nachforschungen, die zurzeit noch laufen. Federer, Egli und Zumstein stünden unter Beobachtung. Kost hört zu, ohne Beta zu unterbrechen.

Als sie mit ihrem Bericht zu Ende ist, erkundigt er sich: „Seit wann wissen wir von Federers Fingerabdrücken auf den Bierflaschen."

„Seit heute Mittag", antwortet Beta.

„Und warum befindet er sich noch auf freiem Fuß?" Die Frage des Chefs gleicht einer Drohung.

Beta veranschaulicht, was sie und Bertschi zu diesem Schritt bewogen haben. Noch während Beta erklärt, erhebt sich Kost. Er geht hin und her, zieht die Brille ab, und schüttelt den Kopf. Schließlich bleibt er vor Beta stehen, und blickt auf sie hinunter. „Es ist unverantwortlich, so zu handeln. Federer ist eine nicht zu unterschätzende Gefahr für die Zumstein, er ist in hohem Maß verdächtig. Ich verlange, dass er sofort in U-Haft überstellt wird."

Mit dieser Reaktion hat Beta gerechnet. Trotzdem steigt ihr die Galle hoch. Da unterbreitet sie ihm ausführlich den Sachstand, füttert ihn mit Argumenten, damit er ihren Entschluss nachvollziehen kann, und dann hat Kost nichts Besseres zu tun, als einen Befehl zu erteilen. Einen, der in eine gänzlich andere Richtung zielt. Dass dieser Mensch doch immer bestimmen will, wo es langgeht. Sie hat dieses Machtspiel bis obenhin satt. Am liebsten würde sie ihm die Unterlagen vor die Füße schmettern, und den Raum Türe knallend verlassen. Gleichzeitig weiß sie, dass sie sich geschickt verhalten muss, sonst zieht sie den Kürzeren, und das kann sie Tanja gegenüber nicht verantworten. Also macht sie weiter mit dem, was sie am besten kann. Sie redet.

Sie schildert nochmals die sorgfältige Beschattung des Barkeepers. Das habe er verstanden, winkt Kost ungnädig ab. Beta fährt beharrlich fort, diesmal mit einfachen, klaren Worten. Kost hat ihr in einer schwachen Stunde gestanden, dass er sie um ihre virtuose Sprache beneide. Seither versucht sie, sich in kritischen Momenten verbal zurück zu nehmen. Der Mann soll sich nicht minderwertig fühlen. Sie beugt sich Kost entgegen, und erklärt ihm eindringlich, dass Federer als Lockvogel dienen solle. Dank ihm könne man zwei Fliegen auf einen Schlag fangen, Tanja befreien, und ihn hinter Gitter bringen.

Kost beharrt auf seiner Forderung. „Solange Federer

nicht in U-Haft sitzt, bedeutet er eine Gefahr. Er kann von seiner Bar aus einen Mord begehen, indem er jemanden beauftragt. Der Mann gehört sicherheitsverwahrt."

„Wenn wir Federer jetzt aus seiner Bar holen, provozieren wir einen Skandal. Das stört mich nicht im Geringsten, unter der Bedingung, dass Federer zweifelsfrei der Täter ist. Was aber, wenn wir ihn verhaften, und ihn tags darauf laufen lassen müssen, weil die Beweise nicht ausreichen? Peinlich, nicht wahr? Die Presse würde uns zerreißen. Es hätte ein böses Nachspiel für uns alle."

Beta legt eine wirkungsvolle Pause ein, bevor sie ihren Trumpf ausspielt. „Vor allem für Sie könnte es ziemlich unangenehm sein."

Kost legt die Brille vor sich hin. „Wir sind bei Federer nicht absolut sicher?"

„Auf keinen Fall. Er ist nur einer der Verdächtigen, nicht mehr und nicht weniger."

Beta schweigt. Aus den Augenwinkeln beobachtet sie, wie der Chef fieberhaft abwägt, was seiner Laufbahn mehr schadet.

Schließlich schnarrt er: „Morgen um Zehn will ich Federer hier sehen. Sie stehen dafür gerade, dass er lückenlos überwacht wird. Ebenso Egli und Zumstein."

Kost setzt die Brille auf und verschanzt sich hinter seinem Schreibtisch. Beta ist wortlos entlassen.

Auf dem Weg zurück ins Büro kontaktiert sie Emmer. „Wo ist Federer?"

„Der zapft Feierabendbier. Beide Ausgänge werden observiert. Den Vordereingang des 'Stollen' behält Kollege Heinen im Auge. Um 23 Uhr wird ihn Renzi ablösen. Den Hinterausgang beobachtet Kummer. Er sitzt im Auto an der Brücke, und überblickt von dort aus den ganzen Pfad. Egli ist zu Hause, bei ihm brennt Licht. Zumsteins sind ebenfalls daheim. Dort sieht man, dass der Fernseher läuft."

„Gut. Ich möchte, dass du im Büro bleibst, und garantiert erreichbar bist. Du meldest mir jede Veränderung, auch die kleinste, und ich werde dich jede volle Stunde anrufen."

Emmer schlägt unhörbar die Hacken zusammen und antwortet: „Jawohl."

Das zweisilbige Wort des Kollegen bleibt in Betas Ohr hängen, irgendwie rührt es sie. Emmer bemüht sich ungeheuer, gute Arbeit zu leisten. Aber er weiß auch, dass er nicht so auf Draht ist wie die andern. Wenn seine Kollegen schon längst kapiert haben, worum es geht, steht er immer noch vorm Rätsel. Irgendwie hat er sich damit abgefunden, dass er ein Polizist ohne besondere Fähigkeiten ist.

„Halt die Ohren steif", versucht Beta ihm ein nettes Wort hinterher zu schicken. Sie ist zufrieden, dass ihr die Floskel eingefallen, und obendrein über die Lippen gerutscht ist. Das gelingt ihr nicht immer, manchmal bleiben ihr die Artigkeiten zwischen den Zähnen stecken.

Am Ende des Flurs taucht Hunziker auf. Beta wartet vor der Bürotür auf ihn.

„Und", fragt sie, während sie Laptop und Notizen auf den Schreibtisch legt.

„Meine Mails findest du im PC. Sonst gibt es nichts Neues. Und bei dir?"

Beta informiert Hunziker über das Geschehen der letzten paar Stunden, und über die mit Bertschi gefällten Entscheidungen. Hunziker bezweifelt, dass man Tanja dank Federer aufspüren werde. „Der Mann ist doch nach der Hausdurchsuchung vorgewarnt. Der wird nach der Arbeit nirgendwo hinfahren. So blöd ist der nicht. Rein theoretisch könnten wir sogar darauf verzichten, ihn zu beschatten."

Beta rollt mit dem fünfbeinigen Stuhl ans Fenster. Sie rutscht bis an die Sitzkante vor, und legt die Unterarme auf die Oberschenkel. Einen Moment lang stiert sie auf die schwarzen Striemen, die sich nicht mehr vom PVC-Belag entfernen lassen. Bis eben war sie überzeugt, dass die Observierung Federers ans Ziel führen wird. Doch plötzlich ist sie dessen nicht mehr sicher. Leise Ratlosigkeit nistet sich ein in ihr, und beunruhigt sie. Soll man Federer einfach abholen, auch wenn er gerade esoterisch verbrämtes Bier zapft? In Windeseile überdenkt Beta die Situation. Sie würde den Gästen eine Bar ohne Barkeeper bescheren, was die Feierabendlaune im 'Stollen' trüben würde. Die Quittung dafür bekämen die Polizisten, die den Job versehen. Nicht sie, nicht Hunziker, nicht Kost.

Mit einem Ruck richtet sich Beta auf. Sie sieht die Parisienne auf dem Schreibtisch, und zieht die Augen weg, die wie Magneten am Päckchen haften. Hunziker mag den Rauch nicht. „Ich bin nicht sicher, ob wir auf dem richtigen Weg sind. Aber wir haben alle Vorkehrungen getroffen, um Tanja zu schützen, nicht wahr?"

Hunziker fällt kein Gegenargument ein.

Beta blickt auf die Uhr. „Kontaktier noch einmal alle Beobachtungsposten und Streifen, die unterwegs sind. Danach kannst du dich abseilen. Aber bleib erreichbar. Ich melde mich bei dir, sobald Bertschi eintrifft. Bis später."

Auf diesen Moment hat Beta gewartet. Sie geduldet sich, bis Hunziker draußen ist. Dann zieht sie die zweitunterste Schublade heraus, und bettet die Füße auf die Aktenordner. Sie greift zur Parisienne, deren Duft seit geraumer Zeit um ihre Nase streicht, zündet sie an, und lehnt sich im Bürostuhl zurück. Während ihre Augen dem Rauch folgen, wandern ihre Gedanken zu Katrin Zumstein, der lebensmüden Frau im Rollstuhl, die es vor langer Zeit aufgegeben hat, sich zu wehren. Was geht in einer Mutter vor, die es versäumt hat, ihre Tochter zu behüten? Warum hat Frau Zumstein lieber den Freitod auf Raten gewählt, anstatt sich aktiv ihrem Fehlverhalten zu stellen? Handelt es sich um Feigheit? Uneinsichtigkeit? Unfähigkeit? Warum hat sich Frau Zumstein nie bei ihrer Tochter entschuldigt?

Unversehens schiebt sich über das Bild von Katrin Zumstein dasjenige von Betas Mutter. Eine Szene wird in ihr wach. Die Mutter saß im Fauteuil, Beta auf dem Sofa. Zwischen ihnen stand der Clubtisch. Die Wärme, die die Mutter ausstrahlte, war auf Frost gedimmt, und das Gespräch zwischen ihnen ähnelte dem von Reisenden im Wartesaal. Freundlich war es, und unverbindlich.

Beta erzählte der Mutter Geschichten aus dem Alltag, und verriet ihr schließlich, dass sie mit dem Rauchen aufgehört habe. Damals hatte sie gerade drei nikotinlose Tage hinter sich, und wusste nicht, ob sie auch den vierten Tag ohne Zigarette überstehen würde. Der Dauerhunger machte ihr zu schaffen. Sie aß alles, was sich in ihrer Nähe bot. Die Pausen zwischen den Mahlzeiten überbrückte sie mit Schokolade. Die brauchte sie als Trost, um nicht an ihre Parisienne zu denken. Trotzdem war sie unruhig und reizbar, manchmal aufbrausend, dann wieder niedergeschlagen. Sie lechzte nach Aufmunterung, und das vernachlässigte Kind in ihr wünschte sich, von der Mutter in den Arm genommen zu werden. Doch vor ihr im Sessel saß eine steife Frau, die einer aus Metall gegossenen Skulptur glich. Sie hatte für Betas Not bloß ein knappes „So, so" übrig, und im Nu fühlte sich Beta abgelehnt wie damals als kleines Mädchen.

Die erinnerte Situation überwältigt Beta. Die Wimperntusche wird feucht und verrutscht. Eine schwarze Träne macht sich auf den Weg, läuft hinunter bis zum Kinn. bleibt dort zögernd stehen, und stürzt sich schließlich in den Abgrund.

Durch den Tränenschleier nimmt Beta den Rauch wahr. Sie drückt die Zigarette aus. Wer schluchzt, der kann nicht rauchen. Da streikt die Lunge. Und auf einen Hustenanfall ist sie nicht erpicht, denn der Rücken mag keine abrupte Bewegung.

Während sich Beta schnäuzt, überlegt sie, wo sich im Körper das Tränendepot befindet. Wenn sie lang genug weint, werden eine Weile keine Tränen mehr geliefert. Ob das Niveau des Tränensees so tief absackt, dass keine Tränen mehr hochgepumpt werden können? Muss zuerst der Speicher wieder gefüllt werden?

Ob Fabrizio diese Fragen beantworten könnte? Sicher. Und Bertschi auch. Der Neugier halber googelt Beta, und ist ein paar Minuten später informiert. Dass die Tränen salzartig sind, weiß man. Jeder hat schon einmal mit der Zunge eine Träne eingefangen. Und dass die Tränendrüsen ständig Tränen absondern, um den Bindehautsack zu reinigen und die

Hornhaut zu ernähren, weiß man auch. Aber dass die tägliche Menge der Tränenflüssigkeit bis zu einem halben Liter betragen kann, erstaunt sie. Noch mehr verblüfft sie die Tatsache, dass die chemische Zusammensetzung der Tränen von deren Ursache abhängt. Emotionale Tränen enthalten bis zu einem Viertel mehr Proteine als Reflextränen.

Beta zieht sich aufs Damenklo zurück, um die Spuren in ihrem Gesicht zu beseitigen. Wieder im Büro, öffnet sie das Fenster. Zu viele Nikotinschwaden! Zu viel Drama! Manchmal drückt nicht nur der Job aufs Gemüt, sondern auch die Mutter. Bertschi muss jeden Moment eintrudeln. Was für ein Glück, mit Bertschi arbeiten zu können. Eine Welle der Dankbarkeit erfasst sie.

Auf Bertschis Bildschirm erscheinen zwei neue Mails. Die eine trägt den Titel: „Der Albaner und der Bulle". Gespannt öffnet sie das Dokument, und überfliegt das Protokoll des Verhörs, das Bertschi mit Daniyola geführt hat. Beta liest schwarz auf weiß, was sie nicht glauben wollte. Daniyola beharrt darauf, nicht zu wissen, wem er seinen Audi geliehen hat. Den Mann muss man noch einmal in die Zange nehmen. Gut, dass er in U-Haft sitzt.

Bei der zweiten Mail steht im Betreff: „Bereit zu singen?"

Da scheint jemand auspacken zu wollen. Eine neue Spur? Oder ein Hinweis auf Tanjas Verbleib? Vor lauter Aufregung scrollt Beta eine Zeile zu tief und landet beim Bericht der Spurensicherung. Pass, Tonband, Teebeutel, Bierflaschen, Helm. Sie kennt die Zusammenfassung auswendig, so intensiv hat sie sich damit befasst.

Die Maus findet die gewünschte Mail. „Hallo, du Toscasänger mit dem Hang zu fremden Autos...."

Beta zuckt zusammen. Das hat nichts mit dem Job zu tun. Sie wirft einen Blick aufs Textende. „Hast du Lust, das Schicksal herauszufordern? Dann ruf mich an." Kein Name.

Der Brief stammt ja wohl kaum von Emmer. Hastig schließt Beta die Mail. Es ist ihr peinlich, dass sie unerlaubt in Bertschis Privatsphäre eingedrungen ist.

In diesem Augenblick betritt Bertschi das Büro. „Endlich", ruft Beta erleichtert aus, und räumt den Stuhl frei für ihn. Bertschi wirft ihr einen prüfenden Blick zu. „Was ist los", fragt er.

Beta antwortet mit wegwerfender Gebärde: „Die Nerven."

Bertschi nickt verständnisvoll. „Weißt du, was du machen musst? Heulen!"

„Danke, hab ich schon."

„Bist du ein Junkie", tut Bertschi entsetzt.

„Was soll das, du Spinner."

„Weißt du nicht, dass Tränen Morphium transportieren, und für Entspannung sorgen?"

Beta verdreht die Augen, und Bertschi weist mit dem Kinn auf seinen PC. „Neuigkeiten?" Als er den Titel des Protokolls liest, feixt er. „Die Sekretärin der Züricher Kripo ist Spitze. Unkompliziert, genau, speditiv."

Bertschi öffnet die andere Mail. Eine Welle der Erregung erfasst ihn, die Beta in ihren Bann zieht. Sie spürt sein Glücksgefühl so intensiv, als wäre es das ihre. Die Härchen auf ihren Unterarmen richten sich auf. Selbst die Luft hält in ihrem Fluss inne, bevor die Spannung großer Freude weicht. Bertschi lächelt versonnen. Er hebt den Blick und erkundigt sich: „Hast du sie gelesen?"

„Wo denkst du hin", windet sich Beta. „Ich lese deine Privatpost nicht, das haben wir vereinbart. Nur die Überschrift hab ich gesehen. Aber", Beta dehnt das A bis zur Länge einer ganzen Note im Viervierteltakt, „wenn du mir etwas anvertrauen willst."

„Wir haben zu tun, du Wundernase. Steht nichts Dringendes an?"

Beta schüttelt den Kopf. „Nur Warten. Erzähl doch, hast du jemand aufgerissen?"

Die mysteriöse Miene, die Bertschi aufsetzt, macht Beta wahnsinnig. Bertschi denkt nicht daran, sein Geheimnis zu lüften. Jedenfalls nicht sofort.

„Das ist einer dieser Momente", murmelt er, und öffnet die Schublade. Umständlich klopft er eine Zigarillo aus der

Schachtel, betrachtet ihre schlanke Linie, und zieht sie unter der Nase durch. „Nun komm schon, spann mich nicht auf die Folter", beschwert sich Beta.

Bertschi lässt sich nicht jagen. Er streicht mit dem Finger über die Sozi und sieht sie begehrlich an. „Für uns beide ist heute Sonntag." Dann zündet er sie an. Schließlich rückt er mit der Geschichte heraus. Beta pfeift anerkennend, und neckt ihn: „Jetzt kannst du dir das Anrempeln am Bahnsteig sparen."

Während Beta das Gespräch mit Daniyola ausdruckt, sendet Bertschi dem Toscasänger eine SMS. Danach vertiefen sich die beiden Kommissare in ihre Unterlagen.

Die Laugenbrezeln, die Bertschi mitgebracht hat, besänftigen ihre knurrenden Mägen.

Punkt Neun klingelt das Handy. Beta zieht es zu sich und starrt darauf. Hat sie die Zeituhr eingestellt? Und wenn ja, warum? Beta schlägt mit der flachen Hand auf den Tisch. Puta di mare, schimpft sie, weil ihr der Grund nicht einfällt. Der Fluch löst zwei Impulse in ihr aus. Emmer. Er wartet auf ihren Anruf. Und Fabrizio. Im Nu kriegt Beta weiche Knie. Liebevoll betrachtet sie das Handy. Sie schließt die Augen, und stellt sich Fabrizios zärtliche Hand vor, die ertastet, ob sie den grünen Slip trägt.

„Hallo". Bertschi holt seine Kollegin aus der Traum-welt.

Ich kann jetzt nicht, Hijo. Mach's für uns beide. Ich ziehe später nach, flüstert Beta stumm.

„Bin hier", antwortet sie knapp, gibt Bertschi das Zeichen zum Mithören, und ruft Emmer an.

„Bei Federer gibt es nichts Neues. Er steht hinter der Bar und versorgt seine Gäste mit Bier. Am Hinterausgang tummeln sich ein paar Kiffer. Auf dem Fußweg verkehrt niemand. Egli hält sich nach wie vor zu Hause auf. Es brennt Licht bei ihm. Und bei Zumstein ist es seit einer halben Stunde zappenduster. Die alten Leute haben sich schlafen gelegt. Sollen wir dort weiter observieren?"

Wie in eingeübter Choreografie schütteln Beta und Bertschi den Kopf. „Zieh die Streife bei Zumsteins ab. Von

Zehn an soll sie im Stundentakt vorbeifahren." Beta streicht sich das Lockengewirr nach hinten. Sie spürt erneut die Müdigkeit in allen Gliedern. Emmer sicher auch. „Sonst alles in Ordnung", fragt sie ungewohnt fürsorglich. „Alles klar", tönt es aus dem Hörer, bevor aufgelegt wird.

Beta sperrt den Mund auf, und gähnt ausgiebig. Sie steckt Bertschi an, der mitreißend dazu stöhnt, und anschließend einen langgezogenen Schrei von sich gibt.

„Fertig, Tarzan? Dann rufe ich Hunziker an", sagt Beta, gähnt noch einmal, und zeigt wieder auf den Hörer. Bertschi nickt.

Hunziker nimmt sofort ab. „Mir liegt eine besondere Meldung aus Federers Wohnblock vor. Ein Zeuge hat gestern gegen ein Uhr nachts von seinem Fenster aus einen Mann auf der Straße gesehen, der hinter einem Auto stand. Dort blieb er während zehn Minuten. Als ein Motorrad vorbeifuhr, duckte er sich, um nicht gesehen zu werden. Danach machte sich der Mann in Richtung Zentrum davon. Er war mittelgroß, mit normaler Figur, um die Fünfunddreißig, und trug eine dunkle Lederjacke. Die Maschine war eindeutig eine Kawasaki, sagt der Zeuge, und sie kam vom Gelände der alten Molkerei."

„Ha, die Sache läuft rund", jubelt Beta. „ Jetzt können wir beweisen, dass der Barkeeper gestern nach der Arbeit unterwegs war. Weiß jemand in Federers Wohnhaus vom Töff?"

„Nein, niemand."

„Mir stellen sich zwei Fragen", wirft Bertschi ein. „Wo war Federer gestern mit seiner Maschine. Und wer ist der Mann, der ihn beobachtet hat?"

„Auf die erste Frage haben wir noch keine Antwort, aber die zweite ergibt sich von selbst", sagt Beta. „Das kann nur Egli sein. Die Beschreibung passt auf ihn, und zeitlich trifft es die Sache auch."

Zufrieden trommelt Beta mit den Fingern auf den Schreibtisch. „Dann hat Egli also gestern Nacht dem Barkeeper hinterher spioniert."

Bertschi wiegt den Kopf skeptisch hin und her. „Aber warum soll Egli den Barkeeper verfolgen, wo doch die beiden auf dicke Freundschaft machen?"

„Weil Egli meint, der Barkeeper wisse, wo Tanja steckt", mutmaßt Hunziker.

„Oder weil er sich für die Geschäfte des Drogengurus interessiert", überlegt Bertschi. „Das würde auch erklären, warum er den Grund der nächtlichen Autofahrt verschwiegen hat."

„Möglich. Ich halte es eher mit Maria. Die verdächtigt Egli, mit dem Verschwinden Tanjas zu tun zu haben. Sie glaubt nicht, dass Federer dahintersteckt."

„Weil sie Egli nicht ausstehen kann", wirft Bertschi ein.

„Die Frau ist schon ein eigenes Kaliber." Bertschi fixiert Beta. „Du wirst dich doch stichhaltigen Argumenten nicht verschließen, zum Beispiel Federers Fingerabdrücken auf den Bierflaschen und seinem Motorrad?"

„Also", sagt Beta gedehnt. „Das Ratespiel bringt uns nicht vorwärts. Federer und Egli werden, so wie abgemacht, weiter beschattet."

„Das wird eine unbequeme Nacht", prophezeit Bertschi.

Im Büro des B&B-Teams kehrt Ruhe ein. Es gibt nichts mehr zu tun. Das Warten darauf, dass ihnen der Fisch ins Netz geht, zerrt mehr an ihren Nerven als die Hektik des ganzen Tages.

Beta wirft ihrem Kollegen einen Blick zu, doch der sinniert, eingehüllt in seine Sozinebel, irgendetwas hinterher. Wie ein Mafiaboss, denkt Beta. Aber eigentlich, trotz Kanone und Zigarre, viel zu weich. Sie schleicht sich samtenen Schritts in einem großen Bogen hinter Bertschis Stuhl, stiehlt ihm die Sozi, zieht einmal kräftig daran, inhaliert, und beginnt zu husten. Sie bellt und keucht. Sie schnappt nach Luft. Tränen schießen ihr aus den Augen, und kullern über die Wangen. Schon wieder ein Ausflug ins Feuchtgebiet, konstatiert sie. Bertschi springt hilfsbereit auf, und tätschelt ihr den Rücken. Beta versucht das schmerzhafte Kratzen im Hals weg zu schlucken, und gibt Bertschi die Zigarillo zurück.

Der schüttelt verständnislos den Kopf. „Wie kann man bloß den Rauch einatmen! Das ist doch keine Zigarette."

„Weiß ich selbst", krächzt Beta. „Ich hab nicht wollen, das war der verflixte Automatismus."

„Ein Eis würde deiner Kehle guttun", meint Bertschi. Er beginnt zu summen. Beta sinkt in den Stuhl, streckt die Beine von sich, und lauscht. Bertschi stellt sich vor sie hin, und summt weiter, bis Betas Augen zu leuchten beginnen.

„Un gelato al limone", ahmt sie die raue Stimme von Paolo Conte nach, holt tief Luft, und wird erneut von einem Hustenanfall gebeutelt.

Bertschi legt die Hände auf Betas Schultern und fragt: „Was machen wir?"

„Nichts außer warten. Und das können wir auch zuhause. Was meinst du, wollen wir einfach heimgehen? Ich sehne mich nach meinen vier Wänden."

„Gute Idee. Du bist in deiner Thuner Hütte sowieso näher am Geschehen dran als von hier aus. Und ich", Bertschi packt bereits den Laptop ein, und lächelt entrückt. Erschrocken unterbricht ihn Beta: „Du stellst keinen Blödsinn an. Das ist jetzt der denkbar schlechteste Moment."

„Ja, Mama Bianca. Ich bleibe in Bern." Auf seinem Weg zur Tür stoppt er vor Beta, und grinst sie an. „Ich hab's mir anders überlegt. Ich gehe jetzt mit meinem Pavarotti Wein trinken. Und wenn wir dann in Leidenschaft versinken, bin ich nicht erreichbar. Verstehst du? Handy tot!"

„Dann bist DU tot", entgegnet Beta kratzbürstig, und scheucht ihren Kollegen aus dem Büro. Der gute Bertschi. Von wegen Wein! Grüntee wird er trinken! Und er wird keine Verabredung treffen, weil er an sich den Anspruch hat, hundert pro verfügbar zu sein. In der Wohnung seines Freundes wird er hocken, und aufs Handy stieren. Bertschi ist schon ein Pechvogel. Da trifft er endlich einen Mann, der ihm gefällt, und dann hat er keine Zeit für ihn. Na ja, in der Wohnung gibt es einen Festnetzanschluss. Wer weiß, vielleicht hängen die zwei die halbe Nacht am Telefon und schmettern sich Arien ins Ohr, bis die Hörer vor Wonne schmelzen.

Beta wählt Emmers Nummer. Sie fahre jetzt nach Hause, und melde sich um zehn bei ihm. Auf der Autobahn von Bern nach Thun denkt sie ununterbrochen an Tanja. Heute Nacht wird sie die junge Frau finden. Irgendjemand wird sie an deren Aufenthaltsort führen. Federer, oder Egli, oder vielleicht jemand, mit dem sie nicht gerechnet hat. Und wenn sie falsch liegt? Wenn Federers nächtliche Ausfahrten mit Drogen zusammenhängen, und Tanja längst tot ist?

Mach dich nicht kirre, Beta Bianca, ermahnt sie sich. Vor vier Tagen hat Tim mit Tanja Bier getrunken. Das ist erwiesen. Tanja und Tim. Beta beschleicht ein ungutes Gefühl. Hat sie etwas übersehen?

Die Scheinwerfer eines Porsche blinken ihr ungeduldig in den Rückspiegel. Beta, bis eben allein auf der Autobahn, zieht den Wagen nach rechts und gibt die Überholspur frei.

Das kann nicht sein, nimmt sie den Gedankengang wieder auf. Bertschi sieht jeden Fehler. Hunziker auch. Selbst Emmer hält nicht mit seiner Meinung zurück.

Beta freut sich auf ihr Sofa. Gleich ist sie in Thun. Die Befürchtung, die an ihr nagt, versucht sie wegzuschieben. Es ist doch immer das Gleiche. Kurz vor der Lösung des Falls ist sie deprimiert, und hat Angst zu versagen. Vor allem hat sie Angst, schuldig zu werden. Die Angst lähmt sie, und nimmt ihr die Hoffnung, dass alles gut wird. Alle Energie, die sie sonst ausstrahlt, zieht sich nach innen zurück. Beta fühlt sich ausgelaugt.

Im matten Straßenlicht tauchen die Konturen ihres Hauses auf. Sie parkt vor der Gartentür, und geht an dunklen Sträuchern vorbei zum Hauseingang. Beta hört das leise Plätschern der Wellen am Ufer. Sie wühlt nach dem Schlüssel. Bevor sie die Tür hinter sich schließt, wünscht ihr ein Käuzchen gute Nacht.

Beta schaltet die Stehlampe und die beiden Tischlampen an. Sie tauchen den Raum in warmes Licht. Langsam spürt sie, wie die Anspannung von ihr weicht. Sie ist daheim.

Ihr Blick streift die Lautsprecher. Was wäre das Leben ohne Musik, denkt sie, und beginnt die CD-Sammlung auf der Suche nach einem Stimmungsaufheller zu durchblättern. Sie entscheidet sich für Joni Mitchell, Lautstärke acht, und singt mit, so kräftig sie kann, während sie durchs Fenster über den schwarz glänzenden See schaut. Sie probiert ein paar Tanzschritte, unterbricht sich aber, weil ihr das Etikett einer Weinflasche ins Auge sticht. Die rote Figur erinnert sie an einen Engel mit ausgebreiteten Armen, die bereit sind, zu umfangen. Den Barolo hat Fabrizio ihr geschenkt.

Beta ergreift die Flasche und öffnet sie. Nach dem ersten Schluck schneidet sie ein Stück Parmaschinken in kleine Streifen, würfelt den Grana, legt eine Schnitte Brot und das Handy dazu, und steuert den Diwan an. Der Wein duftet nach Sonne und Waldbeeren und Piemont und Fabrizio. Die Abmachung mit ihm fällt ihr wieder ein. Er hat es sicher um Neun getan. Sie nicht. Sie schwimmt ausgiebig auf der Flut des Mitleids mit sich selbst. Nicht einmal für Fernsex hat sie Zeit. In zehn Minuten wird sie Emmer anrufen. Und dann wird sie sich, zeitverschoben, mit ihren Hormonen befassen, unter der Bedingung, dass sie noch die Kraft aufbringt, und ihre Berufswelt in Ordnung ist.

Im Moment jedoch widmet sich Beta dem Naheliegenden. Unfein stopft sie das Essen in sich hinein, spült gierig mit Barolo, zündet sich eine Zigarette an, überlässt sie ihrem Schicksal im Aschenbecher, wendet sich dem Käse zu und begleitet Joni Mitchell's 'Answer me my love' mit vollem Mund.

Später öffnet Beta den Laptop, und liest noch einmal das Verhör mit Egli durch. Der Mann hat wirklich schwer was gegen Tanja, untertrieben formuliert. An einzelnen Stellen springt Beta der blanke Hass entgegen. Als sie vorher, um Zehn, mit Emmer sprach, war bei Egli nach wie vor Licht. Federer stand hinterm Tresen. Und bei Zumsteins entdeckte die Streife nichts Bemerkenswertes. Das Haus lag im Dunkeln.

Weiter so bis um Elf, wies sie Emmer an.

Als Beta den Spiegelschrank im Badezimmer nach Tabletten durchwühlt, sieht sie, vereint im Glas, zwei Zahnbürsten stehen. Die eine trocknet seit Wochen vor sich hin. Wie ich, stellt Beta fest, und greift sich in den Rücken, von dem ein ziehender Schmerz ausgeht. Sie findet die Schachtel, drückt eine von den rosaroten Pillen aus der Folie, und schluckt sie mit Hahnenwasser hinunter.

Um elf Uhr meldet Emmer, Egli habe kurz nach zehn das Licht gelöscht. Bei Federer und bei Zumsteins gäbe es nichts Neues.

Mittwochnacht

Eine halbe Stunde vor Mitternacht ruft Zumstein Beta an.

„Wir haben sie", sagt er tonlos. „Jemand hat sie hergebracht. Sie sitzt draußen auf der Bank. Sie ist tot." Dann ist es still in der Leitung. Beta ist wie gelähmt. Mit dieser Nachricht hat sie nicht im Entferntesten gerechnet, und damit, dass Zumstein Tanjas Tod meldet, schon gar nicht. Gerade Zumstein, dieser Widerling.

„Nichts anrühren", blafft sie. „Wir kommen."

Sie unterbricht die Verbindung. Aus. Verloren starrt sie auf das Handy. Sie versteht nichts mehr. Plötzlich erfasst sie eine ungeheure Wut. Nichts hat sie erreicht. Der Einsatz hat sich nicht gelohnt. Obwohl sie Tag und Nacht ihre Zeit in den Fall investiert hat. Der Tod hat gesiegt.

Verdammt. Die Streife. Sie hat die Streife bei Zumsteins zu früh abgezogen. Der Mörder hat in Ruhe sein Werk vollenden können.

In einem Winkel ihrer Seele braut sich etwas zusammen. Dort sammelt ein Ankläger die Indizien für ihre Schuld. Sie hat die falschen Schlüsse gezogen. Das kommt davon, wenn man stur ist, zu langsam und oberflächlich. Zu wenig sachlich. Das ist die Quittung. Als Kriminalkommissarin ungeeignet. Nicht länger tragbar.

Das Herz beschleunigt seinen Schlag.

Beta streckt den Rücken durch. Sie atmet tief ein, und

greift zur Zigarette. Gleichzeitig drückt sie die Taste von Bertschis Nummer. Die Meldung haut ihn um. In fünfzehn Minuten sei er bei ihr. Er werde bis zur Ortstafel von Thun mit Blaulicht fahren.

Beta schickt den Spurendienst los. Die Streife befindet sich bereits auf der Kontrollfahrt nach Hüniswil. Beta weist die beiden Polizisten an, Zumstein nicht aus den Augen zu lassen, bis sie kommt. Sie sollen sofort mit der Befragung beginnen, und sein Telefon überwachen.

Schließlich setzt sich Beta mit Emmer in Verbindung. Die Meldung von Tanjas Tod nimmt er mitfühlend auf. „Es tut mir Leid um die junge Frau. Ich habe mir schon gedacht, dass es so ausgeht. Wenn ein Mensch seit zehn Tagen vermisst wird, bleibt wenig Hoffnung. Wir jedenfalls haben alles getan, um ihr Versteck zu finden. Aber wie soll man das auf die Schnelle entdecken, bei dem kriminellen Umfeld der Zumstein. Rundum Drogen und Missbrauch und Vergewaltigung. Deshalb hat ja auch niemand den Mund aufgemacht."

Emmers Worte streicheln Betas brüchiges Ego. Ewig lang könnte er so reden, sie würde ihm hingebungsvoll zuhören.

Ob Federer noch weiter beobachtet werden soll, fragt Emmer.

„Unbedingt", antwortet Beta.

„Und Egli? Bei ihm in der Wohnung ist es dunkel."

„Trotzdem. Lass den Posten dort", sagt Beta. „Und nach außen kein Wort, dass Tanja tot ist." Sie legt auf, im Ohr die Musik von Emmers Worten, und staunt. Der Kollege, den sie manchmal nicht ernst nimmt, richtet sie auf. Sie fühlt sich leichter, und schämt sich, Emmer für sein Verständnis nicht gedankt zu haben.

Sie ruft Hunziker an, informiert ihn über Tanjas Tod, und bittet ihn, am nächsten Morgen um halb acht im Büro zu sein, damit Kost einen Ansprechpartner habe. Sie und Bertschi würden vorerst im Umfeld der Ermordeten bleiben. Etwaige Neuigkeiten würde sie ihm mitteilen.

Während sie auf Bertschi wartet, macht sie sich einen Espresso. Dann leert sie ein Glas Wasser nach dem andern. Sie muss den Durst löschen, der aufs Konto vom Wein geht. Energisch räumt sie die Flasche weg. Für die gibt es jetzt keinen Platz. Sie geht ins Badezimmer, putzt sich die Zähne und wäscht sich das Gesicht. Das kalte Wasser erfrischt sie. Langsam verziehen sich die Barolonebel. Der zweite Espresso weckt ihre Energie. Sie macht sich Notizen fürs Gespräch mit Zumstein.

Drei Minuten eher als angekündigt taucht Bertschi auf. Er sei gefahren wie ein Irrer, sagt er bloß. Gleichgültig zuckt Beta die Achseln, und steigt zu ihm in den weißen Nissan ein.

„Das nagt an dir, dass sie tot ist, nicht wahr?" Bertschi streift sie mit einem kurzen Blick. Beta antwortet nicht, was bedeutet, dass er schweigen soll.

„Man kann es auch anders sehen", sagt Bertschi nach vier Kilometern, trotz des unausgesprochenen Redeverbots seiner Kollegin. „Nun herrscht Klarheit statt Unwissen."

„Du meinst, der Tod hat Ordnung geschaffen", knurrt Beta. „Was für eine interessante Sichtweise. Ich werde das Gefühl nicht los, dass er am falschen Ort aufgeräumt hat."

Steif wie ein Besen, dieser Bertschi. Der könnte sich von Emmer eine Scheibe Empathie abschneiden.

Die zehn Kilometer bis Hüniswil fällt kein Wort mehr zwischen ihnen. Bertschi parkt vorm Haus, hinter der Streife. Die vom Spurendienst haben bereits ihre Arbeit aufgenommen. Das Scheinwerferlicht des Fotografen beleuchtet die reglose Gestalt auf der Bank. Ein junger Mann konzentriert sich auf die Fußabdrücke im Vorgarten. Der Gerichtsmediziner ist eingetroffen, und wartet darauf, mit der Untersuchung beginnen zu können.

Bertschi öffnet das Gartentor und nähert sich der Toten. Beta folgt ihm.

„Das ist sie", stellt Bertschi sachlich fest. Er atmet tief durch, und fügt leise hinzu: „Schlimm sieht sie aus."

Beta beugt sich über die junge Frau und mustert sie. Nach einer Weile richtet sie sich auf. Ungläubig schüttelt sie den

Kopf: „Das gibt's doch nicht. Wir haben sie fünf Tage lang gesucht, und haben nicht herausgefunden, wo sie ist."

Erneut versenkt sie sich in die Betrachtung der Tanja Zumstein. Abrupt dreht sie sich zu Bertschi um.

„Siehst du, was ich sehe?"

„Doch nichts Übersinnliches", fragt Bertschi erschrocken.

Beta verdreht die Augen. „Mensch, Bertschi, siehst du nicht, dass das eine frische Leiche ist? Weißt du, was das heißt? Die Frau hat bis vor kurzem gelebt. Sie war die ganze Zeit irgendwo hier, vor unsrer Nase."

Beta schimpft vor sich hin. Scheiße, sagt sie halblaut. Scheiße. Und Bertschi ist froh, dass sie mit Schalldämpfer mault. Beta zupft ihren Kollegen am Ärmel. „Bertschi, wir haben die Sache vermasselt."

Mit stoischer Ruhe antwortet der: „Ach was, dafür sind wir zu lang im Geschäft. Mach jetzt kein Drama. Wir knien uns in die Fakten, bis wir ihn haben."

Bertschi zieht an jedem seiner Finger und lässt es knacken. „Wir kriegen ihn, den Mörder", wiederholt er.

Beta ist unzufrieden mit sich und der Welt. „Ja, ja, mit Leiche geht es leichter als ohne."

Auf diesen Zynismus antwortet Bertschi nicht. Er dreht sich um und steuert auf Dr. Fellner zu. „Was Besonderes?", erkundigt er sich. Der Pathologe wiegt zweifelnd den Kopf. „Schwer zu sagen, ob die Schläge zum Tod geführt haben. Auf jeden Fall ist sie nicht länger als zwei Stunden tot."

Bertschi wirft Beta einen Blick zu. Sie hat recht gehabt.

Fellner schließt seinen Koffer und verabschiedet sich.

„Alsdann, ich verzieh mich ins Reich der Toten. Ich informiere euch, sobald ich durchblicke." Beta und Bertschi heben grüßend die Hand.

„Zumstein, du oder ich", will Bertschi wissen. Beta tippt ihrem Kollegen auf die Brust. Du. Sie zieht ihre Notizen mit den Fragen hervor. Zwei Köpfe neigen sich übers Blatt. Bertschi blickt als erster auf. Er geht zur Haustür und klingelt. Der Polizist von der Streife öffnet. Hinter ihm steht Zumstein. Er trägt einen weinroten Morgenmantel aus Satin und ist tadellos gekämmt. Ein knappes Kopfnicken von beiden Seiten, und Bertschi schlüpft ins Haus. Hinter ihm wird die Tür angelehnt.

Beta bleibt draußen. Inzwischen ist der grelle Scheinwerfer abgeschaltet, der Fotograf hat seine Arbeit beendet. Die vom Spurendienst arbeiten inzwischen hinterm Haus. Der Vorgarten ist nun spärlich beleuchtet, einzig die Außenlampe oberhalb des Eingangs spendet Licht. Das Halbdunkel senkt sich wie ein Schleier über die Wirklichkeit, und die besetzte Bank verliert die deutlichen Umrisse. Aus Betas Perspektive wirkt die Szene wie eines dieser weich gezeichneten Bilder von Hamilton.

Stillleben mit einer Gewesenen, betitelt Beta die Komposition.

Zögernd nähert sie sich der Bank. Eigenartig. Die tote Tanja schaut kein bisschen tot aus. Sie sitzt da wie eine junge Frau, die auf den Bus wartet. Der hochgestellte Mantelkragen und die Baseballkappe beschatten ihr misshandeltes Gesicht. Ihre eine Hand liegt im Schoss, die andere auf der Bank. Die unterschiedliche Stellung der Füße hat etwas geradezu Anmutiges. Warum hat sich der Täter so viel Mühe gegeben, sein Opfer gefällig zu platzieren? Weil er nicht richtig tickt? Weil er Tanja selbst noch als Tote verhöhnen will? Oder hat er sie geliebt? Vielleicht hat er sie im Affekt getötet, und später bedauerte er seine Tat. Deshalb der gefühlvolle Abschied?

Beta löst den Blick von der Toten und starrt ins Leere. Wer zum Teufel war da am Werk? Irgendetwas ist schief gelaufen. Beta ist ganz nah dran, den Denkfehler aufzudecken. Wie ein Wort liegt er ihr auf der Zunge. Ihre Nerven vibrieren.

Der im Haus postierte Polizist wird drinnen nicht mehr benötigt. Er gesellt sich zu seinem Kollegen. Ob sie noch hier bleiben sollen, fragt der eine. Beta bejaht, und die zwei machen es sich im Streifenwagen bequem.

Sie wendet sich wieder der Ermordeten zu, und leuchtet

ihr mit der Handylampe ins Gesicht. Da hat jemand kräftig zugeschlagen. Der Jemand muss rasend vor Zorn gewesen sein. Beta erinnert sich an eine Frau aus dem Frauenhaus in Bern. Die hat ähnlich ausgesehen, bloß hat die noch gelebt.

Mit einem Seufzer dreht sich Beta fort. Plötzlich überfällt sie ein stechender Schmerz. Das ist bloß ein kleines Ziehen in der Brust, diagnostiziert sie flatterig und versucht, sich mit Zahlenspielen abzulenken. Die erste Primzahl nach hundert, fordert sie sich auf, und lauscht entsetzt dem Trommeln ihres Herzens. Hunderteins, lacht es in ihrem Kopf über die einfache Aufgabe. Der rhythmisch schnelle Herzschlag legt unbarmherzig Tempo zu. Beta ahnt, dass kein Tricksen mehr nützt, was sie nicht daran hindert, sich dagegen zu sträuben.

„Hier doch nicht. Jetzt kann ich mich nicht ausklinken", argumentiert sie in die Leere. „Wenn es sein muss, später", schlägt sie mit dünner Stimme vor, und probiert, das Schicksal gnädig zu stimmen. Im gleichen Moment schwappt die erste Welle der Angst über, und lässt sie verzweifelt Luft holen. In den nächsten Sekunden breitet sich ein Grauen in ihr aus, das jede Zelle erobert und mit Todesangst besetzt. Die Panik hält sie gefangen. Sie kriegt sie nicht mehr los. Von allen Seiten greifen Tentakel nach ihr und schnüren ihr den Atem ab. Gleich wird sie keine Luft mehr kriegen. Sie wird ersticken. Sie spürt es. Sie weiß es. Sie wird sterben. Schweiß dringt aus allen Poren, ihre Stirn schimmert feucht.

„Bitte nicht", fleht Beta stumm. „Ich will nicht tot sein wie diese Frau. Ich will leben."

Irgendetwas bäumt sich in ihr auf. „Wehr dich. Lass dich nicht von deiner Phobie beherrschen." Sie lenkt ihre Gedanken auf ein neutrales Feld. Die Erinnerung an den letzten Urlaub. Doch die Umleitung klappt nicht, die virtuelle Kamera zeigt kein Bild. Das innere Auge ist leer.

Ein neuer Schub von Furcht überrollt sie. Wenn sie bloß nicht so allein wäre. Gehetzt blickt Beta um sich. Gibt es denn niemanden in dieser trostlosen Gegend, der zwei Minuten mit ihr reden könnte? Nur gerade so lang, bis der

Anfall vorbei ist? Ihr Blick kehrt zur Toten zurück. Schlechte Gesellschaft, denkt sie voller Horror. Ihr Blick fällt auf den Streifenwagen. Kommt nicht in Frage, befiehlt sie sich mit einem Rest von Stolz. Nie im Leben würde sich Beta den Polizisten offenbaren. Stumm bewegt sie ihre Lippen: „Ich bekomme keine Luft. Mein Gott, ich kann nicht mehr. Das ist das Ende."

Sie vergräbt ihre zitternden Hände in den Manteltaschen und setzt sich in Bewegung. Instinktiv geht sie aufs Haus zu. Bertschi. Er muss den Arm um sie legen, ganz unauffällig. Das kann er doch, während er Zumstein verhört. Beta hakt sich an der Szene fest. Im gleichen Moment merkt sie, dass der Panikanfall verebbt. Die lähmende Last auf ihrer Brust weicht einem Gefühl der Erschöpfung.

Beta setzt sich auf die Stiege. Sie konzentriert sich auf den Atem. Langsam fällt das Herz in seinen gewohnten Trab zurück. Sie fühlt sich unendlich schlapp. Am liebsten würde sie jetzt unter die Daunendecke schlüpfen und schlafen.

Ganz Kommissarin, steht sie auf, um sich auf ihre Arbeit zu konzentrieren. Sie wechselt ein paar Worte mit den Männern vom Spurendienst. Die haben das Terrain rund ums Haus abgegrast, ohne etwas zu finden, aber sie werden bei Tagesanbruch zurückkehren. Beta gibt den Abtransport der Toten frei.

Dann gesellt sie sich zu Bertschi, der im Wohnzimmer am Buffet lehnt. Erschreckt dreht sie sich weg. Sie befürchtet, dass sich das plumpe Möbel auf ihn stürzt, und ihn zerquetscht. Die wahnhafte Idee hält Beta einen Moment lang gefangen. Immerhin erkennt sie, dass es sich um den Nachhall ihrer Paranoia handelt.

Sie gibt Bertschi ein Zeichen. Er unterbricht das Gespräch mit Zumstein, wartet, bis ihn der zur Hilfe gerufene Polizist ablöst, und folgt seiner Kollegin ins Freie.

Bertschi wirft Beta einen prüfenden Blick zu. „Ist dir schlecht?" Beta wackelt mit dem Kopf hin und her, auf und ab. Gedankenverloren zündet sich Bertschi eine Sozi an. Es ist heute die zweite Zigarillo. Tanjas Tod scheint ihn zu schlauchen, auch wenn er nicht darüber spricht.

„Was sagt er", will sie wissen, und zeigt zum Haus.

„Kurz nach halb Elf hat ein Unbekannter angerufen. Zumstein war schon im Bett, stand aber auf, und nahm den Hörer ab. Es meldete sich ein Mann, der ihm befahl, vors Haus zu gehen. Dann legte er auf. Der Anrufer habe undeutlich gesprochen, in schriftdeutsch, vermutlich ein Ausländer."

„Ein Albaner?"

Bertschi zuckt die Achseln.

„Bertschi, irgendetwas stimmt hier hinten und vorne nicht. Da lassen wir Federer, Egli und Zumstein beschatten, um Tanja zu finden und zu befreien. Und was passiert? Ein Unbekannter liefert ihre Leiche an."

Bertschi streicht sich über den glatt rasierten Kopf. „Wir hätten die Streife bei Zumsteins nicht abziehen sollen", sagt er. „Jetzt stehen wir beide da wie Idioten. Wir dachten, wir hätten alles unter Kontrolle, und nun scheiden wahrscheinlich unsere drei Verdächtigen als Mörder aus. Dieser Anrufer verunsichert mich total. Hat Tanjas Tod also doch mit der Drogenmafia zu tun?"

Die beiden Ermittler starren verzagt ins Dunkel.

Bertschi gibt sich einen Ruck. „Beta, ich will zurück zu Zumstein. Vielleicht bekomme ich etwas zu hören, was die Sache erhellt."

Beta ist deprimiert. „Ich gehe nach Hause, und ziehe Fäden."

„Denkst du an unsern Chef?"

„Als würde ich den je vergessen. Kommst du, wenn du hier fertig bist? Ich warte auf dich."

Bertschi nickt. Besser, sie geht. Sie kommt ihm plötzlich kleiner vor. Ihre Schultern hängen nach vorn. Die winzigen Sterne in ihren braunen Augen funkeln nicht, und ihrer Stimme fehlt die Kraft. Nur Bertschi merkt die Veränderung, weil er seit vier Jahren mit Beta zusammenarbeitet, und ihr Geheimnis kennt. Über Panikanfälle wird nicht gesprochen. Nie. Aber Bertschi weiß die Zeichen zu deuten. Liebevoll berührt er ihren Arm.

Beta fällt die nötigen Entscheidungen. „Die Streife bleibt hier vor Ort. Ich lasse mich mit dem Polizeiwagen heimbringen. Bleibst du hier, bis der Streifenwagen zurück ist?"

Bertschi lächelt zustimmend, und kehrt ins Haus zurück.

Beta peilt das Auto an. Drinnen sitzen die zwei jungen Polizisten. Den auf dem Beifahrersitz heißt sie aussteigen und die Umgebung im Auge behalten. Sein Kollege bringe sie nach Thun, und komme dann zurück.

Der Uniformierte am Steuer ist froh um die Abwechslung. Auf der Fahrt redet er vom Bauboom und den Bodenpreisen, die in Bern in die Höhe geschnellt sind. Von Betas Haus am Thunersee habe er schon gehört. Das sei ein Glücksfall, wenn man so exklusiv wohnen könne. In Thun gäbe es offenbar noch attraktive Liegenschaften. In Bern finde man so etwas nicht mehr, abgesehen davon, dass die Stadt ja gar nicht am See liege, sondern an der Aare.

Schließlich steuert der Bulle das Vorgeplänkel über Immobilien in die Richtung, die ihn besonders interessiert. So ein altes Holzhaus am Wasser sei sicher teuer.

Beta antwortet freundlich, für sie sei es spottbillig gewesen. Der Beamte schweigt. Beta hört ihn lautlos rechnen. Wie viel sie fürs Haus hingeblättert hat, wie viel sie verdient. Sie lässt ihn noch ein paar Sekunden Zahlen stapeln, bevor sie ihn erlöst. Sie habe das Haus geerbt. Mit einem Schlag ist für den jungen Mann die Welt wieder im Lot. Ob sie denn hier draußen ganz allein wohne. Nicht ganz, antwortet Beta knapp, und steigt aus.

Im Flur nickt sie dem Foto auf dem Regal zu. Bald bin ich nicht mehr allein. Noch zwei Wochen, und dein Piemont wird meine Zwischenheimat sein. Du wirst nach Maische duften. Jedenfalls bilde ich mir das immer ein, wenn ich mein Gesicht in deinem Pullover vergrabe. Wir werden vom Wein probieren, von dem aus dem Eichenfass, bevor er seinen Winterschlaf in den Flaschen antritt.

Beta schließt die Augen. Als sie die Augen wieder öffnet, schiebt sich die Ermordete in ihre Gedanken. Tanja, die auf der Bank vorm Elternhaus sitzt, und auf niemanden mehr wartet. In welchen Welten sie sich nun aufhält?

Kost. Beta hat ihn während ein paar Minuten verdrängt. Da ist er wieder. Sie setzt sich auf den Stuhl, auf dem Bertschi zu sitzen pflegt, und stellt sich vor, dass seine Energie auf sie überschwappt. Dann greift sie zum Handy und drückt die Taste. Nach dem zweiten Läuten hebt Kost ab. „Tanja Zumstein ist tot", leitet Beta das Gespräch ein, und informiert ihn kurz über die näheren Umstände. Kost flippt nicht aus. Er ist nur eiskalt. „Sie haben meine Ratschläge nicht befolgen wollen. Die Fehleinschätzung der Lage wird für Sie Konsequenzen haben", schmettert er ihr entgegen.

„Ich kann alles erklären, aber ich bin jetzt zu müde, um mich zu rechtfertigen."

„Morgen um Acht liegt ein ausführlicher Bericht auf meinem Schreibtisch."

„Nein", gibt Beta verbiestert zurück. „Ich schicke eine Mail. Und die finden Sie in Ihrem PC. Morgen um Acht verhöre ich in Spiez Tatverdächtige." Das Besetztzeichen ertönt. Kost hat die Verbindung gekappt.

Beta donnert den Bericht in den Mac. Während des Schreibens merkt sie, wie der Druck auf die Seele nachlässt. Das Formulieren des Tatbestands tut ihr gut. Es verleitet sie jedoch nicht zu einem Kniefall vor Kost.

Beta steht auf, streckt sich und brüllt den Schrecken weg, den der Beruf mit sich bringt. Ohne ihre Großmutter könnte sie sich solche Allüren nachts um eins nicht leisten. Die erzürnten Nachbarn würden ihr auf die Pelle rücken. Der Polizist hat Recht. Eine eigene Hütte ist ein Glücksfall. Beta schickt der Nonna eine Kusshand ins Universum.

Ihr Herz schlägt regelmäßig, trotzdem fühlt sie eine Art Beklemmung. Sie setzt sich hin, und greift zur Parisienne.

Jetzt wird gerade die Tote in der Pathologie untersucht. Hat Tanja sterben müssen, weil sie und Bertschi versagt haben? Beta sieht dem Rauch aus ihrem Mund nach, und spürt, wie die Synapsen hyperventilieren. Sie erinnert sich an eine Rechenaufgabe aus der Schulzeit. Von den nötigen sechs Schritten bis hin zur Lösung war ein Schritt falsch, und mit ihm das Ergebnis.

Und dann sieht Beta ihn. Da ist er. Da taucht er auf, der Fehler, wie auf einer Tafel, deren rote Umrandung blinkt. Das Kripoduo B&B hat bei den Ermittlungen im Fall Tanja Zumstein etwas Entscheidendes übersehen. Die Erkenntnis stimmt Beta nicht froh. Sie kommt zu spät. Der Toten hilft sie nicht mehr.

Eine Stunde nach Mitternacht läutet das Handy. „Ja, Kaspar", meldet sich Beta.

„Ich habe eine schlechte Nachricht. Soeben ist Egli heimgekommen. Wir wissen nicht, wie und wann er das Haus verlassen hat. Der diensttuende Polizist erklärt, er habe die Haustür ständig beobachtet. Er könne garantieren, dass Egli das Gebäude nicht verlassen hat."

Aus dem Hörer tönt ein geradezu bedrohliches Knistern. Beta ringt nach Luft. Es fehlt ihr die Kraft, um auszurasten.

„Ihr habt nur den Vordereingang observiert. Mensch, Kaspar, ein Wohnblock hat normalerweise einen Haupt- und einen Hofeingang", erklärt sie. Emmer ist und bleibt blöd. Er kann sich nicht vorstellen, dass ein Haus zwei Eingänge hat.

Beta spürt, wie Kaspar rot wird. Er bringt nichts zu seiner Verteidigung vor. Beta hält inne. Und warum hat sie selbst nie nachgehakt, ob er alle Eingänge zum Block im Visier habe? Beim 'Stollen' hat sie ihn ständig daran erinnert. Warum nicht bei Eglis Haus? Weil sie so eindimensional denkt wie Emmer. Sie ist um nichts schlauer, nur kriegt sie mehr gezahlt. Das ist der ganze Unterschied.

„Mein Schwager wohnt auch in einem Block mit Haupteingang und Hoftür", bemerkt Emmer kleinlaut, und merkt nicht, dass er mit dieser Bemerkung bloß alles verschlimmert.

Beta rauft sich die Haare. Der Schwachkopf bringt sie in eine miserable Lage, denn die Verantwortung für die Panne trägt nicht Emmer, sondern sie, zusammen mit Bertschi.

Eigentlich ist das auch schon egal, blitzt es in Betas Gedanken auf. Sein Fehler ändert jetzt nichts mehr. Tanja ist tot. Aber die eine Frage, die schuldzuweisende, kann sie sich nicht verkneifen. „Weißt du, was das für uns bedeutet, falls Egli der Täter ist?"

Verzweifelte Stille lastet in der Leitung. Selbst das Knacksen in der Leitung hat aufgehört.

Schließlich ordnet Beta an: „Organisier sofort eine verlässliche Bewachung der beiden Eingänge. Ich weiß zwar noch nicht, wofür das gut sein soll, aber Egli darf uns nicht noch einmal entwischen."

„Mach' ich", antwortet Kaspar.

„Und wo ist Federer?"

„Zuhause. Dort ist seit einer halben Stunde Licht."

„Nimmst du das nur an, oder hat man ihn gesehen, wie er das Haus betreten hat."

„Der Kollege hat ihn das Haus betreten sehen", wiederholt Kaspar, und fügt befangen hinzu: „Dort gibt es nur einen Eingang."

„Gut. Auch der wird weiter bewacht."

„Jawohl."

Diesmal verströmt Emmers übliche Antwort eine ungeheure Mutlosigkeit. Beta spürt, wie verzagt er ist. Aber sie hat nicht die geringste Lust, den Stümper aufzumuntern. Trotzdem findet sie ein paar beruhigende Worte für ihn, was sie im Nachhinein erstaunt. Wie kann sie das eine denken, und das andere sagen? Scheinheilig ist sie, und schizophren. Oder gibt sie intuitiv den Trost zurück, den Emmer ihr vor ein paar Stunden gespendet hat?

Eine halbe Stunde später taucht Bertschi auf. Beta eilt ihm entgegen. „Erzähl."

„Du wirst es nicht glauben, aber Zumstein machte einen betroffenen Eindruck. Dem ging es zu Beginn unseres Gesprächs ziemlich schlecht. Doch dann, von einer Minute zur andern, war seine Tochter kein Thema mehr. Er beschäftigte sich nur noch mit dem Barkeeper. Der habe seine Tochter umgebracht, und zwar nicht, weil sie seine Drogen gestohlen hat, sondern aus enttäuschter Liebe."

Beta horcht auf. „Wie bitte? Wer liebt da wen?"

„Federer und Tanja waren wirklich ein Paar", antwortet Bertschi. Er wiederholt die Geschichte, die Zumstein ihm erzählt hat, und meint anerkennend: „Mit deinem Gedankenspiel von Tanja und Tim hast du ins Schwarze getroffen."

„Eigentlich bin ich nicht überrascht. Ich hatte die ganze Zeit so eine Ahnung. Was mich jedoch total empört, ist die Rolle, die Zumstein spielt. Da weiß er, dass zwischen den beiden etwas gelaufen ist, und verrät uns kein Sterbenswort davon."

„Stimmt. Wobei Zumstein diese Geschichte auch erst seit zehn Tagen kennt, seit diesem ominösen Treffen in seinem Keller. Da hat Federer ihm gestanden, dass er Tanja noch immer liebt."

„Großartig, was wir da erfahren", bemerkt Beta sarkastisch. „Leider ein bisschen spät." Und dann schüttet sie ihren ganzen Frust über Zumsteins Haupt aus. „Der Kinderschänder. Der Verräter. Der Lügner. Ein Sadist ist er. Er hat Tanja ins offene Messer rennen lassen."

„Hallo. Du beißt dich ja richtig fest an ihm."

Beta fährt sich ein paarmal erregt durch die Locken. „Menschen töten andere Menschen auf vielerlei Art. Auch Wegschauen kann eine Mordwaffe sein."

Unruhig geht Beta auf und ab. „Wo war denn Frau Zumstein während des Gesprächs?"

„Sie saß während des ganzen Verhörs in ihrem Rollstuhl und verfolgte die Aussage ihres Mannes, ohne sich einzumischen. Sie griff nicht korrigierend ein, sie stellte nichts richtig, und ergänzte seine Äußerungen nicht. Nur ihre Hand bewegte sich manchmal, um die Tränen fortzuwischen." Bertschi schaudert es. „Die Frau ist stiller als ihr Schatten."

„Lieber stiller als schneller", murmelt Beta, in deren Gedanken der Spruch von Lucky Luke aufblitzt. Zugleich fällt ihr die unbewachte Hintertür von Eglis Wohnblock ein. Sie berichtet Bertschi von Emmer, seinem fatalen Fehler, und

ihrer mangelnden Kontrolle. Fast drei Stunden sei Egli un-
beobachtet gewesen. Nun stelle sich dringend die Frage, ob
der Mord auf seine Kappe geht. Ins Schema des Täters passe
er ohnedies.

Nüchtern stellt Bertschi fest, dies sei keine gute Nachricht.

Betas Miene verdüstert sich. „Das jetzige Desaster ist eine
logische Fortsetzung des Fehlers, der uns zu Mittag unter-
laufen ist."

Bertschi stutzt. „Was für einer?"

„Wir hätten Egli festnageln müssen. Der ist Federer vorgestern Nacht hinterher gefahren. Vielleicht hat er sich mit
ihm getroffen, oder er hat Tanja entdeckt. Jedenfalls weiß er
mehr, als wir ahnen. Darauf wette ich meinen Kopf."

„Du denkst sowieso lieber mit dem Bauch", entschlüpft
es Bertschi.

„Danke. Äußerst nett."

Betroffen über seinen groben Einwurf springt Bertschi
auf. „Bitte lösch die Worte, Beta. Verzeih mir. Du weißt, wie
sehr ich dich schätze. Ich bin müde, und deprimiert, und wir
stecken bis zum Hals in Schwierigkeiten."

„Ich bin auch am Anschlag. Was soll's, das kennen wir.
Ich wollte nur sagen, wir hätten gestern Mittag Egli und
Federer einbuchten müssen."

„Aber wir haben uns anders entschieden." Bertschis Groll
schwingt unüberhörbar mit. Er ärgert sich über sich selbst.
Warum bloß hat er Betas Plan zugestimmt.

„Ich habe dich genötigt, meiner Meinung zu sein", gesteht
Beta kleinlaut. Sie blickt zu Boden, während sie weiter
spricht: „Manchmal fällt man in der Hitze des Gefechts eine
falsche Entscheidung. Manchmal reagiert man zu langsam,
und auch das wirkt sich fatal aus. Das Grausame an unserm
Job ist, dass wir jederzeit Schuld auf uns laden können."

Trotz der Anspannung im Raum suggeriert die nächtliche
Stille so etwas wie Frieden. Kein Geräusch von draußen.
Der See liegt schlafend vor dem Haus. Die Straße ist men-
schenleer. Für diejenigen, die zur Frühschicht aufbrechen, ist

es noch zu früh. Langsam verändert sich die Stille. Enttäuschung und Ärger und Angst weichen zurück, und gewähren versöhnlichen Gefühlen Platz.

Bertschi geht auf Beta zu und wiederholt die Abmachung, die sie beide seit vier Jahren trägt: „Was immer passiert, wir tragen die Verantwortung gemeinsam." Die Beiden lächeln sich an.

„In Ordnung", sagt Bertschi, und konzentriert sich auf die Arbeit. „Wir brauchen den Befund aus der Pathologie."

Beta nickt, greift zum Handy, stellt das Mikrofon ein, und drückt auf die Taste für Fellner.

„Gibt es schon Ergebnisse?"

„Zum Teil. Die Zumstein starb zwischen zweiundzwanzig und dreiundzwanzig Uhr. Die Todesursache hängt nicht mit den ihr zugefügten Verletzungen zusammen. Sie wurde erwürgt."

„Egli", entfährt es Beta.

„Es könnte auch Zumstein sein", überlegt Bertschi.

„Vom benötigen Kraftaufwand durchaus möglich", mischt sich Fellner ein.

„Hast du an die Fingerabdrücke am Hals gedacht", erkundigt sich Beta.

„Ich bin kein Frischling. Einer vom Spurendienst beschäftigt sich bereits mit der Auswertung", brummt der Arzt. „Aber lass mich fertig berichten. Die Fausthiebe hat die Zumstein rund 24 Stunden vor ihrem Tod abgekriegt, also in der Nacht zuvor. Keiner der Schläge war tödlich. Zwei Rippen sind gebrochen. Das Nasenbein auch. Der Rest sind Prellungen und Blutergüsse, die ich noch genau untersuchen muss. Im Blut befindet sich eine ansehnliche Menge Marihuana und Alkohol. Die Frau war also nicht nur verladen, sondern auch, platt ausgedrückt, besoffen. Zum Glück für sie, das hat sie nämlich betäubt, und ihr die Schmerzen erspart. Bis zu ihrer Ermordung heute Abend hat sie vermutlich vor sich hingedämmert. Das wär's. Genaueres schicke ich euch im Lauf des Tages."

Bertschi hebt den Daumen hoch, und Beta fasst den

Dank in Worte, weil dies dem Pathologen am Telefon mehr bringt. „Du bist ein As."

Fellner murmelt: „Von wegen As. Ich würde lieber jassen als einen geschundenen Körper untersuchen."

Verständlich, denkt Beta. Zu gegebener Zeit kann sie einem Kartenspiel durchaus etwas abgewinnen. Bertschi dagegen runzelt die Stirn, er hält es eher mit Joggen und Singen.

Der Spurendienst meldet, dass es einen Fingerabdruck auf dem Körper der Toten gäbe, der jedoch niemandem zuzuordnen sei, weder Zumstein noch Egli noch Federer. Am Hals befänden sich keine verwertbaren Spuren, der Mörder habe wahrscheinlich Handschuhe getragen.

Gelassen nimmt Bertschi die Nachricht entgegen. „Damit scheidet Federer als Täter aus. Der hat in der kritischen Zeit Bier gezapft", meint er.

Beta erblasst, der Boden tut sich förmlich auf unter ihr. Sie weiß, was auf sie zukommt. Das, wovor sie sich seit dem Telefonat mit Emmer fürchtet, trifft nun ein. Ab sofort steht Egli im Zentrum der Ermittlungen. Egli, der drei Stunden lang wegen eines Überwachungsfehlers ungestört sein Opfer traktieren konnte.

„Wenn Egli der Mörder ist, gibt es einen Riesenstunk mit dem Chef."

„Zu Recht, falls er wirklich unser Mann ist." Bertschi schließt die geröteten Augen. Sie brennen ihn, und er bedeckt sie mit den Händen. „Kannst du dir Zumstein als Mörder seiner Tochter vorstellen?"

„Im Prinzip ja. Dem traue ich viel zu."

„Und Frau Künzli? Und Maria?"

Beta schnellt in die Höhe. „Du spinnst."

„Okay, vergiss Frau Künzli. Aber bei Maria bin ich mir nicht so sicher", rechtfertigt sich Bertschi. „Es ist doch eigenartig, dass sie als Intimfreundin nichts von der Beziehung zwischen Tanja und Federer weiß. Vielleicht hat Maria Dreck am Stecken und ..."

„Von mir aus soll sie auf die Liste der möglichen Täter", unterbricht Beta ihn. Sie ist zu müde, um etwas Vernünftiges einzuwenden.

„Und was machen wir mit dem mysteriösen Fremden, der Zumstein angerufen haben soll?"

Beta zuckt geistesabwesend mit den Schultern. „Keine Ahnung. Wir setzen ihn auf die Liste."

Betas Handy läutet. Mit einem Blick aufs Display sagt sie: „Jetzt bin ich aber total gespannt", stellt den Lautsprecher und sagt: „Hallo, Frau Blatter."

Hastig erzählt Maria von einem Gehöft, in dem man Tanja eingesperrt hat. Aber dort sei sie nicht mehr. Woher sie das denn wisse, fragt Beta irritiert. Offensichtlich kennt Maria den neuesten Stand der Dinge nicht. Maria antwortet, sie sei dort gewesen.

Einen Moment lang zögert Beta. Soll sie Maria sagen, dass Tanja tot ist? Nicht am Telefon, entscheidet sie.

Wo sie sich denn befinde, erkundigt sich Beta.

Sie sei mit ihrem Freund im Auto kurz vor Spiez. Obwohl der Zeiger gegen zwei rückt, bittet Beta Maria, bei ihr in Thun vorbeizukommen, und gibt ihr die Adresse durch.

„Ich könnte inzwischen Tee aufbrühen", regt Bertschi an.

„Ich habe auch eine Idee." Beta stellt die formschöne Flasche mit der blauen, stengellosen Blume auf dem Etikett bereit. Ein Schnaps bewährt sich in turbulenten Situationen.

Bald darauf läutet es. Das junge Paar setzt sich an den Tisch, und Bertschi schenkt Tee ein.

Maria ist überdreht. Sie sprudelt vor Aufregung, und weiß nicht, wo sie mit der Erzählung beginnen soll. Schweren Herzens unterbricht sie Beta. Sie müsse ihr etwas mitteilen.

Da schaut Maria die Kommissarin mit großen Augen an. Langsam füllen sie sich mit Tränen, die sie nicht zurückhalten kann. Sie laufen ihr über die Wangen. Als sie ihr vom Kinn tropfen, wischt Maria sie mit dem Handrücken weg. Der Freund reicht ihr ein gefaltetes Stofftaschentuch.

Während sie weint, sucht sie nach Worten. „Es ist also so weit. Tanja ist tot. Ich habe seit Tagen mit dieser Meldung gerechnet. Trotzdem habe ich die ganze Zeit gehofft, dass wir sie finden. Noch heute Abend glaubte ich daran. Aber als ich den leeren Keller sah..." Ihrer Kehle entweicht ein wehklagender Ton, den sie erschrocken aufhält, indem sie die Hand über den Mund legt. Der Körper stemmt sich gegen die traurige Botschaft, er verkrampft sich und bäumt sich auf. Schließlich verlässt Maria die Kraft, sich dagegen zu wehren, sie lässt dem Schluchzen freien Lauf. Manchmal schüttelt sie den Kopf, als sei die eben gehörte Mitteilung nicht wahr. Einmal schreit sie ein Nein in den Raum.

Beta sitzt ruhig dabei. Marias Leid nagt an ihrem Gemüt, und legt ihre Energie lahm. Auch ihr ist zum Heulen zumute. Sie schluckt ein paarmal, bis es ihr gelingt, die Tränen nach innen umzuleiten. Ihre Wehmut hat nicht nur mit Marias Kummer zu tun, sondern auch mit ihr selbst. Sie begegnet Tod und Trauer, und der eigenen Endlichkeit.

Beta steht auf und nähert sich Maria. Tröstend streicht sie ihr über die Schulter. Dann legt sie ein Päckchen mit Taschentüchern auf den Tisch, schenkt Tee nach, und füllt drei Gläser mit Schnaps. Bertschi verweigert sich. Er lehnt Alkohol ab, egal, wie dramatisch die Lage ist.

Wenig später hat sich Maria so weit gefasst, dass sie reden kann. „Als Tanja vor zehn Tagen nicht zur Arbeit kam, hatte ich so eine Vorahnung. Wenn da nicht Sven Egli dahinter steckt. Bei einem Mann, der vergewaltigt, muss man mit dem Schlimmsten rechnen. Das ist so! Vorgestern dann wurde mein Verdacht erhärtet. Was macht Sven an einem Dienstag, nachts um Eins, auf der Straße nach Kandersteg? Das ist mehr als ungewöhnlich."

Maria hält inne, bevor sie leise fortfährt: „Wenn wir ihn nicht aus den Augen verloren hätten..."

Beta beobachtet Marias Hände, die am Taschentuch rupfen und es schließlich zerknüllen. Maria wendet sich ihrem Freund zu. „Heute Abend, genauer gesagt, gestern Abend, also vor..." sie schaut auf die Uhr... „vor vier Stunden sind Kurt und ich ihm wieder gefolgt. Diesmal ist er uns nicht entkommen."

Beta ist wie vom Donner gerührt. Das darf nicht wahr sein. Maria gelingt die Beschattung, und ihnen von der Kripo nicht.

„Wie haben Sie denn das organisiert?"

„Wir liehen uns das Auto meiner Mutter und stellten uns ein paar Parkfelder hinter seinen Wagen. Kurz nach zehn tauchte er auf und brauste los. Wir hängten uns, natürlich nicht zu nah, an seine Schlusslichter. Aber dann hatten wir Pech. Vor uns waren zwei Autos, die uns blockierten, weil sie wegen des Gegenverkehrs nicht links abbiegen konnten. Als wir endlich freie Fahrt hatten, versuchten wir, Sven einzuholen. Wir rasten bis Kandersteg, ohne ihn zu finden. Der Kerl war uns zum zweiten Mal entwischt. Kurt und ich waren total frustriert, aber aufgeben wollten wir auf keinen Fall. Im Gegenteil, wir beschlossen, die Strecke genau unter die Lupe zu nehmen. Also kehrten wir um und achteten auf jede Abzweigung. Sogar unbewohnte Bauernhöfe klapperten wir ab. Sie müssen wissen, Kurt kennt die Gegend wie seine Westentasche. Auf einem Weg, der von der Kantonsstraße abzweigte, entdeckte Kurt eine frische Autospur. Er lenkte den Wagen in eine geschützte Nische am Straßenrand, und dann folgten wir der Reifenspur zu Fuß. Nach hundert Metern lichtete sich der Wald, und gab den Blick auf eine Ruine frei. Es war zum Fürchten still. Vorm verfallenen Haus stand ein Auto. Ein Mann leuchtete mit seiner Taschenlampe jeden Winkel ab, als suche er etwas. Wir beide, Kurt und ich, kauerten hinter einer mächtigen Tanne, und verfolgten den Spuk. Schließlich stieg der Mann ins Auto und fuhr weg. Nach einer Weile schlichen wir zum Haus. Die Kellertür hing windschief in den Angeln. Kurt drückte sie auf und knipste die Stablampe an. Drinnen stand ein Bettgestell. Ich sah sofort die bräunlichen Flecken auf der Matratze und auf dem Bettrahmen. Ich bin sicher, es ist Blut."

Maria zittert die Stimme, und Tränen schießen ihr in die Augen. „In diesem Loch war Tanja eingesperrt."

„Vermuten Sie das, oder können Sie es beweisen?"

„Ich habe ihren Schutzengel gefunden."

Beta hat keinen Nerv für überirdischen Kram. Ihr Körper schaltet den Sparmodus ein. Um nicht einzuschlafen, beginnt sie auf und ab zu wandern.

„Ja", sagt sie automatisch, um Marias Redebereitschaft zu stimulieren.

„Auf dem Boden glitzerte etwas. Ich scharrte mit dem Fuß die Erde weg, und da kam die Kette zum Vorschein. Es ist Tanjas Halskette mit dem winzigen Schutzengel. Die Kette hat ihr Frau Künzli zum elften Geburtstag geschenkt. Tanja hat sie immer getragen. Immer. Sie hat sie nie abgezogen."

Beta ist sofort hellwach. „Befindet sich die Kette noch dort?"

„Ja, und ich habe sie nicht berührt."

Jeder Mensch hat seinen Engel. Beta denkt an den roten Engel auf dem Etikett der Weinflasche. Auch ihr Engel scheint aktiv zu sein.

Wo genau dieser Hof liege, erkundigt sich Beta. Marias Freund liefert eine präzise Beschreibung, die Beta augenblicklich an den Spurendienst weiterleitet. Die Untersuchung des Tatorts habe höchste Priorität, bellt sie ins Telefon. Wie immer lässt sich Burger um nichts auf der Welt hetzen. „Priorität allein genügt. Einen höchsten Vorrang gibt es nicht", brummt er und hängt ab.

„Gut, Frau Blatter. Erzählen Sie weiter."

„Das ist alles. Wir sind heimgefahren."

Bertschi mischt sich ein. „Sind Sie Egli nicht mehr begegnet?"

„Nein. Sein Wagen steht auf dem Parkplatz. Er scheint zuhause zu sein."

Ob sie das Auto vor der Ruine beschreiben könne, will Bertschi wissen. Sie nicht, antwortet Maria, aber ihr Freund. Der schiebt Bertschi einen Zettel über den Tisch. Dunkler Audi 80 mit Zürcher Kennzeichen.

Bertschi tauscht mit Beta einen Blick. Es handelt sich um Daniyolas Wagen.

Einen Moment lang hört man in der Stille das Ticken einer Uhr. „Wer hat Tanja ermordet", will Maria wissen. „Wer ist dazu imstande? Es muss jemand sein, der Tanja gehasst hat. Jemand, der sie auslöschen wollte. So jemand wie Sven."

„Bitte halten Sie sich mit Verdächtigungen zurück", greift Bertschi ein. „So lang wir den Täter nicht überführt haben, gilt die Unschuldsvermutung."

Beta erhebt sich und geht auf Maria zu. „„„Besten Dank für Ihre Unterstützung, und für die hilfreichen Hinweise. Bitte reden Sie mit niemandem über Tanjas Tod, damit unsere Ermittlungen nicht behindert werden. Ich möchte, dass Sie zuhause bleiben, und keinen Kontakt zur Firma aufnehmen. Ihren Chef werde ich morgen früh selbst benachrichtigen. Sobald wir den Täter überführt haben, melde ich mich. Ich schwöre Ihnen, in ein paar Stunden haben wir ihn."

Maria antwortet mit leisem Wimmern. Beta legt ihr die Hand auf den Oberarm, und lässt sie dort einen Augenblick ruhen. Schließlich verabschiedet sie sich von ihr und ihrem Freund. Bertschi schüttelt ungelenk zwei Hände. Das Geräusch des startenden Motors unterbricht kurz die nächtliche Ruhe.

Bertschi bewegt den Mund stumm wie ein Fisch. „Tut mir leid, ich kann nicht von deinen Lippen lesen", macht sich Beta bemerkbar.

„Egli kann es vom Zeitablauf her wohl kaum gewesen sein, aber Zumstein oder der unbekannte Anrufer. Maria können wir von der Liste streichen", betet Bertschi herunter und wedelt mit dem Zettel hin und her, auf dem die Autonummer steht.

„Hm, ein interessantes Phänomen. Daniyola sitzt in U-Haft und sein Auto macht eine Spritzfahrt." Beta kichert pubertär.

Bertschi wirft einen Blick auf die Uhr. „Zwei Uhr vierzehn", verkündet er. „Wir hauen uns jetzt ein paar Stunden aufs Ohr, und zwar mit Mozarts Requiem."

Beta ist am Ende. Soll sie lachen oder protestieren?

„Dein Humor ist revisionsbedürftig", sagt sie bloß, und fügt hinzu: „Schlaf, wo du willst, in einem Bett, hier auf dem Boden, oder draußen im Gras. Ich stelle den Wecker auf halb sieben."

„Ist ja gut. Leg dich hin, und nimm dein verunglücktes Lächeln mit", beruhigt Bertschi seine Kollegin, und steigt in den ersten Stock. Ohne Murren verzieht er sich ins Gästezimmer, und Beta ist heilfroh, dass er nicht zickt. Das hätte sie jetzt nicht verkraftet.

Donnerstagmorgen

Vier Stunden später summt die Zeituhr. Beta wälzt sich aus dem Bett, und stellt sich unter die warme Dusche. Endlos könnte sie sich berieseln lassen. Selbstvergessen schaut sie zu, wie ein Wassertropfen auf die Brustwarze zuläuft und kurz vorm Ziel abbiegt, wie der Dampf den Spiegel seines Amtes enthebt, wie der Wasserpegel in der Duschwanne ansteigt. Sie rechnet aus, wann das Wasser überlaufen wird. Abrupt legt Beta den Hahn nach links. Sie piepst und fiepst und stößt spitze Schreie aus. Genug.

In der Küche studiert Bertschi die Alessi.

„Wie wär's mit einem Muntermacher", begrüßt er seine Kollegin. Der Idee stimmt Beta zu. Kaffee, das ist gut, und er an ihrer Seite auch. Ohne ihn würde sie sich im Universum verirren. Aber er an der Alessi, das gleicht einer unfreundlichen Übernahme ihres Eigentums. Sie drängt ihn ins Abseits, und stellt sich schützend vor ihre Geliebte. Niemand darf Hand an sie legen, nicht einmal Bertschi.

Mit den Tassen, gekrönt von Milchschaum, stehen B&B am Fenster und blicken auf den glatten See. Bedächtig trinken sie ihre Schalen leer. Beta sieht aus, als hätte sie eine satte Nacht hinter sich. Nur die Falten längs der Mundwinkel hinterlassen tiefere Spuren als sonst. Bertschi hat die kurze Nacht schlecht verdaut. Ununterbrochen zwinkert er mit den aufgedunsenen Augendeckeln, die sich an die Pupillen schmiegen, um das Licht auszusperren. Im Gesicht ist er beängstigend weiß.

„Als erstes und sofort Egli", sagt Bertschi in die stumme Zweisamkeit. „Ist dir klar, was uns jetzt blüht?"

„Absolut. Gleich wird die Stunde der Wahrheit schlagen."

Beta beginnt unkontrolliert zu glucksen, und erklärt gleichzeitig, dass es nichts zu lachen gäbe.

„Frauen", murmelt Bertschi, und schüttelt irritiert den Kopf.

Emmer meldet sich zum stündlichen Rapport. Soeben habe Egli das Haus verlassen, und gehe in Richtung Firma. Einer von der Streife folge ihm. Federer und Zumsteins schlafen noch.

„Also, nichts als los", sagt Beta und kramt ihre Sachen zusammen.

Bertschi braust auf. „Verschon mich mit deinem blinden Aktionismus."

„Was soll denn der Vorwurf. Meinst du, wir können uns bequem zurücklehnen und warten, bis sich der Täter freiwillig meldet?"

„Nein. Ich will bloß die nächsten Schritte vernünftig planen."

Bertschis verschleierte Kritik nagt an Beta. „Ach, so also läuft der Hase. Du willst mir den Überwachungsfehler anhängen. Aber so billig kommst du nicht davon. Die Schuld liegt auch bei dir. Du hättest genauso an den Hinterausgang denken müssen wie ich." Niedergeschlagen trommelt sie mit den Knöcheln auf dem Tisch. Sie spürt, wie ihre Nerven zucken. In der Kehle sitzt ihr ein Kloss. Sie schluckt ein ums andere Mal. Ihr ist zum Heulen zumute.

„Für katholische Gewissenserforschung fehlt mir die Lust", hört sie Bertschi gelassen antworten. Sie hört dem Einwurf ihres Kollegen nach. Es dauert einen Moment, bis sie ihn versteht. Bertschi assoziiert Schuld mit dem langhaarigen Mann am Kreuz.

„Du und ich, wir schmeißen jetzt unsere Hirnzellen zusammen und denken. Wir können uns keinen Schnitzer mehr leisten. Zuerst informieren wir Emmer und Hunziker über den Stand der Dinge. Das übernehme ich. Und du..."

„... ich benachrichtige Kost", vollendet Beta den Satz, und seufzt schicksalsergeben. „Aber Emmers Heldentat hängen wir nicht an die große Glocke."

„Das machen wir nur, falls es aus irgendeinem Grund sein muss. Nach dem Gespräch mit Egli befassen wir uns mit Zumstein, und dann mit Federer, und dann mit Daniyola und dann mit dem unbekannten Anrufer."

Unschlüssig hebt Beta die Hände. „Vielleicht ist die Verbindung zwischen Federer und Daniyola ertragreicher als wir meinen."

Auf dem Weg zu Acero besprecht das B&B-Team das taktische Vorgehen gegenüber Egli. Man werde ihn mit der Ermordung Tanjas konfrontieren, ohne zu erwähnen, dass Tanja erwürgt wurde.

Im Sprechzimmer setzt sich Bertschi an den Tisch. Beta verweilt am Fenster und starrt in die Ferne. Als sie die Türe hört, dreht sie sich um. Egli grüßt, und bleibt in einiger Entfernung stehen. Beta geht auf ihn zu, und reicht ihm die Hand. Egli hält den Blick gesenkt, auch als Bertschi ihm die Hand hinstreckt.

Beta schaltet das Aufnahmegerät ein. Tanja Zumstein sei tot, eröffnet sie das Gespräch. Ermordet. Ihr Vater habe sie kurz vor Mitternacht im Garten gefunden.

Egli fährt in die Höhe. „Das ist nicht wahr. Die ist nicht tot."

Beta stutzt. „Warum sind Sie da so sicher?"

„Ich bin nicht sicher", antwortet Egli hastig. „Ich vermute das nur."

„Aber Ihre Vermutung muss doch einen Grund haben."

Egli zuckt die Achseln.

„Nun, wir werden darauf zurückkommen. Wo waren Sie gestern Abend zwischen zehn und eins?"

Mürrisch erwidert Egli: „Sie werden es nicht glauben, aber ich kurvte wieder mit dem Auto in der Gegend herum."

„Herr Egli, wir haben den verlassenen Bauernhof entdeckt, den Ort, an dem Sie Tanja gefangen gehalten haben."

Egli reißt die Augen auf, und schaut Beta entgeistert an. „Ich doch nicht."

„Wer sonst hat sie dort eingesperrt?"

„Keine Ahnung."

„Sie waren schon Dienstagnacht in der Ruine. Was haben Sie dort gemacht?"

„Ich war nicht drinnen."

„Wo dann?"

„Draußen."

„Ach so. Und was haben Sie draußen gemacht?"

„Ich bin Federer nachgefahren, ohne dass er es merkte. Ich wollte ihm nachspionieren, und stellte mich hinter einen Baumstamm, um ihn zu beobachten."

„Und wo war Federer?"

„In der Ruine."

„Haben Sie das Gehöft betreten?"

„Nein."

„Wie lang haben Sie in Ihrem Versteck bei der Ruine ausgeharrt?

„Nicht lange. Es war stockdunkel, und das Knacksen im Unterholz war unheimlich. Federer blieb verschwunden. Es passierte rein gar nichts. Und weil es schon spät war, fuhr ich heim."

Beta wirft Egli einen prüfenden Blick zu. Was brabbelt er da? Hat er das Weite gesucht, weil er Angst hatte, allein im gespenstischen Wald?

„Wenn Sie so unschuldig sind, warum haben Sie uns dann nicht wegen des Gehöfts benachrichtigt?"

Die Frage scheint Egli nicht zu behagen. Als Antwort verdreht er ungnädig die Augen.

Bertschi klatscht die flache Hand auf den Tisch. „Sparen Sie sich Ihre schnoddrige Art. Ist Ihnen klar, dass Sie straffällig geworden sind? Sie haben bewusst den Mörder gedeckt, indem Sie uns den Hinweis auf den Hof vorenthalten haben."

„Außerdem haben Sie kein Alibi für die fragliche Zeit. Die Lage sieht für Sie nicht rosig aus", verstärkt Beta die Worte ihres Kollegen.

Egli setzt sich aufrecht hin. Er ist empört. „Da war doch nichts, was man hätte melden können. Federer fährt zu einer Ruine. Das ist doch nicht verboten. Dann geschieht dort

281

nichts. Ich höre keine Stimmen, keine Hilferufe, nichts. Und jetzt was? Hätte ich die Polizei verständigen sollen, dass da nichts ist?"

Beta vermeidet den Blickkontakt mit Bertschi, um nicht loszuprusten. Wenn sie jetzt nur nicht die Beherrschung verliert. Sie besinnt sich auf ihre Rolle, schnellt vor wie eine Viper und belehrt Egli: „Es wäre gut gewesen, wenn Sie das Nichts untersucht hätten. Ins Haus hätten Sie gehen sollen. Dann hätten Sie nämlich Tanja entdeckt, und zwar lebend. Aber dazu fehlte Ihnen der Mumm. Zu allem Übel fehlt Ihnen auch noch der Verstand, sonst hätten Sie mit uns Kontakt aufgenommen." Etwas ruhiger fährt sie fort: „Was machte Federer Ihrer Meinung nach am Dienstagabend in der Ruine?"

Egli schleift die Füße am Boden hin und her. „Ich dachte, er bunkert dort Drogen."

Bertschi mischt sich ein. „Ich sage Ihnen, warum Sie sich nicht an uns wenden wollten. Sie hatten vor, Ihrem Kumpel Drogen zu klauen. Und weil Sie am Dienstagabend Ihr Ziel nicht erreichten, fuhren Sie gestern Abend noch einmal los. Tanjas Schicksal war Ihnen schnurzegal."

Die Vorwürfe prallen an Egli ab. Er reagiert nicht. Mit versteinertem Gesicht sitzt er da.

Beta gibt Bertschi ein Zeichen. Sie gehen vor die Tür.

„Bist du meiner Meinung?" Beta forscht in Bertschis Gesicht nach der Antwort.

„Ausnahmsweise ja. Aber jetzt muss er uns noch seinen gestrigen Ausflug schildern."

Bertschi schneidet eine Grimasse. „Der schwerfällige Wortklauberer."

„Komm, bringen wir es hinter uns."

Als sie den Raum betreten, wischt sich Egli verstohlen über die Augen.

Beta richtet sich an ihn. „Sie waren gestern Abend in der Ruine. Sie sind in den Keller gegangen. Und dort, auf dem Bett, lag Tanja. Sie wollten von ihr wissen, wo Federer die Drogen hortet, und weil sie das Versteck nicht verraten wollte..."

Egli schüttelt vehement den Kopf. „Mit der hat man nicht mehr reden können. Zuerst dachte ich, sie sei tot. Alles war voller Blut. Sie sah schrecklich aus. Die hat jemand zusammengeschlagen. Dann merkte ich, dass sie atmete. Mensch, war ich erleichtert. Ich wusste nicht, ob sie schwer verletzt war. Auf jeden Fall war sie bewusstlos. Ich stand vorm Bett und überlegte, was ich tun soll. Dann ging alles ganz schnell. Ich fuhr mit dem Auto vor, lud Tanja ein, brachte sie nach Hüniswil, und setzte sie auf die Bank vorm Elternhaus. Und dann rief ich Zumstein an."

„Um wieviel Uhr?" fragt Bertschi.

„Um zehn nach Elf. Das weiß ich, weil ich auf die Uhr guckte, bevor ich telefonierte."

„Haben Sie sich mit Ihrem Namen bei Zumstein gemeldet?" erkundigt sich Bertschi.

Egli schüttelt den Kopf. „Er hätte mir die Schuld in die Schuhe geschoben, und darauf war ich nicht spitz. Ich habe die Stimme verstellt und gesagt, dass Tanja vorm Haus sitzt."

Bertschi springt auf. „Sie gottverdammter Feigling. Tanja würde noch leben, wenn Sie sich mit uns in Verbindung gesetzt hätten."

Beta fixiert Bertschi, bis er es bemerkt. Ein Zeichen mit dem Kopf genügt. Die Beiden verlassen erneut den Raum, um sich zu beraten.

„Glaubst du ihm", erkundigt sich Bertschi.

„Ich traue ihm. Seine hölzerne Schilderung klingt echt, so was kann man gar nicht erfinden."

„Fürs Schauspielern ist er sowieso zu doof", brummt Bertschi. „In meinen Augen ist er nicht der Täter. Trotzdem sollten wir ihn inhaftieren, bis der Fall aufgeklärt ist." Er muss Beta nicht von seiner Meinung überzeugen, seit gestern Nacht tendiert sie in ihrer Vorsicht dazu, ihm Recht zu geben.

Erleichtert atmet sie auf. Das Fiasko der Beschattung wird keine Konsequenzen haben. Eine Streife holt Egli ab und

283

bringt ihn nach Bern.

Danach fällt das B&B-Team zwei weitere Entscheidungen. Kurz darauf läutet die Polizei bei Federer und bringt ihn nach Bern. Eine Stunde später wird Daniyola von Zürich nach Bern überführt.

Danach steigen die Kommissare in ihre Autos. Während der Fahrt nach Hüniswil läutet Bertschis Handy, am Apparat ist Beta. „Wir haben Tanja nicht schützen können. Wozu arbeiten wir bei der Kripo, wenn uns das nicht gelingt?"

„Es wäre ihr nichts geschehen, wenn wir gewusst hätten, wo sie sich aufhält. Ich kann es noch immer nicht fassen, dass uns Egli verschaukelt hat. Diese miese Landratte schweigt lieber, als zur Polizei zu gehen. Klar, wenn jemand selber im Sumpf steckt, hält er den Mund."

Beta überholt zwei Radfahrer, bevor sie antwortet: „Wiederhol dich nicht. Das kannst du dir in vierzig Jahren leisten."

„Was genau meinst du?"

„Dass ich deine Ansicht über die Landbevölkerung bereits kenne, sie aber bis heute Morgen nicht geteilt habe. Inzwischen wünschte ich, ich hätte auf dich gehört."

„Auch ich hätte auf mich hören sollen", erwidert Bertschi zerknirscht. „Dann hätten wir alles aus Egli herausgeholt."

„Ja. Er hätte vom Gehöft erzählt, und von Federer."

Die beiden verstummen. Es ist alles gesagt.

Bertschi stellt sein Auto hinter das der Streife. Die beiden Polizisten steigen aus. Sie strecken sich.

„Da drinnen rührt sich nichts", bemerkt Beta. Es ist halb Neun. Sie und Bertschi sind sich einig, dass man um diese Zeit die alten Leute stören darf. Sie gehen die Stufen zur Haustür hoch. Beta klingelt.

Keine Schritte. Kein Ton. Stille.

Erneut drückt Beta auf die Klingel. „Wie ausgestorben", murmelt sie, und winkt die Polizisten her. Bertschi umrundet das Haus und versucht, einen Blick durch die Fenster zu erhaschen. Er kehrt zu Beta zurück, den Kopf schüttelnd.

„Wir müssen öffnen", meint er. Mit erhobener Stimme erklärt Bertschi den Zumsteins, dass die Kripo das Haus betreten werde. Automatisch greift er zur Dienstwaffe, entsichert sie und drängt Beta aus der Schusslinie. Einer der Polizisten befasst sich mit dem Schloss, das innert kurzem aufspringt.

Kein Laut ist zu hören. Bertschi und Beta schauen in die Küche, überprüfen das Wohnzimmer, rufen Herrn und Frau Zumstein beim Namen, melden sich mit Hallo. Keine Antwort. Die Tür des Arbeitszimmers ist zu. Bertschi und Beta werfen sich einen Blick zu, bevor er mit der Pistole im Anschlag die Tür aufstößt. Kein Mensch. Sie gehen zur nächsten geschlossenen Tür. Es muss das Schlafzimmer sein. Bertschi konzentriert sich. Dann drückt er die Klinke hinunter und versetzt der Tür einen Tritt.

Die Eheleute Zumstein liegen im Bett. Sie hält die Augen geschlossen. Er schaut mit leerem Blick zur Decke.

Man habe doch wohl laut genug gerufen. Warum er denn nicht antworte, wendet sich Beta verärgert an Zumstein.

Zumstein schweigt. Er ist tot. Frau Zumstein atmet. Sie ist wach, weigert sich jedoch, die Augen zu öffnen.

Eine knappe Stunde später treffen Beta und Bertschi im Kommissariat ein. Der Kaffeeautomat kommt ihnen auf einmal vor wie ein Freund. Sie tanken ihre Aufputschmittel und hasten damit zum Büro. Jaulend, jammernd, japsend, denn die heißen Becher verbrennen ihnen wie immer die Finger. Sie werden von Kost eingeholt, der ihnen die Tür öffnet, mit ihnen eintritt, und sie hinter ihnen schließt, nur um sofort speichelfeucht los zu zetern. Die Zumstein würde noch leben, wenn sie beide die richtigen Maßnahmen eingeleitet hätten. Sie hätten Federer gestern Abend verhaften müssen, so wie er das verlangt habe.

Mit seinen Vorwürfen trifft Kost seinen Mitarbeiter am falschen Fuß. Er wehre sich entschieden gegen den Vorwurf, falsch gehandelt zu haben, sagt Bertschi erzürnt. Die Angelegenheit sei viel komplexer, als sie sich auf den ersten

Blick darstelle.

Das Telefon läutet. Bertschi nimmt ab, um sich nicht länger mit Kost streiten zu müssen.

Inzwischen erklärt Beta dem Chef, warum es nichts genützt hätte, Federer einzusperren. Dann berichtet sie über den Tod Zumsteins, und drückt ihm einen Briefbogen in die Hand.

Bertschi beachtet den Chef nicht, und wendet sich an Beta. „Eben hat Burger angerufen. Das Blut im Keller der Ruine stammt von der Zumstein. Urin und Haare gibt es sowohl von ihr als auch von Federer. Aber das ist noch nicht alles. Fellner hat die Vagina der Zumstein untersucht."

„Egli? Oder Federer?"

Beim zweiten Namen nickt Bertschi.

Aus Betas Gesicht weicht jede Farbe. Im Zeitraffer tauchen Bilder vor ihr auf und vermengen sich mit der Rückblende an den unseligen Abend in der Berghütte. Augenblicklich steigt dieses Gefühl von damals hoch, das der Ohnmacht, und als Folge die Angst, die sie bis heute urplötzlich überfällt.

Der Chef blickt von einem zum andern. „Sie verhören jetzt sofort Federer. Ich brauche das Geständnis. Ein wenig Druck schadet nie, weder bei den Tätern, noch bei den Ermittlern." Er strahlt kompakte Selbstzufriedenheit aus, und verlässt das Büro, ohne den letzten Satz mitzunehmen.

Beta lehnt sich ans Fensterbrett. Draußen brüllt der Maurer einem unsichtbaren Arbeiter entgegen: „Na, Sandmännchen, auch schon da? Wir warten seit Sieben auf dich." Kurz darauf schlurft ein kleiner, dürrer Mann mit dem wuchtigen Sandstrahlgerät am Fenster vorbei. Beta schickt einen Blick zum Himmel. Und wirklich, das nützt. Es bleibt ruhig.

„Wollen wir tun, was Meister K. befiehlt?"

„Warum", fragt Beta scheinheilig, und packt die Utensilien fürs Verhör ein.

Weit ausschreitend eilt sie den Gang entlang. Bertschi hat Mühe, mit ihr Schritt zu halten. Vor der Tür zu K2 tankt Beta noch einmal eine gehörige Portion Luft.

Federer sitzt schlecht gelaunt am Tisch. Vor ihm steht ein Aschenbecher mit vier Kippen. Beta nimmt ihm gegenüber Platz und rückt die Unterlagen zurecht. Bertschi schaltet das Aufnahmegerät ein, bevor er sich niederlässt.

Ohne Umschweife bringt Beta die Kawasaki ins Gespräch. Wo Federer sie abgestellt habe.

Die Frage überrascht Federer. Im Nu vergisst er seinen Ärger, denn die Antwort erfordert seine ganze Konzentration. „Ich habe kein Motorrad, ich habe ein Auto." Auf einmal beginnt er zu feixen. „Das gleiche Szenario wie beim letzten Verhör." Seine ausladende Armbewegung umschließt Raum und Personen.

„Natürlich besitzen Sie ein Motorrad. Die Ledermontur und der Helm in Ihrer Wohnung haben uns auf die Idee gebracht", trumpft Beta auf. Bertschi schiebt ihm wortlos eine Kopie der Zulassung über den Tisch.

Federer zeigt sich unbeeindruckt. „Ach, mit der Maschine bin ich schon lang nicht mehr gefahren. Die steht in der alten Molkerei."

„Nein, Herr Federer, Ihre Maschine steht auf der Rückseite eines alten Gehöfts im Diemtigtal."

Beta wartet, und weil Federer schweigt, sagt sie mehr zu sich selbst: „Keine Antwort ist auch eine Antwort."

Dann beugt sie sich zu Federer vor. „Wie steht's denn mit Ihren Gefühlen zu Tanja? Lieben Sie sie noch immer?"

Diese Frage empört Federer. Er fährt hoch und schreit: „Meine Gefühle gehen Sie nichts an. Abgesehen davon habe ich schon alles erklärt. Wozu speichern Sie meine Aussage auf Band, wenn Sie jedes Mal das Gleiche fragen."

„Ich frage Sie zum ersten Mal, ob Sie Tanja noch immer lieben. Das wäre doch nach einer zweijährigen Beziehung möglich, auch wenn die Geschichte weit zurückliegt."

„Ich lasse mir nichts von Ihnen anhängen", schmettert Federer die Frage ab. Er lehnt sich im Stuhl zurück und verschränkt die Arme. Sein Blick signalisiert eine unbändige Wut.

Das Geschwätz des Barkeepers hebt drückt Bertschi aufs

Gemüt. „Vater Zumstein hat diesbezüglich ausgesagt. Sie kommen mit Ihren Unwahrheiten nicht weiter, im Gegenteil, Sie verstricken sich mehr und mehr."

„Der senile Totengräber quatscht Unsinn", verteidigt sich Federer.

Da schaltet sich Beta ein: „Nun, Tanjas Freundin Maria erzählt das Gleiche."

Bertschi horcht auf. Seine Kollegin kann ganz schön bluffen.

Federer setzt sich aufrecht hin. Er holt seine Hände unter den Achselhöhlen hervor. Mit der rechten Hand streicht er die Haare zurück, während sich die linke zu seinen Gedanken bewegt. Er mauersegelt umwerfend schön. Beta wiegt sich, nach außen unsichtbar, zum Tanz seiner Hände.

„Ich habe nichts mit Tanjas Verschwinden zu tun." Federers Stimme klingt plötzlich wie die eines Roboters.

„Das sehen wir anders. Sie haben mit Tanja vor ein paar Tagen Bier getrunken. Auf den Bierflaschen in Ihrem Rucksack befanden sich Ihre Fingerabdrücke. Und die von Tanja."

Bertschi hört nicht auf, sich zu wundern. Ein genauer Befund liegt nur übers Alter der Bierreste vor. Über das der Fingerabdrücke gibt es keinen Hinweis. Sie könnten auch 14 Tage alt sein, weshalb sie sich als Beweismittel nicht eignen. Um Beta zu unterstützen, mischt sich Bertschi ein. „Tanja ist gestern gegen dreiundzwanzig Uhr tot aufgefunden worden."

In der gleichen monotonen Art wie vorher erklärt Federer: „Ich war im 'Stollen'. Ich habe sie nicht umgebracht."

„Sie reagieren ziemlich gleichgültig auf Tanjas Tod. Und warum nehmen Sie an, sie sei umgebracht worden?"

Woran sie denn gestorben sei, korrigiert sich Federer. „Wahrscheinlich an einer Überdosis Drogen", erwidert Beta vage, was Federer sichtlich erleichtert.

„Herr Federer, ich fasse für Sie ein paar unverrückbare Tatsachen zusammen, damit Sie nachvollziehen können, was wir wissen. Sie haben Tanja in dieses verlassene Gehöft verschleppen lassen. Nach Ihrer Arbeit im 'Stollen' haben Sie sie dort aufgesucht, und mit ihr getrunken und gekifft. Und Sie hatten Geschlechtsverkehr mit Tanja. Am Dienstagabend haben Sie die Nerven verloren und Tanja schwer miss- handelt."

Beta beugt sich zu Federer vor. „Was ist passiert? Warum sind Sie ausgerastet", fragt sie eindringlich.

Federer reagiert nicht. Beta lässt Sekunden verstreichen, stellt eine andere Frage, wartet. Sie versucht, ihn zum Reden zu bringen.

Bertschi springt ein. Vielleicht kann er als Mann ihn aus der Reserve locken. Er hat genau so wenig Erfolg. Federer verweigert sich.

Beta zündet sich eine Parisienne an und nimmt ein paar Züge. Vielleicht hilft der vertraute Geruch, Federers Abwehr zu durchbrechen. Sie tut, als habe sie vergessen, ihm eine Zigarette anzubieten, und hält ihm das Päckchen hin. Der Trick wirkt. Federer greift zu. Er blickt um sich, als müsse er sich orientieren. Mit der Rechten streicht er sich ein paarmal durchs Haar. Dann beginnt er zu sprechen. Vorerst stumm, nur mit der Hand. Sie öffnet sich, um den Sachverhalt darzulegen. Sie bewegt sich sanft hin und her, um die schwierige Situation zu beschreiben. Doch dann unterbricht Federer abrupt die Gestik. Er legt die fahrige Hand auf den Oberschenkel, um sie zu beruhigen. Sie fügt sich. Es gibt keine Hoffnung mehr.

Beta und Bertschi sitzen da, und blicken in die Ferne. Innerlich sind beide aufs Äußerste gespannt. Irgendwann wird Federer reden. Man muss nur endlos viel Geduld haben.

Schneller als gedacht passiert es. Federer packt aus.

Beta klopft an die Tür des Chefbüros und tritt ein. Kost blickt einen Wimpernschlag lang hoch und vertieft sich dann wieder in die Papiere auf seinem Schreibtisch. „Und", fragt er, und schiebt ein Papier zur Seite.

„Wir haben Federers Geständnis."

Kost streckt die Hand aus.

„So schnell sind nicht einmal Ihre besten Mitarbeiter."
Betas Tonfall lässt keinen Zweifel daran, was sie von der
Geste hält. Nämlich nichts. Keine Ahnung hat der Mann.

„Der Mitschnitt des Gesprächs wird gerade in den PC
übertragen. Ich bin nur gekommen, um Sie vorab zu informieren."

„Ich höre."

„Um sich ein Bild von Federer machen zu können, muss
man in seine Kindheit zurückgehen. Bei ihm lief von Anfang
an ganz viel schief."

„Ersparen Sie mir die Psychologie. Im Moment bin ich
auf Fakten erpicht."

„Also kein Hintergrund, sondern nur nackte Tatsachen?
Die können Sie haben", antwortet Beta schnippisch. „Federer hat gestanden, die Zumstein körperlich misshandelt zu
haben."

Sie dreht sich auf den Fersen um, und geht zur Tür.

„Halt. Sie verstehen mich falsch. Natürlich will ich Federers Motiv wissen."

„Dann lassen Sie mich berichten. Ich belästige Sie nicht
mit unnötigen Details, aber ich muss ein wenig ausholen,
damit die Geschichte für Sie nachvollziehbar wird." Beta
versucht zu lächeln wie die Tagesschausprecherin.

Kost ist einverstanden.

„Auch auf die Gefahr hin, dass es banal klingt, Federers
Mutter spielt eine Schlüsselrolle. Sie versprach dem kleinen
Jungen das Blaue vom Himmel. Aber sie löste ihre Versprechen nie ein. Also lernte Federer, ihren Worten zu misstrau-
en. Genau so wenig konnte er sich auf ihre Gefühle verlassen. Entweder liebte sie ihn abgöttisch, oder sie beschimpfte
ihn. Meistens jedoch war er ihr nur lästig. Er bemühte sich
eine Kindheit lang, seiner Mutter zu gefallen. Manchmal
gelang ihm das. Dann nahm sie ihn mit ins Bett. Er begriff
erst mit Zwölf, dass sie sich an ihm unzählige Male vergangen hatte. Federers Verhältnis zu Frauen war immer prob-
lematisch. Er hat keine Freundin gehabt, geschweige denn
mit einer Frau zusammen gelebt. Außerdem wird ihm eine

290

Vergewaltigung zur Last gelegt. Vor diesem Hintergrund überrascht es mich umso mehr, dass Federer zwei Jahre mit Tanja zusammen war."

„Wann?"

„Vor vierzehn Jahren."

„Das heißt, die Zumstein war damals Fünfzehn. Und er?"

„Achtundzwanzig. Es ist kaum zu glauben, aber niemand bemerkte etwas von der Geschichte."

Erstaunt schüttelt Kost den Kopf.

„Mit Siebzehn lässt Tanja den Barkeeper stehen, mit der Begründung, sie habe genug von Männern wie ihm und ihrem Vater. Federer erkennt, dass er bei Tanja keine Chance mehr hat. Obwohl ihm das Ende der Beziehung schwer zu schaffen macht, gibt er sich Tanja gegenüber stets freundlich. Er bindet sie mit Alkohol und Drogen an den 'Stollen' und an sich. Als Tanja sich in den Polen verliebt, reagiert Federer mit maßloser Enttäuschung. Irgendwie hat er immer gehofft, dass Tanja zu ihm zurückkehren würde. Tanjas Plan, aus dem Geschäft mit den Drogen auszusteigen, macht ihm Angst. Er ahnt, dass sie sich absetzen will. Er aber möchte Tanja um nichts auf der Welt verlieren. Als er entdeckt, dass Tanja sein Drogenlager leer geräumt hat, läuten bei ihm die Alarmglocken. Es ist so weit, sie will abhauen, denkt er ganz richtig. Deshalb lässt er sie entführen. Von da an verbringt Federer die Nächte in diesem verfallenen Gehöft. Endlich hat er Tanja wieder für sich. Sie trinken Bier aus einer Flasche. Er zündet für sie die Zigaretten an, und der Joint verwandelt den düsteren Keller in eine gemütliche Bude. Federer bemüht sich, so zu sein wie damals, als Tanja ihn liebte. Trotzdem kommt er nicht an sie heran. Im Gegenteil, er hat das Gefühl, dass sie ihm langsam entgleitet. Seine Unbeschwertheit schwindet dahin. Es gibt kein verbindendes Lachen mehr. In Federer erwacht ein unbändiger Zorn auf Vater Zumstein. Der sei schuld daran, dass Tanja ihn nicht mehr wolle."

„Der Mann scheint seine Rolle als Peiniger zu verkennen. Da lässt er die Zumstein einsam im Keller dahinvegetieren, und erwartet dann noch das Aufflammen von Gefühlen."

„Das ist typisch für Federer, er ist unfähig, sich emotionalen Konflikten zu stellen. Er blendet sie aus. Das hat er als Kind gelernt, um zu überleben. Federer behauptet, Tanja habe sich nicht gewehrt, wenn er zärtlich mit ihr war. In der letzten Nacht, die Federer bei Tanja verbringt, entsteht eine unglaubliche Nähe zwischen ihnen. Zwar ist Tanja verladen, aber es geht ihr gut. Sie redet mit kindlicher Stimme, sie schmeichelt ihm, und kuschelt sich an ihn. Das gefällt ihm. Sie zählt an seinem Hemd die Knöpfe rauf und runter. Sie blickt ihn hingebungsvoll an, und sagt Papa zu ihm. Da beginnt er sie zu schlagen. Er kann nicht mehr aufhören, so außer sich ist er. Als er zur Besinnung kommt, bewegt sie sich nicht mehr. Aber sie atmet noch."

„Wann war das?"

„In der Nacht von Dienstag auf Mittwoch, um drei Uhr früh."

„Zu dem Zeitpunkt hat Egli schon vom Gehöft gewusst?"

„Ja."

„Und diese Maria Blatter hat Egli in der Gegend gesehen? Weshalb haben Sie Egli nicht verhört?"

„Das habe ich, aber ohne Erfolg."

Kost ist erleichtert. „Man kann uns also keinen Fehler vorwerfen." Er grübelt eine Weile vor sich hin, und meint dann erstaunlich einfühlsam: „Es ist schwierig mit den Leuten vom Land. Sie lassen sich nicht in die Karten schauen."

Beta blickt ihren Chef an, und beginnt zu schmunzeln. „Hat Bertschi Sie vielleicht manipuliert?"

Verunsichert blickt Kost auf. Er versteht Betas Frage nicht. Aber um nichts auf der Welt würde er dies zugeben. Es könnte ja ein Thema angeschnitten werden, das ihm nicht behagt, eines auf zwischenmenschlicher Ebene, und darauf lässt er sich nicht ein. Er kennt sich zu genau.

Es verstreichen drei Sekunden, ehe er sein Selbstvertrauen zurückgewinnt. Hochnäsig erwidert er: „Nicht dass ich wüsste."

Beta lächelt unschuldig und fährt mit ihrem Bericht fort: „Als Federer die blutüberströmte Tanja betrachtet, beginnt er zu heulen wie ein Schlosshund. Er ist schockiert. Das soll er gewesen sein? Er hat Tanja nichts antun wollen. Nachdem er sich beruhigt hat, ruft er Daniyola an. Der schickt einen Mittelsmann, um ihn aus der Ruine abzuholen, denn Federer wagt aus Angst vor einer Straßenkontrolle nicht, mit der Kawasaki heimzufahren. Zudem verspricht Daniyola, Tanja nach Hüniswil schaffen zu lassen. Der Auftrag wird allerdings erst vierundzwanzig Stunden später ausgeführt. Ein noch nicht identifizierter Mann fuhr gestern Abend zum Gehöft, um Tanja abzuholen. Er fand jedoch keine Spur von Tanja, weil Egli vor ihm eingetroffen war, und Tanja in seinem Wagen abtransportiert hatte. Deshalb kehrte er unverrichteter Dinge um. Das Kennzeichen des Pkw liegt uns vor, es handelt sich um Daniyolas Wagen."

Kost eilt mit den Gedanken voraus. „Hat Federer sich zu seinen Drogengeschäften geäußert?"

„Nein. Federer heult Rotz und Tränen. Er hat so etwas wie einen Nervenzusammenbruch. Der Tod Tanjas geht ihm echt nahe. Sobald er wieder vernehmungsfähig ist, klären wir die Details, die mit unserm Fall zu tun haben. Dann können ihn die vom Drogendezernat auseinandernehmen."

„Die Fahnder werden neidisch auf uns sein. Wir bieten ihnen zwei hochkarätige Dealer und einiges an Informationen." Kost klopft auf den Schreibtisch und sagt: „Bis jetzt läuft alles gut, obwohl es eine Tote zu beklagen gibt. Für Sie ist der Fall Zumstein natürlich erst erledigt, wenn ..." Beta beendet den Satz gemeinsam mit ihren Chef: ..."wenn alle Berichte vorliegen und abgeheftet sind."

Auf dem Weg zurück in ihr Büro läutet das Handy. Frau Künzli meldet sich, und Beta sieht sich konfrontiert mit einem Schwall böser Worte, die den verstorbenen Schwager betreffen. Sie schiebt das Handy hinters Ohr, zwischen ihr Haar, um den Ton zu dämpfen. Irgendwann hält Frau Künzli inne, und entschuldigt sich für ihre Schimpftirade. Sie sei bei ihrer Schwester in Hüniswil, um sie abzuholen.

Katrin werde bei ihr in Bern leben.

„Frau Bianca, dürfen wir Sie noch um etwas bitten?"

„Natürlich."

„Lesen Sie uns den Brief von Mathias vor. Wir wollen wissen, was er geschrieben hat."

„Jetzt? Am Telefon?"

„Ja."

Beta zögert. Sie braucht einen ruhigen Ort.

Der Konferenzraum ist frei. Beta sucht in ihren Unterlagen nach Zumsteins Brief, und legt ihn vor sich hin.

Der Brief ist ohne Datum, und ohne Anrede. Beta beginnt zu lesen.

„Es ist 01.57 Uhr. Meine Frau liegt bereits im Bett. Sobald ich den Brief geschrieben habe, werde ich mich zum letzten Mal neben sie legen.

Vor drei Stunden meldete man mir, meine Tochter sei im Garten. Ich habe mich sehr gefreut. Tanja, mein Mädchen, findet heim zu mir. Aber als ich vor die Tür trat, und sie regungslos auf der Bank sitzen sah, war ich enttäuscht. Wieder einmal zugedröhnt, dachte ich. Eigentlich wollte ich sie da draußen lassen. Soll sie doch zuerst einmal ausnüchtern.

Ich bin dann doch zu ihr gegangen, weil ich überlegte, ob ich ihr eine Decke bringen soll. Sie sah schrecklich aus. Federer. Das war Federer, dachte ich sofort. Er hat sie totgeschlagen, und mir vor die Füße geworfen. Doch dann stellte ich fest, dass Tanja atmet. Sie lebte noch. Aber es war nicht mehr meine Tanja. Die da vor mir hat Federer kaputt gemacht.

Ich ging ins Haus zurück, um bei der Kripo anzurufen. Auf der Kommode lagen meine Handschuhe. Ich nahm sie, und kehrte zu Tanja zurück. Unbeweglich saß sie da, wie tot. Lange sah ich sie an. Das ist nicht mein Mädchen, mein reines, mein unschuldiges. Das mit den zärtlichen Händchen. Ich streifte die Handschuhe über. Die Zeit des Abschieds war gekommen.

Ganz leise ist sie gestorben. So leise, wie sie als Kind gewesen ist. Ich habe sie erlöst. Sie war einverstanden mit mir.

Sie hat sich nicht gewehrt. Nun ist sie tot. Auch ich will sterben. Die Pillen wirken schnell. In ein paar Stunden bin ich bei ihr."

Als Beta die Tür des Büros öffnet, steigt ihr ein angenehmer Duft in die Nase. Riecht gut, speichert sie, und entdeckt dann die Quelle. Im Besuchersessel sitzt ein Mann, einer, den sie noch nie gesehen hat. Von der SpuSi? Vom Drogendezernat? Bertschi kann das Rätsel nicht lösen. Er hängt am Telefon. Der Fremde erklärt, dass er auf ihren Kollegen warte.

Der beendet kurz darauf das Gespräch, und fasst für Beta zusammen, was inzwischen erledigt sei. Nun warte nur noch Daniyola auf ihn.

„Hast du eine Schwäche für Albaner?"

Bertschi wirft dem Mann im Sessel einen Blick zu. „Nur bedingt. Mich fasziniert eher der Gesang."

Bei Beta fällt der Groschen. „Meinst du Tosca und so?"

„Zum Beispiel", antwortet Bertschi, plötzlich verlegen.

„Daniyola kann auch ich übernehmen", bietet Beta an, die ahnt, dass Bertschis Sinne verwirrt sind.

„Ja? Dann fahre ich jetzt nach Zürich."

Bertschi packt seine Tasche, und bricht auf. Beta steht da, und staunt Löcher in seinen Rücken. Ihr Bertschi hat sich verliebt. Ein wundersames Gefühl des Glücks durchströmt sie. Sie läuft ihm nach, und umarmt ihn. Ihre Augen schimmern feucht. Seine auch. Daneben steht das Objekt der Begierde und grinst.

Zeitfracht Medien GmbH
Ferdinand-Jühlke-Straße 7
99095 Erfurt, Deutschland
produktsicherheit@kolibri360.de